Les Gardiens de l'Aube

Zhara

Ouvrage publié originellement en 2023 par Wednesday Books,
une maison d'édition de St. Martin's Publishing Group,
sous le titre *Guardians of Dawn : Zhara*

Illustration de couverture : Sija Hong

Cet ouvrage a été publié avec l'aimable collaboration de Jill Grinberg
Literary Management LLC, New York et La Nouvelle Agence, Paris.

15 bd Gabriel Péri, 92240 Malakoff
ISBN : 979-1-0363-6185-2
Dépôt légal : mars 2025

Loi n° 49-956 du 16 juillet 1949 sur les publications destinées à la jeunesse.

Les Gardiens de l'Aube

Zhara

Écrit par S. Jae-Jones

Traduit de l'anglais (États-Unis) par Basile Béguerie

bayard

À tous·tes celles et ceux qui s'imprimaient
des fanfictions pour les lire dans le bain
plutôt que de faire leurs devoirs de maths.

À PROPOS DE LA LANGUE

Après la sortie de mon premier roman, *Wintersong*, un lecteur est venu me demander pourquoi j'avais choisi la Bavière du XVIIIe siècle comme décor plutôt qu'un pays asiatique. À l'époque, j'aimais bien faire la maline, et je crois avoir répondu que je n'aurais jamais écrit sur la musique classique si ma mère d'origine asiatique ne m'avait pas fait subir des leçons de pianos dès mes quatre ans. La vraie réponse, c'est que je n'étais pas encore capable de transmettre certaines normes culturelles en anglais et à un lectorat occidental sans avoir recours à des descriptions hyper lourdes. L'équilibre est délicat entre laisser le public comprendre par lui-même et lui tenir la main. Pour *Les Gardiens de l'Aube*, j'ai opté pour le premier choix.

Lorsque je décris un monde de fantasy qui n'est pas inspiré par un pays d'Occident, je me heurte systématiquement au problème de la traduction. Faut-il employer le mot « *hanfu* », « *hanbok* », « *kimono* » ou plutôt « robe » ? Est-ce qu'utiliser le mot « boudoir » aurait du sens dans un contexte où la langue française n'existe tout simplement pas ? Les Royaumes du Matin sont inspirés de l'Asie orientale, et, bien qu'il n'y ait pas d'équivalence directe avec des cultures et des pays réels, j'ai malgré tout cherché à transposer le concept de pronom non genré à la troisième personne que l'on retrouve notamment dans le chinois ou le coréen. Ainsi, tous les personnages apparaissent d'abord non-genrés avant de signaler d'eux-mêmes leur genre. L'usage des pronoms classiques « il/elle » par la suite sert principalement à fluidifier la lecture. De même, j'ai tenu à préserver une certaine formalité entre les personnages, qui ne se tutoient ou ne se vouvoient pas dès le début, mais seulement après avoir reçu la permission de s'adresser directement à leur interlocuteur.

En tant que descendante de la diaspora coréenne, je jongle continuellement avec ce que je sais, ce que je suis censée savoir, ce que je pense savoir et ce que j'estime devoir apprendre lorsqu'il s'agit d'écrire au sujet de mes racines culturelles. Si ces choix, auxquels je tiens, finissent par se perdre dans la traduction, alors j'implore votre clémence et votre compréhension.

Moisson, pluie, neige et bourgeons,
Justice et Gardiens reviendront.
Quand Tiyok ressuscite,
Ténèbres et chaos s'invitent.
Eau, feu, bois et vent,
Unis pour ne pas verser le sang.
Moisson, pluie, neige et bourgeons,
Justice et Gardiens reviendront.

- Comptine traditionnelle des Royaumes du Matin

Première partie

LE CLASSIQUE AU MILLE SIGNES

Et en l'an 2647 de la dynastie Mugung, l'empereur – affligé par la magie – fut maudit par les Immortels et changé en abomination. Le Gommun Kang, connu à travers les Royaumes du Matin comme le Seigneur de Guerre, descendit du nord à la tête de sa Horde Dorée et ordonna que tous les magiciens, avérés ou soupçonnés, soient passés au fil de l'épée pour débarrasser le pays de ce mal. Leurs outils – le pinceau, l'encrier et le sceau – furent également jetés au bûcher, ainsi que tout citoyen lisant le Langage des Fleurs. L'empereur Gommun déclara par la suite que chaque cité, chaque ville, chaque village et chaque province devrait se soumettre à une purge annuelle pour s'assurer que jamais les braises de la magie ne puissent à nouveau rallumer l'incendie de l'abomination.

Extrait des *Annales du Grand Ours*

I.

Le loyer était dû, les rats avaient attaqué les réserves de riz et, par-dessus le marché, Zhara venait de faire tomber une pleine dose de sel dans sa crème aux œufs.

– Mère des démons ! jura-t-elle en essayant de retirer l'excédent avec ses doigts.

Des gouttelettes d'œufs battus et de farine vinrent moucheter un livre ouvert sur le plan de travail. Zhara poussa un gémissement désespéré et essuya frénétiquement le désastre avec sa manche.

– Non, non, non ! Maître Cao va me tuer.

Perché sur les étagères du cellier, un petit chat roux malingre laissa échapper un reniflement moqueur.

– Silence, Sajah, répliqua Zhara.

Irritée, elle s'efforça de lisser la page. Au fil des années, le petit libraire installé dans les Fosses avait permis à Zhara d'emprunter autant d'ouvrages qu'elle le désirait, à condition qu'elle les lui rende en parfait état.

– *La jeune amante de la Mort*, dit-elle avec regret en caressant la couverture. Et dire que le nouveau tome sort demain.

La jeune amante de la Mort était la saga de romance la plus populaire aux Royaumes du Matin. Son succès était tel que Maître Cao et ses scribes avaient un mal fou à satisfaire la demande à chaque parution. Recopier intégralement un livre à la main prenait un temps certain, ce qui expliquait le prix de chacun de ces petits volumes. Un prix hors de portée pour Zhara.

La clochette autour du cou de Sajah tinta lorsqu'il quitta son perchoir pour venir se lover contre la bourse attachée à la ceinture de sa maîtresse.

– Je sais, je sais…

Zhara soupesa sa bourse. Leurs finances étaient à sec, dernièrement. Le moindre denier économisé finissait dans les poches de l'astrologue, de l'esthéticien, de la couturière et de la marieuse dans l'espoir d'obtenir un bon parti pour sa petite sœur, Suzhan. La quasi-totalité du salaire d'apprentie apothicaire de Zhara était engloutie dans une montagne de dettes mais, chaque mois, elle parvenait à mettre de côté quelques piécettes afin d'alimenter sa modeste collection de romances d'occasion. Juste de quoi se faire plaisir de temps en temps.

Et jamais de quoi alerter la vigilance de sa belle-mère.

Zhara compta les pièces, un œil sur ses chaussons usés qui reposaient à l'entrée de la cuisine. Elle avait cruellement besoin d'une nouvelle paire, mais en rafistolant les coutures elle-même, elle pourrait rembourser Maître Cao. Un livre neuf coûtait plus cher que deux paires de chaussures du cordonnier sur les quais.

Sajah tapota la jatte de crème aux œufs salée.

– Mince, grimaça Zhara. Les brioches.

Elle avait espéré faire avaler quelque chose à Suzhan avant qu'elle rencontre son futur époux chez la marieuse, plus tard dans la matinée. Lorsqu'elle était nerveuse, Suzhan perdait l'appétit. Pourtant, elle aurait besoin de toutes les forces qu'elle pourrait trouver.

Elles auraient besoin de toutes les forces que Suzhan pourrait trouver.

– C'est peut-être récupérable…

D'un doigt, Zhara goûta la préparation avant de réprimer un haut-le-cœur.

– Même pas en rêve.

Le chat miaula en se nettoyant les moustaches d'un air impérial.

Zhara jeta un regard navré aux maigres provisions du cellier. Les boutiques n'étaient pas encore ouvertes et il ne leur restait plus que deux oignons ratatinés, une poignée de piments séchés, une amphore d'huile de cuisson, un bocal de pâte de haricots noirs fermentée et une cruche fêlée de sauce soja. Si elle avait l'habitude de décliner un plat en trois ou cinq repas, la créativité de Zhara avait néanmoins ses limites.

– Je peux faire de la magie, mais pas des miracles, marmonna-t-elle. Cela dit…

Son regard dériva jusqu'à la plaque en bois fixée au-dessus de la cuisinière. On pouvait y lire le nom « Jin Zhanlong ».

Sajah laissa échapper un miaulement d'avertissement.

Une faible lueur apparut entre la peau de Zhara et le bord de la jatte. Et, dans un recoin de sa tête, la voix de son père résonna. *Sois bonne, ma petite pie. Sois bonne et sois sincère.*

– Ce n'est que de la petite magie, baba, répondit-elle à la stèle en bois de Jin Zhanlong. Trop petite pour être remarquée.

Sajah miaula à nouveau, mais Zhara l'ignora, ferma les yeux et chercha la lumière intérieure. Si le monde était une cuisine, alors sa magie était une flamme, et les éléments, des ingrédients qui ne demandaient qu'à être manipulés. Zhara retint son souffle et dirigea sa magie sur la préparation culinaire, tel un feu qui ferait bouillir une marmite.

Une brusque décharge de lumière manqua de lui faire tomber la jatte des mains, mais elle parvint à la rattraper in extremis et elle la reposa doucement sur le plan de travail. Zhara replongea le doigt dans le mélange et le goûta timidement.

Sucré.

– Ma foi, murmura-t-elle avec un petit sourire satisfait. Apparemment je suis aussi capable de miracles, à l'occasion.

Le chat renifla.

– Eh bien oui, rétorqua Zhara. Sachant que je n'ai pas la moindre idée de comment fonctionne la magie, moi je trouve ça plutôt impressionnant.

Elle termina la préparation des brioches vapeur en amenant à température les œufs battus, le lait, le sucre et l'amidon de riz sur la cuisinière.

– C'est comme cuisiner sans recette ! conclut-elle.

Il avait bien existé des « recettes » – des livres de sorts – jadis, dans les Royaumes du Matin ; mais ils avaient été détruits, en même temps que tous les magiciens – dont son père – au cours des purges qui avaient suivi la Guerre Juste. Être magicien n'était pas seulement rare, c'était également dangereux. Pas seulement parce qu'on pouvait la dénoncer au Fauconnier pour trahison, mais aussi à cause des dégâts qu'elle pouvait causer par accident avec son pouvoir.

Et des dégâts, elle en avait déjà causé.

La crème aux oeufs épaissie, Zhara retira la marmite du feu, sortit la boule de pâte mise de côté un peu plus tôt et la divisa en petits pâtons. Tandis qu'elle les aplatissait en disques fins, Sajah vint frotter sa tête contre son bras avec un miaulement éloquent.

– Ce n'est pas pour toi, dit-elle en déposant une cuillérée de crème au centre de chaque disque. Nous avons à peine de quoi nous nourrir, pas de rab pour un chat de gouttière.

Le félin fronça les sourcils et lui donna un vif coup de patte.

– Aiyo ! siffla-t-elle.

D'un habile tour de main, Zhara referma les choux un par un avant de les disposer dans le panier vapeur.

– Au moins tu peux toujours changer de toit.

Les chats étaient sacrés aux yeux du monstre protecteur de Zanhei, le Lion du Sud, et les chasser de chez soi portait malheur.

– Nous n'avons pas tous cette chance, murmura-t-elle, le regard posé sur la tablette funéraire de son père.

– Sajah n'est pas un chat de gouttière, nene, dit une voix dans son dos. Il fait partie de la famille.

Zhara se retourna et découvrit sa demi-sœur sur le seuil de la cuisine. D'un bon, elle la rejoignit pour lui prendre la main.

– Suzhan ! Je ne t'ai pas entendue descendre.

– J'ai laissé ma canne à l'étage. Je ne voulais pas réveiller Maman en tapotant partout.

Un voile passa sur son visage.

– Tu sais comment elle est après une nuit à la taverne…

Zhara ne le savait que trop bien. Toutes deux avaient récolté suffisamment de bleus pour en attester.

– Tu t'es réveillée tôt, mimi, préféra-t-elle répondre tandis qu'elle cherchait le petit tabouret pour le placer devant sa sœur. Il ne fera pas jour avant encore une heure.

– Je n'arrivais pas à dormir, je suis trop nerveuse.

Suzhan tâtonna pour trouver le siège et renversa une pile de livres au chevet du lit de Zhara.

– C'est quoi, ça ?

– R-rien, répliqua brusquement Zhara en cachant les ouvrages sous sa paillasse. Juste des notes pour la Professeure Hu.

Sa sœur la gratifia d'un sourire ironique tandis qu'elle s'asseyait sur le tabouret.

– Ça ne serait pas plutôt *L'amour est mort*, nene ?

– *La jeune amante de la Mort*, corrigea Zhara, un brin sur la défensive. Enfin…

Elle eut soudain l'air paniqué.

– J-je ne sais p-pas de quoi tu p-parles.

Suzhan éclata de rire.

– Tu mens tellement mal, ta langue te trahit à chaque fois.

– Ne dis rien à Madame, je t'en supplie, demanda Zhara qui sentait la honte lui embraser les joues.

Elle recomposa soigneusement la petite pile de livres.

– Jamais je n'en parlerais à Maman, tu le sais très bien, rétorqua Suzhan, vexée.

Les yeux de Zhara s'arrêtèrent un instant sur les vieilles cicatrices qui constellaient les jambes de sa sœur. Ces marques de fouet, Zhara les avait aussi.

– Je sais, répondit-elle à voix basse.

Car elle savait aussi que les secrets étaient difficiles à garder face à la cruauté capricieuse de la Seconde Épouse. Zhara se racla la gorge et ouvrit le panier vapeur pour jeter un œil aux choux.

– Bon, j'ai préparé le petit-déjeuner. Tu as faim ?

Suzhan fit non de la tête.

– Je ne pense pas pouvoir avaler quoi que ce soit, marmonna-t-elle en se passant les mains sur le ventre. J'ai l'estomac complètement noué.

– Tu devrais essayer quand même. Et puis ça porte malheur de se lancer dans une nouvelle aventure le ventre vide, *lah* ?

– C'est vrai.

Suzhan croisa un peu plus les bras sur son ventre.

– Mais je n'arrête pas de m'imaginer ce qui se passerait si le Seigneur Chan annulait le mariage.

Plusieurs prétendants s'étaient déjà désistés par le passé.

– Je suis sûre que tout se passera bien, répliqua Zhara avec une certitude qu'elle était loin d'éprouver.

– Tu crois ?

Suzhan leva les yeux vers le visage de sa sœur, ses pupilles glissant sur les traits de Zhara comme si elle cherchait à s'y accrocher.

– Et si jamais le Seigneur Chan me rencontre et décide que je suis trop… (elle désigna ses yeux d'un geste vague) endommagée ?

La honte embrasa le cœur de Zhara. Sa petite sœur avait toujours été myope à l'extrême mais aucune paire de lunettes n'avait pu corriger sa vision défaillante. Et plus rien ne le pourrait désormais. Pas après ce qu'avait fait Zhara. La magie illumina faiblement ses doigts comme si le souvenir de son erreur habitait encore sa chair.

– Ça n'est pas ta faute, mimi, bafouilla-t-elle en fourrant ses mains dans son dos. Tu es parfaite telle que tu es.

Les lèvres de Suzhan se figèrent en un rictus pincé.

– Ce n'est pas ce que disent les autres.

Même si sa sœur était incapable de voir son expression, Zhara détourna la tête.

– Le Seigneur Chan est au courant de ta cécité et tient malgré tout à t'épouser, répliqua-t-elle à voix basse alors qu'elle retirait le panier vapeur du feu et disposait les choux sur une plaque pour les faire refroidir. Cela devrait quand même te rassurer.

– Ah oui ?

Suzhan se mordilla nerveusement la lèvre tandis que ses pupilles faisaient des allers-retours de plus en plus frénétiques.

– Quel genre d'homme se contente d'une fille comme moi, surtout lorsqu'il est aussi riche et puissant ?

Zhara réprima une grimace. Les propos de sa sœur n'étaient que l'écho des critiques acerbes de sa belle-mère.

– Un homme bon, affirma-t-elle en priant pour que ce soit vrai. Un homme gentil.

– Tu crois vraiment ce que tu racontes ?

– Mais bien sûr que oui.

Zhara présenta l'assiette de pâtisseries à sa sœur.

– Tiens, mimi, ton dessert préféré.

Suzhan renifla avec un air gourmand et son visage s'illumina.

– Oooh, nene ! Des brioches à la crème ?

– Oui, répondit Zhara avec un sourire. Allez, attaque.

Il n'en fallait pas plus à Suzhan, qui prit un chou et mordit dedans à pleines dents. Elle ferma les yeux pour mieux le savourer avant de dévorer le reste. Le premier fut englouti en trois bouchées et le suivant disparut encore plus vite.

– Ils sont incroyables, parvint-elle à articuler, les joues pleines.

La voir manger avec tant d'entrain mit du baume au cœur à Zhara.

– Tout doux, mimi, dit-elle en riant, tu vas avoir le hoquet !

Suzhan s'arrêta en pleine bouchée.

– Oh.

Elle déglutit et reposa sa pâtisserie à moitié mangée.

– Je ferais mieux de ne pas les finir.

– Quoi ? Mais pourquoi ?

Suzhan baissa la tête, l'air honteux.

– Maman dit que je devrais faire attention à ce que je mange, murmura-elle d'une voix à peine audible. Aucun homme n'a envie d'une vache ou d'une ogresse pour épouse.

Une fureur absolue s'empara de Zhara.

– Tu n'as rien d'une vache ni d'une ogresse ! s'indigna-t-elle avec véhémence.

Ses poignets et chevilles saillantes dépassant de ses vêtements trop courts étaient au contraire la plus criante preuve de sa maigreur. À treize ans, Suzhan poussait à la vitesse d'un plant de bambou en pleine mousson et souffrait de la faim et des douleurs de croissance de l'adolescence.

– Tu es juste grande, mimi.

– Oui, eh bien…

Suzhan se mordilla de nouveau la lèvre.

– Elle dit aussi qu'aucun homme n'a envie d'épouser une femme qui fait le double de sa taille.

– N'importe quoi, répondit Zhara avec mépris. Madame est grande et elle a bien été mariée deux fois.

– Oui, mais Maman est magnifique, maugréa Suzhan. Et moi… non.

Avec son physique banal, Suzhan n'avait que cruellement trop conscience du contraste qu'elle offrait à côté de sa mère. La Seconde Épouse avait été considérée comme l'une des Cinq Plus Grandes Beautés du Sud durant sa jeunesse, et nombre de peintres et de poètes avaient chanté les louanges de ses traits.

Zhara inspira profondément pour apaiser la fureur – la magie – qui bouillonnait en elle. Ses paumes irradiaient d'énergie et son désir d'agir, de faire *quoi que ce soit* avec son don, était irrépressible. À quoi bon avoir des pouvoirs si elle ne pouvait s'en servir pour aider ses proches ? Puis elle se remémora sa dernière tentative d'aider Suzhan. Un échec cuisant, pour le moins.

– Hé, dit soudainement Suzhan, les yeux plissés en direction de sa sœur. C'est quoi cette lumière ?

Zhara baissa la tête vers le halo rosé qui nimbait ses mains et les fourra dans son tablier. Cette lueur était un des rares signes de sa magie qu'elle ne pouvait dissimuler.

– Oh, ce doit être l'aube. Je ferais mieux de me remettre au travail.

– Mais les tambours n'ont pas encore signalé le lever du soleil. Tu es sûre que c'est ça ?

Suzhan fronça les sourcils, ses yeux aveugles toujours braqués sur la poche luisante de sa sœur, qui sentit des gouttes de sueur poindre sur son front en dépit de la fraîcheur du petit matin.

– Mais oui. Mange, mimi, dit-elle en fourrant un chou contre la bouche de sa sœur. Je dois y aller.

– Mais je… aiyo !

Suzhan rejeta violemment la tête en arrière. Une marque rouge vif, semblable à une brûlure, s'attarda sur sa lèvre inférieure, à l'endroit où les doigts de Zhara l'avaient effleurée.

– Je me suis fait piquer !

L'espace d'un instant, Zhara crut qu'elle avait de nouveau gravement blessé sa sœur, mais la brûlure s'estompa rapidement.

– Oh.

Elle reposa à la hâte le chou sur l'assiette. Cette piqûre, c'était l'autre manifestation de sa magie qu'elle ne pouvait masquer.

– T-tu devrais p-peut-être attendre q-que ça refroidisse avant de manger.

Les yeux de Suzhan s'étrécirent, suspicieux.

– Ton bégaiement te trahit à nouveau, nene. Qu'est-ce qui se passe ?

À cet instant, un bruit de percussion régulier s'éleva des différents beffrois de la ville pour marquer la première heure du jour.

– D-désolée, mimi. Il faut vraiment que j'y aille. Tu arriveras à remonter toute seule ?

– Oui.

Suzhan pencha la tête sur le côté.

– Tu es sûre que tout va bien ? insista-t-elle.

– Bien sûr. On se voit ce soir, *lah* ?

Zhara fourra son exemplaire de *La jeune amante de la Mort* dans sa besace et passa la bretelle à son épaule.

– Bonne chance, mimi. Nourris-toi bien.

Elle sentit le regard inquiet de sa sœur dans son dos tandis qu'elle se précipitait à travers la cour.

– Tous les choux à la crème du monde ne suffiront pas à faire pencher la balance en notre faveur, murmura Suzhan. Pas vrai, Sajah ?

Le chat ne daigna pas répondre.

*

* *

Zhara avait pratiquement atteint le portail de la cour lorsque les notes acides d'un parfum bon marché à l'osmanthe lui assaillit les narines.

– Petite, l'interpella une voix dans un coin. Un instant, je te prie.

Pivotant sur ses talons, elle aperçut, au pied de la glycine, la silhouette longiligne de la Seconde Épouse, drapée dans une robe élégante qui avait connu des jours meilleurs. La belle-mère de Zhara n'était jamais éveillée à une heure pareille. Tel le cactus cierge, la Seconde Épouse était rabougrie et fanée aux premiers rayons de l'aube, après avoir éclos de toute sa splendeur au cours de la nuit dans les tavernes et les salons de thé de Zanhei. Une peur panique glaça les veines de Zhara.

– Bien sûr, M-madame, répondit-elle avec une révérence, sa besace serrée contre sa poitrine. Comment puis-je servir Madame ?

Sa belle-mère s'adossa contre le mur de la cour, les bras croisés et l'air impénétrable.

– Je ne veux rien de toi, dit-elle.

Les vapeurs fétides d'alcool de riz flottaient dans la brume matinale.

– Je suis venue te mettre en garde.

– M-me mettre en garde ?

La marâtre s'approcha, les paupières plissées. Ses yeux étaient injectés de sang et la couperose recouvrait son nez et ses joues.

– Prudence, souffla la Seconde Épouse de son haleine avinée. On dit que les Crécerelles se sont posées à Zanhei.

Une terreur d'une toute autre nature s'empara de Zhara.

– Les gardes du Seigneur de Guerre ? demanda-t-elle.

En un instant, elle eut de nouveau dix ans, tapie au fond du coffre à vêtements de sa belle-mère tandis que les Crécerelles embarquaient son père.

– P-pourquoi ?

La Seconde Épouse mit un long moment avant de répondre.

– Selon les rumeurs, dit-elle à voix basse, il y aurait des monstres dans les marécages.

– Des monstres ?

Les traits de sa belle-mère, creusés par l'âge et les soucis, se durcirent.

– Des abominations.

Zhara se figea. Elle n'était qu'un bébé lorsque la Guerre Juste avait débuté, mais elle se souvenait des histoires au sujet de magiciens qui se transformaient en monstres. Des créatures hideuses, grotesques et innommables qui meurtrissaient l'esprit et dévoraient la chair. Elle se rappelait parfaitement les injures qui avaient poursuivi ses parents tandis qu'ils fuyaient de ville en ville pour échapper à la Horde du Seigneur de Guerre. Les magiciens étaient un affront à la raison, un anathème, une abomination. Un goût de bile monta dans sa gorge, aussi amer que les fantômes du passé.

– Les Crécerelles ont des yeux perçants, poursuivit la Seconde Épouse en tapotant le poignet de Zhara du bout de son éventail.

La lueur caractéristique de la magie était encore visible dans la lumière matinale.

– Alors fais attention.

Zhara, qui avait pourtant essuyé des coups bien plus violents, sentit des larmes inattendues lui brûler les yeux face à l'inquiétude si peu naturelle de sa belle-mère.

– Oui, Madame, souffla-t-elle en tirant les manches sur ses mains.

La Seconde Épouse ouvrit son éventail d'un geste avant de l'agiter distraitement.

– Le monde est dangereux, Jin Zhara, reprit-elle. Tu n'as pas oublié ce que ton père te disait, *lah* ?

– Sois bonne et sois sincère, murmura Zhara.

– Oui.

La marâtre se fendit d'un sourire froid.

– Sois bonne et n'oublie jamais qui t'a protégée toutes ces années.

C'était elle qui avait caché Zhara des gardes du Seigneur de Guerre le jour où ils avaient saisi Jin Zhanlong, recouvrant la petite fille sous ses robes jusqu'à ce que le danger soit écarté. Elle était la seule personne au courant de son secret, de sa magie.

– Je ne l'oublierai jamais, répondit Zhara avec une nouvelle révérence. J'ai plus d'une dette envers Madame et ma gratitude est éternelle.

– Excellent.

La Seconde Épouse referma l'éventail d'un claquement sec et resserra sa robe autour de sa taille gracile.

– Ne rentre pas tard, ce soir. Je suis d'humeur à célébrer dignement l'union de ma fille avec un mets de choix. Je pensais… (elle retroussa pleinement les lèvres) à des côtes de bœuf braisées, à l'azuréenne. Qu'en penses-tu, Jin Zhara ?

Zhara déglutit péniblement.

– Le bœuf est cher, Madame. Mais que diriez-vous de côtes de porc à la vapeur ?

Les yeux plissés de la Seconde Épouse s'attardèrent un bref instant sur le livre qui dépassait de la besace de Zhara.

– S'il n'y a que ça…, concéda-t-elle. Mais je dois dire que je suis particulièrement déçue.

Elle avait répondu d'un ton égal, ni mauvais ni détaché, et cet état d'incertitude rendait Zhara plus nerveuse encore.

– Je-je vais voir ce que je peux faire, bredouilla-t-elle.

Elle songea à la préparation salée qu'elle était parvenue à sauver à peine une heure plus tôt et sa magie s'enflamma. Sa belle-mère jeta un œil à ses mains et Zhara serra aussitôt les poings pour masquer la lumière.

– Brave fille que tu es.

Les yeux de la Seconde Épouse pétillaient à présent.

– Il me tarde de faire la fête ce soir. J'apprécie tellement ta cuisine, ma petite.

– Je-je fais de mon mieux, Madame, grimaça Zhara avant de s'incliner.

Sa belle-mère garda le silence un long moment et Zhara sentit l'intensité de son regard lui brûler la nuque. L'instant semblait comme suspendu et la Seconde Épouse mit fin à cette tension insupportable en laissant échapper un bâillement.

– Bon, eh bien, file, la congédia-t-elle en se retournant pour regagner ses appartements. Je gage que tu ne me décevras pas.

Elle marqua une pause puis lui jeta un coup d'œil par-dessus son épaule.

– Après tout, tu es une brave fille.

Une méchanceté désinvolte suintait de chacun de ses mots.

– Pas vrai, Jin Zhara ?

2.

La grisaille de l'aube virait seulement au rose mais Zhara devait déjà jouer des coudes sur le pont du Lotus pour gagner les Fosses. On croisait tellement plus de passants qu'à l'accoutumée qu'elle se demanda si un festival n'avait pas lieu. Bon nombre d'immigrés ayant traversé la Mer Scintillante s'étaient installés dans les plaines marécageuses qui bordaient Zanhei. Venus de Buri, Malang, Cham ou encore Tuong, tous avaient leurs propres coutumes et divinités à honorer. Elle n'aurait pas été surprise d'apprendre qu'il s'agissait d'une fête en l'honneur d'un dieu mineur.

Le quartier qui longeait le Grand Canal était connu administrativement sous le nom de « Port de Zanhei », mais de mémoire d'homme, on l'avait toujours surnommé « les Fosses ». Le lieu, bien plus ancien que la cité fortifiée sur la rive opposée, avait été colonisé par des marchands et des migrants issus des quatre coins de l'empire. Ils avaient emporté avec eux leur cuisine, leurs tenues et leurs manières, et fait du delta du Fleuve Sans Fin le berceau du commerce des provinces du Sud. Au centre de cette myriade d'affluents se tenait le Temple des Immortels, lui-même cerné par le plus vieux marché couvert de l'empire. C'était là que se trouvaient la librairie de Maître Cao et l'échoppe de la Professeure Hu.

– *Hoi*, mademoiselle ! criaient les boutiquiers et les dockers à son passage. Venez donc prendre le petit-déjeuner chez nous !

À travers les canaux qui sillonnaient le marché, le parfum irrésistible de piments rouges grillés, d'estragon, d'ail, de poivrons, de cumin, de coriandre, de tamarin, de basilic frais et de citronnelle se répandait à mesure que les vendeurs allumaient leurs grils et leurs braséros sur leurs barques. Chacun de ces petits restaurants flottants proposait avec fierté sa spécialité : bol de nouilles plates sautées à la sauce de haricot noir, poisson cuit à l'étouffée dans des feuilles de bananier, ou encore, ragoût de crabe et de crevette d'eau douce servi sur du riz.

– Une autre fois peut-être, déclina-t-elle à contrecœur.

Sa bourse était aussi vide que son ventre, mais il n'y avait pas de mal à regarder. Aussi s'arrêta-t-elle devant la boutique de Maître Cao pour contempler langoureusement les étals extérieurs, recouverts d'imposantes piles de nouveaux ouvrages. Parmi eux, le dernier tome de *La jeune amante de la Mort*. Une belle foule faisait le pied de grue devant les portes encore fermées, et Zhara se trouva emportée par l'attroupement.

Un grand étudiant vêtu de la traditionnelle robe noir et blanc de l'université lui marcha sur le pied et elle sentit la dernière couture de sa semelle lâcher.

– *Yah* ! Regardez où vous mettez vos énormes pieds, érudit !

L'étudiant s'inclina maladroitement vers elle pour s'excuser et trébucha sur lesdits pieds.

– Pardon, pardon, mille pardons !

Des effluves de sueur et de vin de riz s'échappèrent de sa robe. Zhara se demanda s'il n'était pas ivre. Bon nombre d'étudiants se rendaient aux Fosses pour profiter des nombreux vices qu'offrait le Village des Fleurs, avant de rentrer à l'université en titubant sous les premiers rayons de l'aube.

– Je ne m'attendais pas à voir autant de monde à la librairie aujourd'hui.

– Vous aussi, vous êtes venu pour *La jeune amante de la Mort* ? demanda Zhara, légèrement surprise.

Elle n'aurait pas cru les universitaires amateurs de romans à l'eau de rose.

– La quoi ?

L'étudiant ne quittait pas des yeux un couple de Nordistes à quelques pas de là. Avec leurs tuniques longues et leurs bottes en cuir bien trop chaudes pour la touffeur printanière du Sud, ils juraient clairement dans le décor.

– *La jeune amante…*

Zhara s'interrompit net quand son interlocuteur croisa enfin son regard. Ses pommettes saillantes et ses lèvres boudeuses étaient parfaitement encadrées par une mâchoire anguleuse. Ses grands yeux de chiot et son nez franc et légèrement trop grand complétaient à merveille le tableau.

– La jeune amante de qui ?

Il la dévisagea d'un air interrogateur.

Zhara toussa nerveusement et sentit un gloussement monter le long de sa gorge. Oh non. Elle connaissait ce gloussement ; c'était celui qui se produisait quand elle tombait sous le charme de quelqu'un. Elle se fit violence pour ne pas plaquer la main sur sa bouche.

– Le nouveau tome de *La jeune amante de la Mort*, parvint-elle à articuler.

– Qu'est-ce que c'est ?

– Juste la romance la plus populaire du moment ! s'exclama une voix excitée par-dessus l'épaule de Zhara.

L'étudiant sursauta lorsque Madame Hong, la vendeuse de moules, surgit entre eux, son exemplaire du tome précédent pressé contre son ample poitrine.

– On dit que Maître Cao et ses scribes ont trimé toute la nuit mais qu'il n'y aura que trois-cents copies en vente.

– Seulement ?

Zhara se décomposa.

– La dernière fois, ils en avaient quatre-cent-cinquante.

– Oui, mais j'ai cru comprendre que plusieurs de ses copistes avaient disparu cette nuit.

– Disparu ? intervint l'étudiant. Mais où seraient-ils allés ?

Son regard se reporta vers les Nordistes tandis qu'il tripotait un pendentif à son cou. Les étrangers étaient coiffés à la mode des steppes, les côtés rasés et leur queue de cheval tressée et décorée de perles et de plumes. Ils arboraient chacun dans le dos deux longs poignards dans un fourreau en croix. La vue des armes donna la chair de poule à Zhara. Dans les Royaumes du Matin, seuls les nobles et les gardes du Seigneur de Guerre avaient le droit de porter une lame.

– Qui sait ? répondit Madame Hong avec un haussement d'épaules. Aucun de ces scribouillards ne dure jamais bien longtemps de toute façon. Ils finissent tous par démissionner à cause de leurs crampes à la main.

Elle leva les yeux au ciel.

– Si vous voulez mon avis, c'est un coup du libraire. Il fait ça pour augmenter le prix.

– J'en doute, tantine, rit Zhara. Vendre des livres, ça n'a rien de saisonnier, la marchandise ne dépend pas de la marée.

– Eh bien, ça semble toujours plus logique que l'autre rumeur que j'ai entendue, répliqua la vendeuse de moules avec un sourire.

– Et quelle est-elle ? s'enquit l'étudiant en triturant toujours son pendentif, qui ressemblait à une pièce percée.

La pêcheuse baissa d'un ton, obligeant l'étudiant à se pencher.

– Il paraitrait que le libraire se livre à je ne sais quelle contrebande dans le sous-sol de sa boutique.

Zhara secoua la tête.

– Il n'y a pas de sous-sol dans les marais, tantine.

– Je répète simplement ce qu'on m'a dit, s'indigna Madame Hong. Les scribes disparaissent à tout bout de champ, ça va et ça vient dans sa boutique, et le libraire est toujours à court d'employés. Qu'est-ce qu'on est censés en conclure ?

– À court d'employés, hein ? Vous pensez que Maître Cao embauche ? J'aurais bien besoin d'un salaire supplémentaire.

La vendeuse de moules lui frappa amicalement le bras.

– Menteuse. Tu cherches juste à lire avant tout le monde ce qui arrive à Petite Flamme et son amant d'outre-tombe. Je vois clair dans ton jeu, ma fille.

– Ce serait la seule façon pour moi de lire la suite en ce moment.

Zhara poussa un soupir en repensant à l'exemplaire taché fourré dans sa besace.

– À moins que vous ne me prêtiez votre livre, tantine ?

Elle décocha un clin d'œil à la pêcheuse.

– S'il vous plaît ?

– Non mais, écoutez-la, celle-là ! Je sais comment tu les soignes, tes livres : de la suie et des brûlures à toutes les pages à force de t'endormir en lisant devant l'âtre ! répliqua Madame Hong en la poussant affectueusement.

Déséquilibrée par sa sandale cassée, Zhara trébucha jusqu'à heurter un large torse musclé. C'était le plus trapu des deux Nordistes.

– Pardon, pardon, mille pard…, s'étrangla-t-elle.

Un brassard de soie blanche, brodé d'un symbole d'ailes noires, ornait le biceps gauche du Nordiste. La Horde Dorée du Seigneur de Guerre, qui comptait parmi les plus redoutables guerriers du Nord, était organisée en cinq ailes : la Rouge, la Blanche, la Bleue, la Verte et la Jaune. Chacune de ses branches avait ses propres spécialités, armes et stratégies. Mais il en existait une sixième, officieuse, qui servait d'yeux et d'oreilles au Seigneur de Guerre. La Noire.

À travers l'empire, on surnommait ses membres les Crécerelles.

– L'étudiant à qui tu parlais, as-tu vu où il est parti ? demanda l'imposant soldat avec son accent typique du nord.

– L'é-étudiant ? répéta Zhara, à la fois surprise et soulagée de ne pas être la cible des gardes.

Elle fit volte-face et repéra l'universitaire qui, accroupi au milieu de la foule, tentait tant bien que mal de dissimuler sa taille. Leurs regards se croisèrent et Zhara détourna soigneusement les yeux.

– N-non, p-pas du tout. T-toutes mes excuses, Votre Excellence.

Le Crécerelle grogna en les dévisageant, elle et Madame Hong, puis s'éloigna.

– Ailes noires, âmes sombres, marmonna la pêcheuse. Mauvais présage.

Elle leva la tête en direction du Temple des Immortels et de son imposant portail rouge visible à des lieues à la ronde.

– Ça va recommencer, n'est-ce pas ?

La vendeuse de moules traça un symbole mystérieux sur son cœur.

– Qu'est-ce qui va recommencer, tantine ?

Mais Madame Hong ne lui répondit pas.

*

* *

Zhara mit un moment à traverser la foule autour de la librairie et reprendre son chemin vers l'apothicaire. Elle allait être épouvantablement en retard mais la Professeure Hu ne le remarquerait même pas. Parfois elle se demandait pourquoi la vieille femme l'avait embauchée tant il y avait peu à faire à la boutique. La plupart du temps, Zhara était assise derrière le comptoir à lire ses romans tandis que Hu allait et venait.

Soudain, la voix de Maître Cao s'échappa d'une ruelle sombre :

– Li Ami et son père ont disparu il y a longtemps. La petite n'est pas venue travailler chez moi depuis au moins six mois.

À son grand étonnement, Zhara découvrit le bel étudiant prosterné aux pieds du petit libraire, le front pressé sur les pavés humides.

– En ce cas, pourriez-vous… Maître Cao, pourrait-il au moins me dire où ils sont allés ? supplia l'étudiant avant de se redresser et de porter la main à son pendentif.

– Non, répondit Cao d'un ton cassant qui ne lui ressemblait pas. Je ne peux pas.

– Vous ne pouvez pas ou vous ne voulez pas ?

Le vieil homme garda le silence.

– Si le libraire refuse de me dire où sont Li Er-Shuan et sa fille, reprit l'étudiant, arrachant le médaillon pour le presser dans la paume de Maître Cao dans un geste désespéré, alors peut-il au moins m'indiquer où je pourrais trouver les Gardiens de l'Aube ?

À cet instant précis, le vieil homme croisa le regard de Zhara et se raidit. Elle se précipita derrière une colonne, honteuse d'avoir espionné la conversation. Ce n'étaient pas ses affaires mais elle ne pouvait réprimer sa curiosité. Les Gardiens de l'Aube étaient un conte, des figures mythologiques, compagnons d'armes du Guerrier Rayonnant qui avait triomphé de Tiyok, la Mère des Dix Mille Démons, en la bannissant dans un royaume souterrain.

– Ah, répondit Maître Cao. Je vois. Et pourquoi cherches-tu les Gardiens de l'Aube ?

– J'ai… J'ai un petit frère, bredouilla le jeune homme d'un ton hésitant. Il a… le don.

À ce dernier mot, Zhara ne put s'empêcher de risquer un regard.

Cao étudia le pendentif dans sa main avant de le rendre à son propriétaire.

– Dans ce cas, j'ai un livre qui pourrait t'intéresser.

– Un livre ? Quel genre de livre ?

– Un manuel d'introduction. Écrit dans une langue secrète et empli de codes. Des codes qui, une fois déchiffrés, pourraient bien te mener à ce que tu recherches.

– Une carte ? demanda l'étudiant avec espoir.

Le libraire tourna la tête en direction de Zhara.

– Prudence, dit-il à voix basse. Les murs ont des oreilles.

– Hein ?

L'universitaire regarda par-dessus son épaule et aperçut Zhara.

L'air coupable, elle reprit sa route vers la boutique de l'apothicaire. En chemin, elle constata que les Crécerelles étaient bien plus nombreux qu'elle ne l'avait remarqué. À chaque croisement, des nattes ornées de plumes blanches et marron dénotaient au milieu des crânes chauves et des chignons lissés des Sudistes. Un tintement sonna au-dessus d'elle. Un oiseau de proie singulièrement rouge l'observait de ses yeux perçants, dorés et cruels, perché sur un toit. Une clochette luisait autour de son cou. Un frisson remonta le long du dos de la jeune fille. Elle ne pouvait chasser l'idée que quelqu'un la suivait. Du coin de l'œil, elle percevait le battement d'une étoffe qui se dérobait à chaque fois à sa vue. Zhara pressa le pas et...

... percuta de plein fouet un torse large et musclé. Elle s'effondra par terre et sa besace déversa son contenu.

– Pardon, pardon, mille pardons !

C'était le grand et bel universitaire, qui se tenait à présent à quatre pattes pour rassembler ses affaires.

– Mais je devais te barrer la route pour ne pas te perdre !

Elle comprit subitement que l'étoffe qu'elle avait aperçue n'était autre que sa robe noir et blanc.

– C'était toi ? demanda-t-elle à la fois flattée et agacée. Pourquoi me suivais-tu ?

– Je voulais te donner quelque chose, répondit-il en dénouant sa ceinture.

– Une minute, une minute ! Je ne suis pas ce genre de fille, érudit. Du moins... Pas avant qu'on ne m'offre un repas, lui dit-elle avec un clin d'œil.

– Hein ?

L'air confus qui plissait son front se mua en gêne prodigieuse.

– Oh non, non, non, je ne suis pas ce genre de garçon non plus.

Les joues rouges, il réprima un rire nerveux avant de sortir un livre fin de sa ceinture. Tête baissée, il le tendit à Zhara.

– Tiens.

– Qu'est-ce que c'est ?

– Un exemplaire de ce feuilleton si populaire, l'*Épouse du Démon*.

Elle mit un moment avant de comprendre qu'il parlait de *La jeune amante de la Mort*.

– Mais… mais pourquoi tu me l'offres ? bredouilla-t-elle, interloquée.

L'étudiant cligna nerveusement des yeux.

– Parce que… parce que tu en avais envie ?

Comme il voyait Zhara hésiter, il poursuivit :

– Tu… tu as bien dit que la seule façon pour toi de lire la suite était de te mettre au service de Maître Cao.

Il laissa tomber ses mains, l'air abattu.

– Tu n'en veux pas ?

Elle sentit un nouveau gloussement sur le point de s'échapper de ses lèvres mais le ravala in extremis.

– Si… Merci.

Pour seule réponse, l'étudiant lui sourit avec une telle intensité qu'elle manqua de s'étouffer. Ses fossettes. Ses incroyables fossettes. Pourquoi fallait-il qu'il ait des fossettes aussi irrésistibles ? Elle se mit à glousser frénétiquement et dut tourner la tête pour éviter son regard.

– *Hoi* !

Au loin, un Crécerelle les menaça de son long poignard.

– Toi, là-bas ! Qu'est-ce que tu tiens dans tes mains ?

La panique s'empara de Zhara et embrasa sa magie. Oh non. Non. Elle tira sur ses manches pour masquer la lueur caractéristique de ses mains et sentit les coutures de sa tunique trop petite craquer autour de ses épaules. Prise au piège, elle hésita entre s'enfuir à toutes jambes et feindre l'ignorance.

– Ce n'est qu'un feuilleton romantique, Votre Excellence, répondit l'étudiant.

Il offrit le mince ouvrage au regard scrutateur du Crécerelle.

– Vous voyez ?

Le garde plissa les yeux.

– *Le classique aux mille signes* ? Ça ne m'a pas l'air d'être une histoire d'amour.

Il se tourna vers Zhara et son attention se porta sur le halo qui émanait de ses manches.

– Montre-moi donc tes mains…

Un tintement et un cri strident retentirent soudainement. En un éclair, le large rapace rouge fondit sur le Crécerelle pour lui lacérer le visage. Les serres rougies de sang, il s'envola pour gagner le toit le plus proche avant de fixer Zhara. Son regard doré semblait lui intimer l'ordre de s'enfuir.

– Viens ! s'écria l'étudiant en lui attrapant le poignet.

Il ne lui en fallait pas plus et elle se mit à clopiner aussi vite que sa sandale cassée le lui permettait. Les badauds et les commerçants poussaient des cris d'orfraie et se jetaient hors de leur chemin.

– Il faut…, haleta l'universitaire, qu'on se cache !

Devant eux, un petit chat roux se tenait au beau milieu de la rue. Il fixa Zhara avant de détaler à la dernière seconde entre deux bâtisses. Elle osa jeter un coup d'œil par-dessus son épaule. Le Crécerelle était loin derrière eux et titubait en essuyant le sang de son visage.

– Par-là ! souffla-t-elle en s'engouffrant dans l'étroit passage qu'avait emprunté le chat.

L'espace était à peine suffisant pour les larges épaules de l'étudiant. Une fois faufilés, ils se retrouvèrent les jambes entrecroisées et leurs poitrines pratiquement collées l'une contre l'autre. Le souffle court, Zhara se tint le plus droit possible pour ne pas écraser le torse de l'universitaire. Les effluves de vin de riz qui émanaient de sa robe étaient écœurantes, mais à sa grande surprise, sa peau sentait le savon au jasmin et à l'ylang-ylang.

Oh, non.

Elle allait se remettre à glousser.

Zhara changea de position et sa jambe effleura la sienne. Le jeune homme laissa échapper un petit hoquet de surprise.

Dans la ruelle, le bruit métallique des bottes du Crécerelle se rapprochait inexorablement de leur cachette. Chaque pas alimentait la terreur de Zhara… ainsi que sa magie. Elle inspira profondément et s'efforça de laisser le plus d'espace possible entre elle et l'étudiant. Si par malheur la peau du garçon entrait en contact avec la sienne, si elle le brûlait avec son pouvoir…

– Qui est là ?

La voix du Crécerelle était juste au tournant.

L'étudiant plaqua la main sur la bouche de Zhara. Elle écarquilla les yeux en sentant sa magie s'embraser… Pourtant il ne parut pas affecté par la moindre chaleur. Le cœur de Zhara battait la chamade et plus seulement de peur. *Shing* ! Dans l'allée, une lame venait de quitter son fourreau.

– Qu'est-ce qui se passe ici ?

Zhara eut soudain une idée. Elle jeta ses bras autour du cou du garçon et l'attira contre elle, rapprochant son visage du sien. Avec un peu de chance, ils passeraient pour un couple à la recherche d'un coin discret. L'étudiant poussa un gémissement, entre protestation et enthousiasme. Ne sachant que faire de ses mains, il finit par les plaquer sur le mur au-dessus de la tête de Zhara.

– Des tourtereaux, marmonna le Crécerelle avec dégoût. Allez vous trouver un hôtel, vous deux !

Zhara sentait les battements frénétiques du cœur de l'étudiant contre sa poitrine. Son propre pouls s'était synchronisé au sien. Les deux pseudos amoureux ne se détendirent que lorsque le *cling-cling* des bottes du garde disparut au loin.

– Euh, hum, eh bien, merci, bredouilla l'étudiant en se glissant hors de leur cachette. Tu as été… bien inspirée.

Son cou et son visage avaient pris une teinte rouge pivoine qui éclipsait presque la lueur de la magie de Zhara.

Elle se racla la gorge.

– De rien, répondit-elle d'une voix forcée pour étouffer ses gloussements.

L'étudiant toussa à son tour.

– Bref, avant cette interruption grossière, il me semble que j'étais sur le point de t'offrir un cadeau.

Il mit la main à sa ceinture et sortit l'ouvrage légèrement corné qu'elle accepta en riant.

– Ce ne sont pas *Les contes du delta soyeux*, au moins ? dit-elle pour le taquiner. Je ne risque pas les foudres des gardes en me promenant avec ?

L'étudiant cligna des yeux, l'air confus.

– Je ne connais pas, c'est de la poésie ?

Zhara se mordit la lèvre pour ne pas d'éclater de rire.

– Plutôt de la pornographie.

– Quoi ? s'exclama-t-il en relevant la tête brusquement, les yeux exorbités. Mais je ne… enfin je n'ai jamais… Je veux dire, je…

– Je te trouve bien innocent pour quelqu'un qui empeste comme s'il avait dormi dans un tonneau de vin.

– Je ne bois pas, protesta le garçon.

Il porta discrètement sa manche à son nez, renifla et fit une grimace de dégoût.

– Je suis allergique à l'alcool.

– Ah vraiment ?

– Vraiment ! renchérit-il avec véhémence. Tous les hommes de ma famille virent au cramoisi sitôt qu'une goutte de vin passe sur leurs lèvres, alors je préfère m'en passer. Par coquetterie.

Après un instant de réflexion, il ajouta :

– Et pour des raisons de santé aussi. Mais essentiellement par coquetterie.

– Ah oui ?

Zhara se pencha brusquement vers lui et retint son rire en le voyant reculer.

– Parce que je te trouve présentement bien rougeaud, Maître Coquet-Mais-Jamais-Cramoisi.

L'étudiant fut pris d'une nouvelle quinte de toux.

– Eh bien, ça, c'est, ahem, cela n'a rien à voir avec l'alcool, je peux te l'assurer, c'est entièrement dû à ton enivrante présence.

Sa tentative de clin d'œil séducteur échoua de façon spectaculaire mais l'effort néanmoins louable la fit sourire.

S'il n'était pas aussi impossiblement sublime, elle l'aurait qualifié de mignon.

– Voyez-vous ça.

Elle battit des cils et Maître Coquet s'étrangla à moitié avant de tirer sur son col.

À croire que je serais plus puissante que le vin de riz et le brandy.

Elle se fendit d'un grand sourire et il trébucha carrément sur sa robe.

– Je, euh, ce n'est rien, déclara-t-il en s'époussetant. Un léger vertige, voilà tout.

– Maître Coquet, tu es peut-être bel et bien ivre, en fin de compte.

Elle lui tapota la poitrine.

– Passe donc à la boutique de la Professeure Hu et je promets de trouver un remède à tes maux. Enfin, sauf pour ce qui est de ton innocence, ajouta-t-elle avec malice. Pour ça, il te faudra aller faire un tour au Village des Fleurs.

L'étudiant s'empourpra encore un peu plus.

– Je…

Les tambours des beffrois de l'autre côté du fleuve marquèrent une nouvelle heure.

– Mère de dix mille démons, jura-t-il. Je suis en retard.

Il se tourna vers Zhara et s'inclina en une révérence toutes fossettes dehors.

– Adieu, Maîtresse Brandy. Merci encore de m'avoir sauvé la vie.

Ce n'est qu'après son départ que Zhara réalisa qu'elle tenait à nouveau le mauvais livre entre ses mains.

– Oh, Maître Coquet.

Elle caressa la couverture légèrement usée du *Classique aux mille signes*. On aurait dit un de ces livrets de poésie pornographique grossièrement imprimés que les étudiants de Zanhei se passaient sous le manteau.

– Un recueil de rimes grivoises, hum ?

Zhara ouvrit le livre et le referma aussitôt pour le fourrer dans sa tunique, les mains tremblantes.

Les pages étaient recouvertes d'une langue qu'elle ne pouvait lire mais qu'elle ne reconnaissait que trop bien. Des glyphes soigneusement calligraphiés : le Langage des Fleurs. Elle comprenait mieux à présent pourquoi Maître Coquet avait tout fait pour que l'ouvrage ne tombe pas dans les mains du Crécerelle.

Le classique aux mille signes n'avait rien d'un recueil de poésie.

C'était un livre de magie.

3.

Han détestait l'odeur de l'alcool.

Surtout qu'il n'en buvait pas.

Pourtant, il aurait bien eu besoin d'un verre, là présentement, coincé qu'il était dans cette bouche d'égout, avec son postérieur exposé aux yeux de tous. Et dans le quartier des femmes, par-dessus le marché.

– Je ne… comprends… pas… comment… c'est possible…, grogna Han qui se démenait pour se dégager. J'aurais juré que le passage était plus large la dernière fois.

Bien sûr, il avait quelque peu grandi depuis car la dernière fois remontait à sa petite enfance. En particulier des épaules, désormais trop larges pour passer.

– Voilà ce qu'on gagne à se muscler, marmonna-t-il. On finit coincé dans un égout, à attendre d'être découvert par le Chancelier.

Il marqua un temps d'arrêt.

– Enfin, si je ne meurs pas avant.

Il n'était pas sûr de savoir quel sort serait le plus défavorable.

– Fort bien, j'ai compris la leçon, implora-t-il, les yeux au ciel. La coquetterie est une perte de temps. Maintenant, par pitié, envoyez-moi quelqu'un pour me sortir d'ici et je promets de cesser de parfaire mon corps de rêve.

Silence. Han poussa un soupir. Selon son Oncle Li, l'ancien astrologue de la cour, l'Héritier Royal était né sous le signe du Second Immortel, qui commandait les revers de fortune, les idées saugrenues et les changements soudains. L'Immortel en question devait sans doute rire de bon cœur là-haut dans le ciel, en voyant dans quel pétrin il s'était fourré. Han tenta de bouger les hanches pour repartir d'où il était venu.

– Tous ces exercices et personne pour admirer le résultat, se lamenta-t-il.

– Permets-moi de te contredire, Ta Grâce, répondit une voix amusée derrière lui. Je suis en mesure de t'affirmer que quelqu'un admire la vue en ce moment-même.

Han se cogna brusquement le sommet du crâne contre la grille.

– Xu ?

– L'inimitable et l'unique.

Han ne s'imaginait que trop bien le rictus goguenard qui devait orner le visage impeccablement maquillé de son acolyte de toujours.

– La réponse aux prières de l'Héritier Royal.

– Merveilleux. Veux-tu bien me tirer d'ici avant quelqu'un ne rameute mon père, ou pire… le tien.

Le père de Xu n'était autre que le Chancelier, régent de Zanhei durant le deuil du Prince Wonhu.

Le père de Han était en deuil depuis maintenant six ans.

– L'Héritier Royal m'autoriserait-il à poser la main sur son auguste personne ? demanda Xu d'un ton théâtralement horrifié. Qu'en dirait son père ? Et qu'en dirait le *mien* ?

– Xu, je t'ordonne de poser la main sur mon auguste et ravissant derrière et de me tirer de cette bouche d'égout avant que le Chancelier ne rapplique et ne réduise ledit derrière en charpie.

– Fort bien.

Xu saisit Han par les chevilles et s'arcbouta.

– Je compte jusqu'à trois ?

– Oui, acquiesça Han. Un, deux, trois…

Un coup sec et un bruit de déchirure plus tard, Han fut libéré. L'arrière de sa tête vint aussitôt heurter le nez de Xu. Les deux jeunes gens se retrouvèrent par terre, après qu'ait retenti un sinistre craquement. Xu resta au sol à gémir de façon dramatique, une manche sur les yeux.

– Oh non, dit-iel d'une voix étouffée. Je crois qu'il est cassé.

– Qu'est-ce qui est cassé ? s'inquiéta Han. Tu as mal où ?

Xu passa une main dans son dos et en sortit un éventail brisé en deux qui ne tenait plus que par un fil.

– Et il était en soie de Wulin, en plus, se lamenta-t-iel.

Han leva les yeux au ciel.

– Tu as *cinq* éventails en soie de Wulin, espèce de paon, répliqua-t-il tandis qu'il l'aidait à se relever.

Il jeta un regard alentour pour voir si quelqu'un dans le Pavillon des Plaisirs Terrestres avait entendu leur vacarme. La cour était déserte et le silence seulement perturbé par les murmures ensommeillés des servantes qui se préparaient pour leur journée.

– Oui, eh bien, je n'ai désormais plus que *quatre* éventails.

Xu fit la moue.

– C'est un chiffre qui porte malheur.

Iel épousseta sa robe, redressa les épaules et reprit un air digne.

– Bien. Sa Grâce aurait-elle la bonté d'expliquer ce qu'elle faisait dans la cour du pavillon des femmes et pourquoi elle empeste le caniveau ?

Han fit de son mieux pour offrir son sourire le plus désarmant. Il avait constaté bien assez tôt que ses fossettes pouvaient constituer une arme redoutable.

– Rien. J'ai juste trébuché durant ma course quotidienne à travers le domaine du palais.

Et pour joindre le geste à la parole, il se mit à trottiner sur place.

Hélas pour lui, Xu ne comptait apparemment pas se laisser charmer aussi facilement.

– J'imagine que Sa Grâce ne se serait tout de même pas livrée à la bêtise de faire le mur sans moi ? demanda-t-iel, les bras croisés. Pas plus qu'elle n'aurait décidé de rentrer par le Pavillon des Plaisirs Terrestres pour éviter d'être reconnue à la porte principale ?

Han baissa la tête, vaincu.

– Si, marmonna-t-il d'un air honteux.

L'odeur acide et piquante d'une sueur qui n'était pas la sienne s'échappa de ses manches tandis qu'il levait les bras en signe de reddition.

Xu se pinça le nez en grimaçant.

– Et qu'est-il arrivé à la tenue de Sa Grâce ?

– Quoi, ces frusques ? Je les ai empruntées à un étudiant endormi dans le quartier de l'université.

– Sa Grâce a fait *quoi* ? demanda-t-iel, d'un ton horrifié. Mais pourquoi ?

– Pour que personne ne me reconnaisse, expliqua Han, fier comme un paon. Ne t'en fais pas, je lui ai donné ma robe en échange. Plutôt généreux de ma part, non ?

Xu semblait hésiter entre le rire et les larmes.

– Sa Grâce a bien conscience que personne ne sait à quoi elle ressemble, n'est-ce pas ? Officiellement, l'Héritier Royal n'a jamais quitté l'enceinte du palais.

Han cligna des yeux.

– Oh. J'avais oublié.

Xu enfouit son visage dans ses paumes.

– Parfois, murmura-t-iel, je me dis que je ne parviendrai jamais à maintenir mon prince en vie jusqu'à sa majorité.

– Ne t'en fais pas pour ça, répliqua Han, guilleret. Plus que six mois avant mes dix-huit ans !

– Si Sa Grâce tenait tant à faire une virée prématurée au Village des Fleurs pour en découvrir les plaisirs, elle aurait simplement pu me demander de lui servir de chaperon.

Xu plissa soudainement les yeux.

– Mais ce n'est pas pour cela qu'elle a quitté le palais, n'est-ce pas ?

– Non, avoua Han.

– C'est encore cette histoire de Li Er-Shuan et de Gardiens de l'Aube, j'imagine, soupira Xu.

Han tritura le pendentif à son cou.

– Oui.

Un long moment passa avant que Xu ne reprenne la parole.

– Oh, Han…

L'Héritier détourna le regard. C'était la pitié, bien plus que l'abandon des titres honorifiques, qui le peinait.

– J'y suis presque, Xu. Je n'ai jamais été aussi proche du but.

– Cela fait six ans, mon prince, lui rappela avec tact son acolyte. Une bien longue période pour chercher quelque chose qui n'existe peut-être pas.

Six ans depuis ce jour où la mère de Han avait été traînée devant le bourreau du Seigneur de Guerre pour être brûlée vive au milieu du palais dans lequel il vivait toujours. Six ans qu'elle lui avait fait promettre de protéger son frère à tout prix. Six ans que la Consort Royale lui avait confié cette pièce en lui disant de chercher les Gardiens de l'Aube, une société secrète à laquelle avaient appartenu sa mère et son Oncle Li, et œuvrant pour la libération magique.

– Les Gardiens de l'Aube existent, insista Han avant de brandir le pendentif. Maître Cao a reconnu le médaillon de ma mère.

À première vue, rien ne distinguait le pendentif de n'importe quelle autre pièce, hormis le trou en son centre qui était rond et non carré. Mais le pourtour était décoré d'un motif de flammes en lieu et place des pattes d'ours de la monnaie impériale frappée par le Seigneur de Guerre.

– Qui est ce Maître Cao ? demanda Xu, l'air sceptique.

– Un libraire des Fosses.

Han passa la main dans sa ceinture pour en sortir son exemplaire du *Classique aux mille signes*.

– Ma cousine Ami a travaillé dans sa boutique avant qu'elle ne disparaisse avec Oncle Li. Le libraire connaissait l'existence des Gardiens.

Il tendit le livre à Xu.

– Il m'a donné ça. Selon lui, c'est un manuel d'introduction à une langue secrète. Et c'est rempli de codes.

Xu fronça les sourcils.

– *La jeune amante de la Mort ?*

– Hein ?

Han lui arracha l'ouvrage des mains et l'ouvrit à la première page. Il se mit à lire :

– *Il était une fois une petite fille qui jouait de la musique pour un petit garçon dans les bois*... Oh non. Oh non, non, non.

Paniqué, il se tourna vers Xu.

– Maîtresse Brandy !

Son ami·e haussa un sourcil impeccablement dessiné.

– Maîtresse Brandy ?

Mais un cri perçant et un grand fracas de porcelaine brisée interrompirent net leur conversation. Une servante qui faisait sa ronde avait repéré Han et Xu dans les buissons.

– Des intrus ! s'écria-t-elle. Des hommes dans le Pavillon des Plaisirs Terrestres !

– Pardon, répliqua Xu, l'air irrité, mais qui traites-tu d'homme, au juste ?

Han n'attendit pas la réponse de la domestique. Il fourra *La jeune amante de la Mort* dans sa ceinture et se précipita vers la Fuite des Paramours, le vénérable myrte qui poussait à l'angle sud-ouest du pavillon des femmes. Un gong retentit pour sonner l'alarme. Il constata qu'il n'était pas le seul ni même le premier à fuir du Pavillon ce matin. Quelques gardes penauds et une poignée de marmitons entreprenants quittaient à la hâte les chambres et les résidences privées, en direction du pauvre arbuste rabougri par les fréquents mauvais traitements. Déjà, un jeune homme maigrichon escaladait ses branches clairsemées tandis qu'un soldat trapu attendait son tour derrière lui.

– Incroyable, marmonna Han. C'est bien la première fois que je vois une file d'attente pour s'échapper.

Il étudia le mur d'enceinte, dont le sommet était à peine hors de portée. Avec un peu d'élan, il pourrait bien réussir à attraper le rebord et se hisser par-dessus sans avoir à passer par la Fuite des Paramours. Derrière lui, les cris des gardes royaux se faisaient de plus en plus pressants.

« C'est le moment de vérité, se dit-il en retroussant ses manches. Tous ces entraînements vont enfin servir à quelque chose. »

Après avoir reculé de quelques pas, il s'élança à toute vitesse et bondit droit sur le mur. Le sommet était plus large qu'il ne l'avait estimé et il peina à trouver une prise. Mais Han tint bon et son pied finit par tomber sur un appui. Le ventre râpant contre le haut du mur, il s'avança petit à petit jusqu'à passer maladroitement sa jambe par-dessus le rebord… et s'écraser sur le dos de l'autre côté.

Les yeux fermés, il s'accorda un moment pour reprendre son souffle.

– Tiens, tiens, tiens, susurra une voix feutrée. Qu'avons-nous là ?

Han ouvrit les yeux. L'ombre d'un large couvre-chef recouvrait son visage tandis que le pan d'une robe de soie verte brodée de grues lui effleurait le bras. Au bout d'un collier de perles rouges, un pendentif de jade pâle, taillé en forme de grenouille surmontée d'un singe hilare, semblait le narguer. Le sceau du régent. Un seul membre du palais était autorisé à le porter.

Le Chancelier.

– Bonjour, Votre Éminence, dit Han avant de refermer ses paupières.

*

* *

– Le Pavillon des Plaisirs Terrestres ? tonna le Prince Wonhu depuis son trône. Mais où avais-tu la tête ?

Après avoir été traîné sans ménagement par le Chancelier jusqu'au Pavillon de la Sagesse Céleste, Han se tenait à présent agenouillé dans la position de contrition parfaitement appropriée aux circonstances. Il était habitué à cette posture, mais rarement en présence de la totalité des ministres. Partiellement dissimulés par un panneau de gaze, deux scribes se tenaient derrière l'estrade royale, pinceaux et encriers en main. Han ignorait s'il devait se sentir flatté ou offensé qu'on consigne ainsi ses errements dans les annales du règne de son père.

– Tu as souillé un espace sacré !

Wonhu faisait à présent les cent pas devant son trône. Son visage prenait la même teinte que sa robe d'apparat écarlate dans laquelle il flottait. Le prince n'avait jamais été particulièrement grand mais, rongé par la maladie, il semblait encore plus diminué ces derniers temps.

– Un homme ! Dans les quartiers des femmes ! N'as-tu pas honte ?

Han garda le front plaqué sur le sol en signe de repentance. Sur la marche de l'estrade se tenait le Chancelier, ses yeux humides et exorbités braqués sur l'Héritier Royal avec flegme et placidité. En tant que régent de Zanhei, le Chancelier veillait aux affaires quotidiennes de la province pendant le deuil de Wonhu. Même l'Héritier ne pouvait contester son autorité, du moins tant qu'il n'aurait pas atteint la majorité. « Encore six mois, songea-t-il. Six petits mois. »

– Était-ce une entrevue ? demanda le Prince. Parle !

Han leva la tête en bredouillant.

– Une entrevue ?

– Un tête-à-tête, insista son père. Un rendez-vous galant. Une liaison, une bluette.

Il fixa Han de son regard d'acier.

– Enfin, mon fils, as-tu besoin d'un dictionnaire ?

Quelqu'un toussa parmi les ministres.

– Non, non, répondit Han, les oreilles rouges. Je sais ce que cela signifie. C'est juste que je n'aurais – enfin, jamais il ne me serait venu à l'idée…

Il ne termina pas sa phrase.

On toussa à nouveau et cette fois-ci, on put distinctement entendre le mot « puceau ».

– Garde-toi de t'adresser à moi de façon aussi désinvolte, l'avertit Wonhu avec fermeté. Dans ce Pavillon, nous sommes prince et héritier, pas père et fils.

– Père et fils, plus vraiment, de toute façon, marmonna Han. Pas depuis la mort de Maman.

Un silence s'abattit sur l'assemblée. Six ans plus tôt, la Consort Royale avait été exécutée par le Fauconnier pour conspiration avec des magiciens. Il était désormais interdit de prononcer son nom ou même d'évoquer son existence. Le parquet grinça sous les agitations embarrassées des ministres vêtus de vert. La mort de la Consort était la raison pour laquelle Wonhu avait abdiqué son trône et ses responsabilités parentales.

– Si je puis me permettre, mon seigneur, intervint le Chancelier avec douceur depuis son siège au pied du dais. Peut-être qu'un regard neutre pourrait vous être utile.

Han renifla avec dédain. Le régent était aussi neutre que l'Archipel des Azures, à semer le trouble à la moindre occasion.

« Plus que six mois, se répéta-t-il. Plus que six mois. »

– Je t'écoute, acquiesça le prince.

Le Chancelier s'inclina avec révérence.

– Son Altesse est fort gracieuse.

Il se redressa pour s'adresser aux ministres.

– Que faut-il faire de l'Héritier Royal ? Quelles leçons devrions-nous inculquer à ce jeune homme impétueux afin qu'il emprunte la voix de la sagesse et de la maturité ?

Un bruissement parcourut les rangs, assorti de ricanements. Han brûlait de se lever pour les regarder droit dans les yeux – après tout, il connaissait ces hommes depuis sa plus tendre enfance – mais il lui était strictement interdit de bouger sans la permission de son père ou du Chancelier.

– Le confiner ?

« Ce doit être l'Officier Deng », pensa Han en reconnaissant le timbre doucereux du fébrile Ministre des Taxes.

– Une solution déjà employée. À maintes reprises.

Cette voix, Han ne parvint pas à l'identifier.

– Notre Prince Singe finit toujours par s'échapper de ses quartiers. Et pourquoi pas des travaux manuels ? Les marais qui entourent la ville ont bien besoin d'être drainés ; les puits, creusés ; et les fontaines, érigées.

– Messieurs, répondit une autre voix grave et mélodieuse.

Le Ministre de la Culture, l'Officier Quan.

– N'est-ce pas la mesure d'un homme que de réfléchir à ses erreurs et à dépasser spirituellement sa honte ? Que l'Héritier Royal écrive quelques vers d'excuse et qu'il les lise à haute voix devant cette assemblée !

– De la poésie ? S'agit-il de le punir lui, ou bien nous ?

Des rires moqueurs résonnèrent dans le Pavillon de la Sagesse Céleste. Han fit une moue contrariée. Sa poésie n'était pas *si* mauvaise que ça.

– J'ai une idée.

Toutes les têtes se tournèrent en arrière, vers le coin où se tenait le Général Hong. Bien qu'il fût techniquement Ministre de la Guerre, Hong entretenait un fâcheux mépris pour l'étiquette et ne s'affichait jamais en tenue de cour. Aux symboles de son office, il préférait la praticité. Selon la rumeur, il ne quittait jamais son armure, pas même pour se rendre aux bains.

– Je propose d'envoyer l'Héritier dans l'un de mes avant-postes des contrées occidentales. Quelques mois à servir aux côtés de mes soldats et de l'armée impériale dans notre lutte contre la résistance feront des merveilles pour forger son caractère.

– La résistance ? répéta le Prince Wonhu en se redressant. Quelle résistance ?

– Ce n'est pas grand-chose… pour l'instant, répondit le Ministre de la Guerre d'un ton réservé. D'après mes éclaireurs, des clans et des tribus locales portent l'étendard du Dragon à Quatre Ailes.

Une stupeur collective traversa l'assemblée. Han se creusa la cervelle pour se rappeler ce qu'il avait entendu au sujet du Dragon à Quatre Ailes. Xu – qui à l'inverse de lui écoutait durant leurs leçons d'histoire – aurait su lui répondre.

– Cette bannière n'a pas été brandie depuis la fin de la Guerre Juste ! s'exclama Quan.

– C'est exact, répondit le général d'un ton sombre. L'étendard de la dynastie déchue des Mugung, ces partisans des magiciens.

Des partisans des magiciens. Han resta immobile pour résister à la tentation de saisir le médaillon de sa mère. Les Gardiens de l'Aube étaient bel et bien là, forcément. Si seulement il parvenait à les rencontrer, il pourrait mettre son petit frère à l'abri.

« Promets-moi, mon petit lémurien, lui avait dit sa mère avant d'être assassinée. Promets-moi que tu protégeras Anyang. »

– Est-ce à dire, Général, demanda Wonhu posément, que vous enverriez mon fils sur le front occidental pour étouffer une potentielle insurrection ?

Les ministres se mirent à débattre avec véhémence des mérites des différents châtiments. Pendant ce temps, Han se balançait légèrement d'avant en arrière pour rétablir la circulation sanguine dans ses jambes. La position de contrition était rude pour les genoux.

Le Chancelier finit par reprendre la parole.

– Mes amis, dit-il en frappant dans ses mains. Je vous remercie pour toutes vos suggestions. À présent, si vous le permettez, j'aimerais présenter la mienne.

Il se tourna vers le Prince, qui inclina la tête.

– J'ai décidé de proposer… une demande.

Quelques ministres, perplexes, se grattèrent la tête sous leur chapeau à ailettes.

– Poursuivez, Votre Éminence, l'encouragea l'Officier Deng.

Un sourire goguenard se dessina sur les lèvres épaisses du Chancelier.

– L'Héritier Royal a été surpris dans l'enceinte du Pavillon des Plaisirs Terrestres. Mais n'est-il pas naturel pour un garçon d'être curieux et désireux de goûter à ces fameux plaisirs qui lui sont interdits ?

– Oh ho ho, gloussa le Ministre de la Culture. Je vois où Son Éminence veut en venir, aussi qu'il me soit permis d'être le premier à lui souhaiter *bonne chance*.

– Quoi ? demanda Han, qui n'en pouvait plus. De quoi parlez-vous ?

– De mariage.

Les yeux du Chancelier pétillaient.

– On dit que le mariage transforme les garçons en hommes.

– En ce cas, Son Éminence doit assurément être un homme parmi les hommes, murmura l'un des bureaucrates les moins gradés. Car je crois savoir que des félicitations seront bientôt de mise pour la quatrième fois.

Han dévisagea le Chancelier et se demanda ce que ses précédentes épouses avaient bien pu lui trouver. Le Seigneur Chan n'était pas un vieillard, mais avoir connu trois mariages et trois deuils au cours de la dernière décennie semblait un brin excessif. La mère de Xu était morte à sa naissance et chaque belle-mère successive s'était rapprochée de son âge.

– Cela fait des années que nous tentons en vain de marier l'Héritier Royal, reprit le Ministre de la Culture. Personne ne veut de lui. Nous avons reçu une proposition de la maison Durumi. Et une autre de la maison Haitun. Les deux se sont rétractées sans la moindre explication à l'issue de la première rencontre avec la promise.

Han s'autorisa un petit sourire de satisfaction. Il n'avait pas été aisé de trouver ce qui déplaisait spécifiquement à chaque potentielle épouse mais il s'était assuré que Xu répande les mensonges adéquats dans toutes les tavernes et salons de thé de Zanhei. La fille Durumi était réputée sensible aux odeurs, aussi avait-iel fait croire qu'il souffrait de mauvaise digestion et d'une haleine plus atroce encore. On disait la fille Haitun très superficielle, alors Xu avait dépeint un portrait peu flatteur de l'Héritier Royal, dont le menton était bien trop fuyant, les oreilles bien trop grandes. Sans parler des vilains poils qui lui dépassaient des narines et qu'il refusait catégoriquement de tailler.

– J'ai pleinement conscience des faiblesses de l'Héritier en matière d'attraction romantique, dit le Chancelier en sortant un parchemin roulé de sa manche. Mais nous avons reçu une nouvelle offre pour la main de Sa Grâce et cette fois-ci, je doute que nous puissions refuser. Et nous aurions même tort de le faire.

Le sourire de Han disparut aussitôt. À en juger par l'air satisfait du Chancelier, cette demande en mariage ne devait rien à un heureux hasard mais plutôt à un plan échafaudé de longue date. Le régent n'avait fait qu'attendre le moment idéal pour abattre sa carte. Han sentit ses entrailles se nouer.

Le prince Wonhu se redressa sur son trône.

– De qui émane-t-elle ?

Le Chancelier lui adressa une révérence.

– Si vous me le permettez, Votre Altesse, dit-il en déroulant le parchemin.

Le père de Han acquiesça d'un air las.

– Nous avons été honorés par une demande de la princesse Yulana, aînée du Gommun Kang, empereur des Royaumes du Matin et… (un sourire triomphant fendit ses lèvres adipeuses) petite-fille préférée du Seigneur de Guerre.

4.

Le carillon tinta tandis que Zhara passait la porte de l'échoppe de la Professeure Hu au pas de course.

– Désolée pour le retard, tantine, s'excusa-t-elle en haletant. Je…

À sa grande surprise, l'apothicaire n'était pas seule. Grand-mère Meng, l'une des matriarches des Buris, se tenait assise sur un tabouret du comptoir, ses mains rabougries posées sur sa canne en rotin. Les Buris s'aventuraient rarement hors de leurs villages flottants dans les marais mais Meng était accompagnée par deux jeunes membres de son clan. Un parent et son enfant, à en juger par leurs bracelets assortis de perles rouges.

– Je ne comprends pas, dit Hu.

La maîtresse des lieux était une petite femme vigoureuse d'une cinquantaine d'années, ses cheveux gris attachés en un chignon sévère.

– Tu me dis qu'il n'y a *plus* de pousses de fougère ou bien que les tiens ne *veulent* plus gravir le Mont Zanhei pour en cueillir ?

– Les deux, répondit Grand-mère Meng en faisant cliqueter le rideau de perles de sa coiffe d'un geste de frustration.

Son clan vivait de la cueillette d'herbes et de racines poussant sur les flancs du volcan et traitait avec Hu depuis bien avant l'embauche de Zhara.

– Je te le dis, cet endroit est dangereux pour mon peuple à présent. L'air est mauvais. L'énergie aussi, le ki. La montagne s'est réveillée et elle est en colère.

Zhara se mit à nettoyer derrière le comptoir et débarrassa en silence les tasses à demi vides et les restes de repas. La Professeure Hu était sans doute la plus brillante herboriste des provinces du Sud mais le rangement n'était pas son point fort.

– Réveillée ?

L'apothicaire fronça les sourcils et ôta ses binocles avant de les laisser pendre à son cou, retenus par un collier de perles de topaze.

– De nouveau active, tu veux dire ?

– J'ai dit *réveillée*, bougonna Meng avec irritation. Je sais que vous autres citadins vénérez vos Immortels et leurs domaines de la Raison, mais le monde est bien trop grand pour être contenu par l'ordre et la logique. As-tu déjà oublié ce qui s'était passé durant l'Année Sans Été ?

Zhara s'appliquait à ranger carnets, feuilles volantes et ingrédients en paraissant totalement absorbée par sa tâche. Elle exhuma un tabouret sous une pile de vieilles ordonnances et l'offrit au duo qui se tenait derrière Meng. L'adulte tressaillit, l'air inquiet, et refusa timidement.

– Oublié ? Je sais que les apparences peuvent être trompeuses, mais je n'ai pas mille ans, répliqua Hu d'un ton sec. Cependant j'ai lu les annales et je sais que l'Année Sans Été marqua la dernière éruption du mont Zanhei. Les nuées ardentes étaient si denses qu'elles éclipsèrent le soleil et la terre fut plongée dans un hiver sans fin.

La matriarche buri secoua la tête et les perles de son couvre-chef accompagnèrent le mouvement.

– Notre peuple raconte une autre histoire.

L'herboriste haussa les sourcils.

– Laquelle ?

– Tiyok, murmura l'enfant à côté de la grand-mère.

L'adulte lui agrippa aussitôt les épaules et maugréa :

– Ne jure pas, c'est impoli.

– Pardonne ces deux pipelettes, dit la matriarche avec un sourire amusé. Ma petite-fille, Diem, et son fils, Thanh.

Diem resserra sa prise sur son fils.

– Présente tes excuses au Professeure Hu pour ta grossièreté, Thanh.

Zhara adressa un sourire encourageant au garçon.

– Tu parles de la Mère des Dix Mille Démons ? demanda-t-elle d'une voix bienveillante, mais la mère attira l'enfant contre elle. Celle qui a été terrassée par le Guerrier Rayonnant et les Gardiens de l'Aube ?

Thanh se tourna vers elle et Zhara s'en retrouva déconcertée. Ses yeux étaient habités par un vide désarmant. Non pas le regard torve d'un gamin qui s'ennuie mais un abîme hypnotique. Ce néant la mit mal à l'aise et éveilla sa magie. Elle eut le sentiment d'être épiée par quelqu'un d'invisible, comme si une autre conscience se trouvait tapie dans les profondeurs de ces pupilles d'un noir absolu.

– Et voici mon assistante, Jin Zhara, dit Hu pour clore les présentations.

– C'est une maline, ton assistante.

Grand-Mère Meng tapota les pieds de Zhara du bout de sa canne.

– Elle connait les vieilles légendes.

Mais l'histoire du Guerrier Rayonnant et des Gardiens de l'Aube, le mythe fondateur des Royaumes du Matin, était connue de tous. Chaque troupe de théâtre itinérante la jouait, des lointaines contrées occidentales jusqu'à l'Archipel des Azures. Rien que l'été dernier, Zhara avait assisté à une représentation des frères Bangtan dans les Fosses. Tout le monde en avait parlé avec enthousiasme des semaines durant.

Elle repensa alors à l'étrange scène à laquelle elle avait assisté entre Maître Coquet et Maître Cao devant la librairie. *Dites-moi où je peux trouver les Gardiens de l'Aube*.

– J'ignore ce que la Mère des Dix Mille Démons a à voir avec… quoi que ce soit, reprit Hu en croisant les bras. Toujours est-il que j'ai besoin de dix pousses de fougère pour mes teintures et elles ne poussent que sur les flancs de ce volcan.

– Veux-tu bien m'écouter ? s'emporta Meng avec exaspération. On n'en trouve plus. Les plantes fanent et meurent, les poissons pourrissent dans les cours d'eau et les oiseaux se taisent aux abords du mont Zanhei.

L'apothicaire se tapota le menton, pensive.

– Une espèce de peste, peut-être ?

– Possible, concéda la matriarche. Si tu souhaites voir les choses ainsi, oui.

Elle opina du chef et les perles balancèrent d'avant en arrière.

– Une peste qui corrompt le ki de tout ce qu'elle touche… plantes, animaux, humains.

– Humains ? s'exclama Hu. Comment ça ?

Derrière Meng, Diem se mit à gigoter nerveusement en triturant son bracelet.

– Grand-Mère, souffla-t-elle d'un ton implorant. Ne dis rien.

Mais la vieille femme l'ignora.

– Nos proches disparaissent les uns après les autres dans les grottes qui encerclent le volcan. Et ceux qui en réchappent…

Elle jeta un regard inquiet en direction de son petit-fils.

– … reviennent changés à jamais.

– Dans quel sens ?

Le visage de la matriarche s'assombrit un bref instant, puis elle fit signe à Thanh d'avancer.

– Viens, mon petit. Laisse l'apothicaire t'examiner.

– Mais je ne suis pas médecin, protesta Hu. Seulement herboriste.

– Tu es la seule citadine que je connaisse qui ait la tête sur les épaules, rétorqua la Buri. Approche, mon enfant.

La professeure chaussa nerveusement ses lorgnons au bout de son nez.

– Et que dois-je regarder ? demanda-t-elle en faisant le tour du comptoir pour étudier l'enfant de plus près.

Meng hésita à nouveau.

– Thanh a toujours été un enfant joyeux, répondit-elle avec tristesse. Le regard vif, toujours prompt à pleurer ou à rire. Et maintenant…

Diem étouffa un sanglot.

– Qu'est-il arrivé ?

Hu saisit délicatement le poignet du garçon pour prendre son pouls.

La matriarche fit rouler la canne entre la paume de ses mains.

– Nous ne savons pas vraiment. Des cinq enfants partis jouer dans les marais ce jour-là, seuls trois en sont revenus. Et seul Thanh peut encore parler, mais il ne veut rien nous dire.

– Les marais ? Pas le mont Zanhei, donc, fit remarquer Hu.

– Non, mais c'est le même mal qui afflige ceux qui reviennent de la montagne, répondit la grand-mère. La même… corruption de l'esprit.

– Qu'en est-il des autres enfants ?

L'apothicaire ouvrit la bouche de Thanh avec douceur pour observer sa langue. Le garçon se laissait faire mais son corps était rigide et inanimé, comme un pantin.

– Ceux qui sont revenus ?

– Eux aussi ont été… corrompus. On dirait des morts-vivants, le regard vide et l'esprit absent.

Diem enfouit son visage entre ses mains, ses épaules secouées par les sanglots. Un silence de plomb s'abattit dans la boutique, seulement troublé par les lamentations de la jeune femme. Hu et Meng la regardaient avec peine tandis que Thanh demeurait indifférent.

Zhara se racla la gorge.

– Est-ce que la dame… souhaiterait une tasse de thé ?

Diem finit par renifler et hocher la tête.

– Serait-ce possible ? marmonna l'apothicaire en poursuivant son examen du garçon. L'ancien fléau… ?

Prise d'une illumination, elle se mit à chercher quelque chose sur le comptoir.

– Zhara, dit-elle d'une voix irritée. Où est mon carnet ? Pourquoi faut-il que tu déplaces sans cesse mes affaires là où je ne peux jamais les retrouver ?

– Pardon, tantine, pardon !

Zhara déposa aussitôt la théière et alla chercher le carnet à sa place sur le bureau.

– Et les disparus ? reprit Hu en griffonnant ses observations. Sais-tu où ils ont pu aller ?

– Aucune idée.

La Buri s'affaissa sur son siège. Elle paraissait subitement très vieille et fragile.

– C'est pour cela que je comptais sur toi pour traiter Thanh, afin qu'il nous en apprenne davantage.

La professeure ferma son cahier, les sourcils froncés d'inquiétude.

– Je ne sais pas quoi te dire, Grand-Mère Meng. Il n'a pas de fièvre et sa gorge n'est pas encombrée. Son pouls est un peu lent pour un enfant de son âge mais n'a rien non plus d'anormal.

L'apothicaire se redressa et retira ses binocles.

– Physiquement, ce garçon est en parfaite santé.

– Bien sûr qu'il va bien ! s'écria Diem en bondissant de son siège. Il n'a rien ! C'est un enfant parfaitement normal !

Ses yeux dardèrent brusquement de droite à gauche.

– C'est la vérité !

– Je n'ai jamais prétendu le contraire, répondit Hu sur un ton d'apaisement. À moins… que vous ayez omis de me dire quelque chose ?

– Non, non, dit aussitôt Diem. Nous n'avons rien à cacher.

Mais elle évita soigneusement de regarder l'apothicaire dans les yeux et continua de triturer son bracelet de perles rouges. Zhara scruta la jeune mère avec intensité tandis qu'elle servait le thé.

– Hmm.

Hu rendit le garçon à Diem.

– Je ne crois pas pouvoir traiter Thanh. Son humeur est peut-être due à une forme de blocage dans son méridien. Je peux vous recommander un acupuncteur si vous le souhaitez.

– Je ne pense pas que l'art du Sixième Immortel puisse guérir mon arrière-petit-fils, marmonna Meng. C'est une question de *magie*, pas de médecine.

– Grand-Mère ! s'écria Diem.

Crac !

La théière éclata en mille morceaux au sol.

– Pardon, pardon, mille pardons ! s'excusa Zhara en ramassant les débris, les mains tremblantes.

– Sois prudente, Grand-Mère Meng, dit Hu à voix basse. Le Fauconnier a des yeux et des oreilles à travers toute la ville.

– Et quoi ? Tu me dénoncerais aux bourreaux du Seigneur de Guerre, alors ? répliqua avec morgue la vieille femme.

L'apothicaire secoua la tête avec gravité.

– Bien sûr que non. Tu sais mieux que quiconque le peu d'amour que je porte aux Crécerelles.

Zhara s'interrompit dans sa tâche. C'était la première fois qu'elle entendait sa mentor exprimer un avis sur la magie. Elle saisit le balai derrière le comptoir et rassembla minutieusement les tessons de théière en tendant l'oreille, pleine d'espoir.

La matriarche ferma les yeux.

– L'équilibre du monde est rompu. Et lorsque l'Ordre et le Chaos ne sont plus en harmonie, les démons envahissent la terre.

Diem réprima un cri et enveloppa son fils dans ses bras.

– Des démons ?

Le garçon commençait à s'agiter.

– Certainement pas, répondit Hu, sceptique. Aucune abomination n'a été aperçue dans les Royaumes depuis la fin de la Guerre Juste.

– Ce n'est qu'une question de temps, déclara la Buri. Le risque de possession demeure tant qu'il subsistera des magiciens pour servir d'hôtes aux monstres.

Le manche à balai de Zhara se mit à scintiller et, l'espace d'un instant, elle se retrouva avec une lame rouillée entre les mains. Elle manqua le faire tomber lorsqu'il scintilla de nouveau et se rechangea en balai. Elle le posa soigneusement contre le mur et fourra ses mains dans ses manches.

– Mais tous les magiciens ne se changent pas forcément en abominations, n'est-ce pas ? demanda Diem avec inquiétude.

Dans ses bras, Thanh protestait contre son étreinte et commençait à se dégager.

– Il y en qui… s'en remettent ?

Hu et Meng échangèrent un regard.

– Il n'y a pas de remède contre la possession, dit l'apothicaire. Sinon, nous ne serions jamais tombés en guerre.

– Bien sûr que si, il existe un remède, rétorqua la Buri. Tout se trouve dans les vieilles histoires. On dit qu'au cours de la guerre contre Tiyok, le Gardien de Feu a retransformé tous les monstres du pays en magiciens.

– Oh, Grand-Mère Meng…

L'herboriste poussa un soupir avant de jeter ses notes sur le comptoir et de se frotter les yeux.

– Il y a la magie d'une part, et les mythes d'autre part.

Le silence s'installa de nouveau et on n'entendit plus que le léger grattement de Thanh qui jouait au sol. Zhara se rendit compte avec effroi qu'il tenait le petit couteau dont se servait l'apothicaire pour tailler les racines et les herbes. Elle se rapprocha aussitôt de lui pour tenter de lui retirer la lame des mains.

– Non, non, dit-elle gentiment. Ce n'est pas un jouet.

Thanh montra aussitôt ses dents et lui agrippa la main pour reprendre son trophée.

Tout devint blanc.

Le ki de Zhara s'affola à travers tout son corps, mais ce n'était pas par peur que sa magie s'embrasa. Une soudaine familiarité, un sentiment à la fois intime et intimidant, parcourut chaque fibre de son être. En touchant la peau de ce garçon, elle avait l'impression de reconnaitre une langue qu'elle parlait dans un pays étranger, de retrouver un ami au milieu de parfaits inconnus. Elle connaissait ce contact et l'aurait reconnu entre mille.

Thanh était un magicien.

Un magicien avec un sérieux problème. Sous sa peau, la corruption et le poison le rongeaient de l'intérieur. Plus rien de vivant ne semblait l'habiter, comme si son âme se trouvait coupée du monde. Une présence étrangère avait pris place, une entité inhumaine qui s'agrippait à la main de Zhara tandis que la corruption se déversait lentement de l'âme du garçon vers la sienne.

Sa magie prit le pas.

Une vague d'énergie passa de ses mains au corps du garçon en activant tous les canaux de ki le long de son méridien. Elle pouvait presque voir les lignes vitales s'illuminer le long des bras et du dos de Thanh. La lumière qui aurait dû être claire et vivante paraissait maladive, pestilentielle et souillée. L'enfant siffla de douleur à mesure que la magie de Zhara brûlait les ténèbres. Il se dégagea brutalement avant de s'effondrer, les yeux révulsés.

– Thanh ! hurla Diem en se jetant au secours de son fils.

Elle décocha un regard noir à Zhara.

– Qu'est-ce que tu lui as fait ?

– R-rien ! Je n'ai rien fait !

Une sueur glacée se mit à perler sur son front tandis qu'elle reculait maladroitement. Le souvenir de Suzhan tordue de douleur et gémissante lui revint aussitôt en mémoire. Zhara plaqua une main sur sa bouche et ravala un sanglot. Sa magie avait-elle aussi mutilé le garçon ?

– *Chhhhh*, *chhh*, souffla l'apothicaire en s'agenouillant auprès de Diem. Laisse un peu d'air au petit.

Hu défit doucement l'étreinte de la mère autour du cou de l'enfant et cala la tête de Thanh contre ses cuisses. La raideur de ses membres s'estompa peu à peu et les spasmes s'arrêtèrent.

– Il a de la fièvre maintenant, constata l'herboriste en fronçant les sourcils.

Du dos de la main, elle jaugea la température du front.

– C'est sans doute ce qui a déclenché cette crise.

Diem se tourna vers Zhara.

– Elle lui a fait quelque chose ! rugit-elle en la pointant du doigt. C'est un monstre !

Zhara repensa à la cécité de sa sœur.

– Je-je suis désolée, bredouilla-t-elle en faisant un pas dans sa direction. Je ne sais pas ce qui s'est passé…

– Ne t'approche pas de lui !

Diem tenta de hisser Thanh sur son dos. L'enfant s'était endormi.

– Aide-moi, Grand-Mère, dit-elle à la matriarche.

La vieille femme quitta péniblement son siège et s'appuya sur sa canne.

– J'imagine que nous ferions mieux de partir, s'excusa-t-elle sur un ton de regret.

La Professeure ouvrit et referma plusieurs tiroirs pour en sortir herbes et poudres avant de les emballer dans des feuilles de papier.

– Tiens. Pour la fièvre.

Elle confia les ingrédients à Meng avant de s'adresser à Diem.

– Et pour toi…

Elle hésita un bref instant avant d'ouvrir la petite bourse à sa ceinture.

– Prends ça.

Elle tendit une petite pièce de bronze percée d'un trou circulaire.

– Si toi ou ton fils avez besoin de quoi que ce soit, montre ce symbole à Maître Cao. Il vit ici, dans la ville.

La mâchoire de Diem se crispa. Elle finit par accepter le médaillon en inclinant respectueusement la tête.

Thanh se mit à bouger légèrement dans le dos de sa mère et croisa le regard de Zhara en partant. Ses yeux n'avaient plus rien de vide et de désincarné. Une étrange expression passa sur son visage ; ses traits semblaient animés par une intelligence nouvelle, bien trop ancienne pour un petit garçon de son âge. Et bien moins humaine.

Selon la rumeur, il y aurait des monstres dans les marais.

Zhara en eut la chair de poule.

5.

La nuit était tombée, son frère avait disparu et Han avait désespérément besoin de la suite de *La jeune amante de la Mort*.

– Je n'arrive pas à croire que ça se termine là-dessus ! s'écria-t-il en jetant le livre à travers la pièce.

Après son audience catastrophique auprès de son père et du Chancelier, Han avait été escorté sans ménagement vers ses appartements pour y être confiné sans aucun droit de visite. Malgré son manque d'intérêt pour la lecture, il avait décidé de donner sa chance à cette histoire de mariée et de fantôme – ou de démon, peu importe –, histoire de tuer le temps. Quelques heures plus tard, il avait terminé l'histoire d'une traite et s'était complètement investi dans le destin tragique de Petite Flamme, qui venait d'accepter la demande en mariage de la Mort en échange de la vie de sa sœur. Il mourrait d'envie de discuter de la fin à suspense avec quelqu'un mais les gardes postés devant sa porte semblaient peu enclins à échanger plus de deux syllabes à la fois.

Sans rien d'autre pour s'occuper l'esprit, Han se mit à faire des squats face à son lit en s'efforçant de chasser ses angoisses par l'exercice. Il aurait pu, bien sûr, plancher sur son dernier poème, mais il avait perdu tout intérêt pour le sujet (les pompes) la semaine passée et n'avait plus le courage de le terminer. D'un autre côté, il caressait à présent l'idée d'un écrit en l'honneur de Maîtresse Brandy…

– Maître, marmonna-t-il tandis que ses cuisses commençaient à brûler. Mettre… Maîtresse… Mes… Tresses… raaah !

Il se laissa tomber par terre et s'allongea sur le dos pour contempler le plafond. Il était pratiquement minuit et il n'avait toujours aucune nouvelle de Xu quant à la situation de son petit frère. La dernière gouvernante d'Anyang en date avait démissionné la veille et déjà son cadet recommençait à causer problème.

Ni Han ni Xu n'étaient parvenus à résoudre l'épineuse question de la garde d'Anyang. Rien que le mois dernier, ils avaient vu défiler six gouvernantes, et la plus endurante avait tenu une pleine semaine avant de fuir les quartiers du Second Héritier en hurlant de terreur. Elle avait déliré à propos de vases flottants, de bruits étranges et de taches inexpliquées, croyant le palais hanté. Han n'avait rien dit pour la persuader du contraire et lui avait versé une somme généreuse avant de la congédier.

Pour ceux qui le connaissaient bien, Anyang était un charmant bambin, plein d'amour et avide d'affection. Mais pour ceux qui n'avaient pas cette chance, le Second Héritier était un petit garçon imprévisible et capricieux, sujet à des colères aussi singulières que destructrices. Ses crises étaient insurmontables, affirmaient les gouvernantes avant de rendre leur tablier. L'enfant était possédé, disaient-elles.

Elles ignoraient à quel point elles étaient proches de la vérité.

Han s'effondra sur le lit, enfouit son visage dans les coussins et poussa un hurlement.

Parfois le poids de ses responsabilités l'écrasait complètement. Il s'efforçait de ne pas trop y penser. Il s'efforçait d'ailleurs de ne pas trop penser tout court. Réfléchir conduisait à s'inquiéter, qui conduisait à paniquer, et la dernière chose dont Anyang avait besoin, c'était d'un grand frère qui perde la tête. Privés de leur mère et abandonnés par leur père rongé par le chagrin, Han était le seul rempart capable de le protéger des griffes du Seigneur de Guerre.

En se roulant sur le dos, il laissa retomber un bras sur ses yeux. Il était tard et il avait besoin de sommeil mais il ne parvenait pas à oublier le rictus triomphal du Chancelier. Il jouait au chat et à la souris avec le régent depuis des années. Et s'il était parvenu à déjouer jusqu'à présent tous les pièges matrimoniaux qu'on lui avait tendus, Han avait conscience que la princesse Yulana était un collet dont il ne s'échapperait pas aussi facilement. En tant que petite-fille de l'empereur Gommun, Yulana offrait une union politique bien trop puissante pour être refusée. Et en tant que petite-fille de l'homme qui avait mené la guerre aux magiciens, elle constituait également une menace bien trop dangereuse.

Scritch, scritch, scritch.

Han se redressa d'un coup. Une souris ? Un rat ?

Scritch, scritch, scritch.

– Gogo ? appela une petite voix depuis la fenêtre. Ouvre-moi !

Il bondit sur ses pieds pour ôter le loquet.

– Anyang ?

En baissant la tête, il découvrit son petit frère accroupi sous le rebord pour échapper à la vigilance des gardes qui patrouillaient dans la cour.

– Qu'est-ce que tu fiches ici ? Où étais-tu passé ?

– Gogo, murmura Anyang. Je... je ne sais pas.

Il leva son visage effrayé vers son frère et lui tendit ses mains. Ses paumes luisaient faiblement dans la pénombre, comme si ses os et son sang étaient en feu.

La panique donna des ailes à Han. Il se pencha vivement par la fenêtre pour hisser le petit garçon dans sa chambre avant de claquer les volets.

– Que s'est-il passé ? Tu es blessé ?

Anyang secoua la tête.

– Je crois..., commença-t-il en déglutissant péniblement. Je crois que j'ai fait un cauchemar.

Han cligna des yeux, incrédule.

– Un cauchemar ?

Son frère était maculé de boue de la tête aux pieds, sa robe déchirée comme s'il s'était bagarré. Il tâta délicatement son corps mais Anyang semblait parfaitement intact.

– Tu en es sûr ?

– Je crois que oui, répondit son frère d'une voix tremblotante. Parce que le démon grenouille était là.

Depuis la mort de la Consort Royale, Anyang souffrait de terreurs nocturnes. Ses rêves étaient peuplés de monstres et autres créatures terrifiantes mais le pire d'entre tous était celui qu'il appelait le démon grenouille. La seule façon de tenir à distance cette figure récurrente, effrayante, et faite de vide était de garder une chandelle allumée toute la nuit. Ou que Han reste à son chevet. Le grand frère avait appris au cours de ses innombrables veillées que le monstre pouvait changer d'apparence : tantôt une grenouille, tantôt une abominable créature à la peau de serpent et queue de scorpion. Peu importe la forme qu'il adoptait, cette apparition ne voulait qu'une seule chose : s'emparer de la magie d'Anyang pour la consumer.

– *Là* ? répéta Han en plissant le front. Mais où ça, là ?

Le garçon mit un moment avant de répondre.

– Dans les jardins de méditation.

– C'est là que tu t'es caché toute la journée ?

L'inquiétude faisait monter la voix de Han dans les aigus.

– Qu'est-ce que tu fichais dans les jardins ?

Anyang se mit à examiner soigneusement ses pieds.

– Je jouais avec Yao.

– Yao ? Qui est Yao ?

– Un des marmitons. Et… c'est mon ami.

– Ton ami ?

La peur lui glaçait à présent les os.

– Didi… Tu n'as quand même pas…

Il enveloppa ses doigts gourds autour du bras de son frère.

– Je t'en prie, dis-moi que tu n'as rien dit à ce garçon à propos…

– De ma magie ?

Han grimaça nerveusement.

– Si.

– Anyang !

– Mais seulement parce que c'est un magicien, lui aussi ! répondit l'enfant sur la défensive.

Han tituba en arrière.

– Quoi ?

Un curieux mélange de curiosité, de soulagement, d'effroi et d'euphorie lui emplit la poitrine. Se pourrait-il que ce marmiton et ses parents appartiennent aux Gardiens de l'Aube ? Ou du moins sachent où trouver les Gardiens ? Et pourquoi son petit frère ne lui en avait pas parlé jusqu'à lors ?

– Comment… comment as-tu su… *que tu pouvais lui faire confiance ?* avait-il envie de demander.

Anyang haussa les épaules.

– Je le savais, c'est tout.

Il tendit sa petite main luisante à Han, qui la prit.

– Quand je le touche, c'est comme avec toi, Gogo, expliqua-t-il d'une voix douce. Je me sens en sécurité.

– Est-ce que quelqu'un d'autre est au courant ? Pour Yao, j'entends.

Il arracha distraitement quelques poils de son menton.

– Ses parents, peut-être ? demanda-t-il, plein d'espoir. Enfin, quelqu'un à qui il pourrait parler… et s'épancher.

Avec une moue songeuse, Anyang répondit :

– Je ne sais pas.

– Dans ce cas, je pourrais peut-être m'entretenir avec ce Yao, dit Han. Pourrais-tu arranger une rencontre ?

Anyang se mit à battre des paupières et des larmes roulèrent le long de ses joues.

– Oh, Gogo, je ne pense pas, bredouilla-t-il en sanglotant.

– Tu peux lui dire qu'il ne risque rien avec moi…

Le garçon secoua la tête.

– Il est parti, Gogo. Il a disparu, et c'est ma faute !

Han se figea tandis que son angoisse revenait au galop.

– Comment ça, *disparu* ? Qu'est-ce que tu as fait ?

– On a joué à chat toute la journée dans les jardins et j'étais fatigué, alors j'ai voulu faire une sieste, dit Anyang en reniflant. Yao était censé monter la garde au cas où quelqu'un m'aurait dénoncé au Chancelier parce que je séchais mes leçons.

Malgré la terreur qui lui étreignait les côtes, la nostalgie arracha un demi sourire à Han. Lui et Xu s'étaient livrés aux mêmes manigances dans leur jeune âge.

– J'ai rêvé du démon grenouille.

Anyang s'enveloppa dans ses bras et se balança légèrement d'avant en arrière.

– C'était… vraiment terrible.

– Comment ça ?

– D'habitude, quand je rêve de lui, il est assis à côté de moi et il me demande de lui donner ma magie. Quand je lui dis non, il essaye de l'arracher de ma poitrine et ça fait mal.

Anyang posa une main boueuse sur son torse.

– Ça fait toujours très mal.

Han garda le silence. Les hurlements stridents qui réveillaient tout le palais aux premières heures du jour attestaient bien de la douleur de son frère.

– Mais cette fois-ci, reprit le garçon, le démon m'a dit qu'il… qu'il ne pouvait plus attendre. Alors, il… il…

Sa voix se brisa et s'emplit de sanglots.

– Il m'a cassé les côtes pour entrer en moi.

Han ignorait ce qui lui faisait le plus de mal entre les larmes de son frère ou son impuissance face à cette souffrance. Il se laissa tomber à genoux et prit Anyang dans ses bras, à la fois protecteur et maladroit.

– J'ai crié et crié, et puis…

Un hoquet l'interrompit.

– … et puis Yao a arraché le démon grenouille.

Han se recula pour mieux étudier le visage de son frère.

– Dans ton rêve ?

Anyang afficha un air confus.

– Je… je ne sais pas trop. Lorsque le démon l'a vu, il a sifflé de colère et il a dit que Yao ferait l'affaire pour le moment. Ils ont disparu tous les deux et quand j'ai ouvert les yeux, il faisait nuit et Yao n'était plus là.

– Parti ?

Anyang hocha la tête et se passa une main sur les yeux.

– Je crois… je crois que le démon l'a emmené avec lui.

Son visage n'était plus qu'un masque de larmes, de morve et de boue. Il lança un regard implorant à son aîné.

– C'est de ma faute !

Il était bien plus probable que le marmiton soit simplement rentré chez lui mais Han garda cette hypothèse pour lui.

– Demain, dit-il à la place. Demain, nous irons chercher ton ami.

Anyang se détendit.

– Merci, gogo. Il a mon âge et une grande tache de naissance violette ici.

Il pointa du doigt sa clavicule avant de laisser échapper un énorme bâillement.

– Est-ce que je peux rester dormir ici cette nuit ?

Han lui adressa un sourire complice.

– Bien sûr, didi. Mais d'abord, allons te débarbouiller.

Il aida son petit frère à retirer ses vêtements crottés, lui nettoya les mains et le visage à l'aide d'un chiffon humide avant de lui passer une chemise de nuit propre. Les deux s'installèrent ensuite dans le lit à baldaquin de Han, et Anyang se lova sous l'aisselle de son grand frère. Ce dernier changea de position en prenant soin de ne pas le déranger. L'été arrivait tôt dans les provinces du Sud et les nuits commençaient déjà à se faire chaudes.

– Bouge-toi, grommela le petit garçon. Je vais tomber du lit.

Han s'exécuta en se reculant légèrement pour lui donner plus de place.

– Encore, ordonna Anyang. Tu es trop gros, gogo.

– C'est mon lit, je te rappelle, protesta Han.

Il pouvait sentir les lèvres de son frère former un sourire contre sa peau.

– C'est agréable, murmura le petit, déjà à moitié endormi. C'est comme quand Maman était vivante et qu'on dormait avec elle.

– Tu te souviens de ça ?

Anyang n'avait que quatre ans lorsqu'ils avaient perdu leur mère.

Son frère acquiesça.

– Parfois, je rentre dans ses anciens appartements et je dors dans son lit.

– Vraiment ? Mais pourquoi ?

Il haussa les épaules.

– C'est une bonne cachette.

Han ne pouvait lui donner tort. Après la mort de sa femme, le Prince Wonhu avait ordonné que les portes et fenêtres de l'Élégante Tranquillité soient condamnées, laissant ainsi la résidence pourrir peu à peu. Son père avait abandonné le souvenir de sa mère, comme il avait délaissé ses deux fils.

– Tu n'as pas peur, didi ? demanda-t-il.

– De quoi ?

Les paupières d'Anyang papillonnaient lentement d'épuisement.

Han sortit son pendentif de sa chemise et l'étudia un moment.

– Des fantômes, finit-il par dire à voix basse.

Lui-même n'avait jamais remis les pieds dans l'Élégante Tranquillité depuis l'exécution de la Consort. Les couloirs étaient hantés de trop nombreux souvenirs. La plupart étaient joyeux, comme lorsqu'il se tenait aux pieds de sa mère et qu'elle enseignait la poésie à un fils et l'alphabet à l'autre. Anyang n'avait que trois ans, encore trop jeune pour produire autre chose que des barbouillages avec son pinceau, mais Han se souvenait de la main délicate de sa mère enserrant le petit poing potelé du garçon. Elle l'aidait à écrire ou, grâce à sa magie, conjurait des bulles d'encre flottantes, des lucioles en papier. Parfois, elle faisait simplement danser et tinter le carillon du porche.

Il n'y avait qu'un seul mauvais souvenir.

Le jour où les Crécerelles étaient venus arracher la Consort à ses appartements raffinés pour la condamner publiquement pour trahison et magie. Le Chancelier avait obligé l'Héritier Royal et son frère à se tenir aux côtés de leur père et à assister au bûcher. Il les avait forcés à garder les yeux ouverts et les dents serrées tandis que ses hurlements d'agonie retentissaient à travers tout Zanhei. Han avait dû se montrer brave devant

Anyang, qui n'avait désormais plus personne. Ce jour-là, ils étaient devenus orphelins, leur mère dévorée par les flammes et leur père par le chagrin.

Promets-moi, mon petit lémurien. Promets-moi que tu protégeras Anyang.

Il contempla son frère paisiblement endormi contre lui. Il serra doucement Anyang et pendant un instant, le poids de ce petit corps assoupi apaisa la tempête de peurs et de soucis qui le tourmentait. Tant qu'Anyang était en vie et en sécurité, il avait une raison de se battre.

Mais il était aussi très, très fatigué.

Chaque année, chaque jour, chaque heure passée, le fardeau du secret de son frère pesait de plus en plus lourd sur son âme. Il partageait certes ce poids avec Xu, mais Xu était l'unique descendant·e du Chancelier. La place qu'occupait son ami·e d'enfance au palais était dans un sens aussi précaire que celle d'Anyang. Iel devait louvoyer à travers les domaines masculins et féminins de la cour, sans jamais n'appartenir complètement ni à l'un ni à l'autre. Tous luttaient pour survivre et garder la tête hors de l'eau. Han avait désespérément besoin d'aide.

Il étudia le motif de soleil gravé sur son médaillon. À force de le triturer, le relief avait pratiquement disparu. Les Gardiens de l'Aube. Une société secrète de magiciens et de sympathisants. Et si Xu avait raison ? Et s'il courait en vain après une légende ?

Non, les Gardiens existaient bel et bien. Il en tenait la preuve entre ses mains.

Han poussa un soupir et jeta un œil à son exemplaire de *La jeune amante de la* Mort qu'il avait laissé au beau milieu de la pièce. Il se demanda si Maîtresse Brandy s'était rendu compte que leurs livres avaient été échangés. Il pria pour le contraire. Si elle découvrait le sens caché du *Classique aux mille signes*… Il pria de toute ses forces.

– Oh, Maman, murmura-t-il. J'essaie de tenir ma promesse.

Il rangea le pendentif sous sa chemise.

– Mais c'est tellement dur.

Anyang remua.

– Gogo ? appela-t-il d'une voix enrouée.

– Désolé, didi. Rendors-toi.

Son petit frère hocha vaguement la tête et se retourna. Avant de se tourner à nouveau quelques instants plus tard et de fixer Han droit dans les yeux.

– Je n'y arrive pas, râla-t-il en tapant du pied sous les draps. Je ne suis plus fatigué.

Han enfouit son visage sous un oreiller et poussa un grognement.

– Je ne peux plus continuer comme ça, didi, maugréa-t-il.

Il releva la tête de son coussin.

– Rendors-toi ou retourne à ta résidence.

– Non ! s'écria Anyang en s'agrippant à son bras. Je serai sage, promis. Mais… tu pourrais peut-être me raconter une histoire ?

La première idée qui lui vint en tête fut de résumer *La jeune amante de la Mort*. Mais aussi passionnante fut l'histoire, elle ne correspondait probablement pas aux attentes d'un garçon de dix ans.

– Que dirais-tu d'une berceuse, plutôt ?

Son petit frère haussa les épaules.

– Comme tu veux.

Han s'éclaircit la gorge.

– *Moisson, pluie, neige et bourgeons*, chantonna-t-il doucement. *Justice et Gardiens reviendront.*

Anyang ferma les yeux et sa respiration se fit plus lente.

– *Quand Tiyok ressuscite*, poursuivit-il, la voix ensommeillée. *Ténèbres et chaos s'invitent.*

Un doux ronflement émanait à présent de l'autre côté du lit.

– *Eau, feu, bois et vent, unis pour ne pas verser le sang.*

Han ferma les yeux à son tour et murmura les dernières paroles dans le silence nocturne.

– *Moisson, pluie, neige et bourgeons, Justice et Gardiens reviendront.*

6.

La rencontre avec le Seigneur Chan ne s'était pas bien passée.

Le premier signe qui ne trompait pas était que sa sœur pleurait dans un coin, l'œil gauche enflé.

Le second indice était la posture de la Seconde Épouse. Assise en tailleur à la table basse au centre de la pièce, l'air impassible et les mains posées l'une sur l'autre telle un juge sur le point de rendre son verdict.

Enfin, le troisième détail – le plus dangereux – était les bouteilles de vin ouvertes devant elle.

– Où étais-tu, Jin Zhara ?

La voix de la belle-mère était calme et posée mais des étincelles de fureur embrasaient subrepticement la prunelle de ses yeux, comme un sinistre augure.

– Pardon, pardon, mille pardons.

Zhara apporta le large plateau garni de bols de riz fumant et de côtes de bœuf braisées à l'azuréenne. Elle avait ravalé sa fierté et demandé une avance sur son salaire à la Professeure Hu afin d'acheter l'extravagant morceau de viande. Et malgré tout, le plat tenait plus de la salade de taro et de radis que d'une grillade de bœuf. Les côtes lui avaient pris plus de temps que prévu à préparer mais Zhara demeurait fière de ce petit festin. Pourtant, à mesure qu'elle disposait les plats sur la table dans les effluves d'alcool, le dîner prenait des allures de veillée funéraire.

Elle s'inclina et recula en se préparant au courroux de la Seconde Épouse.

Mais il n'en fut rien.

– Reste ici, lui ordonna sa belle-mère avant de lui indiquer le siège face à elle. Et mange.

Zhara jeta un rapide coup d'œil à Suzhan puis à la table. Il n'y avait que deux couverts et aucun ne lui était destiné.

– M-Madame ?

– J'ai l'impression que nous ne prenons jamais le temps de parler, toutes les deux, poursuivit la marâtre d'un ton doucereux. Tu ne trouves pas, Jin Zhara ?

Ses yeux s'étrécirent.

– Assieds-toi.

Zhara obéit avec révérence et s'agenouilla sur le tapis élimé au pied de la table. Elle garda les mains plaquées sur ses cuisses tandis que sa belle-mère saisit un bout de viande entre ses baguettes.

– Délicieux.

Elle tapota délicatement sa serviette au coin de sa bouche.

– Tu es une cuisinière hors pair, ma petite.

Zhara réprima un frisson. Elle avait toujours cherché la reconnaissance et l'affection de sa belle-mère. Mais chaque louange était généralement empoisonnée et Zhara se préparait à l'inévitable contrecoup.

– Je… je sers au bon plaisir de Madame, souffla-t-elle.

– Brave enfant.

Un sourire acéré.

– Un jour, tu feras le bonheur d'un homme.

Son regard glissa vers sa fille, prostrée dans le coin de la pièce.

– Qu'en penses-tu, mon trésor ?

Si ses paroles tranchaient comme des poignards, c'était bien son ton mielleux qui portait le coup de grâce. Les joues de Zhara s'embrasèrent tandis qu'elle luttait pour garder les yeux baissés et les mains sur les jambes. Surtout ne rien faire qui puisse énerver sa belle-mère. La magie lui picotait les paumes. Elle les frotta discrètement sur le tissu rêche de son pantalon.

– Eh bien ?

La Seconde Épouse n'en démordait pas.

– Pourquoi ne réponds-tu pas, ma chérie ? Serais-tu muette en plus d'être aveugle ?

Suzhan haleta péniblement.

– Oui, Maman, dit-elle d'une voix étranglée.

– Oui, quoi ?

Zhara retint son souffle tandis que sa sœur relevait la tête, ses pupilles blanches balayant inutilement devant elle.

– Oui, répéta-t-elle d'un ton discret mais plus franc. Je pense que nene fera une épouse formidable un jour.

– Hmmmm.

La belle-mère se remit à manger, peu satisfaite de la réponse de sa fille mais incapable de la prendre en défaut.

– Toi !

Irritée, elle pointa Zhara du bout de ses baguettes.

– Pourquoi ne manges-tu pas ?

Zhara saisit ses couverts avec empressement et se força à avaler plusieurs petites bouchées de riz qui lui restèrent en travers de la gorge. Elle s'était couchée bien des nuits avec le ventre vide mais ce soir-là, elle aurait préféré la faim à ce supplice.

– Dis-moi, Jin Zhara, reprit la marâtre d'un ton aimable. Quelles sont selon toi les qualités les plus importantes pour une épouse ?

Le vin avait commencé à nuire à son élocution.

La question était piégeuse. Zhara savait qu'elle n'aurait pas le droit au moindre faux-pas.

– La d-diligence, le s-sens du d-devoir et le d-dévouement à sa famille, Madame, répondit-elle.

La Seconde Épouse la scruta de ses yeux injectés de sang.

– Et qu'entends-tu par d-d-d-dévouement à la famille, Jin Zhara ?

Suzhan laissa échapper un hoquet désespéré. Zhara garda les yeux sur son bol de riz.

– Inclurais-tu dedans l'o-obéissance à ses aînés ? demanda la belle-mère avec dureté.

Zhara déglutit et hasarda un « Oui, Madame. »

– Même si ce qu'ils te demandent n'est pas… (ses lèvres se retroussèrent en un rictus dédaigneux) à ton goût ?

Suzhan se mit à sangloter de plus belle. Zhara reposa ses baguettes et ferma les yeux.

– Oui, Madame.

– Car tes aînés sont plus sages, n'est-ce pas ?

– Oui, M-madame.

– Je ne t'entends pas, Jin Zhara.

Zhara lança un regard perdu à sa petite sœur.

– Oui, Madame, répéta-t-elle, plus fort.

– Bien.

Les yeux de la marâtre s'étrécirent et devinrent mauvais.

– Tu es une bonne fille, Jin Zhara. Et tu ferais n'importe quoi pour aider notre famille, *lah* ? Surtout si notre destin était en jeu ?

Zhara se contenta de hocher la tête, sans pouvoir parler.

– Et si tu avais déjà fait une promesse ? Reviendrais-tu dessus simplement parce que la situation n'est plus tout à fait à ta convenance ?

La terreur noua les entrailles de Zhara. Elle observa furtivement la joue tuméfiée de sa sœur et comprit que Suzhan avait refusé son soupirant. Elle ferma les yeux.

– Réponds-moi.

La voix de la Seconde Épouse était devenue cassante.

– N-non, Madame.

Zhara aurait voulu disparaitre à travers le plancher jusqu'à sa cuisine, se réfugier dans les cendres de l'âtre plutôt que subir ce qui allait suivre et devenir complice de l'agonie de sa sœur.

– Bien sûr, nous avons toutes notre fardeau.

La belle-mère lui versa une pleine tasse de vin de riz.

– Et cela fait un moment que la bonne fortune de cette famille repose sur nos épaules, pas vrai, Jin Zhara ?

Elle leva sa propre coupe.

– Bois, ordonna-t-elle.

Zhara leva aussitôt sa tasse pour accompagner le toast et regarda la Seconde Épouse avaler son vin d'un seul trait. Elle colla ses lèvres contre le rebord et fit semblant de siroter une gorgée.

– Ce n'est pas trop demander à ma fille – ma propre chair – que de nous aider à supporter un peu ce fardeau, non ?

Elle gardait les yeux braqués sur Zhara et ignorait complètement Suzhan.

– Qu'en dites-vous… les enfants ?

Les enfants. Le cœur de Zhara se mit à battre la chamade, déchiré entre espoir et dégoût d'elle-même.

– N-non, Madame.

Suzhan gémit à son tour dans son coin.

– Bien.

La belle-mère se versa une nouvelle coupe et approcha la bouteille de la tasse de Zhara.

– Mais tu n'as rien bu ?

Ses lèvres dessinèrent un sourire cruel.

– Allez, allez, ma petite. Vide-moi ça !

Zhara sentit son estomac se retourner. C'était la première fois qu'elle goûtait de l'alcool mais elle n'en connaissait que trop bien les effets, à force de nettoyer la bile nauséabonde de sa belle-mère soir après soir. Sa magie remonta le long de sa gorge et se mit à chauffer et à ramollir sa tasse en porcelaine. Zhara avala son contenu d'un coup pour faire redescendre la magie.

Ce n'était plus du vin mais de l'eau. Elle toussa de surprise et reposa la tasse, les paumes en feu. En se faisant violence pour ne pas inspecter ses mains, elle les ramena sous la table.

– On dit que la première gorgée est la plus rude, la consola la belle-mère tout en la resservant. Malheureusement, le goût ne s'adoucit pas avec le temps, mais tout ce qui t'entoure, oui. Elle gloussa et devint subitement amicale et chaleureuse.

– Bois, répéta-t-elle en se penchant au-dessus de la table avec un sourire enjôleur pour vider la bouteille jusqu'à la dernière goutte.

Zhara reprit sa tasse mais sa magie semblait l'avoir abandonnée. La première gorgée fut en effet rude et le vin lui brûla le gosier. Elle toussa et essuya les larmes au coin de ses yeux en s'efforçant de ne pas recracher. L'alcool et la faim lui remuaient le ventre sans ménagement.

– Tu ne manges rien

Lorsque Zhara releva la tête, elle croisa le regard inquisiteur et rougi de sa belle-mère.

– Je… je n'ai pas faim, Madame.

– Ah bon ? Moi non plus. Quel dommage…

D'un geste ample, elle désigna les plats disposés devant elle.

– … qu'il faille jeter tout ça.

Suzhan redressa la tête. Zhara voyait nettement les marques de famine qui se dessinaient sous ses joues et dans le creux de ses clavicules.

– Madame, dit-elle d'un ton incertain. Il n'est pas nécessaire de…

– Tout ceci va se gâter.

La belle-mère avait pris un plat pour le porter jusqu'à la fenêtre qui donnait sur la rue.

– Autant s'en débarrasser.

Toujours ce même sourire mauvais.

– Non, attendez !

Zhara se releva précipitamment.

– Je… je…

Elle capta alors l'imploration muette de Suzhan, un subtil mouvement de tête. En intervenant, elle ne ferait qu'empirer les choses pour elles deux. Elle le savait. Zhara inclina la tête et retourna s'asseoir.

– Je suis désolée, Madame.

La marâtre étudia l'échange silencieux entre ses filles.

– Ton appétit est revenu, finalement, Jin Zhara ? demanda-t-elle avec douceur.

Elle rapporta le plat à table et le déposa devant sa belle-fille.

– Mange, maintenant.

Elle lui tendit ses baguettes.

– Allez. Cela ne nous manquera pas, n'est-ce pas Suzhan ?

Elle se tourna enfin vers sa fille.

– N'est-ce pas, mon trésor ?

Suzhan ravala ses larmes.

– Non, Maman, bredouilla-t-elle, rongée par la faim.

Sous l'hématome de sa joue, sa peau émaciée laissait apparaitre les os de son visage.

– Vas-y, nene. Vraiment, ça ne me dérange pas.

Zhara saisit lentement ses baguettes pour piocher dans l'assiette de bœuf. Le sourire impitoyable de la marâtre ne quitta pas ses lèvres tandis qu'elle avalait péniblement bouchée après bouchée. La viande grasse avait le goût amer de la culpabilité.

*

* *

Il était minuit passé lorsque le *tap-tap-tap* de la canne de Suzhan résonna faiblement dans l'escalier et arracha Zhara à son sommeil.

– Nene ?

Au son de sa voix, Zhara se redressa immédiatement dans sa paillasse. En toussant, elle chassa de la main la bouffée de cendres qu'elle avait soulevée. Elle s'était endormie devant le feu en cherchant à déchiffrer le *Classique aux mille signes*. Le livre de magie demeurait ouvert sur son oreiller à côté de Sajah, assoupi, et ses pages étaient à présent maculées de bave et de suie.

– Mimi ? croassa-t-elle en se précipitant pour prendre sa sœur dans les bras.

Suzhan fit la grimace et gémit de douleur.

– Je t'ai fait mal ? s'inquiéta Zhara avant d'effleurer délicatement le bleu sur sa joue.

– Est-ce que Madame… ?

Elle ne termina pas sa phrase.

– Ça va, répondit Suzhan en écartant la main de sa sœur. Tu m'as surprise, c'est tout.

Peu convaincue, Zhara regagna l'âtre pour embraser une mèche et rallumer le poêle sur lequel reposait une marmite froide contenant les restes du repas.

– Tu dois être affamée, dit-elle en sortant une petite table pliante d'un coin.

Elle déposa un bol de gruau de riz devant sa sœur.

– Je sais que ce n'est pas grand-chose, s'excusa-t-elle.

– C'est mieux que rien, murmura Suzhan. Merci, nene.

Elle prit une grande bouchée et se crispa aussitôt de douleur en mâchant du côté de sa joue tuméfiée.

Zhara mouilla un chiffon et le pressa contre l'hématome.

– Ce n'est pas joli à voir, mimi, siffla-t-elle avec compassion.

À la lueur du feu, la marque recouvrait la moitié du visage de Suzhan comme une toile d'araignée violacée.

– J'ai connu pire.

Tout comme Zhara, dont les vieilles cicatrices sur le dos et les jambes se mirent à palpiter au rythme de la mastication qui activait les muscles du visage de sa sœur. Zhara garda le silence pour laisser Suzhan finir son repas en paix. Elle attendrait qu'elle soit prête.

Suzhan termina son gruau avec un petit bruit de satisfaction et reposa le bol en faisant claquer ses lèvres.

– C'était délicieux, nene. Merci.

Un maigre frichti préparé avec les tristes restes de ce qui aurait dû être un festin.

– Je sais que ce n'est pas ce que tu souhaitais, mimi, dit-elle avec regret.

– Peu importe ce que je veux, répondit-elle avec amertume. Ce n'est pas comme si cela avait la moindre importance. Tout le monde s'en fiche.

Ses épaules s'affaissèrent et elle parut soudainement bien plus âgée que ses treize ans, la chair de ses joues disparue sous ses pommettes saillantes.

– J'imagine que tu veux savoir ce qui s'est passé aujourd'hui.

Zhara débarrassa et rangea la table.

– Seulement si tu te sens la force de me le raconter, dit-elle en retirant la marmite de gruau du poêle.

– Je sais… je sais que j'ai déçu tout le monde, commença-t-elle en chevrotant.

Un grelot tinta dans le lit tandis que Sajah se réveillait pour venir consoler la jeune fille en se frottant à ses jambes.

– Le Seigneur Chan était – est – notre seule et dernière chance de nous sortir de nos dettes.

Elle ramassa le chat pour enfouir tendrement son visage dans sa fourrure.

– Ou du pire.

Zhara lava la vaisselle sans un mot. Sa vie tout entière était un esclavage au service de la Seconde Épouse, au nom d'une dette qu'elle ne pourrait jamais régler. Mais Suzhan avait raison, la vie pouvait prendre un tournant encore plus déplaisant. La magie lui chauffa les mains et éclaira de sa lueur la pénombre de la cuisine.

– J'avais tellement peur de le rencontrer, murmura Suzhan. J'avais tellement peur que mon mari soit cruel, ou violent, ou dur. Et lorsque nous sommes arrivées au salon de thé du Jardin des Pivoines, j'ai appris que j'allais être sa quatrième épouse.

– Sa quatrième ? réagit Zhara.

Sa sœur hocha la tête.

– Pendant que Maman et l'entremetteuse réglaient les derniers détails dans la pièce d'à côté, j'ai entendu les serveuses parler du Seigneur Chan.

Ses lèvres tremblèrent.

– Les gens ne prêtent jamais attention à une aveugle. Alors les langues se délient.

– Qu'ont-elles dit ? demanda Zhara en redoutant la réponse.

– Que chacune de mes prédécesseuses était morte dans des circonstances mystérieuses.

Zhara sentit un frisson lui parcourir l'échine. Sajah redressa le museau brusquement pour la scruter avec inquiétude en agitant la queue.

– Des circonstances… mystérieuses ?

Suzhan gratta nerveusement la tête du chat, qui siffla de mécontentement sans pour autant se soustraire à ce traitement peu délicat.

– J'avais trop peur de demander, couina-t-elle d'une voix si basse que sa sœur peinait à l'entendre. Tu sais comment on le surnomme ? Le Veuf Noir.

Elle laissa échapper un petit rire sinistre.

– Voyons, je suis sûre qu'il y a une explication parfaitement rationnelle…

– Pour le décès soudain de trois femmes différentes ? rétorqua Suzhan. Il est décidément malchanceux, ou alors extrêmement négligeant.

Elle tourna son regard aveugle vers l'âtre.

– Si ça avait été de la malchance, j'aurais dit oui. Les dieux savent que nous avons besoin de cet argent. Mais dès l'instant où je l'ai vu, j'ai su que ce n'était pas une question de hasard.

– Comment ça ?

Suzhan prit un long moment pour répondre.

– C'est une chose d'être cruel ou froid. Mais c'en est une autre d'être complètement vide.

– Vide ?

Zhara fronça les sourcils.

– Qu'est-ce que tu veux dire par là ?

– Dépourvu de la moindre émotion, finit-elle par dire. Sans âme.

Elle rongea son ongle déjà bien entamé.

– Il y a des gens qui sont morts même s'ils respirent encore.

Zhara resta interdite. Aucune parole n'aurait pu consoler sa sœur ou lui apporter le moindre espoir. La magie scintilla dans ses veines, comme les éclairs lointains d'un orage à venir.

– On ferait mieux de te remonter dans ta chambre, murmura-t-elle. Avant que Madame ne se rende compte de ton absence.

– Maman est ivre morte, répondit Suzhan d'un ton las. Même le retour de Tiyok et des Dix Mille Démons ne pourrait la réveiller.

Elle tendit la main pour attraper le bras de sa sœur.

– Laisse-moi rester avec toi cette nuit, nene, l'implora-t-elle. Elle n'en saura rien.

En tant qu'aînée, Zhara devait se montrer responsable et s'assurer que Suzhan regagne son lit pour ne pas risquer le courroux de la marâtre. Mais voir sa petite sœur au bord des larmes sapa sa résolution.

– Très bien, soupira-t-elle en secouant la tête. Mais tu as intérêt à être remontée avant l'aube.

– Promis, jura Suzhan avec ardeur avant de s'installer sur la paillasse.

– Hé ?

Elle sentit une bosse dans son dos et retira un livre à la couverture froissée.

– Qu'est-ce que c'est ?

Le classique aux mille signes. Zhara lui ôta promptement le livre de magie des mains avant de le fourrer sous son oreiller.

– R-rien. Juste un feuilleton romantique.

Suzhan gloussa.

– Tu as réussi à trouver le dernier tome de *L'amoureuse du fantôme* ?

– Quoi ? demanda Zhara, confuse.

– Je te taquine, nene. Je sais que le vrai titre est *La jeune amante de la Mort*.

Le beau visage de Maître Coquet refit surface dans sa mémoire et un nouveau gloussement le talonna aussitôt.

– Oh.

Elle rit en prenant conscience que leur rencontre remontait seulement à quelques heures.

– Non, je n'ai pas réussi à l'avoir, hélas.

– Dommage.

Suzhan s'enfonça confortablement dans la paillasse avec Sajah entre les bras.

– Je sais à quel point tu voulais lire la suite.

Elle laissa échapper un bâillement.

– Si tu m'en lisais un bout ?

Zhara poussa le *Classique* encore un peu plus loin sous son oreiller.

– Il fait trop sombre pour lire, mimi.

– Oh. J'oublie parfois. Pas grave.

Elle sourit et ferma les paupières.

– Chante-moi une berceuse alors.

Sa voix était déjà alourdie de sommeil.

– Tu sais très bien que je chante faux.

Zhara s'allongea à côté d'elle.

– C'est toi, la musicienne.

Quand leur père était encore vivant, Suzhan avait pris des leçons de cithare. Son professeur, qui la jugeait exceptionnellement douée, l'avait recommandée auprès de l'académie de Jingxi. Mais ce rêve, comme tant d'autres, avait disparu dans les abîmes de l'endettement.

– La musique, ce n'est pas qu'une affaire de notes, dit Suzhan. C'est avant tout des émotions.

Ses doigts, encore habités par le souvenir des mélodies, se mirent à pincer des cordes imaginaires.

– Chante, nene. Ou bien raconte-moi une histoire.

Zhara se lova contre elle tandis que le feu lui chauffait doucement le dos. Sajah quitta les bras de Suzhan pour venir se blottir entre leurs pieds. Son ronronnement réconfortant résonna bien vite le long de leurs jambes.

– Mais je ne connais que des histoires d'amour et tu détestes ça.

– Pas grave, marmonna Suzhan. J'aime bien le son de ta voix.

Elle bâilla à s'en décrocher la mâchoire.

– Raconte-moi encore l'histoire des pies amoureuses.

Le sommeil alourdissait les paupières de Zhara et commençait à peser aussi sur ses lèvres.

– Il y a bien longtemps, commença-t-elle, avant que la raison et l'ordre ne règnent sur terre, un prince des fées tomba amoureux de la fille d'un bûcheron.

Sa sœur s'endormit bien avant la fin du conte, lorsque les dieux déversèrent la Rivière d'Étoiles à travers le voile de la nuit pour séparer à jamais les deux amants maudits. Ce n'est qu'à la nuit des Sept, lorsque l'étoile de la Pie apparait entre leurs constellations et forme un pont à travers le fleuve céleste, que le prince des fées et la fille du bûcheron sont à nouveau réunis et que l'amour triomphe. Cette fable était particulièrement chère à Zhara : elle était née la nuit des Sept et son père la surnommait sa « petite pie ». L'étoile née de l'impossible union entre un magicien et une fille venue de l'autre côté de la Mer Scintillante.

Et comme dans le conte, l'amour de ses parents avait connu une fin tragique.

Malgré sa fatigue, le sommeil lui semblait hors d'atteinte. L'épuisement nerveux eut raison de ses dernières défenses, et l'angoisse et la terreur accumulées au cours de la journée la submergèrent. Les Crécerelles, le jeune magicien, les abominations, le mariage de Suzhan, la menace grandissante de l'endettement… Chacun de ses soucis vint la frapper comme les vagues successives de la marée. Ni la proximité de sa sœur ni le poids de Sajah à ses pieds ne purent apaiser sa panique croissante. Zhara se mit à se tourner et à se retourner dans tous les sens.

Ses doigts effleurèrent le livre caché sous son oreiller.

Un grand nez, des fossettes adorables et d'immenses yeux de biche se dessinèrent dans son esprit. Elle fut aussitôt prise d'une crise de gloussements irrésistibles. Suzhan s'agita dans son sommeil et Zhara plaqua sa main sur sa bouche pour contenir en vain son fou rire.

Maître Coquet. Elle se remémora l'odeur de jasmin et d'ylang-ylang de sa peau, leurs corps pressés l'un contre l'autre dans la ruelle, le battement de son cœur contre sa poitrine en attendant que le Crécerelle s'éloigne. Jusqu'à présent, elle s'était interdite de revivre leur rencontre dans le marché couvert afin de savourer à son aise le souvenir, comme s'il s'agissait d'un précieux bonbon dent de dragon que l'on garde pour une occasion particulière.

Pour la première fois de la journée, elle s'autorisa à étudier l'émotion qu'avait éveillée ce garçon en elle. Un mélange d'excitation et de tendresse, tour à tour terrifiant et exaltant. Une chaleur s'épanouit dans son cœur, une lueur enveloppa son corps comme par magie. Et ce n'était pas qu'une façon de parler. Elle ressentait…

De l'espoir.

Maître Coquet n'avait pas voulu que les Crécerelles mettent la main sur *Le classique aux mille signes* car c'était un livre de magie. Un livre de magie offert par Maître Cao parce que son petit frère avait… un don.

Un don.

Zhara se redressa brusquement.

Le petit frère de Maître Coquet était un magicien. Cela voulait donc dire qu'elle pouvait…

Lui faire confiance.

– Nene, marmonna Suzhan. Tout va bien ?

Zhara se rallongea sous les draps.

– Oui, mimi. Tout ira bien, répondit-elle doucement.

L'angoisse finit par céder la place à la fatigue. L'espoir apaisa son âme comme un puits étanche la soif. Pour la première fois depuis une éternité, Zhara ne craignait plus l'aube. Elle avait hâte d'être au lendemain.

7.

Zhara en était venue à la conclusion que les magiciens étaient des gens résolument obtus.

– *Les cieux étaient noirs, la terre jaune*, lut-elle à voix haute pour la millième fois, son doigt sous la première ligne du *Classique aux mille signes*, tandis qu'elle essayait d'en déchiffrer le sens. *L'univers est vaste et infini.*

La professeure Hu était partie tôt pour une de ses courses mystérieuses, laissant le soin à Zhara de tenir la boutique jusqu'à la fermeture. D'ordinaire elle en aurait profité pour dévorer l'un de ses romans d'amour, mais elle avait employé son après-midi à tenter de décoder le *Classique*.

De ce qu'elle en comprenait, le livre était une sorte d'introduction au Langage des Fleurs, l'écriture secrète employée par les magiciens pour consigner leur histoire et leurs sorts. Ce qu'elle ne parvenait *pas* à décrypter était le langage en lui-même. Les magiciens n'utilisaient manifestement pas d'alphabet : chaque mot était représenté par un seul logogramme composé d'un ensemble complexe de traits et de coups de pinceau. Si tel était le cas, alors un magicien devait maîtriser au moins deux cents signes différents pour écrire une simple pensée… et au bas mot plusieurs milliers pour inscrire à peine deux ou trois sorts.

– Je n'ai jamais vu une façon aussi inefficace de faire de la magie, grommela Zhara en feuilletant les pages.

Elle n'avait plus que quelques souvenirs flous des sorts que lançait son père, lorsqu'ils vivaient encore dans ce petit village de fermiers loin de Zanhei et qu'il était le seul magicien à des lieues à la ronde. Pour elle, la magie était le bruissement feutré des pas sur le porche en bois de leur maison. Le tintement du carillon de la porte qui annonçait une visite. Les murmures polis pour demander de la pluie, une bonne récolte, des remèdes contre la fièvre ou les chagrins d'amour. Le paiement, en nature ou en argent. Les mains de son père ouvrant un coffret en bois de rose laqué. Et à l'intérieur, dans leur écrin de soie, un pendentif en quartz gravé d'un symbole de soleil, une pierre à encre violette et un pinceau. Les outils du magicien.

Ils n'existaient plus aujourd'hui, réduits à l'état de cendre comme son père.

Zhara traça les quatre premiers caractères du livre sur le comptoir en imaginant la magie couler de son doigt comme l'encre d'une plume.

– Cieux, terre, noir, jaune, dit-elle avant de pousser un cri de surprise.

Sur le bois poli, les lettres rose doré luisaient visiblement. Le cœur battant à tout rompre, elle retint son souffle tandis que la lumière s'estompait.

Rien ne se produisit.

Contrite, Zhara examina ses mains en se demandant ce qu'elle avait mal fait. Des lignes de feu sillonnaient encore ses paumes mais la magie restait sous la surface de sa peau. Elle repensa au pinceau et à la pierre à encre de son père avant de reporter son attention sur les étrangles glyphes qui remplissaient les pages sous ses yeux. Elle n'avait jamais eu besoin de passer par l'écriture jusqu'à présent. Pour elle, la magie était avant tout une question de volonté. Mais peut-être qu'apprendre à écrire le Langage des Fleurs l'aiderait à canaliser et contrôler son pouvoir. Elle se frotta les paumes en songeant à Suzhan, à la crème qu'elle avait rendue sucrée et au vin qu'elle avait transformé en eau. Des flammes vives et chamarrées se mirent à jaillir de ses mains comme des fleurs en éclosion.

Le carillon de la boutique sonna.

Elle frappa des mains en panique pour éteindre le feu et effectua machinalement une révérence.

– Bienvenue, cher client, bienvenue… Oh, Grand-Mère Meng, dit-elle d'un ton presque soulagé. La professeure Hu ne m'a pas dit que vous seriez de passage aujourd'hui.

– Où est-elle fourrée ? demanda la matriarche d'un ton brusque.

Elle pénétra dans l'échoppe d'un pas résolu, sans escorte. Les Buris se rendaient rarement seuls en ville et une femme du statut de Meng ne se déplaçait *jamais* sans au moins un membre de sa famille à ses côtés.

– Malheureusement, la professeure sera absente toute la journée, répondit Zhara en se hâtant pour aider Meng. Mais je peux peut-être vous aider ?

– Ce n'est pas toi que je veux, rétorqua la vieille femme avec impatience. J'ai besoin de voir Hu.

Zhara tressaillit avant de s'incliner profondément.

– Je vous demande pardon, murmura-t-elle. Je ne voulais pas vous offenser.

– Oh, arrête ton numéro, ma petite.

Zhara releva la tête, l'air incrédule, tandis que la Buri soupirait de frustration.

– Je ne voulais pas t'aboyer dessus mais c'est juste que…

Ses mains noueuses se crispèrent sur la poignée de sa canne.

– … Thanh et Diem ont disparu et c'est la faute de cette satanée herboriste.

Le jeune magicien et sa mère. Zhara se frotta distraitement les bras et s'efforça de chasser le souvenir déplaisant du ki torturé de Thanh.

– Disparu, vous dites ?

– Personne ne les a vus depuis une semaine.

Ses doigts nerveux dansaient sur le rotin poli du pommeau.

– J'ai pensé… j'espérais que l'apothicaire saurait où ils étaient allés.

Zhara secoua la tête.

– Je suis désolée, je n'ai vu aucun des deux depuis leur passage à la boutique.

À ces mots, la matriarche sembla sur le point de s'effondrer. Zhara se précipita pour lui offrir un siège. Sous sa coiffe de perles bleu nuit, sa peau tannée avait pris un teint de cendre et la peur lui creusait des cernes flasques.

– Cette imbécile, marmonna la grand-mère. Qu'est-ce qu'elle a fait à mon arrière-petit-fils ?

– La professeure Hu ? demanda Zhara, confuse.

– Diem, répondit la vieille femme avec fureur. Elle a toujours été capricieuse, celle-là. Nerveuse et fuyante, comme un lapin. Et voilà qu'elle a mis les voiles avec le petit, sans doute pour finir entre les serres des Crécerelles. J'aurais dû…

Elle tourna brutalement la tête et le cliquetis des perles accompagna les larmes de colère qui roulaient le long de ses joues.

– J'aurais dû mieux l'élever, conclut-elle à voix basse.

Zhara ne savait que dire. Des paroles de consolation ne pesaient pas lourd face à la peur de la matriarche et lui prendre la main semblait un geste bien trop intime et déplacé. Elle aurait bien proposé une tasse de thé à la vieille dame mais elle n'avait toujours pas remplacé la théière cassée.

– Si les Crécerelles les avaient arrêtés, nous en aurions sûrement entendu parler, non ? avança-t-elle.

– Certes, répondit Meng d'un ton sombre. La dernière fois que les sbires du Fauconnier sont passés dans le Sud, ils ont laissé des corps calcinés dans leur sillage.

Zhara grimaça en se remémorant les bûchers des purges dans les champs marécageux entourant la ville, la fumée, les hurlements et l'odeur.

– Alors peut-être que Thanh et sa mère sont simplement partis, suggéra-t-elle d'un ton qu'elle espérait rassurant.

– Pour aller où ?

La matriarche tapotait nerveusement le sol de la boutique de la pointe de sa canne.

– Et pour quelle raison ? Je n'ose espérer que cette tête de linotte ait eu le bon sens d'aller trouver ces fichus rebelles, ces Gardiens de l'Aube.

Zhara n'en croyait pas ses oreilles.

– Les Gardiens de l'Aube ? répéta-t-elle. Comme… les élémentaires qui accompagnaient le Guerrier Rayonnant ? Les Gardiens du Feu, du Bois, du Vent et de l'Eau ?

La Buri renifla, moqueuse.

– Je vois que tu as la tête sur les épaules, toi au moins. Tu ne crois pas à ces rumeurs d'organisation secrète, je parie.

Zhara sentit ses poils de bras se hérisser tandis que sa magie courrait sous sa peau.

– Une organisation secrète ? demanda-t-elle en conservant son calme.

Les suppliques de Maître Coquet à Maître Cao prenaient soudainement tout leur sens. *Mais alors, il peut me dire où trouver les Gardiens ?* Elle réprima une exclamation de surprise en comprenant que si Maître Cao avait offert *Le classique aux mille signes*, il devait lui-aussi s'y connaitre en magie.

– N-non, je n'ai jamais entendu parler de ça, acheva-t-elle enfin.

La grand-mère plissa les yeux d'un air suspicieux avant de retirer un pendentif du col de sa robe et de le fourrer dans la main de Zhara.

– Est-ce que ça te dit quelque chose ?

Zhara examina le médaillon. À première vue, on aurait dit une simple pièce percée d'un trou circulaire et non carré. La face était frappée d'un motif de soleil.

– Qu'est-ce que c'est ? Un symbole ?

– Comment le saurais-je ? grommela Meng. C'est Hu qui l'a donné à ma petite-fille la dernière fois. Elle a dit à cette sotte d'aller le montrer à je ne sais quel vendeur de revues licencieuses.

Elle se râcla la gorge en signe de dégoût.

– Et moi qui trouvais que ton apothicaire avait un semblant de jugeotte pour une citadine. Ça m'apprendra.

Zhara étudia de nouveau le pendentif. Le motif de soleil lui disait quelque chose, elle était persuadée de l'avoir vu ailleurs, sans pour autant mettre le doigt dessus. Curieusement, l'image de son père ouvrant son coffret lui revint en tête, alors que le bois de rose était décoré de pies et de cerfs, et non de soleils.

Elle se rappela alors.

Le sceau en quartz de son père, qui signifiait son statut de magicien impérial de la précédente dynastie. Le soleil était l'emblème des Mungung, la lignée qui avait été chassée du trône par le Seigneur de Guerre.

Elle inspira vivement et sa magie rugit en elle, embrasée par sa prise de conscience. Entre ses doigts, le médaillon virait du bronze à l'os. Surprise, elle le lâcha et il tomba à terre dans un claquement léger. Quand elle le ramassa, elle constata que la pièce de métal s'était changée en bouton d'ivoire. La sueur au front, elle tenta désespérément de retransformer la médaille sans que la Buri ne s'en aperçoive.

– E-et si les G-gardiens de l'Aube existaient vraiment ? souffla-t-elle.

Sa magie vacilla et ondula en elle, nourrie non plus par la peur mais par l'ivresse de l'anticipation. Dans sa paume, elle sentait le disque alterner entre bronze et os, os et bronze. La possibilité que d'autres magiciens vivent cachés à travers les Royaumes du Matin lui donnaient… de l'espoir.

L'espace d'un instant, elle crut que la grand-mère allait ricaner et balayer sa question d'un revers de main. Après tout, l'idée d'une société secrète de magiciens rebelles semblait ridicule. Mais la matriarche prit un air songeur et ses yeux doux et fatigués se posèrent sur les mains lumineuses de Zhara.

– Si les Gardiens de l'Aube existent, finit par dire la vieille femme, alors ils sont vraiment infichus de faire leur boulot.

– Quel boulot ?

Meng croisa son regard.

– Protéger ceux qui en ont besoin. Et dégager l'usurpateur du Nord du trône rayonnant.

Zhara plaqua la main sur sa bouche, les yeux écarquillés.

– Grand-Mère, parler ainsi, c'est de la trahison !

La Buri haussa les épaules.

– Ma foi, peut-être que c'est ce dont ce monde a besoin. Pour le bien de mon arrière-petit-fils.

Elle posa une main ridée et tannée sur le bras de Zhara. Comme pour Maître Coquet, sa magie ne semblait pas brûler ni piquer l'aïeule.

– Et pour le tien.

Zhara ouvrit le poing. Le pendentif reposait dans sa paume. Il était de nouveau en bronze.

– Garde-le, dit Meng en refermant les doigts de Zhara par-dessus.

Son sourire était chaleureux mais son regard triste.

– Qui sait ? Peut-être auras-tu l'occasion de t'en servir et de découvrir si les Gardiens existent bel et bien.

– Mais Thanh ? Et Diem ? Ne vont-ils pas en avoir besoin ? Et s'ils revenaient ?

La matriarche secoua la tête et ses perles cliquetèrent en écho à sa résignation.

– J'ignore où ils se trouvent, murmura-t-elle, mais j'ai bien peur que nous ne puissions plus leur venir en aide désormais.

8.

Par malheur, le portraitiste royal était doué.

Très doué.

Un peu trop doué.

Han contemplait l'illustration d'un regard morose. Maître Kong avait non seulement capté à la perfection ses traits mais aussi le ki qu'il dégageait. Le visage exécuté à l'encre sur le parchemin de soie était volontaire, sa mâchoire affirmée, ses yeux intenses et grands, le nez proéminent et il affichait une expression de bonté. Il avait l'impression de se trouver à la fois face à son père et à sa mère. Les yeux et la bouche de la Consort étaient encadrés par le nez et la mâchoire du Prince et l'ensemble lui paraissait familier en même temps qu'étranger. Han se surprit, non sans fierté, à se trouver beau. Dès son plus jeune âge, il avait bien sûr eu conscience de l'attraction qu'il exerçait autour de lui mais il l'avait toujours mise sur le compte de son statut. Pour la première fois, il se demanda si d'autres étaient sensibles à son physique avantageux.

Est-ce que Maîtresse Brandy le voyait ainsi ?

– Extraordinaire, commenta Xu en quittant l'accoudoir du sofa pour examiner la peinture de plus près. Maître Kong est un virtuose du pinceau, la ressemblance est frappante, Sa Grâce ne pourra désormais plus faire un pas dans les rues sans être immédiatement reconnue.

Han fusilla Xu du regard, qui s'abrita nonchalamment derrière son éventail et poursuivit :

– Ooh, regarde, mon prince. Maître Kong est même parvenu à saisir les fossettes contrariées de Sa Grâce.

Lesdites fossettes se creusèrent un peu plus à mesure que Han serrait les dents.

– Très impressionnant, répondit-il avec raideur.

– J'espère que Sa Grâce est satisfaite du résultat, dit nerveusement l'artiste tandis qu'il nettoyait ses pinceaux à l'aide d'un chiffon.

Autour de lui, ses assistants s'affairaient pour débarrasser les pots d'encre et d'eau.

– Le Prince Wonhu a décrété que son fils devait être représenté à son avantage mais de la façon la plus ressemblante qui soit.

Han lui rendit un sourire qui tenait plus de la grimace.

– Vous êtes bien trop talentueux, Maître Kong. Vraiment.

Le portraitiste parut soulagé.

– Sa Grâce est trop généreuse, remercia-t-il en s'inclinant. Je serais infiniment reconnaissant envers l'Héritier Royal s'il daignait recommander mon travail auprès du Chancelier.

Han poussa un soupir tandis que Kong et ses aides rangeaient soigneusement le portrait.

– Combien de temps avant que les fiançailles ne soient rendues publiques ?

Comme le voulait la tradition zanhéienne, son père avait commandé son portrait afin qu'il soit placardé à travers toute la ville en même temps que l'annonce de son union à la princesse Yulana. *Combien de temps avant que mon anonymat ne disparaisse à tout jamais ?* avait-il envie de demander, mais il retint sa langue. L'apparence de l'Héritier Royal était censée demeurer un mystère puisqu'il n'avait jamais *officiellement* quitté le palais. Quant aux escapades *officieuses*, revêtir un déguisement ne suffirait plus à les garder secrètes.

S'il lui était encore possible de s'éclipser du palais à sa guise, d'ailleurs.

– Il nous faudra plusieurs jours pour que mes assistants réalisent suffisamment de copies pour couvrir toute la ville, répondit Kong. Mais tout devrait être prêt avant l'arrivée de la princesse Yulana la semaine prochaine, n'ayez crainte, mon prince.

Han et Xu échangèrent un regard.

– Comment ? s'exclama-t-il. Si tôt que ça ?

Le périple de la capitale septentrionale d'Urghud jusqu'à Zanhei prenait au moins deux mois, voire plus durant la saison des pluies, qui était imminente. À moins de chevaucher des montures magiques, Yulana et sa suite ne pouvaient arriver à Zanhei aussi vite… sauf si le mariage avait été arrangé bien plus à l'avance qu'il ne l'avait cru.

– Oui, Votre Grâce, dit l'artiste dont les yeux allaient et venaient entre les sourcils froncés de Han et ses fossettes contrariées. La princesse Yulana devrait être là pour la Nuit des Sept, au cours de laquelle Son Éminence le Chancelier souhaite la présenter aux résidents de Zanhei, à l'occasion du bal masqué.

La Nuit des Sept était le festival le plus célèbre de Zanhei. Chaque année, des visiteurs des quatre coins des Royaumes du Matin venaient assister à la semaine de festivités en l'honneur des pies amoureuses. Foires, lanternes volantes, musique et réjouissances en tout genre, jusqu'au bal masqué donné au palais qui se concluait par un immense feu d'artifice. Han attendait ces vacances avec impatience… jusqu'à présent.

– Comme c'est romantique, roucoula Xu en tapotant des mains d'un air excité.

Le regard noir de Han lae poussa aussitôt à congédier délicatement Kong et ses assistants.

– Quoi qu'il en soit, reprit-iel d'un ton enjoué, c'est un travail exquis, Maître Kong, comme d'habitude. Une merveille, digne de toutes les louanges. Merci infiniment pour votre temps et votre talent.

Xu parvint à faire franchir le seuil de la résidence aux artistes juste avant que la colère de Han n'éclate.

– Mère des Dix Mille Démons ! jura Han en arrachant la myriade de cordelettes et de boutons qui ornaient sa tenue d'apparat.

Le col amidonné de sa robe bleu roi lui cisaillait le cou et plus que jamais, il rêvait de se débarrasser de ce carcan princier pour le jeter au feu.

– Ils se sont joués de moi.

Xu laissa échapper un immense soupir en refermant la lourde porte en chêne derrière Maître Kong.

– En tant qu'héritier au trône de Zanhei, Sa Grâce a toujours su que son mariage serait une affaire de politique et non de choix personnel, lui rappela-t-iel avec douceur.

– Je sais, grogna Han en se débattant avec l'une des innombrables attaches qui maintenaient son costume. Mais on aurait pu me prévenir plus tôt.

Il fronça les sourcils. Chaque fois qu'il tirait sur la corde, le nœud semblait se resserrer un peu plus.

– Je crois que mon père a retenu la leçon quant au besoin d'informer Sa Grâce suffisamment à l'avance pour ce qui a trait aux fiançailles. On peut le comprendre, au vu des précédentes tentatives.

Han rugit de frustration et tenta de retirer d'un coup les sept couches différentes de soie qui l'étouffaient.

– Sors-moi de là avant que je ne déchire cette chose ! aboya-t-il.

– Tout de suite, mon prince, ronronna Xu.

Ses doigts graciles vinrent rapidement à bout de la centaine d'attaches de la tenue de Han.

– J'ai cru que tu ne le demanderais jamais.

Il avait beau savoir que son ami·e le taquinait simplement pour lui changer les idées, rien n'aurait pu sortir Han de l'abîme de désespoir dans lequel il s'enfonçait. Un sentiment d'impuissance le submergea en pensant à son sort… et à celui d'Anyang. Yulana était la petite-fille de l'homme qui avait mis le pays à feu et à sang pour le débarrasser des magiciens. Si jamais elle découvrait le secret du Second Héritier…

Han jeta rageusement son chapeau à travers la pièce et donna un coup de pied à ses multiples robes entassées à ses pieds.

– Ta Grâce…

Ce fut la tristesse dans la voix basse de Xu, et non son souci de l'étiquette, qui obligea Han à ramasser les éléments de sa tenue et à les disposer sur son lit. Il aurait pu sonner ses domestiques pour leur demander d'emporter tout l'accoutrement royal et le ranger avec le soin adéquat, mais après plusieurs jours de suite passés à donner le change, Han avait envie de tomber le masque et de redevenir lui-même, au moins pour un bref instant. Il n'avait que dix-sept ans et il était sur le point d'être marié contre sa volonté à la petite-fille de son pire ennemi.

Il s'assit sur le rebord du lit et enfouit son visage dans ses mains.

– Qu'est-ce que je vais faire ?

Le médaillon s'échappa de sa sous-chemise et se mit à pendouiller sous son nez. Distraitement, il le prit entre ses doigts pour le triturer. Les reliefs et les creux du motif de rayons de soleil lui étaient désormais familiers.

– N'y a-t-il pas moyen… d'annuler cette union ?

– Je ne crois pas, répondit Xu avec regret. L'entièreté des Royaumes du Matin prendrait Sa Grâce pour un fou si elle s'avisait de refuser la main de la petite-fille de l'empereur. Pour un fou… ou pire.

– Qu'est-ce qui pourrait être considéré comme pire qu'un fou… oh.

Un magicien, évidemment.

– Donc selon toi, en refusant d'épouser Yulana, je trahirais notre secret ?

Han se pinça le nez pour chasser son mal de crâne.

– C'est vraiment insupportable. Et si on disait simplement que c'était un problème de… compatibilité ?

– Sa Grâce ne doit pas oublier qu'il s'agit de politique et non…

– … de préférence personnelle, oui, je sais, soupira Han.

L'image tenace de Maîtresse Brandy refusait de quitter son esprit. Son rire tout particulièrement. Ce rire lorqu'elle l'avait taquiné sur ses joues empourprées. Il ne l'aurait évidemment confié à personne, mais il imaginait son visage pour incarner l'héroïne de *La jeune amante de la Mort*. Lui, bien sûr, se voyait bien dans le rôle du héros sombre et mystérieux. Être l'héritier du trône de Zanhei avait préservé Han de toute considération romantique. Ses parents avaient bien été amoureux, sans que cela n'ait d'importance au bout du compte. Son père avait fini par voir sa bien-aimée périr dans les flammes sans rien pouvoir faire. Pour la première fois de sa vie, Han se demanda ce que cela faisait d'épouser quelqu'un que l'on… appréciait. Que l'on avait envie de revoir. Et d'apprendre à connaitre.

– Nous pourrions toujours tenter de pousser la princesse à annuler les fiançailles de sa propre initiative, suggéra Xu. Cela nous a réussi jusqu'à présent.

Han renifla.

– Si elle a déjà entendu toutes les rumeurs peu flatteuses à mon égard et qu'elle tient *toujours* à m'épouser, elle est soit dépourvue de la moindre volonté, soit au contraire plus têtue qu'on ne l'imagine.

Il s'interrompit en fronçant les sourcils.

– Je ne sais pas ce qui est le pire.

Xu soupira doucement en lissant soigneusement les habits du prince.

– Ma foi, à part dépêcher un assassin pour nous débarrasser de la princesse… ce que je ne recommande absolument pas, au passage, car engager un tueur est un *cauchemar* bureaucratique… le plus simple serait peut-être de trouver les Gardiens de l'Aube pour voir s'ils peuvent quelque chose pour les… « crises » du Second Héritier.

Han scruta son ami·e avec intensité.

– Je te trouve bien au fait de ces histoires d'assassins.

Xu se contenta d'esquisser un petit sourire en pliant les robes de soie.

– Eh bien, si tu as des idées de par où commencer, je suis tout ouïe, poursuivit Han.

Xu secoua la tête.

– Je ne sais pas où trouver les Gardiens mais je pense que nous avons un point de départ évident et parfaitement au goût de Sa Grâce.

Han se redressa, alerte.

– Lequel ?

Xu se rendit jusqu'à sa garde-robe et passa un moment à farfouiller sous les caleçons avant de sortir un mince ouvrage passablement usé.

– Je suggère de procéder à un échange.

– *Yah !* s'écria Han en se précipitant vers le livre. Comment l'as-tu trouvé ?

– Oh, je t'en prie, répliqua Xu avec dédain. Je connais Sa Grâce depuis le berceau et je sais qu'elle n'a aucune imagination – comme tous les autres garçons de son âge, du reste – en matière de cachette. Mais je dois bien admettre que c'est la première fois que je vois un jeune homme dissimuler un feuilleton romantique au lieu d'un exemplaire des *Contes du delta soyeux*.

Han lui arracha *La jeune amante de la Mort* des mains.

– Ce n'est pas un simple roman à l'eau de rose, dit-il sur un ton défensif. C'est avant tout une histoire d'amour pur et désintéressé.

– Et de baisers volés au clair de lune, ajouta Xu en battant des paupières et de l'éventail. N'oublions pas ce détail.

– Ils ne se sont même pas encore embrassés, marmonna Han avant de faire la moue. Mais peu importe. Tu as dit que ton plan serait à mon goût.

Il fixa son ami·e, les bras croisés.

– En effet. Car il s'agit de s'éclipser du palais déguisés et de retrouver… (ses yeux pétillèrent d'excitation) Maîtresse Brandy.

– Maîtresse Brandy ? répéta Han en couinant bien malgré lui. Mais pourquoi ?

– Mais pour récupérer *Le classique aux mille signes*, bien sûr.

Il éprouva un pincement au cœur inattendu à l'idée de se séparer de son feuilleton adoré, avant de se ressaisir. Il pourrait toujours en acheter un autre. Ainsi que tous les tomes de la série. Et le reste de l'œuvre de son autrice, Jae Hyun. Han retrouva aussitôt le moral.

– Tu pars du principe qu'elle l'a toujours. Alors qu'elle aurait très bien pu… je ne sais pas, le donner aux Crécerelles.

– J'en doute, mon prince. Si la mystérieuse dame de Sa Grâce avait livré un ouvrage de magie aux gardiens du Seigneur de Guerre, nous en aurions eu vent depuis le temps. Et toute la ville ne parlerait que de ça. Non, il est bien plus probable qu'elle l'ait gardé. Ou bien détruit.

– Mais alors à quoi bon, si elle l'a détruit ?

Xu haussa les épaules.

– Eh bien c'est ainsi et nous n'y pourrons rien. Mais au moins nous saurons qu'elle est digne de confiance.

Le visage de Han s'éclaira à mesure qu'il saisissait la logique.

– Parce que cela voudra dire qu'elle ne nous a pas dénoncés aux sbires du Seigneur de Guerre.

– Tout juste, mon prince.

– Parfait, s'exclama Han, plus que jamais revigoré. Quand partons-nous ?

– Sitôt que nous aurons trouvé un moyen de faire quitter le palais à Sa Grâce sans être reconnue. Ces portraits seront bientôt affichés à travers toute la cité, il sera alors trop tard.

Han jeta un œil à *La jeune amante de la Mort* que tenait Xu.

– Pour ce qui est du déguisement… j'ai ma petite idée.

9.

Durant les jours qui suivirent la visite de Grand-Mère Meng, Zhara n'eut guère l'occasion d'interroger la professeure Hu au sujet des Gardiens. En vérité, elle ne voyait même pas comment aborder le sujet. Mais si l'apothicaire appartenait bien à un réseau clandestin de magiciens, cela expliquait ses absences aussi mystérieuses qu'imprévisibles. Et si elle se sentait lâche de n'avoir jamais questionné sa patronne sur ses curieux horaires, elle ne perdait pas de vue que Hu n'avait jamais non plus fait preuve de curiosité déplacée à son égard. À défaut d'une véritable protection, cette discrétion était tout de même fort appréciable.

Sois bonne et n'oublie jamais qui t'a protégée durant toutes ces années.

D'aussi loin qu'elle se souvienne, sa belle-mère l'avait toujours préservée des gardiens du Seigneur de Guerre. Dans les mois qui avaient suivi la mort de Jin Zhanlong, la marâtre avait témoigné devant le Fauconnier qu'elle n'avait jamais eu connaissance de la nature de magicien de son mari et que sa fille, Jin Zhara, avait péri avec sa mère durant la Guerre Juste. Si l'on s'en tenait aux registres officiels de la ville, Jin Zhara n'existait plus.

Elle n'avait jamais su pourquoi sa belle-mère lui avait sauvé la vie et n'avait jamais osé lui demander, craignant la réponse. La Seconde Épouse ignorait, au moment où les Crécerelles étaient venus embarquer Jin Zhanlong, que la petite fille cachée dans son coffre à vêtements était aussi une magicienne. Ce n'est que lorsque Zhara mit accidentellement le feu au rosier du jardin que la belle-mère prit conscience de ce qu'elle avait introduit dans son foyer. À l'époque où elles avaient encore un jardin. Avant que les huissiers n'interviennent.

Rien n'aurait été plus simple que de la livrer à la justice du Seigneur de Guerre. Les tribunaux spéciaux du Fauconnier tenaient encore cours et condamnaient au moins une ou deux personnes par semaine. Parmi elles des enfants plus jeunes que Zhara, destinés aux flammes. Mais la marâtre avait tenu bon.

Et ainsi, Zhara ne pourrait jamais régler sa dette envers elle. Malgré tout le respect et l'admiration qu'elle vouait à la professeure Hu, qui lui avait donné un emploi alors qu'elle n'avait nulle part où aller, l'apothicaire ne pourrait jamais faire preuve d'une telle confiance.

Les tambours marquèrent l'heure du crépuscule. Encore une journée passée seule dans l'échoppe. Cela ne la dérangeait pas, elle adorait faire la fermeture. Elle s'offrirait ensuite une petite balade à travers le marché couvert pour admirer les articles tous plus magnifiques et hors de prix réalisés par les artisans en prévision de la Nuit des Sept. Et elle s'imaginerait quelle sorte de tenue elle porterait si elle était invitée au bal masqué du festival.

Et pourquoi pas rêver aussi de danser dans les bras de Maître Coquet au cours de la nuit la plus romantique de l'année ?

Elle avait conscience de la futilité de fantasmer sur un garçon dont elle ignorait tout, jusqu'à son véritable nom, mais si les robes étaient chères, les rêves, eux, ne coûtaient rien.

Elle s'arrêta devant un stand pour contempler une paire de chaussons en satin blanc. Les perles de verre soigneusement tressées capturaient les rayons du soleil couchant et étincelaient comme un clair de lune sur l'eau. Sur les côtés courait un motif subtil de nénuphars brodés de fil rose et jaune pâle. L'intérieur était doublé d'un velours rouge soyeux d'un luxe absolu. Zhara se demanda ce que l'on pouvait éprouver en portant un tel raffinement aux pieds. Sans doute devait-on avoir l'impression de marcher sur des nuages. Elle jeta un œil à ses propres chaussures, tellement élimées que le petit orteil commençait à poindre à travers la toile.

– Si tu touches, tu les achètes, lui intima une voix à l'intérieur de la boutique.

Un marchand grognon aux paupières affaissées émergea de l'ombre.

– Sinon, déguerpis.

– Combien ? demanda-t-elle en sachant pertinemment qu'elle n'avait pas les moyens.

Le commerçant jaugea sa tunique et son pantalon rapiécés et trop petits pour elle. Zhara se mit à se tortiller, gênée par les plis que formait le tissu sur sa poitrine et ses hanches depuis qu'elle avait commencé à développer des courbes.

– Trop cher pour les filles dans ton genre, rétorqua-t-il d'un ton dédaigneux. Et maintenant, fiche le camp.

Zhara rougit, pivota sur ses talons et s'éloigna aussi vite que possible comme pour laisser sa honte derrière elle. Elle quitta le quartier de l'artisanat de luxe pour se retrouver dans le district religieux, où une vaste foule s'amassait devant le Temple des Immortels. Le crieur public, vêtu de sa tunique pourpre et de son chapeau à plumes, se tenait sur une estrade, flanqué de deux Crécerelles. Il martelait son petit gong pour attirer les badauds sur la place.

– Oyez, oyez, proclamation royale ! s'exclama-t-il. Accourrez et entendez la parole de notre suzerain, le prince Wonhu !

Zhara s'étrangla de terreur en se demandant si elle était sur le point d'assister à une arrestation de magiciens. Par réflexe, elle plaça les mains sur *Le classique aux mille signes* dissimulé dans sa ceinture et ses yeux se mirent à chercher frénétiquement une issue.

Le crieur royal sortit un rouleau de sa tunique avec emphase.

– *Citoyens de Zanhei*, lut-il d'une voix retentissante, *qu'il soit entendu que la Maison Wonhu a été gratifiée de l'insigne honneur d'une alliance par mariage avec le Gommun Kang, le clan du Grand Ours du Nord, duquel descend notre estimé et auguste empereur, puisse son règne durer dix mille ans.*

Un murmure d'étonnement parcourut l'assemblée. Malgré la présence des Crécerelles, Zhara brûlait d'en savoir plus. S'attarder la mettait en danger mais la famille royale n'avait pas fait d'annonce de ce genre depuis l'exécution de la Consort, il y a six ans.

– *Par conséquent*, poursuivit le crieur, *le Prince Wonhu décrète que la cité doit se préparer à l'arrivée de la princesse Yulana, la petite-fille bien-aimée du Seigneur de Guerre. Que les rues soient balayées, les murs blanchis et les portes et fenêtres ornementées pour célébrer cette grande nouvelle dans la joie.* Il enroula son parchemin avec solennité, dans l'attente des acclamations.

Quelques applaudissements épars et craintifs s'élevèrent avec peine de la foule. Les Crécerelles regardaient droit devant, l'air impassible, mais l'annonceur prit une mine contrite.

– Allons, allons, encouragea-t-il. Réjouissez-vous de ce moment historique !

Il porta la main à l'oreille et, pour toute réponse, ne reçut qu'une vague exclamation du public.

– Pour qui il se prend, celui-là ? marmonna une jeune personne au chapeau pointu à côté de Zhara. Les frères Bangtan ?

Un brin ébranlé, le crieur sortit un autre rouleau de sa ceinture.

– J'ai ici un portrait de l'Héritier Royal ! annonça-t-il.

La perspective d'enfin voir à quoi ressemblait leur futur souverain électrisa la foule.

– Envoie donc ! s'écria quelqu'un. Qu'on voie un peu la trogne de celui qui a fait fuir mille donzelles !

– Il parait qu'il lui manque des dents, plaisanta un autre.

– Il parait qu'il pue du bec !

– Il parait qu'il ne se lave jamais les pieds !

– Il parait qu'il ne change jamais de caleçon !

Des rires gras parcoururent l'assemblée tandis que fusaient les anecdotes peu flatteuses qui circulaient au Village des Fleurs.

Irrité, le crieur tendit le parchemin à la foule en guise de défi. Les curieux s'attroupèrent pour mieux voir et Zhara fut bousculée de tous les côtés. Juchée sur la pointe des pieds, elle se tordit le cou dans l'espoir d'apercevoir un bout du portrait.

– Wahou ! s'exclama quelqu'un. Mais il est sacrément beau l'Héritier Royal, en fait !

Un ricanement impertinent se fit entendre à côté de Zhara.

– N'importe quel artiste de cour sait qu'il a intérêt à estomper les défauts d'un prince et à enjoliver la réalité.

Zhara éclata de rire et l'inconnu·e lui décocha un sourire canaille. Iel était vêtu·e un peu trop chaudement pour la saison avec son épais pull en laine bleu marine, son pantalon aux bandelettes multicolores, ses bottes en cuir, son chapeau exagérément pointu. Mais rien ne dénotait plus que les mèches flamboyantes qui s'échappaient de son couvre-chef. Zhara n'avait jamais vu personne arborer des tresses rouge sang.

– L'Héritier Royal n'est pas mal, concéda une autre personne à contrecœur, mais il ne tient pas la comparaison face aux frères Bangtan. Surtout celui qui joue toujours les amoureux transis.

Zhara sautait sur place sans parvenir à voir le portrait. Dévorée par la curiosité, elle se demandait si le prince pouvait être aussi beau que le héros d'un de ses feuilletons romantiques.

– Veux-tu que je te décrive L'Héritier, petit suricate ?

Zhara se tourna vers Chapeau Pointu, qui la dévisageait avec intérêt. Iel avait l'accent atonal et familier des steppes du Nord, ce qui offrait un contraste plaisant avec la musicalité habituelle du Sud.

– Je t'aurais bien fait la courte échelle, mais d'où je viens, c'est mal vu de poser les mains sur une dame avant d'avoir fait plus ample connaissance.

Iel ponctua sa proposition d'un clin d'œil et Zhara remarqua les exquises taches de rousseur parsemées sur ses joues bronzées et le haut de son nez.

Oh non. Pas un gloussement.

– Ce n'est pas grave, croassa-t-elle en sentant son visage s'embraser de honte. Je m'approcherai quand il y aura un peu moins de monde.

Mais la foule ne semblait pas décidée à se dissiper. Au contraire, de plus en plus de curieux venaient rejoindre l'attroupement. La masse de corps pressés les uns contre les autres faisait transpirer Zhara à grosses gouttes mais lae Nordiste ne semblait curieusement pas affecté·e par la chaleur.

Ni par les gens.

Ni par quoi que ce soit qui l'entourait.

Quelqu'un percuta Zhara par derrière avec force. Elle attrapa le poignet de lae rouquin·e par réflexe pour ne pas s'écrouler par terre. La reconnaissance immédiate résonna comme un gong en elle. Stupéfaits, les deux jeunes gens se regardèrent sans échanger un mot.

– Tu…, souffla Zhara.

Sous ses mains, elle pouvait sentir la magie de Chapeau Pointu, à la fois étrangère et familière. Elle se remémora le contact avec Thanh, le pouvoir qui courait le long des lignes du méridien, et cela n'avait rien à voir avec ellui. Il n'y avait ni veine, ni chair, ni corps pour *contenir* la magie, iel *était* la magie, une pure émanation.

– Tu… tu arrives à me sentir ? demanda-t-iel, à la fois effrayé·e et optimiste. Mais… mais je ne suis même pas là !

– Là ? répéta Zhara en regardant ses doigts enroulés autour de son poignet. Comment ça, tu n'es pas là ?

Elle poussa un cri de surprise en constatant qu'elle ne sentait pas son pouls et surtout… qu'elle pouvait quasiment voir le sol *à travers* son corps. Zhara releva les yeux. Les traits de l'inconnu·e étaient très légèrement flous et le contour de son visage, presque transparent.

– Mais qui es-tu ? murmura-t-elle. Un fantôme ?

– Non.

Le non-fantôme tenta de se dégager de sa poigne avant de plisser les yeux.

– Et toi, qui es-tu ? demanda-t-iel à son tour. Quel genre de magicienne ?

À ces mots, un silence de plomb s'abattit autour d'eux. Depuis l'estrade du crieur, les Crécerelles tournèrent la tête en direction de Zhara.

– Les serres de Gommun, marmonna l'étrangèr·e. Ils m'ont repéré·e.

Des cris étouffés s'élevèrent à mesure que les gardes fendaient la foule pour les rejoindre. La magie de Zhara se déversa de ses mains mais au lieu de brûler l'apparition, elle ne fit que solidifier un peu plus sa présence.

– Lâche-moi, siffla-t-iel. Lâche-moi ou nous allons tous les deux avoir de gros ennuis.

Iel jeta un coup d'œil désespéré par-dessus Zhara pour observer les coiffes surmontées de plumes marron et blanches se rapprocher inexorablement d'eux.

Zhara desserra les doigts. Chapeau Pointu disparut aussitôt, ne laissant derrière ellui que des exclamations horrifiées.

– Une abomination !

Au loin, d'autres cris, de douleur cette fois-ci, éclataient sous la brutalité des Crécerelles qui se frayaient un chemin sans ménagement.

Zhara ne pouvait pas rester là.

Elle pivota sur ses talons et joua des coudes pour gagner le canal le plus proche mais l'attroupement était trop dense. Abandonnant toute prudence, elle chargea les mains en avant et brûla la première personne en travers de sa route.

– Abomination !

Il n'était plus l'heure de réfléchir ni même d'avoir des regrets. Zhara se faufila frénétiquement entre les passants sans oser regarder derrière elle.

Elle s'était attardée trop longtemps.

Et elle allait être capturée.

10.

Les ombres s'étiraient et le temps de Zhara était compté. Le ciel passait du doré à l'indigo à mesure que le soleil disparaissait lentement à l'horizon. Zhara traversa le marché à toute allure pour gagner le pont du Lotus. Il lui fallait passer le mur d'enceinte avant que les tambours ne retentissent. Une fois les portes de la cité fermées, seuls les laisser-passer ou les pots-de-vin permettaient d'entrer dans Zanhei. Sa belle-mère la punirait à coup sûr si elle ne rentrait pas à temps pour préparer le dîner.

Mais c'était bien le cadet de ses soucis à l'heure actuelle.

Le chaos causé par la disparition de Chapeau Pointu, le fantôme qui n'en n'était pas un, avait permis à Zhara de disparaitre dans la foule. Pour une fois, elle se félicitait de sa tenue : les couleurs passées de sa tunique et de son pantalon usés jusqu'à la corde lui permettaient de se fondre le long des murs poussiéreux des Fosses. Mais les Crécerelles restaient à la recherche d'une magicienne. Et fidèles à leur nom, ils patrouillaient dans les rues du marché, leurs yeux acérés en quête du moindre signe de magie.

Même si Zhara faisait tout pour dissimuler la sienne, une petite lueur tenace s'échappait malgré tout de ses poings serrés. Et à mesure que la pénombre s'installait, la lumière devenait de plus en plus visible. Zhara leva un regard inquiet vers le crépuscule. Au-dessus d'elle, un grand oiseau décrivait des cercles, ses plumes écarlates virant au violet sous le voile nocturne. La sagesse populaire voulait que la lumière du jour révèle bien des secrets mais c'étaient les ténèbres qui allaient trahir le sien. Zhara restait dans les ruelles et passages les moins fréquentés, ce qui ralentissait considérablement sa progression.

Bom, bom, bom, bom !

Les tambours des tours venaient de frapper officiellement le début de la nuit. Faisant fi de la prudence, Zhara pressa le pas et trébucha à cause de sa sandale abîmée. Lorsqu'elle parvint enfin au pont, une mauvaise surprise l'attendait. Le trafic pour entrer dans Zanhei était complètement à l'arrêt.

– Qu'est-ce qu'il y a ? demanda une voix au sein de l'attroupement. Laissez-nous passer !

– Montrez-moi votre main, ordonna une autre voix, cette fois avec un accent nordique prononcé. Personne ne quitte les Fosses sans nous avoir montré sa main.

Zhara se figea. Deux Crécerelles montaient la garde à l'entrée du pont du Lotus. Frustrés par leur traque infructueuse, ils avaient préféré tendre un piège à la sortie. Zhara avisa la

foule, puis les canaux. Des gondoles noir et blanc sillonnaient les voies d'eau à toute heure du jour ou de la nuit, pour conduire des passagers jusqu'au Village des Fleurs. Elle pourrait peut-être se rendre aux docks et de là, trouver un chemin alternatif jusqu'à la maison.

– Mais pourquoi ? s'exaspéra quelqu'un. On est tous humains, regardez-nous ! On n'a pas de fourrure, de crocs ou d'écailles ! On ne peut pas être des magiciens, on ne ressemble pas à des monstres !

– Ouais ! résonnèrent plusieurs voix à l'unisson. Pourquoi vous perdez votre temps avec d'honnêtes citoyens ? Allez plutôt faire un tour dans les marécages, c'est chez les traîne-boue que vous les trouverez, les abominations !

Traîne-boue. Les marais en amont étaient peuplés par les Buris, les Malangs, les Chams, les Tuongs et même certains ancêtres de la mère de Zhara venus de l'archipel du Sud. Des immigrants, des réfugiés, des populations pauvres, non qualifiées et indésirables. Elle tira inutilement sur ses manches trop courtes comme si elle pouvait couvrir sa peau bronzée et tannée par le labeur.

– Une abomination n'a aucun mal à se faire passer pour un humain, répliqua le second Crécerelle. Ce n'est qu'en le touchant (il brandit sa main nue par-dessus sa tête) que nous pouvons démasquer un magicien.

– En le touchant ? Pourquoi ça ?

– Leur peau, expliqua avec gravité le garde, brûle.

Zhara risqua un bref coup d'œil sur ses mains. Le feu illuminait chaque sillon de ses paumes. Elle serra aussitôt les poings pour cacher la lumière.

– Ouah !

Juste derrière elle, un grand homme vêtu de brocart vert écarquillait les yeux.

– Qu'est-ce que c'est que ça ?

Une par une, les têtes alentour se retournèrent vers eux.

– Qu'est-ce qu'il y a ? Il a vu quelque chose ? Quelqu'un ?

Zhara se mit à reculer lentement en intimant à sa magie de disparaitre, de s'évanouir, de ficher le camp. Au lieu de ça, elle sentait son pouvoir lui échapper de plus en plus vite.

– Elle.

L'élégant en brocart la pointa d'un doigt accusateur.

– Sa peau…

Un hurlement strident fendit le ciel en même temps qu'une silhouette pourpre. L'oiseau écarlate au grelot venait d'écarter tous les badauds en battant des ailes férocement. Il posa son regard doré sur Zhara et cria de plus belle, comme s'il lui ordonnait de s'enfuir.

Ce qu'elle fit.

Et ce fut la cohue. Zhara zigzaguait dans tous les sens en gardant ses mains contre son corps, au péril de son équilibre. Le rapace lui indiquait le chemin en plongeant vers les ruelles qu'elle devait emprunter. Elle finit par le perdre de vue mais n'osa pas regarder par-dessus son épaule pour voir si elle était suivie.

Haletante, elle tituba et se laissa tomber contre le mur d'une rue déserte. Derrière elle, les clameurs de la foule étaient devenues distantes et étouffées tandis que le bruit spongieux de ses sandales détrempées par les flaques d'eau croupie semblait résonner atrocement fort. Elle prit un moment pour retrouver son souffle et ses repères.

La rue était en fait une impasse.

La nuit n'était pas encore tout à fait tombée mais les ombres se faisaient déjà denses dans ce quartier des Fosses. Aucune lumière n'éclairait les fenêtres des façades de la rue et un voile nuageux masquait les étoiles. Elle ne connaissait pas ce quartier et ne savait pas comment retrouver son chemin. Même sa magie avait fini par l'abandonner, la laissant seule dans le noir, transie de froid.

Un bruissement. Un couinement. Un murmure.

Zhara.

Son sang se glaça dans ses veines. À l'entrée de la rue, une paire d'yeux brillait, reflétant une lumière fantôme. À cet instant, elle sentit une autre présence que la sienne, un souffle qui troublait l'air autour d'elle.

Elle n'était pas seule.

– Q-q-qui va là ?

Elle se demanda si Chapeau Pointu l'avait suivie jusqu'ici.

– Montrez-vous !

Elle bondit lorsqu'une petite boule de fourrure passa par-dessus ses orteils. Des rats, juste des rats. Son cœur s'emballa de dégoût et de soulagement et un puissant frisson la traversa des pieds à la tête. Avec ses monceaux d'ordures, têtes de poisson et fruits pourris, l'impasse devait assurément grouiller de rongeurs. La puanteur était étouffante mais une autre odeur forte, presque acidulée, se détachait nettement. En faisant de son mieux pour retrouver son calme, elle en conclut qu'elle devait se trouver le long des gargotes qui menaient au quartier des plaisirs. Si les portes de la ville étaient désormais fermées, elle pouvait néanmoins tenter sa chance au Portail du Lotus et de là trouver un chemin.

– Une chose à la fois, murmura-t-elle. Une chose à la fois.

Les yeux à l'entrée de l'impasse avaient disparu.

– Tu as des visions, ma pauvre.

Zhara.

Les piaillements des rats semblaient gagner en intensité à son passage.

– Ignore-les, s'ordonna-t-elle. Tu as les nerfs à vif et c'est tout, Jin Zhara.

L'odeur sucrée se faisait elle aussi de plus en plus présente. Elle se pinça le nez sans que cela ne change rien : le parfum de pourriture ne lui était pas transmis par ses sens. Il venait d'ailleurs.

Aide… moi…

Effrayée, Zhara trébucha et atterrit la tête la première dans une flaque d'eau croupie. Cette fois-ci, elle savait qu'elle n'avait pas imaginé cette voix implorante.

– Qu-qui est là ?

Un tintement de clochette et les yeux dorés réapparurent juste devant elle. Suivis d'un miaulement.

– Sajah ? demanda Zhara, incrédule.

Nyan, répliqua le chat roux. Il frotta son museau contre sa tête avant de décocher un coup de patte sur l'oreille de Zhara. *Nyan*, ordonna-t-il.

– *Aiyo* ! protesta-t-elle. Pourquoi tu me frappes ?

– Zhara…

Cette fois la voix était juste derrière elle. Zhara fit un bond avant de se plaquer dos au mur. Une tête échevelée aux yeux creusés émergea de derrière un tonneau de détritus. Un enfant au corps noueux et bronzé sortit de l'ombre. Un enfant portant les couleurs du clan Meng, bleu et blanc, sur ses vêtements déchirés et maculés d'immondices.

– Thanh ? C'est toi ?

Le petit hocha la tête.

– Aide-moi, murmura-t-il.

Il n'avait plus qu'un filet de voix, comme si chaque mot lui coûtait un terrible effort.

– Je t'en prie.

De soulagement, Zhara sentit ses jambes se dérober sous elle.

Oui, bien sûr, le rassura-t-elle en lui tendant la main. On va te ramener chez toi. Ta grand-mère était morte d'inquiétude.

Elle s'agenouilla devant lui pour mieux l'examiner.

– Que s'est-il passé ? Où est ta maman ?

Thanh tripota la perle rouge de son bracelet, ses yeux cernés dans le vague.

– Maman, croassa-t-il. Maman. Maman.

Zhara se sentit impuissante. Le garçon était de toute évidence traumatisé et avait besoin d'aide. Avait-il été enlevé par les gardiens du Seigneur de Guerre avant de parvenir à s'échapper ? Elle s'avança pour le prendre dans ses bras quand un éclair roux s'interposa avant de griffer et de cracher de colère.

– Sajah ! s'écria Zhara en voulant retenir le chat devenu hystérique.

Thanh pleura de douleur en tenant son bras en sang.

– Tu es blessé ?

Elle chassa l'animal avant qu'il ne puisse causer plus de dégâts.

– Fais-moi voir…

– Non !

La force dans sa voix fit reculer Zhara.

– Maman ! Je veux ma maman, s'étrangla-t-il.

Diem.

– Je sais, je suis désolée, bredouilla Zhara, les larmes aux yeux.

Elle se rapprocha lentement pour ne pas l'effrayer.

– Je ne suis pas ta mère mais je peux t'aider. Viens, laisse-moi te ramener à…

– NON !

Son cri avait redoublé d'intensité.

– Ils l'ont prise.

Malgré la pénombre, Zhara pouvait voir le blanc entourant ses pupilles.

– Les Crécerelles.

Un frisson parcourut l'échine de Zhara.

– Où ça, Thanh ? demanda-t-elle sans savoir s'il serait en mesure de répondre. Tu sais où ils l'ont emmenée ?

Le garçon se recroquevilla et s'enveloppa de ses bras maigres pour retenir ses tremblements. Un calme soudain l'envahit et ses membres retombèrent mollement tandis qu'il s'affalait par terre.

– Là où dort la Mère des Démons, chuchota-t-il. En attendant son retour.

Zhara plissa le front. Thanh ne parlait plus avec sa voix de petit garçon. Son timbre était plus grave et solennel. Elle se remémora ce sentiment d'une autre intelligence tapie dans les profondeurs de son regard.

– Qu'est-ce que cela signifie ?

Le Buri ne répondit pas. Ses yeux roulèrent brusquement dans son crâne et ses bras se raidirent. Zhara bondit sur ses pieds en glapissant mais fut incapable de s'enfuir. Elle ne pouvait pas l'abandonner.

Sorti de nulle part, Sajah sauta sur l'adolescent en crachant et en miaulant. Secoué par ses convulsions, Thanh hurla et parvint à saisir le félin avant de le projeter de toutes ses forces contre le mur. Une nuée de rats jaillit des tonneaux en une masse grouillante pour tenter d'étouffer Thanh sous leurs corps. Zhara pouvait nettement entendre leurs dents dévorer la chair et elle en eut la nausée.

– Thanh !

Elle plongea la main au milieu des rongeurs pour le saisir par l'épaule.

Elle ressentit aussitôt la pourriture et la corruption à travers sa magie. Thanh cessa instantanément de convulser et ouvrit les yeux en se fendant d'un grand sourire. Lui qui semblait maladif et hanté paraissait à présent possédé et… affamé. Zhara tituba en arrière. Une conscience inhumaine la dévisagea à travers ces yeux sombres et les traits du garçon se murent le long des os de son visage, comme si un autre essayait sa peau tel un vêtement.

– Gardienne du Feu, dit le garçon en se léchant les lèvres.

Mais ce n'était plus Thanh qui parlait, sa voix était dédoublée par une autre, plus grave.

– Te voilà donc. Je reconnais ta présence.

Zhara se mit à reculer lentement.

– Thanh ?

Un rire s'échappa de sa gorge, un rire qui n'avait rien de celui d'un enfant de dix ans. Un rire qui lui donnait la chair de poule et lui intimait de s'échapper de cette ruelle sombre et humide. Sajah se releva dans un tintement de grelot et retourna auprès d'elle. Il paraissait subitement plus grand qu'avant et sa fourrure hérissée crépitait d'éclairs.

– Gardienne du Feu, répéta Thang. Es-tu revenue dans ce monde avec ma maîtresse ?

– Je ne comprends rien à ce que tu racontes ! Quelle maîtresse ? Qui est cette Gardienne du Feu ?

– Tu le découvriras bien assez tôt.

La chose qui portait le visage de Thang se fendit d'un sourire mauvais.

– Pauvre petite Gardienne. Elle en sait si peu.

En un clin d'œil, le garçon saisit un rat à ses pieds et lui brisa l'échine. Tous les autres rongeurs s'effondrèrent aussitôt, raides morts. Zhara recula d'effroi. Thanh la fixa froidement, sans la moindre émotion. Le vide de son regard se retrouvait dans les yeux vitreux du rat mort.

Zhara aurait dû courir, hurler, appeler à l'aide.

Mais elle ne pouvait rien faire d'autre que de contempler Thanh bercer la carcasse inerte de l'animal contre son cœur, comme un bambin serrant son jouet préféré pour se rassurer. Peu importe ce qu'il était devenu… Thanh restait un enfant, un magicien comme elle. Et elle ne pouvait se résoudre à l'abandonner aux rapaces du Seigneur de Guerre. Grand-Mère Meng ne le lui pardonnerait jamais.

Elle non plus.

– Thanh, dit-elle, la bouche sèche. Je t'en prie…

L'enfant ne répondit pas mais sous ses caresses, le rat s'anima de nouveau, pris de spasmes. Un bruit de succion ignoble emplit l'air et boucha les tympans de Zhara. Le rat couina et Thanh le laissa tomber sur le dos. Il remuait comme une marionnette manipulée par une main invisible. Il finit par se retourner sur le ventre et se mit à ramper vers elle. L'animal était pourtant mort, les yeux vides et son corps brisé à plusieurs endroits.

– Mais…, croassa Zhara. Que…

Le garçon se tordit de douleur en criant. Ses articulations claquèrent dans un bruit écœurant tandis qu'il gesticulait au sol. Sa peau se couvrit de cloques, ses vertèbres saillantes se mirent à pousser sous sa peau et à se changer en pointes. Les pustules sur son dos et ses bras se changèrent en une myriade d'yeux noirs, comme les cavités d'une cosse de lotus. Sa mâchoire se décrocha et s'allongea, ses dents sortirent en avant tandis que sa bouche se fendait en deux. Ses narines s'étirèrent en longues fentes qui lui traversaient le front et ses yeux globuleux se retrouvèrent poussés de part et d'autre. Quand Thanh releva enfin la tête, il lui adressa un rictus grotesque révélant trois rangées de dents acérées comme des aiguilles.

Zhara était pétrifiée de terreur. Elle comprenait à présent pourquoi le Seigneur de Guerre craignait les siens, pourquoi l'empire avait mené la guerre aux magiciens et pourquoi les Crécerelles traquaient sans relâche les survivants.

Car la créature qui se tenait devant elle n'avait plus rien d'humain.

C'était une abomination.

11.

Avec le recul, enfiler la tenue d'une prêtresse de Do ne comptait pas parmi les idées les plus brillantes de Han.

– Ce déguisement, dit Xu, est *ridicule*.

Malheureusement, Han ne pouvait lui donner tort. L'ample robe blanche, le chapeau à large bord et les voiles noirs qui tombaient jusqu'aux pieds lui étaient pourtant apparus comme le meilleur moyen de se faufiler hors du palais incognito. Mais dans la moiteur étouffante du printemps, Han ne souhaitait rien tant que d'arracher l'entièreté de son costume.

– Je m'en fiche, répondit-il avec obstination tout en faisant de son mieux pour ne pas marcher sur sa robe.

L'humidité imbibait chaque épaisseur de soie et de mousseline et alourdissait tant le tissu qu'il collait à ses bras et à ses jambes.

– Au moins, personne ne me reconnaitra là-dessous.

Du coin de l'œil, il aperçut *encore* une affiche annonçant ses fiançailles avec la princesse Yulana. Les apprentis de Maître Kong avaient fait du zèle pour en placarder suffisamment à travers toute la cité, mais la qualité de reproduction variait considérablement. Sur ce portrait en particulier, les fossettes étaient carrément absentes.

– Pour ce qui est d'être reconnu, probablement pas, concéda Xu. Mais si je puis me permettre…

Iel lança un regard appuyé à la démarche pesante de Han.

– Le spectacle que donne Sa Grâce ne passe pas inaperçu.

Hélas, son ami·e avait encore une fois raison. Un silence lourd de sous-entendus accompagnait leur sillage, ainsi que des regards confus voire inquiets. Les prêtresses de Do quittaient rarement leurs retraites dans les montagnes, hormis deux exceptions notables : aider à donner la vie et accompagner le passage des âmes dans l'autre monde. Pour beaucoup, la vision de leurs longues robes flottantes et de leurs visages voilés était un mauvais présage. Et si on les disait douées dans l'art de guérir, d'autres rumeurs leur prêtaient les mêmes talents pour tuer.

Enfin, c'était du moins ce que Han avait lu dans *La jeune amante de la Mort*.

– Oui, eh bien, je ne t'ai pas entendu proposer de meilleure alternative donc maintenant, je suis une nonne de la mort, répliqua-t-il d'un ton irrité. Je ne peux plus me permettre de me montrer le visage découvert avec… enfin, tu sais très bien.

Il pointa de sa manche un autre portrait, au nez proéminent. Subitement complexé, il tâta son appendice nasal pour se rassurer sur sa taille.

– J'avais pourtant émis une meilleure suggestion, mon prince, soupira Xu avec retenue.

Iel avait troqué son maquillage et ses accessoires habituels pour la panoplie d'un noble : une longue tunique ajustée par-dessus un pantalon large, une ceinture en tissu juste au-dessus des hanches et un chignon haut. Une tenue aussi élégante que discrète. Bien sûr, iel n'avait pu s'empêcher d'apporter sa touche personnelle : son ensemble était donc complété d'un bandeau écarlate noué autour du front, d'un collier de perles et de plumes de paon suspendu à la ceinture et de la plus infime touche de carmin sur ses lèvres.

– J'ai bien proposé de partir seul·e à la recherche de cette fille et d'éviter à Sa Grâce tout ce cirque, fit-iel avec un geste tourbillonnant de son éventail en direction de Han.

– Il fallait que je t'accompagne, protesta Han. Moi seul sait à quoi elle ressemble.

Un soupçon de sourire passa sur les lèvres de Xu.

– Et comment la décrirais-tu ?

– Jolie.

Le mot lui avait échappé. Malgré la chaleur abrutissante du costume, il fut subitement soulagé de porter un voile qui masquait son rougissement.

– Jolie ?

Xu ouvrit son éventail et se mit à l'agiter avec excitation.

– Ooooh, et moi qui pensais que Sa Grâce avait une peur bleue des femmes…

– Je n'ai pas peur d'elles ! glapit-il avant qu'une quinte de toux l'étrangle. C'est juste que certaines sont trop… demandeuses.

Han pensa aux courtisanes et à leurs demoiselles de compagnie qui se muaient en prédatrices sitôt en sa présence. Leurs maquillages élégants et leurs éventails hors de prix ne suffisaient pas à dissimuler leur soif de statut social. Il fallait faire preuve d'agilité, à la fois physique et intellectuelle, pour éviter les embuscades matrimoniales.

– Et puis, comme je suis là, la recherche va plus vite.

Xu se tourna vers le soleil qui caressait l'horizon. Les tambours n'allaient pas tarder à sonner la fermeture des portes de la cité.

– Vraiment, mon prince ? demanda-t-iel avec innocence. Nous avons écumé pratiquement tous les apothicaires du palais jusqu'aux Fosses parce que tu n'arrivais pas à te souvenir du nom de l'échoppe dans laquelle elle travaille. Sa Grâce n'est-elle pas plutôt venue parce qu'elle désirait à nouveau revoir sa chère Maîtresse Brandy ?

Iel plissa le nez et agita le plat de la main sous ses narines.

– Humpf, du *bois de santal* ?

– Quoi, ça sent mauvais ? Trop fort ? demanda Han, un brin paniqué.

Il écarta le col de sa robe pour inspirer. Une légère odeur de sueur, certes, la faute au voile étouffant, mais il n'avait pas l'impression de puer.

Xu pinça les lèvres avec désapprobation.

– Le bois de santal n'est pas une fragrance aussi séduisante que le pensent les garçons, mon prince. En particulier en si généreuse quantité.

– On m'a dit que les filles aimaient ça, se défendit Han.

– Ah vraiment ?

Xu croisa les bras.

– Et qui est ce « on » ?

Han marmonna une réponse inaudible.

– Plaît-il ?

– Je l'ai lu dans *La jeune amante de la Mort*, chuchota-t-il en triturant son pendentif. Le héros sent le bois de santal et le feu de joie et l'héroïne adore ça, même si elle n'ose avouer qu'elle l'aime *lui*.

Xu poussa un grognement.

– Je n'en reviens pas de devoir dire une chose pareille, mais… Sa Grâce ferait mieux de ne pas croire tout ce qui est écrit dans les livres.

Iel pencha la tête en s'efforçant de capter le regard de Han à travers le voile de gaze avant de s'exclamer :

– Une minute ! Dois-je comprendre que Sa Grâce s'est imbibée de parfum dans l'espoir… d'impressionner une fille ?

Xu renifla théâtralement et essuya une larme imaginaire.

– Mon petit prince est devenu un homme… Je ne sais pas si je dois l'encourager ou me lamenter !

Han ne daigna même pas répondre et allongea un peu plus sa foulée pour dissimuler sa gêne. Il n'avait jamais fait grand cas de l'amour ni de l'attirance : en tant que prince, c'était avant tout le statut, la lignée et la fortune de son épouse qui comptaient et non son éventuel amour à son égard. Bien sûr, être Héritier Royal n'avait jamais empêché ses prédécesseurs d'entretenir des relations « officieuses ». Et Han était certain que sa famille comptait bon nombre de rejetons jamais reconnus, fruits des indiscrétions de ses ancêtres. Pour autant, ce genre de relation ne l'avait jamais intéressé non plus, et ne l'intéressait toujours pas davantage. Mais lorsqu'il pensait à Maîtresse Brandy, une curieuse chaleur venait lui chatouiller les entrailles.

Et à chaque fois qu'il croisait une silhouette féminine aux cheveux ondulés et à la peau bronzée, la sensation le reprenait, quand bien même il voyait que ce n'était pas elle. Elles étaient soit un peu trop âgées, soit trop jeunes, trop fines ou trop grandes, et même si certaines étaient tout à fait charmantes, aucune ne rivalisait avec Maîtresse Brandy.

Ah, ses yeux sombres, brillants comme de l'obsidienne, qui dévoraient les piles de livres sur les étals de ce libraire comme si elle pouvait tous les lire d'un seul regard. Cette langueur qui animait son visage… Pour la première fois de sa vie, Han avait compris le sens du mot *désir*. Lui qui n'avait jamais su ce qu'il voulait, seulement ce qu'il ne voulait *pas*. Désirer, c'était vivre, et à cet instant, il s'était rendu compte qu'il n'avait fait que survivre.

Aussi lui avait-il acheté un exemplaire de *La jeune amante de la Mort*. Il voulait lui offrir ce qu'elle désirait, pour la rendre… heureuse. Vivante. Et sa vitalité nourrissait la sienne.

Un bruit de tambour au loin signala le crépuscule. Les derniers chalands avaient disparu et les rues n'étaient plus occupées que par les commerçants fermant leur boutique.

– Mon prince, nous ferions mieux de rentrer. Regagner la cité après la fermeture des portes sera encore plus difficile que quitter le palais, et ce malgré l'excellent déguisement de Sa Grâce.

Xu avait évidemment raison mais Han ne pouvait s'empêcher de s'attarder dans l'espoir d'apercevoir Maîtresse Brandy. La perspective de retrouver le palais, avec ses mariages imposés et ses petits frères excessivement magiques, n'avait rien de réjouissant, mais il tenait surtout à prolonger l'excitation de l'attente. Pour la première fois depuis des lustres, il s'enthousiasmait de l'avenir, au lieu de simplement subir le présent. Son cœur devenait soudainement plus léger lorsqu'il se remémorait son visage. Il se mettait à… espérer.

Ou peut-être qu'il commençait à avoir faim. Les gargotes flottantes sur les canaux s'animaient peu à peu en prévision du coup de feu du soir et le doux parfum de friture embaumait l'air.

– Ai-yah, que se passe-t-il ? grommela Xu.

Un immense attroupement bouchait toutes les rues avoisinantes. Iels se hissèrent sur la pointe des pieds pour tenter d'y voir plus clair.

– On dirait que quelque chose ou quelqu'un bloque le pont du Lotus.

– Dans ce cas, allons manger un morceau et revenons plus tard, suggéra Han. Les cuisines du palais seront fermées à notre retour, de toute façon.

– Mais, et le couvre-feu alors ? fit remarquer Xu.

Han avisa les lanternes qui éclairaient les eaux séparant le marché couvert du quartier des plaisirs.

– Il y a encore du monde qui entre en ville une fois la nuit tombée, dit-il en pointant du doigt les gondoles noir et blanc qui acheminaient les clients vers le Village des Fleurs. On pourra toujours rentrer comme ça, non ?

Xu haussa les sourcils.

– Ai-je bien entendu ? Mon doux et innocent prince suggère que nous passions la nuit dans les bras des belles plantes du Village des Fleurs ?

– Hein ? N-non, bégaya Han.

Il contempla la ligne de barques qui flottaient en aval vers les salons de thé et les tavernes.

– Je pensais juste…

Il s'interrompit quand il vit qu'aucun taxi ne prenait la direction opposée, vers la cité. Entrer dans le Village à cette heure-ci signifiait donc y rester jusqu'au matin.

Son ami·e d'enfance secoua la tête.

– Allons, les estaminets du canal ont dû ouvrir, dit-iel en lui tapotant l'épaule. Suis-moi, je sais où on peut manger les meilleures crevettes épicées de tout Zanhei.

Ragaillardi·es par cette promesse de fruits de mer, Xu les conduisit jusqu'aux quais, où une rangée de restaurants faisait face au sulfureux quartier de l'autre côté de l'eau. À leur grand désarroi, tous semblaient fermés, les volets clos et les tables vides.

– Étrange, murmura Xu. À cette heure-ci, pourtant…

Iel s'approcha du premier boui-boui et jeta un œil à la fenêtre.

– Des rats.

– Clairement, oui ! Pourquoi ils n'ouvrent pas ? J'ai faim, moi ! grogna Han, la main sur le ventre.

– Non. Il y a vraiment des rats.

Xu leva son éventail d'une main tremblante en direction d'une masse grouillante. Un mélange étouffé de couinements et de grattements s'élevait de l'amas informe. Han plissa les yeux.

Xu avait raison.

C'était bien des rats.

Une meute gigantesque de rats.

– Aaaah !

Han fit un bond en arrière et se plaqua contre la façade du restaurant tandis que la vague de rongeurs se précipitait sur eux. Avec horreur, il remarqua qu'ils n'étaient pas au mieux de leur forme : amputés, éviscérés, voire pour certains carrément décapités, ce qui ne les empêchait nullement de courir de façon raide et peu naturelle. Des centaines d'yeux globuleux et des milliers de dents aiguisées luisaient dans le clair de lune à mesure qu'ils se rapprochaient. La vague s'était transformée en véritable marée.

– Mon prince ! s'écria Xu depuis le toit. Par ici !

Han hésita un bref instant entre le vertige et le dégoût. Mais lorsque les queues roses et nerveuses commencèrent à s'enrouler autour de ses chevilles, il bondit vers la main tendue de son ami·e. Dans son effort, il écrasa involontairement un rat et le bruit écœurant de chair et d'os broyés lui provoqua un haut-le-cœur. Au moins, il n'avait plus faim.

– Mais qu'est-ce que c'est que… ça ? demanda Xu d'une voix plaintive en regardant en contrebas.

Une silhouette boiteuse, voûtée et sinistre se frayait un chemin dans leur direction. Il faisait à présent trop sombre pour distinguer ses traits mais Han était sûr d'une chose. Aussi invraisemblable que cela pût lui paraitre, il avait sous les yeux un monstre.

12.

Des crocs dégoulinants. Des yeux brillants. Des bras, des doigts et des griffes tout le long du corps. Une fourrure mouchetée de trous minuscules, noirs comme l'abîme. Des mouches. Des vers. De la pourriture. La pestilence. L'horreur était indescriptible et Han ne savait plus où regarder. Tout contre lui, Xu couvrit ses yeux de son éventail en étouffant un gémissement.

Le monstre tourna sa gueule vers la source de bruit, les fentes sur sa face s'agrandissant à chaque inspiration. Xu couina de nouveau et l'atrocité se mit à renifler avant de tituber vers elleux. Han poussa son ami·e vers le sommet du toit.

– Vite ! lui hurla-t-il. Je vais le retenir !

– Mais tu es complètement fou ! cria-t-iel en abandonnant toute étiquette. Mon prince, ce n'est pas la gonflette qui va te sauver !

Xu n'avait pas forcément tort, Han devait bien admettre que ses exercices de musculation avaient avant tout un objectif esthétique plutôt que pratique. Il tourna la tête à la recherche d'une arme, n'importe quoi, et opta pour une tuile descellée à ses pieds. Elle était plus lourde qu'il ne l'aurait cru, mais pas autant qu'il l'espérait, eu égard à la taille du monstre. Il la lança tout de même de toutes ses forces en visant sur ce qu'il priait pour être la tête. Avec un craquement retentissant, le projectile atterrit pile entre les deux effroyables trous qui devaient être des yeux. Difficile à dire, tant il y avait de trous.

Lentement, inexorablement, comme un corps s'enfonçant dans un marécage, les tessons de la tuile se retrouvèrent absorbés par la peau de la bête. À leur place, des bulles noires et huileuses se formèrent à la surface. Et lorsqu'elles se mirent à cligner, Han comprit que c'étaient des yeux. Nauséeux, il délogea une nouvelle tuile et s'apprêtait à la lancer lorsqu'une voix s'écria :

– Thanh !

Le monstre et lui tournèrent la tête.

– Maîtresse Brandy ? s'étrangla-t-il.

Il était vraiment né sous le signe du Second Immortel. Après une journée entière passée à la chercher, il fallait qu'il la retrouve *précisément* à ce moment-là. Sur le point de perdre la vie face à un monstre.

– La fameuse Maîtresse Brandy ? demanda Xu avant de lever les yeux au ciel. Tendi est un dieu décidément bien capricieux, mon prince.

– Thanh ! répéta la fille. Je t'en prie, tu dois résister !

– J'hallucine, murmura Xu, ou bien elle brille littéralement ?

Han se frotta les yeux. Le crépuscule en était à ses derniers instants et pourtant la peau de Maîtresse Brandy semblait éclairée par les rayons d'un soleil invisible. Il la fixa, totalement médusé. Un halo de lumière l'entourait, comme la flamme d'une bougie, comme l'aura des êtres célestes qui peuplaient les légendes que lui racontait sa mère.

La bête laboura le sol de ses énormes griffes, laissant de profondes traces dans les pavés. Une sorte de regret ou de désespoir traversa brièvement sa multitude d'yeux. Han frissonna devant cette manifestation inattendue d'humanité.

Puis le monstre baissa la tête et se prépara à ruer.

– Vite, Xu ! cria Han.

Ignorant son vertige, il sauta du toit.

– Il faut qu'on l'aide !

– Crois-tu vraiment que je sois du genre à me *précipiter* vers le danger au lieu de le fuir ? répliqua Xu.

Han saisit une des chaises en bambou laissées en terrasse et fonça au secours de Maîtresse Brandy. Il l'abattit de toutes ses forces contre le dos de la créature. Les jambes plièrent à l'impact avant de se rompre. Le monstre secoua sa… tête, comme si une mouche l'importunait, avant de pousser un rugissement. Il fit un pas en arrière et ses griffes s'allongèrent. La fille recula brusquement avant de trébucher. Han tendit la main pour la hisser sur ses pieds.

– Cours ! lui ordonna-t-il. Je vais le distraire !

Il esquiva le coup de patte du monstre, d'abord à gauche, puis à droite. Ses exercices d'agilité avaient trouvé leur utilité, en fin de compte. Derrière lui, une poutre éclata dans un nuage d'échardes tandis que la créature ravageait immeubles et devantures. Des brisures de pierre et de brique volaient dans toutes les directions. En se baissant pour éviter de finir empalé, Han heurta un morceau de charpente et s'étala de tout son long.

BOUM ! Quelque chose explosa au-dessus de lui et il couvrit instinctivement sa tête de la pluie de débris. L'abomination rugit férocement et Han se roula en boule, les yeux fermés, pour attendre sa fin. Au moins, elle serait spectaculaire. Tout le monde n'avait pas le luxe de mourir de la main d'un monstre.

Mais le coup de grâce ne vint jamais. Un miaulement sauvage retentit alors qu'un petit chat roux, sorti de nulle part, se mit à lacérer furieusement les innombrables yeux de la bête. La créature se tortilla et hurla de douleur avant d'envoyer valdinguer le félin.

– Sajah ?

Maîtresse Brandy se précipita vers le chat gisant sur les pavés.

– Sajah ! répéta-t-elle, sans se rendre compte que le monstre s'approchait d'elle à présent.

Han bondit à son tour avant de grimacer péniblement, ses côtes irradiant de douleur. Il devait faire quelque chose, n'importe quoi. Il avisa un madrier au sol, pointu aux deux extrémités, et le souleva. En le passant par-dessus son épaule comme un javelot, il écarta les jambes et prit appui, un pied en arrière.

– *Yah* ! cria-t-il. Ne la touche pas !

Il projeta sa lance improvisée de toutes ses forces droit sur la bête.

Et la poutre effleura son flanc sans lui causer le moindre mal.

Il se nota d'ajouter le lancer de javelot à ses exercices de musculation. Si tant est qu'il survive à cette nuit. Le projectile eut au moins le mérite de distraire le monstre, qui détourna le regard de Maîtresse Brandy. Fier de lui, Han agita le poing en l'air avant de se rendre compte qu'il n'avait pas planifié la suite des événements. Aussi se mit-il à reculer prudemment en voyant la créature se préparer à le charger.

Un cri perçant se rapprocha vivement de lui jusqu'à ce qu'une fine silhouette le dépasse à toute allure pour se jeter au cou du monstre et lui escalader le dos.

– Cours, mon prince, cours ! lui intima Xu en poignardant les yeux de la bête à l'aide des brins de son éventail.

Han n'eut pas besoin de se faire prier. Ignorant son flanc qui lui faisait souffrir le martyr, il prit ses jambes à son cou tandis que la bête se débattait en beuglant d'agonie. Toujours sur ses épaules, Xu se cramponnait tant que possible mais fut à son tour projeté·e violemment sur son ami.

– Thanh !

Maîtresse Brandy se releva, les jambes tremblantes.

– Ne leur fais pas de mal !

Et d'un geste de sa main, le monde se retrouva plongé dans les flammes.

Han se protégea instinctivement de la fournaise soudaine et la créature fit de même. Lorsqu'il rouvrit les yeux, il vit que Maîtresse Brandy ne brillait plus, elle était carrément *en feu.* Non, elle était même *faite* de feu, ce n'était plus qu'un être de flammes et de lumière, un incendie à l'apparence féminine, qui tentait à présent de retenir le bras de l'abomination. La peau de la créature se mit à fumer et à cloquer à son contact.

– Je suis désolée, sanglota-t-elle, je suis désolée !

Le monstre se dégagea brusquement de son étreinte et l'envoya rouler par terre, à moitié inconsciente. Sa lumière crépita et s'atténua tandis que son apparence oscillait entre chair et flammes. La bête reporta son attention sur elle et se précipita à son encontre, fonçant à travers les décombres.

Han cherchait désespérément un moyen de ralentir l'abomination lorsque son regard s'arrêta sur un pilier en pierre branlant qui retenait les restes d'un store. Il était épais et suffisamment lourd pour en finir avec le monstre.

– Maîtresse Brandy ! s'écria-t-il. Par ici !

Il pointa l'auvent et mima l'écroulement du pilier avant d'escalader le toit effondré juste à côté. En prenant appui sur la colonne de pierre, il s'obligea à ne pas regarder en contrebas et appela :

– Xu, viens m'aider !

La fille se força péniblement à se redresser. Lorsqu'elle vit ce que Han comptait faire, elle se mit à ramper.

Xu vint le rejoindre sur le toit et les deux jetèrent tout leur poids contre le pilier.

– Maintenant ! s'écria Maîtresse Brandy.

Un dernier effort et lentement, beaucoup trop lentement, le pilier se mit à bouger.

– Allez, grogna Han en serrant les dents.

Il attrapa Xu par la main et lae tira en arrière au moment où la colonne s'effondra. Le temps sembla tourner au ralenti tandis l'abomination s'approchait peu à peu et que la masse de pierres tombait de plus en plus vite…

BLAM !

La bâtisse sur laquelle iels se trouvaient s'écroula et les entraîna jusqu'au sol. L'explosion souleva un gigantesque nuage de poussière et de débris. Aveuglé, Han se couvrit le visage de sa manche mais manqua malgré tout de s'étouffer. Entre deux quintes de toux, il tendit l'oreille pour entendre le souffle meurtri de l'abomination. Un gargouillis écœurant, un long râle et puis…

Un éclat de lumière inouï.

Suivi d'un silence total.

Xu et Han mirent une éternité à se dégager des décombres pour regagner la rue.

– Est-ce qu'il est mort ? croassa Xu.

Han essuya les larmes de ses yeux. La poussière et la fumée emplissaient l'air en un épais brouillard, déformant les ombres projetées par le clair de lune. Ses tympans résonnaient encore du vacarme de l'effondrement et de l'affrontement mais il constata que la rue était déserte.

– Je… je crois bien ? répondit-il d'une voix cassée.

– Bien.

Xu apparut juste derrière lui. Couvert·e de la tête aux pieds de poussière blanche, iel ressemblait à un fantôme.

– Est-ce que Maîtresse Brandy va bien ?

Au loin, Han crut entendre le tintement d'une cloche. Il secoua la tête pour chasser les acouphènes de ses oreilles.

– Je ne sais pas.

Son corps lui faisait subitement ressentir chaque coup, plaie, blessure et douleur interne. Il n'avait qu'une envie : se laisser tomber par terre. Il se frotta le bras et le trouva poisseux de sang. Son avant-bras était profondément entaillé.

– Allons voir.

Iels s'avancèrent timidement vers le pilier, en tâtonnant à travers les cendres et la fumée. Mais arrivés au pied de la colonne, iels découvrirent que la créature avait disparu.

– Où est-il passé ? demanda Han, estomaqué.

Il n'y avait ni cadavre ni bruit hormis un doux tintement amplifié par l'écho des façades éventrées.

– C'est… une cloche, qu'on entend là ? s'étonna Xu.

– Je ne sais pas trop.

Han se fraya péniblement un passage à travers les éboulis, à la recherche de Maîtresse Brandy.

– Mais je crois que ça vient d'ici.

Il pointa l'autre bout de la rue, où le son paraissait plus distinct.

Xu lui emboita le pas en grognant. Deux fragments d'ambre apparurent soudainement face à eux. Han poussa un cri aigu et tomba à la renverse contre un pavé délogé.

– Qu'est-ce que c'est ? Le monstre ? dit Xu.

Les deux billes dorées clignèrent brièvement et un petit chat se matérialisa dans la poussière, en grattant avec insistance aux pieds de Xu. Le tintement provenait du grelot attaché à son cou.

– Non, c'est juste un chat, répondit Han, honteux de sa réaction.

Le félin dévoila ses crocs en un rictus moqueur.

– Oui, oui, tu as été très courageux. Allez, fiche le camp maintenant.

L'Héritier Royal était, après tout, allergique. Le chat renifla et se tourna vers Xu.

– Bien le bonjour, petit tigre, lui dit-iel en se baissant pour lui gratter les oreilles. D'où viens-tu ?

L'animal ronronna et s'enroula autour de ses jambes.

Han souffla, l'air irrité.

– Laisse-le, ce n'est qu'un chat de gouttière et ce n'est pas ça qui manque à Zanhei.

Il se releva et s'épousseta. Les rues étaient désertes et silencieuses.

– Allez, on doit retrouver Maîtresse Brandy et s'assurer qu'elle n'a rien.

– Tu ne saurais pas où elle se trouve, mon beau ? roucoula Xu en continuant de caresser le petit chat. Tu dois connaitre le quartier mieux que personne.

– Même s'il pouvait te comprendre, il ne nous aiderait pas. C'est un chat, pas un chien.

L'animal lui décocha un regard meurtrier, avant de faire les yeux doux à Xu. Il frotta son museau sur ses doigts une dernière fois et disparut brusquement dans la fumée.

– Tu vois ! fit Han avant d'éternuer. Petit misérable.

Il éternua de plus belle.

Le chat réapparut quelques instants plus tard. Il se posta devant eux, agita sa queue impatiemment, et retourna dans la pénombre. Puis il revint, le front plissé par la contrariété.

– J'ai l'impression qu'il veut qu'on le suive, dit Xu.

Le félin acquiesça.

Et Han cligna des yeux, incrédule.

– Mais il vient de… hocher la tête ?

Sajah prit un air exaspéré et se tourna vers Xu.

– Ma foi, après tout ce que j'ai vu aujourd'hui, un chat à l'intelligence supérieure me parait presque banal.

L'animal opina de nouveau et Xu le suivit dans le nuage de poussière.

– Allez, mon prince. Ce n'est pas comme si nous avions une meilleure idée.

Le chat les conduisit à travers les décombres jusqu'à une silhouette menue recroquevillée.

– Maîtresse Brandy !

Han escalada les tas de briques et de poutres pour la rejoindre. Mais ce n'était pas le corps d'une femme. À la place gisait un enfant de dix ans. Couché sur le flanc, au milieu d'un cratère, il semblait dormir. Ses poings serrés s'agitaient légèrement comme sous l'effet d'un rêve et sa respiration lente et paisible rassura Han. Avec délicatesse, il le prit dans ses bras et le poids de son corps parfaitement détendu lui rappela Anyang.

– Mon prince ! s'exclama Xu. Par ici !

Il suivit la voix de son ami·e pour lae trouver agenouillé·e auprès d'une fille étendue sur le sol. Un poids glacé lui tomba dans l'estomac.

– Est-ce que…

– Elle est vivante, le rassura Xu. Mais je n'arrive pas à voir si elle est blessée.

Iel releva la tête et fronça les sourcils en avisant Han.

– Qui est-ce que Sa Grâce tient dans ses bras ?

– Je ne sais pas.

Il regarda à son tour l'enfant, qui commençait à s'agiter dans son sommeil.

– Mais il a besoin de soins.

– Alors je crois pouvoir vous être utile.

Han et Xu firent volteface à l'unisson. La monture d'une paire de lorgnons scintilla sous le clair de lune. Une silhouette ramassée émergea de la fumée en rangeant ses binocles d'un geste vif.

– Je suis la professeure Hu, dit l'apparition. Et les Gardiens de l'Aube sont là pour vous aider.

Deuxième partie

Les Gardiens de l'Aube

13.

La première chose qui frappa Zhara à son réveil fut l'odeur. Humide et terreuse, comme si elle se trouvait au fond d'un puits.

Elle remarqua ensuite la petite boule de fourrure chaude à côté d'elle, et le tintement qu'elle produisait à chaque mouvement.

Enfin, elle prit conscience de son abominable mal de crâne.

Gardienne du Feu...

Elle ouvrit les yeux en grognant et découvrit qu'elle était plongée dans les ténèbres. Inquiète, elle commença à se demander où elle se trouvait et si elle n'était pas blessée... voire morte.

– *Chhh, chhhh*, susurra une voix rassurante.

Une main rugueuse se posa sur son front. Une légère odeur de camphre et de cannelle lui parvint. Ce parfum, elle l'aurait reconnu entre mille : c'était celui de la professeure Hu. Zhara se détendit aussitôt et se laissa faire tandis qu'on lui retirait un linge humide des yeux. Une paire de lorgnons pendant au bout d'un cordon de perles de topaze apparut sous ses yeux.

– Ne bouge pas, tu vas te fatiguer.

– Tantine ? croassa-t-elle.

Elle sentit quelque chose de poilu lui chatouiller les phalanges.

– Sajah ?

Le petit chat la salua d'un miaulement.

– Comment…

– *Chhhh*, répéta l'apothicaire avant de tremper la serviette dans un bol d'eau propre et fraiche. Repose-toi. Tu as été bien mise à mal.

Zhara cligna des yeux en cherchant désespérément à se remémorer les dernières minutes… les dernières heures ? Les derniers jours ???

– Où suis-je ?

– Tu es avec les Gardiens de l'Aube.

Hu replaça le linge sur son front.

– Et tu es en sécurité. Pour le moment, du moins.

– Les… Gardiens de l'Aube ?

Elle avait beau reconnaitre ces mots, son cerveau peinait à en saisir le sens. Des guerriers élémentaires… Grand-Mère Meng… Une société secrète…

– Qui… que…

Elle voulut se redresser et un éclair de douleur lui traversa les tempes.

– Reste allongée, ordonna la professeure en la repoussant fermement contre le matelas. Par chance, tu ne sembles pas avoir été trop sérieusement blessée mais tes réserves de magie en ont pris un sacré coup. Il va te falloir un moment avant de recouvrer ton énergie.

Ses pensées continuaient de se bousculer en cherchant un semblant d'ordre. *Les Gardiens de l'Aube*, avait dit la Buri en lui confiant le médaillon. Une conversation à voix basse dans l'allée entre Maître Coquet et le libraire. Une voix millénaire lui sifflant *Gardienne du Feu, te voilà…*

– Les Gardiens de l'Aube ! s'écria Zhara.

– Oui, c'est ce que je viens de te dire, s'impatienta Hu. Et maintenant, ma petite, tu vas me faire le plaisir de te reposer un peu.

Malgré les protestations de l'herboriste, Zhara se redressa pour mieux observer son environnement.

– Où sommes-nous ?

Elle se trouvait dans une petite pièce aveugle aux murs en terre. L'odeur de moisissure provenait de la bibliothèque dans l'angle qui débordait de manuscrits gonflés d'humidité. Dans le coin opposé, un tas de guenilles reposait sur une paillasse étroite dont s'échappait ça et là des crins de cheval.

– C'est la cave de la librairie de Maître Cao. Les autres sont en haut.

Madame Hong avait donc raison, Maître Cao avait bel et bien un sous-sol. Zhara en aurait ri si sa tête n'était pas sur le point d'exploser.

– Les autres ? demanda-t-elle pour se distraire de la douleur. Quels autres ?

– Les deux jeunes qui se trouvaient avec toi. Une personne svelte, bien habillée, et un grand, plutôt joli avec des fossettes.

Des fragments de souvenirs commencèrent à revenir. Elle se remémora la silhouette sur le toit qui jetait des tuiles sur… Sa mémoire lui fit à nouveau défaut.

– Maître Coquet ?

– J'imagine que tu parles de celui avec les fossettes. Il n'arrêtait pas de s'enquérir de ton état.

Hu renonça à garder Zhara allongée et se rendit au tas de chiffons de l'autre côté de la pièce.

– J'ignorais que tu avais un prétendant, ma petite.

Zhara sentit ses joues s'empourprer.

– Ce n'est pas mon prétendant, tantine, il…

Elle s'interrompit net. En dépit du premier rôle qu'il occupait dans ses rêveries, elle ne savait rien de Maître Coquet. Pas même son véritable nom.

– C'est un inconnu. Un inconnu très gentil.

Elle repensa à son sourire lorsqu'il lui avait offert *La jeune amante de la Mort*. Un sourire qui n'attendait rien d'autre qu'un sourire en retour.

– Je ne connais pas beaucoup de monde qui serait prêt à risquer sa vie pour sauver celle d'une parfaite inconnue, répondit Hu. Il doit être très gentil, en effet. Tu devrais l'épouser.

L'herboriste trempa deux bandeaux de lin propres dans le bol d'eau avant de les déposer sur l'ama de vêtements. Zhara sursauta. La professeure ne soignait pas une pile de guenilles, mais un enfant.

Un enfant buri.

Gardienne du Feu Te voilà donc Je reconnais ta présence…

Le voile flou se leva brutalement et les images lui revinrent avec une précision impitoyable : une gueule menaçante lui bavant dessus, une peau brûlée et cloquée, une myriade d'yeux huileux… là où aurait dû se trouver un petit garçon apeuré. Puis un mur de flammes tout autour d'eux, des flammes qui l'enveloppent et émanent de son corps, la fournaise de sa magie qui vire à la déflagration incontrôlable.

– Thanh ! cria-t-elle, réveillant involontairement Sajah.

Avec peine, elle s'extirpa de son lit pour rejoindre l'enfant à son chevet.

– Est-ce qu'il va bien ?

Elle se rappela la lumière aveuglante émanant de ses mains au moment où elle l'avait touché et l'image des yeux vitreux de Suzhan revint la hanter.

– Est-il… blessé ?

Hu fit non de la tête.

– Pour le moment, il est endormi. De ce que je peux en juger, il est en parfaite santé, que ce soit physiquement ou magiquement. Il est juste épuisé.

Zhara posa une main hésitante sur la joue du garçon. Instantanément elle retrouva ce lien plus fort encore que celui du sang, cette union dans la magie. Mais cette fois, les lignes du méridien étaient vierges de toute corruption et l'énergie circulait librement. Le garçon remua, sans ouvrir les yeux.

– C'est parti, murmura-t-elle.

L'apothicaire l'observa attentivement.

– Qu'est-ce qui est parti ?

Zhara retira sa main et s'agenouilla.

– Sa magie était… empoisonnée, dit-elle en cherchant ses mots.

Elle savait si peu de choses à ce sujet. Sans vocabulaire ni expérience, comment décrire ce qu'elle constatait ?

– Je l'ai ressenti quand il est venu dans la boutique avec Grand-Mère Meng, poursuivit-elle. Lorsqu'il m'a pris la main.

Elle frotta sa paume contre sa cuisse et Sajah vint lui mordiller le bout des doigts.

– J'ignorais que les magiciens pouvaient se reconnaitre entre eux comme ça. En se touchant.

La professeure Hu se fendit d'un sourire.

– C'est le chaos dans notre sang qui se retrouve chez l'autre.

– *Notre* sang ?

Zhara scruta son mentor.

– Tu es magicienne aussi, tantine ?

Elle oscillait entre excitation et déception de ne pas avoir été plus tôt mise dans la confidence.

– Hélas, non.

Le sourire de l'herboriste s'assombrit.

– Mais mon frère l'était. Lui et moi partagions le même chaos dans notre sang mais je ne suis pas capable de manipuler le Vide. Je suis ce qu'on appelle une anti-magicienne.

– Une anti-magicienne ?

Zhara était de plus en plus perdue.

Hu lui tendit la main. Lorsqu'elle glissa sa paume dans la sienne, Zhara poussa une exclamation de surprise. Elle éprouvait le même lien qu'avec Thanh.

– Tu sens cette résonnance entre nous ? demanda la professeure. Comme deux cordes de cithare qui se répondent ?

L'explication aurait sans doute été parlante pour Suzhan mais Zhara resta interdite. Pourtant, en se laissant aller pour mieux se concentrer sur la sensation, elle prit conscience que sa magie était amplifiée au contact de Hu.

– Oui, répondit-elle à sa grande surprise.

– C'est le Vide.

L'apothicaire retira sa main et la sensation se résorba.

– L'espace qui entoure la matière, le chaos qui précède l'ordre, l'endroit où réside le potentiel.

Zhara n'avait jamais envisagé la magie comme une *absence* ou un *espace intermédiaire*. Lorsqu'elle songeait à son don, elle l'imaginait essentiellement comme une force extérieure à elle-même, une force *additionnelle* à la sienne. Un brasier mais pas un vide. Cela expliquait peut-être pourquoi chaque tentative de lancer un sort était aussi imprévisible qu'anarchique. Elle se fourvoyait depuis le début sur les principes fondateurs.

– C'est ça, la magie ?

– Eh bien..., pondéra Hu. La magie est avant tout ce qu'en font les magiciens. La magie, c'est l'action, le changement. Comme l'eau qui gèle en glace, le bois qui devient de la cendre, la terre qui fond pour ne laisser que le métal. Le Vide est l'espace utilisé par les magiciens pour provoquer ces changements.

L'apothicaire contempla ses mains.

– Moi je ne peux pas créer ce changement. Mais il ne m'affecte pas non plus.

– Qu'est-ce que cela veut dire ?

Un sourire se dessina sur les lèvres de Hu.

– Que si je ne peux pas faire de magie, la magie ne marche pas non plus sur moi. D'où le nom d'anti-magicienne. Et la plupart d'entre nous naissent au sein de familles de magiciens.

Une ombre passa sur son visage.

– C'est sans doute la raison pour laquelle nous sommes si nombreux au sein des Gardiens. Nous avons tous perdu des êtres chers à cause de la justice du Seigneur de Guerre.

La blessure semblait toujours aussi vive.

– Qui as-tu perdu ? demanda Zhara d'une voix timide.

– Mon frère, répondit l'herboriste, les lèvres pincées. Nous vivions à Fanwe, un petit village de la province de Jingxi qui a disparu depuis. Nous étions issus d'une famille de guérisseurs et mon frère avait passé toute sa vie à étudier les sorts médicinaux.

Sa voix était à présent détachée, ses yeux, vagues.

– Nous travaillions ensemble, en alliant magie et médecine traditionnelle pour soigner nos patients. Et puis la guerre est arrivée. Et avec elle, les purges.

Elle se tourna vers Zhara.

– Ce sont les Gardiens de l'Aube qui m'ont aidée à fuir vers Zanhei lorsque les Crécerelles ont capturé mon frère.

Zhara avait l'impression d'entendre sa propre histoire.

– Je suis désolée, tantine, murmura-t-elle. Ils ont embarqué mon père quand j'avais dix ans.

Le regard de Hu s'emplit d'une terrible compassion.

– Je sais.

– Tu…

Le chagrin et la surprise serrèrent la gorge de Zhara.

– Comment es-tu au courant ? Que…

Hu détourna les yeux.

– Ce sont tes parents qui m'ont aidée à fuir. Eux aussi faisaient partie des Gardiens.

Zhara eut l'impression que son âme venait de quitter son corps.

– À la mort de Jin Zhanlong, j'ai voulu te recueillir, mais ton horrible belle-mère t'avait déjà mis le grappin dessus, poursuivit Hu en agitant les braises du braséro.

Elle versa de l'eau dans une théière et la posa sur le feu avant de reprendre :

– Et j'étais tenue par mon serment de ne révéler l'existence des Gardiens de l'Aube qu'à ceux qui en avaient besoin.

– La Seconde Épouse n'est pas horrible, dit Zhara mécaniquement.

En voyant le regard incrédule de l'herboriste, elle insista :

– Non, vraiment, je t'assure ! Elle était là pour moi, elle m'a protégée des sbires du Seigneur de Guerre.

– Les Gardiens auraient pu en faire autant. Et nous pouvons toujours le faire, répliqua Hu en farfouillant dans les tiroirs à la recherche de thé. Nous te trouverons un lieu sûr, comme pour les autres.

Zhara fit non de la tête.

– J'ai une dette envers ma belle-mère.

– Tu ne lui dois rien du tout, rétorqua Hu avec sévérité.

Sois bonne et sois sincère. Une bonne fille ne tournerait jamais le dos à une dette pareille, ni aux torts à redresser. Les yeux aveugles et les pommettes meurtries de Suzhan ressurgirent dans son esprit.

– Je ne peux pas partir, tantine. On a encore besoin de moi.

La professeure poussa un soupir de frustration.

– Eh bien, c'est toi qui choisis, après tout, grommela-t-elle avant d'installer une petite table pliante. Mais à présent, tu dois me jurer que tu ne parleras à *personne* de l'existence des Gardiens. Sinon je te colle dans la prochaine caravane à destination de l'extrême ouest, et crois-moi que je le ferai !

– Que font les Gardiens, au juste ? Meng m'a dit que vous étiez une organisation de résistance.

– Plutôt une société secrète, répondit l'herboriste avec la lassitude de quelqu'un qui explique la même chose pour la énième fois. Sinon on pourrait croire que nous cherchons à fomenter une révolution.

Zhara repensa à l'emblème sur le médaillon, le soleil de la dynastie Mugung déchue.

– Et vous n'en avez pas envie ?

La professeure renifla avec dédain.

– Certainement pas. Les Gardiens de l'Aube ne font pas de politique, nous préservons des savoirs ancestraux et nous venons en aide à ceux qui en ont besoin, en leur fournissant des fonds, des soins, ou un refuge. Magiciens, anti-magiciens ou n'importe quel allié à notre cause.

– Tantine, répondit Zhara d'un air peu convaincu, tout ça m'a l'air quand même très politique.

– J'imagine que c'est notre époque qui veut cela. L'existence même de la magie est devenue une question politique, grommela Hu. Mais le but premier des Gardiens a toujours été de préserver et de protéger, non pas de renverser des tyrans. En dépit de ce que certains peuvent dire.

Zhara haussa les sourcils, intriguée.

– De quoi parles-tu ?

– Ne t'occupe pas de ça. Hors de question que tu ailles frayer avec la canaille révolutionnaire, c'est bien compris ? Nous sommes là pour t'aider, pas pour te faire tuer. J'ai vu assez de sang versé comme ça dans ma vie.

L'herboriste déposa un service à thé sur la table. Elle remplit la théière de quelques poignées d'oolong et versa l'eau presque bouillante sur les feuilles.

– Et maintenant, bois.

Zhara prit la tasse entre les mains. Elle sirota une gorgée en se faisant violence pour ne pas grimacer de douleur. Comme d'habitude, l'apothicaire n'avait pas pris la peine de vérifier la température de l'eau avant de faire infuser les feuilles. Le thé était amer, ébouillanté et bien trop chaud. Zhara toussa et reposa la tasse.

De l'autre côté de la pièce, Thanh continuait de s'agiter dans son sommeil.

– Maman, murmura -t-il.

L'herboriste se rendit à son chevet.

– Qu'est-il arrivé à la mère du petit ? demanda-t-elle tandis qu'elle essuyait la sueur du front du garçon.

– Apparemment les Crécerelles lui ont mis la main dessus. Je l'ai trouvé seul dans une ruelle et c'est là qu'il… qu'il…

Chaque fois que son esprit se rapprochait du souvenir de cette nuit, il reculait instinctivement, comme pour la protéger de cette horreur. La masse grouillante et hideuse de rats, leurs couinements, le murmure et cette voix qui l'avait appelée *Gardienne du Feu*…

– Qu'il a perdu le contrôle de sa magie ?

L'apothicaire étudia Zhara derrière ses lorgnons en écailles de tortue, ses yeux agrandis par les verres lui conférant un air de chouette.

– C'est généralement à son âge que les enfants font montre des premiers signes d'activité magique, mais rarement de façon aussi spectaculaire. Maître Cao a dû nettoyer un sacré bazar.

Zhara fixait les restes au fond de sa tasse. Sa mémoire était toujours aussi embrumée et la seule image précise qui lui restait était cette lumière aveuglante dévorant les ténèbres.

– C'est ça ce qui se passe lorsqu'on ne contrôle pas ses pouvoirs ? On se transforme en monstre ?

Elle eut soudainement peur de la nature chaotique de sa propre magie et de son incapacité à la canaliser.

– Un monstre ?

Hu haussa les sourcils.

– J'imagine que si un magicien ne fait pas attention, il peut faire du mal à ceux qui l'entoure, mais c'est un peu fort de le traiter de monstre, *lah* ?

– Non, murmura Zhara en secouant la tête. Il s'est *vraiment* transformé en monstre. On aurait dit…

Elle déglutit et prononça le mort à grand-peine :

– … Une abomination.

Un silence s'abattit entre elles. Zhara pouvait entendre à

nouveau les paroles de la Seconde Épouse. *Selon les rumeurs, il y aurait des monstres dans les marécages.*

Hu mit un long moment à répondre.

– Ça recommence, marmonna-t-elle, les traits tirés et les lèvres pâles.

– Quoi donc, tantine ?

L'apothicaire continua de tamponner le front de Thanh pour éviter son regard.

– Le fléau, répondit-elle finalement dans un souffle.

– Le fléau ? Quel fléau ?

L'herboriste lissa les plis de la couverture du garçon avant de se relever.

– Rappelle-moi ton âge, mon enfant.

– J'aurai dix-sept ans la Nuit des Sept.

Hu se mit à débarrasser le service à thé.

– Donc tu es trop jeune pour te souvenir d'un monde où la magie était aussi normale que le lever du soleil, et du moment où le fléau a tout changé.

Elle secoua la tête.

– Personne ne sait comment, ni pourquoi. Mais il y a vingt ans de cela, des magiciens à travers tous les Royaumes ont commencé à se transformer en monstres. Et le tout premier d'entre eux était… le dernier empereur Mugung.

Zhara acquiesça. N'importe quel écolier de Zanhei savait que la transformation de l'empereur avait marqué le début de la Guerre Juste. Le Seigneur de Guerre était descendu du Nord avec sa horde pour passer son rival au fil de l'épée au nom de la sauvegarde des Royaumes. Puis il s'était emparé du trône rayonnant et s'était proclamé le nouvel empereur Gommun, avant de tourner cette même épée contre tous les magiciens de l'empire.

– Cela commence par une apathie, poursuivit Hu. Un changement d'humeur. Et puis sans crier gare, le malade a des écailles qui lui poussent sur la peau. Des griffes. Des crocs. Des ailes.

Elle ferma les yeux, retira ses lorgnons et se massa les paupières.

– Et en un rien de temps, tout le pays est accablé par une marée d'abominations qui ravagent tout sur leur passage.

Elle reporta son regard sur Zhara, l'air sinistre.

– J'ai bien peur que ce soit sur le point de se produire à nouveau.

Zhara fit rouler la tasse entre ses paumes sans rien boire.

– Est-ce qu'il existe un moyen d'endiguer le fléau ?

– On dit toujours qu'une pincée de prévention vaut mieux qu'une cuillère de remède.

L'apothicaire contempla Thanh.

– Je dois me rendre dans les marais pour trouver la cause de cette corruption.

Zhara se redressa aussitôt.

– Je vais t'accompagner, tantine.

– Toi ? répliqua Hu d'un ton désapprobateur. Et pourquoi, je te prie ?

– Parce que je peux sentir le fléau, dit Zhara en tendant les mains. Et… j'ai l'impression de pouvoir le soigner.

L'apothicaire la dévisagea avec un air navré.

– Rien ne peut guérir une abomination, mon enfant.

Pourtant la présence de Thanh démontrait précisément le contraire. Zhara secoua la tête.

– Quoiqu'il en soit, je peux t'être utile, tantine. Je suis magicienne, après tout. Laisse-moi t'aider.

La professeure garda le silence un moment.

– Ce ne sera pas sans danger, je préférerais te savoir en sécurité.

En sécurité. Pour Zhara, la sécurité avait des relents de parfum d'osmanthe bon marché. La fragrance qui embaumait la garde-robe de sa belle-mère, l'odeur d'une cachette.

– Je ne serai pas en sécurité tant que les Royaumes ne seront pas sûrs pour tout le monde, murmura-t-elle.

– Probablement pas, répondit Hu d'un ton posé. Mais tu ne peux pas changer le monde, seulement y survivre.

Survivre. Là encore, Zhara avait une certaine expérience. La survie se limitait au coin de cuisine dans lequel elle dormait, cette pièce où se trouvait la plaque funéraire de son père, ses feuilletons, sa paillasse recouverte de cendres. Mais le monde était bien plus vaste, *Le classique aux mille signes* en attestait. Il avait fallu qu'elle croise la route d'un grand dadais aux joues rouges pour comprendre que survivre ne suffisait pas à vivre pleinement.

– Le monde est dangereux, conclut Zhara. Mais je ne veux pas survivre. Je veux m'épanouir.

14.

Au grand étonnement de Han, la magie chatouillait.

– Arrête de gigoter, ordonna sèchement Maître Cao tandis qu'il réappliquait pour la troisième fois un glyphe censé soigner son bras.

Han avait vu le vieux libraire faire de même pour les blessures de Xu et le spectacle l'avait subjugué. Sous les délicats coups de pinceau, une lumière violette évanescente avait recousu la peau entaillée. Son ami·e avait complètement récupéré de leur terrible combat contre l'abomination.

Du moins physiquement. Car le regard de Xu demeurait profondément perturbé.

– Assieds-toi !

Cao saisit Han par le poignet et appuya un peu plus fermement son pinceau contre les bleus qui parsemaient son avant-bras.

– Mais ça gratte ! protesta Han.

Il observa une plaie se refermer brièvement avant de s'ouvrir à nouveau.

– Pourquoi le sort ne marche pas sur moi ?

– Je l'ignore, répondit le libraire d'un ton excédé et épuisé.

Le maître avait passé les dernières heures à nettoyer le chaos laissé par le monstre à grands coups de pinceau. Han et Xu s'étaient émerveillé·es en voyant les décombres se réparer d'eux-mêmes, les poutres s'envoler pour retrouver leur place, les lézardes au mur se résorber.

– Il va falloir faire ça à l'ancienne. Toi, dit-il en pointant Xu, qui continuait de regarder dans le vide. Va me chercher le coffret en bois derrière le comptoir. Celui avec un symbole de mortier et de pilon gravé dessus. Nous allons le panser.

Xu s'exécuta. Lorsqu'iel revint, le vieil homme tentait maladroitement de nettoyer la plaie de Han.

– Si le libraire me le permet ? demanda Xu en lui prenant les bandelettes en lin des mains. Je pense avoir plus l'habitude que Maître Cao. Après tout, j'ai passé la majeure partie de ma vie à m'assurer que mon pr… mon meilleur ami reste vivant jusqu'à l'âge adulte.

– Avec plaisir, bougonna le vieil homme en lui laissant terminer le pansement.

– J'imagine qu'on ne prend pas la peine d'apprendre à faire les choses à l'ancienne lorsqu'on maitrîse la magie, dit Xu d'un ton aimable en nouant adroitement les bandelettes.

– Oh, je ne savais rien faire de mes dix doigts avant même d'apprendre que j'étais magicien, répondit Cao avec humour. Mais j'aimais les livres et heureusement car ce sont eux qui m'ont sauvé la vie.

– *Le classique aux mille signes* ? demanda Han.

– Non.

Le libraire se fendit d'un sourire.

– Les romans.

Il désigna les bibliothèques qui débordaient de volumes aux titres divers tels que *Le moine vagabond* ou *Dans le pétrin.*

– Des récits d'aventure. Je me rêvais souvent en héros, à voyager sur un nuage pour dispenser la justice à travers le monde. Et comme ces personnages, j'avais des pouvoirs.

Il leva les mains et se mit à rire.

– Mais contrairement aux leurs, les miens étaient dérisoires.

Han se redressa dans son fauteuil. Il reconnaissait l'enthousiasme dans la voix de Maître Cao : c'était le même qu'il avait ressenti à la lecture de *La jeune amante de la Mort.*

– Et les feuilletons romantiques ? Vous aimiez ça aussi ?

– Pas quand j'étais jeune, répondit Cao en pouffant. Mais j'ai appris à les apprécier.

Ses yeux pétillèrent de malice.

– Tu penses à un titre en particulier ?

– *La jeune amante de la Mort*, répondit aussitôt Han.

– Oh, oui, cette autrice est très populaire. Et prolifique.

Il désigna la réserve de la librairie, où Hu, Maîtresse Brandy et Thanh avaient disparu sous une trappe. Han avait été estomaqué de découvrir l'existence d'un sous-sol à proximité immédiate d'un canal. Maître Cao s'était empressé de lui expliquer que seule la magie rendait la chose possible. Des sorts inscrits dans les madriers et le sol en terre tenaient l'eau de la rivière en respect.

– J'ai là-bas plusieurs nouveautés que mes scribes et moi n'avons pas encore eu le temps de reproduire. Je suis un peu… à court d'effectif ces derniers temps.

– À court d'effectif ? s'étonna Xu. Mais pourquoi ?

– La librairie est en partie une façade pour les Gardiens de l'Aube, soupira Cao. Et mes employés sont des membres de l'organisation, ils sillonnent la ville pour trouver des magiciens et les aider à s'enfuir.

La pêcheuse de moules avait donc raison, songea Han. Le libraire était bien à la tête d'un réseau clandestin.

– S'enfuir ? demanda-t-il en songeant à son oncle Li et sa cousine Ami. Mais vers où ?

Le vieil homme se tourna vers lui.

– Je ne te le dirai pas, mon jeune ami. Pour leur sécurité et pour la tienne.

– C'est parce que tous les magiciens sont parvenus à partir que vous êtes en sous-effectif ? l'interrogea Xu.

– Hélas, non. Si seulement… Plusieurs de mes gens ont disparu au cours des dernières semaines et personne ne sait où. Ni pourquoi.

Xu se mordit la lèvre.

– Les Crécerelles ?

– J'en doute.

Le libraire se mit à jouer distraitement avec la corde qui lui servait de ceinture.

– On aurait vu des annonces placardées partout le cas échéant.

Han tritura le bandage à son bras tout en pensant à l'ami de son frère, Yao le marmiton.

– Tous les disparus étaient des magiciens ?

– Il semblerait.

Cao poussa un nouveau soupir.

– Enfin, quoi qu'il en soit, tu es libre de consulter ces romans d'amour, jeune homme. Emprunte ceux qui te font envie, à condition de me les rendre en parfait état.

Han bondit sur ses pieds, avant de grimacer de douleur. Sa plaie s'était rouverte.

– *Yah* ! cria Xu, exaspéré·e. Doucement, voyons !

Mais il n'écoutait déjà plus son ami·e, trop occupé à passer en revue les manuscrits à la recherche d'un titre qui l'inspirerait.

– Fais attention, l'avertit le libraire. C'est un vrai bazar, rien n'est classé. Oh, et prudence avec la bibliothèque. Elle est vieille et fragile, c'est un miracle qu'elle tienne encore debout.

Han s'assit derrière le comptoir, un grand sourire aux lèvres, et se mit à feuilleter l'énorme pile de livres.

– *Le pêcheur de moules*, lut-il à voix haute. *Une envie de poireau.*

Xu ne put réprimer un ricanement.

– *Le gourdin et le bâton*, poursuivit Han. *Comment polir un mat.* Il ouvrit la couverture. Ça ne sonne pas très romantique… OOOOH.

Il referma violemment le livre et Xu explosa de rire.

– La ferme, maugréa Han, les joues en feu.

Par miracle, le sol sous ses pieds se souleva brusquement à cet instant précis. Han poussa un hurlement de surprise avant de retomber les quatre fers en l'air.

– Bouge de là ! ordonna une voix étouffée par l'épaisseur du plancher. Tu es sur la trappe, je ne peux pas l'ouvrir !

Effaré, Han roula aussitôt sur le côté et fit craquer les coutures du dos de sa tunique. Après avoir abandonné le déguisement de prêtresse de Do durant l'affrontement, Maître Cao lui avait généreusement prêté des habits. Hélas, Han faisait quelques tailles de plus que le libraire et sa robe ne lui arrivait qu'à mi-mollet.

La trappe s'ouvrit complètement pour laisser apparaitre un visage délicat en forme de cœur encadré par une tignasse sauvage noire comme la nuit.

– Maîtresse Brandy ! bredouilla Han, plus surpris que jamais.

Il se releva à la hâte et tira nerveusement sur sa robe pour s'assurer qu'elle ne laissait rien apparaitre d'indécent. En s'adossant contre la bibliothèque antédiluvienne, il s'efforça d'adopter un air détaché. Et élégant. Et sophistiqué.

– Content de voir que tu es toujours de ce monde, dit-il d'une voix bien plus grave que d'habitude, et qu'il espérait subtilement teintée de dédain – comme le ton qu'affectionnait le héros dans *La jeune amante de la Mort*.

Elle lui rendit son regard avec une curieuse expression.

– Tu as attrapé froid, Maître Coquet ? Tu as la voix enrouée.

Xu étouffa un fou rire entre ses mains et Han sentit son visage s'embraser.

– Non.

Il toussa.

– J'ai juste la gorge qui gratte un peu.

La bibliothèque céda sans crier gare et une cascade de livres se déversa sur le sol. Paniqué, il se précipita pour les ramasser mais son pied glissa sur une feuille volante. Emporté par son élan, il termina sa course dans une autre bibliothèque qui s'effondra sur lui et l'enterra sous une nouvelle avalanche de papier. Un grelot tinta et il éternua.

En louchant, il découvrit les yeux moqueurs et dorés du chat de Maîtresse Brandy juste sous son nez.

– Ça y est, dit-il d'un air lugubre. Cette fois, j'ai définitivement touché le fond. Enfoui sous les décombres de ma dignité et un démon de chat.

Il éternua de nouveau.

– Sajah, gronda Maîtresse Brandy avec un sourire dans la voix. Sois gentil.

Le félin renifla puis vint s'enrouler autour de ses chevilles, non sans avoir fait auparavant profiter Han d'une vue dégagée sur son arrière-train. Han grogna en tentant de se dégager du monceau de livres et d'étagères et Maîtresse Brandy s'agenouilla pour lui tendre la main.

À son contact, une sensation profonde résonna à travers son sang et ses os, comme une note de musique familière. Sa peau lui rappelait la douceur d'un soir d'été passé dans les jardins de méditation, la chaleur délicieuse des muscles après une séance d'exercice, la tendresse de la tête de son petit frère logée au creux de son bras la nuit. Han résista à l'envie de retirer brusquement sa main et se laissa aller à ce sentiment de plénitude. Maîtresse Brandy écarquilla les yeux et ôta vivement ses doigts avant de détourner le regard.

– B-bonjour, dit Han avec un grand sourire niais.

Elle lui sourit en retour.

– Bonjour.

Une éternité passa sans que personne n'ose émettre le moindre son. Le public, humain et félin, fixait tout à tour Han et la fille en attendant qu'un d'eux dise quoi que ce soit. Sajah et Xu échangèrent un regard excédé et iel finit par quitter sa chaise avec un immense soupir.

– Veuillez excuser l'effroyable impolitesse de mon ami, ma chère.

Iel lui adressa une révérence respectueuse, les mains dans le dos.

– Permettez-moi de faire les présentations. Je suis Chan Xuhei et cet imbécile (il indiqua Han d'un geste de la tête) s'appelle Won…

– … Li, l'interrompit Han en utilisant le nom de jeune fille de sa mère.

Wonhu était le patronyme de la dynastie gouvernant Zanhei et il ne tenait pas à révéler sa véritable identité. Inutile de parler du palais et d'Anyang… pour le moment.

– Je m'appelle Li Han.

Maîtresse Brandy inclina la tête.

– Jin Zhara. C'est un plaisir de vous rencontrer.

– Si vous en avez terminé, intervint une voix dessous la trappe, nous avons un problème de taille sur les bras.

Une petite femme chaussée de lunettes émergea de la cave. *L'apothicaire*, songea Han en peinant à se rappeler son nom. *Yu ? Wu ? Quelque chose comme ça.*

– Tout va bien, professeure Hu ? demanda le libraire. Le garçon a un souci ?

– On peut dire ça, répondit l'herboriste. Le petit s'est apparemment transformé en abomination tout à l'heure, avant de retourner à sa forme initiale.

Maître Cao devint livide.

– Non, souffla-t-il. C'est… impossible.

Xu se racla la gorge.

– Pourtant, j'ai bien peur que nos blessures ne soient pas dues à une chute accidentelle depuis un bâtiment. Ce sont plutôt les bâtiments qui nous sont tombés dessus. Ou qu'on nous a projetés dessus, en vérité. Par un monstre géant absolument terrifiant fait de milliers de rats et d'yeux.

Iel frissonna de dégoût.

– Mon corps est peut-être soigné mais mon esprit ne s'en remettra jamais. Je vais faire des cauchemars pour les semaines à venir.

Le libraire secoua la tête.

– Non, répéta-t-il. Non. Si les abominations sont de retour parmi nous, cela signifie que… que…

– Ne prononce pas le mot, l'avertit Hu d'une voix irritée.

– … les démons, murmura Cao, les yeux écarquillés par la terreur.

– Les démons ? demanda Han, agité par le souvenir d'Anyang racontant son cauchemar. Mais ça n'existe pas, si ?

– Bien sûr que non, rétorqua l'apothicaire avec mépris. La religion, c'est une chose, mais les démons ? C'est simplement le nom que l'on a donné à tout ce qui nous déplaît dans la nature humaine et que nous n'osons pas regarder en face.

Le libraire croisa les bras, l'air contrarié.

– Tu ne tiendrais pas le même discours si tu étais susceptible d'être possédée par un démon.

Son visage s'assombrit.

– C'est un sort bien plus sinistre que la mort.

– Et qu'est-ce que tu en sais ? se moqua Hu. Ça ne t'est jamais arrivé !

– À moi non, mais à mon frère oui. J'ai dû le tailler en pièces moi-même.

On aurait pu entendre les mouches voler. Han gigota sur son siège, mal à l'aise. *Le démon grenouille s'assied à côté de moi et me demande de lui donner ma magie*.

– Est-ce qu'il existe différents types de démons ? finit-il par demander pour briser le silence.

Maître Cao lui lança un regard perçant.

– Qu'entends-tu par-là, jeune homme ?

Han se tourna vers Xu mais son ami·e resta impassible.

– Mon petit frère, répondit-il en choisissant ses mots, parle parfois avec un démon grenouille dans son sommeil.

Si Xu se raidit, iel garda la bouche fermée. Le libraire, lui, s'était complètement figé.

– Le Démon Grenouille du Poison et de la Pestilence, murmura-t-il. Le premier seigneur de Tiyok ?

– Et c'est reparti..., bougonna Hu.

– Le premier seigneur de Tiyok ? répéta Zhara d'une voix pensive. N'y avait-il pas quatre seigneurs en tout dans la légende ?

Cao lui adressa un sourire reconnaissant.

– Tout à fait. D'après les *Chants de l'Ordre et du Chaos*, il existait quatre grands généraux dans le Royaume du Chaos : Le Démon Grenouille du Poison et de la Pestilence, Le Démon Sauterelle de la Famine, Le Démon Mite de la Discorde et le Roi sans nom de Tiyok, celui qu'on surnommait L'Ancien. Ces généraux ont affronté les Gardiens de l'Aube tandis que le Guerrier Rayonnant combattait contre la Mère des Démons, avant de les bannir tous de ce monde grâce à l'Étoile de Radiance.

Han se rappelait vaguement l'histoire grâce à la prestation des frères Bangtan l'été passé, même si, pour être tout à fait honnête, il avait surtout retenu les scènes d'action. Enfin, quand bien même tout ce pataquès de légendes était vrai, il se serait forcément rendu compte si Anyang avait été possédé par un démon majeur. Non ?

– Quels sont les signes d'une possession ? demanda-t-il en pensant tout d'un coup aux accès de colère de son frère, à ses décharges magiques incontrôlées et aux démissions en série des gouvernantes effrayées.

Il m'a cassé les côtes pour essayer d'entrer en moi.

– Et quelles en sont les raisons ?

– Les symptômes de la *corruption*, intervint Hu en jetant un regard à Cao, sont l'apathie, un changement d'humeur et de l'irritabilité. Quant à la cause… on l'ignore toujours.

– L'apothicaire considère les abominations comme un problème de santé et non de magie, répliqua le libraire avec mépris. Alors même que les possédés se transforment *littéralement* en démons.

Il poussa un soupir avant de secouer la tête.

– La vérité, c'est que nous en savons très peu à leur sujet. Nos rares connaissances nous proviennent des *Chants de l'Ordre et du Chaos*, un ouvrage antique de cosmogonie dont le manuscrit original est perdu depuis plusieurs siècles.

– Je croyais qu'il existait encore un exemplaire, dit Hu en fronçant les sourcils.

– C'est exact, soupira le libraire. Une reproduction que nos universitaires et nos historiens avaient commencé à recomposer à partir d'archives et de sources secondaires, mais ce manuscrit a disparu il y a six mois, en même temps que Li Er-Shuan et sa fille.

– Oncle Li ! s'exclama Han.

Les deux adultes tournèrent aussitôt la tête vers lui.

– *Oncle* Li ? répéta Cao avec intérêt. Tu n'as jamais dit que vous étiez parents.

– Je, euh…

Han reçut un coup d'éventail dans les côtes en guise d'avertissement.

– Lui et sa fille sont des lointains cousins. Très lointains, précisa-t-il après que Xu lui eût assené un second coup.

Le visage de Cao se détendit.

– Ah, c'est donc pour ça que tu m'as demandé où ils étaient partis ?

Une ombre passa dans son regard.

– Ami était une jeune fille brillante. Son père était un peu particulier, en revanche. Brillant lui aussi, mais étrange.

– Oui, je sais.

Retour de l'éventail dans les côtes.

– Maître, ajouta Han par politesse en se massant le flanc. Ami et moi nous connaissons depuis l'enfance.

De nouveau, le libraire le scruta avec intensité.

– Je croyais que Li Ami vivait au palais avec son père.

– Euh, oui ! s'étrangla à moitié Han. Mes parents travaillent aussi là-bas.

Maître Cao prit un air songeur.

– Ah tiens ?

– N'y pense même pas, l'avertit Hu.

– Mais nous aurions bien besoin d'espions dans le palais, protesta le vieil homme. L'annonce des fiançailles de l'Héritier Royal nous a complètement pris par surprise !

Bienvenue au club, pensa Han avec amertume.

– De quoi les Gardiens auraient besoin ? demanda Xu.

– Ma foi…

Maître Cao se gratta le menton.

– Si quelqu'un parvenait à mettre la main sur les notes de Li Er-Shuan concernant les *Chants de l'Ordre et du Chaos*, ce serait un formidable atout pour l'organisation. Lui et sa fille travaillaient avec Huang Jiyi, un de nos spécialistes de la magie, sur la reconstruction du texte.

– Maître Cao, pourquoi pensez-vous que les notes se trouvent encore au palais ? intervint Zhara. Li Er-Shuan a forcément dû détruire tout ce qui pouvait l'incriminer en tant que magicien.

Les yeux grands ouverts, elle était restée muette durant pratiquement toute la conversation pour mieux digérer la somme d'informations nouvelles qui lui tombaient dessus. Ce danger public qui lui servait de chat demeurait sur ses genoux, mais il ouvrit un œil indolent pour surveiller Han, avant de le refermer. Han, bien sûr, éternua.

Xu se racla la gorge.

– Dans ce cas je pense pouvoir être utile à l'organisation, dit-iel en décochant un regard en biais à son ami. Car je réside au palais.

– *Nous* résidons au palais.

Han lança un regard agacé à Xu qui secouait imperceptiblement la tête en signe de désaccord. S'il fallait l'écouter, Han serait resté cloitré dans ses appartements jusqu'à sa majorité. Hors de question de se terrer alors même que l'existence d'Anyang était menacée. Il devait agir.

– Vous n'êtes que des enfants, tempêta Hu, son regard passant de Han à Xu avant de s'arrêter sur Zhara.

– Comme nous l'étions lorsque tout a commencé, fit remarquer Cao avec douceur.

Han et Zhara échangèrent un regard. Il se remémora le désir qui avait animé ses yeux tandis qu'elle contemplait les livres sur les étals et sa prise de conscience soudaine qu'il pouvait vivre pour tellement plus.

– Ma mère, dit-il avec gravité, était magicienne. Lorsque les Crécerelles l'ont emmenée, elle m'a fait jurer de protéger mon petit frère des griffes du Seigneur de Guerre.

Il marqua une pause avant d'ajouter :

– Et jusqu'à présent, j'ignorais que vivre et survivre n'étaient pas la même chose.

Les yeux de Zhara scintillèrent à la lueur des bougies.

– Nous voulons nous épanouir, pas seulement survivre, dit-elle à voix basse.

Un frisson parcourut Han de la tête aux pieds. *Nous.*

Hu et Cao échangèrent un regard. L'apothicaire fit non de la tête mais le libraire ne semblait pas partager son avis.

– Ce ne sont que des enfants, répéta l'herboriste.

– Eh bien ils ne vont pas le rester longtemps, dit Cao, l'air sombre. La guerre ne laisse pas de place à la jeunesse.

– Nous ne sommes pas encore en guerre.

– La guerre ne s'est jamais terminée.

L'apothicaire étudia les visages juvéniles et impatients qu'elle avait face à elle.

– Fort bien, finit-elle par dire d'un ton solennel. Camarades, bienvenue chez les Gardiens de l'Aube.

15.

Cette satanée tenue était bien trop chaude pour le climat méridional, songea Han, tandis que des gouttes de sueur dégoulinaient le long de ses tempes pour s'écraser sur l'un des trois cols amidonnés qui ornaient sa robe d'apparat. Sept épaisseurs de coton, soie et brocard, c'était déjà trop en temps normal, mais alors que dire de ce jour-là, où il rencontrait officiellement sa future épouse ? Han se demanda qui de sa lourde coiffe ou du stress le faisait davantage transpirer.

De toute évidence, se trouver en plein soleil au sommet du perron du Pavillon de la Sagesse Céleste n'aidait pas non plus. Han n'avait jamais vraiment mesuré la distance qui séparait la salle du trône de l'entrée principale, mais le temps interminable que mettait la procession nordiste à parvenir jusqu'à lui commençait à lui donner une certaine idée. Deux serviteurs se tenaient à ses côtés pour tendre une tenture au-dessus de lui afin de le protéger de la chaleur impitoyable, sans grand effet. L'humidité était particulièrement étouffante et recouvrait la vallée du Fleuve Infini comme un linge sur un panier vapeur. Malgré les laquais qui l'éventaient dans tous les sens possibles, l'air demeurait épais, suffoquant. Sans possibilité de s'asseoir, Han se mit à trépigner discrètement.

Un tintamarre soudain annonça l'arrivée de la procession. La surprise couvrit Han d'une nouvelle pellicule de sueur glacée et il se surprit à bénir les multiples couches de tissu, qui avaient au moins le mérite de dissimuler ses auréoles. Les roulements de tambours envahirent la cour et noyèrent les battements furieux de son propre cœur.

Pour autant, l'attente n'en finissait pas. Han sentait ses paupières s'alourdir et les perles de sa coiffe tinter chaque fois qu'il relevait brusquement la tête. Si Xu avait été à ses côtés, iel lui aurait probablement fêlé une côte à coups d'éventail pour le tenir éveillé. Hélas, son ami·e n'était pas considéré·e comme de rang suffisant pour accompagner l'Héritier Royal lors d'une visite de dignitaires étrangers. À l'heure actuelle, iel devait probablement faire la sieste pour récupérer de leur nuit agitée.

Veinard·e.

Le souvenir du monstre ressurgit dans son esprit. Il frissonna et les perles de son couvre-chef dansèrent de concert. Cette abomination, cette… chose avait été un petit garçon, du même âge que son frère. L'idée qu'Anyang puisse connaitre un sort similaire le terrifiait. Il aurait tant voulu que Maîtresse Brandy – Zhara – puisse venir au palais pour appliquer la même magie sur son frère que celle qui avait sauvé le jeune Buri.

Zhara.

Alors que sa future épouse prenait tout son temps pour aller à sa rencontre, Han ne pouvait s'empêcher de penser à la jeune magicienne et à l'inévitable comparaison qui s'annonçait. Le cruel soleil de fin de matinée lui cuisait le sommet du crâne tandis qu'une chaleur d'une toute autre nature parcourait son échine en songeant à son sourire. Il avait déjà croisé d'innombrables beautés – le palais en regorgeait – mais aucune ne lui avait fait le même effet que Maîtresse Brandy. Sa simple présence suffisait à faire flageller ses jambes, à escamoter ses entrailles, affoler ses lèvres et sa langue tout en lui donnant le plus enivrant et exquis des vertiges.

Un gloussement menaça de s'échapper de sa gorge et il le ravala dans un hoquet.

Qui entraîna un autre hoquet.

Puis encore un autre.

Oh non.

Il pouvait sentir le regard désapprobateur du Chancelier lui brûler la nuque. L'entourage de la princesse était encore suffisamment loin pour lui donner une chance de retrouver une respiration normale.

Au milieu des tambours, Han distinguait le claquement des sabots sur les pavés de la cour. À quelques portails de là, un cavalier trapu chevauchant un étalon noir ouvrait la procession, suivi par un porte-étendard déroulant l'immense bannière écarlate du Gommun Kang à motif d'ours sur couronne de ronces. Han plissa les yeux à la recherche du palanquin de la princesse, sans le voir. Il résista à l'envie de mettre sa main en visière sur son front : l'Héritier Royal n'était pas censé faire preuve de la moindre émotion en public. Il se devait de rester serein et immuable.

La vie princière était d'un ridicule absolu.

– N'oubliez pas, Votre Grâce, lui murmura le Chancelier, de ne pas vous incliner à l'arrivée de la princesse. Sa Grâce doit se frapper le cœur du poing droit.

– Je – *hic* – le sais très bien, répondit Han avec irritation. Il – *hic* – m'arrive de retenir – *hic* – mes leçons.

Il se frotta vigoureusement la poitrine.

Alors que le cortège franchissait enfin le dernier portail pour entrer dans la cour, les ministres et bureaucrates alignés s'inclinèrent comme un seul homme et une onde révérencieuse traversa les rangs verts, bleus et mauves. Les serviteurs entourant Han les imitèrent et seul le Chancelier resta droit, en vertu de son titre de régent.

Les traits du cavalier de tête étaient à présent visibles, de même que le second étendard qui claquait sous la grande bannière, un drapeau doré à cinq fanions : rouge, bleu, blanc, vert et jaune. L'emblème de la Horde Dorée, les guerriers d'élite des steppes. Un faucon crécerelle marron moucheté de blanc se tenait perché sur l'épaule du cavalier, un guerrier particulièrement important puisqu'il était le seul homme à cheval de toute la procession. Le rapace, malgré son absence de capuchon et de laisse, semblait curieusement docile. Son maître arborait une armure bien plus imposante que les simples cuirasses des gardes de l'escorte, mais moins ostentatoire que l'armure de plates cérémoniale que le père de Han devait revêtir à l'occasion. Le plastron en cuir était embossé de motifs de ronces dorées, les boucles étaient en or et non en cuivre, et au lieu d'un simple bonnet de cuir, le cavalier portait un casque d'or pointu par-dessus un camail également doré. Une longue plume blanche, d'un oiseau que Han ne connaissait pas, en coiffait le sommet. Han n'aurait jamais cru qu'un guerrier de son statut puisse être aussi jeune.

– Votre Grâce, siffla le Chancelier.

Han lui décocha un regard du coin de l'œil.

– Quoi ?

– La princesse, murmura le Ministre avec dureté, chevauche en tête de la colonne. L'Héritier Royal doit la saluer sur-le-champ.

– Elle – *hic* – quoi ?

Les tambours se turent tandis que Yulana parvenait au perron du Pavillon et mettait pied à terre sans que le crécerelle à son épaule ne batte des ailes. Elle releva la tête en direction de Han et attendit. Il commença à s'incliner avant de se rappeler qu'il devait l'accueillir selon la coutume nordiste. Dans un hoquet, il se frappa le cœur du poing droit. La princesse lui rendit son salut, raide et mal assurée, jusqu'à ce qu'un membre de sa cour lui murmure quelque chose à l'oreille. Déboussolée, elle joignit le plat de ses mains avant de s'incliner à la manière sudiste. Son éminence grise lui adressa un nouveau geste et elle ôta son casque. Ses cheveux étaient rasés sur les côtés et ramenés en une longue tresse qui pendait dans son dos à la façon d'un guerrier des steppes. Plus étonnant encore que cette coiffure masculine était la teinte rouge vif de sa chevelure.

– Maintenant, Votre Grâce, signala discrètement le Chancelier.

Han s'inclina à son tour nerveusement avec la même raideur que sa future épouse. Il se racla la gorge et écarta pleinement les bras pour réciter ses salutations.

– Bien-*hic*-venue, honorables invités, couina-t-il. Wonhu-*hic*-Han, du Singe-*hic*-Rieur, accueille avec plaisir les -*hic*-représentants du Gom-*hic*-mun Kang.

Le son de chaque hoquet était amplifié par l'écho de la cour et sonnait presque aussi fort que les tambours qui avaient accompagné Yulana. Han s'autorisa un petit sourire de satisfaction en sentant la gêne presque palpable du Chancelier derrière lui. Ses obligations remplies, il rentra les mains dans ses manches.

Le régent s'avança pour la suite des formalités.

– Soyez les bienvenues, Votre Altesse, vous et votre suite, dit le Chancelier de sa voix mielleuse qui ne portait guère. La maison Wonhu est honorée de la venue de la Première Fille du Gommun Kang.

Derrière les bras tendus du régent, Han tenta d'observer plus précisément Yulana. Sa promise était grande et musclée, ce qui n'avait rien de surprenant au vu de l'aisance avec laquelle elle montait à cheval. L'héritière du Seigneur de Guerre n'était pas une petite fleur fragile qu'on promenait en palanquin. Son armure cérémoniale était complétée d'une épée à sa ceinture et, à en juger par l'apparente nonchalance avec laquelle sa main reposait sur le pommeau, Han la soupçonnait d'être aussi habituée au maniement des armes qu'à l'équitation.

– Et la future Grande Kang des Dix Mille Familles est honorée de cette invitation, répondit la personne qui avait chuchoté à l'oreille de la princesse.

Iel était lae seul·e de la délégation à ne pas porter d'armure mais une simple tunique bleu ciel nouée à la taille par une corde rouge. Les ourlets de ses longues manches, ornés de bandes rouges, blanches, jaunes, vertes et bleues, traînaient jusqu'au sol. Iel était coiffé·e d'un chapeau pointu réhaussé d'un rideau de perles blanches et bleues. Une petite gourde et un gong en cuivre pendaient à sa ceinture. *Une sorte de shaman*, jaugea Han.

– La Future Grande Khan ? répéta le Chancelier, stupéfait.

C'était la première fois de sa vie que Han le voyait pris au dépourvu.

– Ce n'était pas ce que nous avions convenu…

Il retrouva son calme et se fendit d'un sourire désincarné.

– Mais cela n'a aucune importance. Nous en discuterons autour de quelques rafraichissements, bien entendu.

– Bien entendu, acquiesça la personne en tenue de shaman.

Iel pivota sur ses talons et fit signe aux membres du cortège portant colis et coffres de s'avancer. Comme la princesse restait immobile, iel se racla légèrement la gorge. Elle tressaillit avant de s'incliner profondément.

– En remerciement de l'hospitalité de l'Héritier Royal, dit-elle platement, laissez-moi vous offrir ces quelques présents en guise de tribut de la part de mon peuple.

Han réprima un bâillement et une furieuse envie de grogner d'ennui. La présentation des cadeaux allait durer une éternité et il avait désespérément besoin de s'asseoir. Mais le pire était encore à venir, avec le banquet au Pavillon du Repos Serein, où les deux fiancés malgré eux étaient censés apprendre à se connaitre dans un cadre supposément informel. Comme si s'asseoir dans un jardin cernés par vingt-cinq conseillers avait quoi que ce soit de naturel.

Il jeta un regard à la princesse, qui semblait s'ennuyer tout autant. À cette distance, il lui était difficile de savoir s'il la trouvait attirante mais elle était sans doute considérée par tous comme *charmante* plutôt que belle. Elle avait beau porter l'armure avec assurance, son visage anguleux aux traits presque androgynes dégageait un air amical. Avec amusement, Han constata que l'oiseau perché sur son épaule arborait pratiquement la même expression, à l'image de ces dames de la cour qui finissent par ressembler à leurs chiens aux joues pendantes. Le crécerelle avait des yeux d'un bleu particulier. Peut-être était-il aveugle, ce qui aurait pu expliquer sa docilité.

– Nous remercions le Gommun Kang pour sa générosité, dit le Chancelier une fois tous les coffres et colis ouverts.

La princesse a fait un long voyage et doit être lasse. Nous avons préparé des rafraichissements au Pavillon du Repos Serein et nous espérons que Son Altesse les trouvera à son goût.

Il tapa dans ses mains et plusieurs demoiselles du Pavillon des Plaisirs Terrestres s'avancèrent.

– Ces servantes vont conduire la princesse à ses appartements sitôt que l'Héritier Royal jugera bon de nous donner congé.

Han était sur le point de faire un geste lorsque la princesse intervint.

– Je préfèrerais passer le temps dans la bibliothèque royale, si vous n'y voyez pas d'inconvénient, dit-elle sans ménagement. J'ai entendu le plus grand bien de la collection de Zanhei.

Yulana s'était adressée au Chancelier de façon informelle et ce dernier donna l'impression d'avoir été giflé de pleine force. Han esquissa un rictus. Peut-être que lui et sa fiancée parviendraient à s'entendre, en fin de compte.

– Je vois, répondit le régent, ses lèvres de crapaud pincées par la contrariété. Nous n'avions pas conscience que Son Altesse était une érudite en plus d'une guerrière. Qu'elle nomme ce qu'elle désire et nous lui ferons immédiatement porter les textes dans ses quartiers.

Yulana haussa les épaules.

– J'aime mieux parcourir les rayonnages moi-même. On ne sait jamais ce qui peut me plaire.

Han fronça les sourcils. Il trouvait étrange qu'après un si long voyage, la première chose dont ait envie la petite-fille du Seigneur de Guerre soit de visiter une bibliothèque. Plus qu'étrange, suspect. L'angoisse lui noua les entrailles lorsqu'il se rendit compte que lui aussi était à la recherche d'un ouvrage. Un ouvrage bien particulier.

Malgré sa confusion, le Chancelier plaqua ses mains devant lui et s'inclina.

– Mais bien sûr, Votre Altesse. Nous pourrons discuter des détails au cours du banquet.

– Parfait, dit-elle.

Ses yeux croisèrent ceux de Han et malgré la distance, il perçut l'intelligence derrière son regard. Doublement scruté car le crécerelle l'étudiait à son tour, il se sentit soudainement comme une proie. Il se tourna vers le Chancelier, qui lui fit signe de disperser l'assemblée.

Une fois de plus, Han leva les bras.

– Retrouvons-nous tantôt, ordonna-t-il, soulagé de s'être débarrassé de son hoquet. Que les guerriers Gommun profitent de l'hospitalité de Zanhei.

Il n'oublia pas de se frapper le cœur.

– Ma dame, dit-il à l'attention de la princesse.

Elle lui rendit son salut et son rapace lui mordilla l'oreille.

– Nous acceptons votre… l'hospitalité de Sa Grâce, récita-t-elle avec raideur.

Puis, avec un temps de retard, elle s'inclina, les mains jointes de la mauvaise façon.

– Il me tarde de dîner avec vous… avec elle au Pavillon du Repos Serein.

Han sentit ses lèvres se serrer en une tentative de sourire.

– Moi – *hic* – aussi.

Bon sang.

16.

Postée devant le Temple du Lion, au beau milieu des marais, Zhara tentait vainement de racler la terre de ses semelles à l'aide d'un roseau. Les routes dans les marécages tenaient plus du chemin pour bœufs et elle s'était retrouvée plus d'une fois enfoncée jusqu'aux chevilles dans la boue. Du moins ce qu'elle espérait être de la boue.

Elle et la professeure Hu avaient accepté de retrouver Grand-Mère Meng aux abords du campement Buri, à une lieue en amont de Zanhei. Pour ne pas faire attendre la matriarche, l'apothicaire avait envoyé Zhara en éclaireuse, le temps d'expédier les derniers clients de la boutique. Le rendez-vous avait été fixé devant le Temple du Lion, l'une des grandes étapes de la route, où les voyageurs pouvaient honorer leurs diverses divinités.

Zhara était arrivée la première, ce qui lui avait laissé le temps d'étudier le modeste stoupa dont le sol était recouvert de bâtons d'encens calcinés, de fleurs, de papiers d'offrande et de nourriture. Le temple était plus ancien encore que Zanhei, érigé pour un dieu du marais depuis longtemps tombé dans l'oubli. Si le dôme de pierre avait abrité une quelconque relique, elle avait disparu depuis des lustres, remplacée par la flamme éternelle de la vérité. Zanhei, tout comme les autres provinces du sud de l'empire, consacrait sa dévotion aux Six Immortels, des êtres célestes qui gouvernait chacun une maison de la Raison : langage, astronomie, arts martiaux, musique, mathématiques et médecine. Leurs symboles étaient peints à la base du temple : le pinceau de Yuo, la boussole de Tendi, l'épée de Wu, la flûte d'Omhak, la balance pour Shua et le mortier et le pilon pour Lo.

Elle fronça les sourcils en remarquant un septième emblème, un point entouré d'un cercle peint en rouge. Il lui rappelait le médaillon en forme de soleil que les Gardiens de l'Aube utilisaient. Elle passa prudemment un doigt sur le symbole. La peinture était encore fraiche.

– Oh, Jin Zhara.

Elle se releva et vit Grand-Mère Meng remonter la route au bras d'une jeune personne, la main levée pour la saluer.

– Je croyais que Hu était censée venir aussi.

– Elle sera là d'ici peu, j'espère, répondit Zhara. Elle fermait la boutique. Comment va Thanh ?

L'apothicaire avait ramené le garçon à son clan la veille, après s'être assurée qu'il était complètement remis.

– Il va très bien, dit la Buri. Il a même retrouvé sa joie de vivre.

Elle fronça les sourcils.

– Il dit n'avoir aucun souvenir, ce qui est une chance, j'imagine.

Elle poussa un soupir et se tourna vers le jeune à son bras.

– Je te présente Kam, un autre de mes nombreux arrière-petits-enfants.

Kam et Zhara échangèrent un salut.

– Il va nous conduire à l'endroit où les enfants jouaient avant d'être... changés.

– Où ça ?

– Près de la fontaine, dit Kam. La cité en a construite une nouvelle il y a quelques mois, mais j'ai bien peur que nous ne nous en servions pas beaucoup.

– On ne peut pas faire confiance à ce que vous fabriquez, vous autres les citadins, grommela la vieille dame en désignant la route cabossée sur laquelle ils se trouvaient. C'est de la camelote qui ne dure jamais.

Elle tapota la paroi du temple de sa canne.

– Il n'y a que les vieilles pierres qui résistent à l'épreuve du temps. Bah, regardez-moi ces imbécilités !

Elle cracha sur les symboles peints autour de la base.

– Gardez vos dieux dans vos propres temples, moi je dis !

– Savez-vous ce que cela représente ? demanda Zhara en pointant le dernier emblème. Il a l'air récent.

– Ah. C'est le signe de Mara.

– Mara ? C'est le nom de la première abomination, non ? demanda Kam.

Meng assena un sévère taquet à son arrière-petit-fils.

– Ne va pas calomnier le nom de la Septième Immortelle devant des citadins, toi, asséna-t-elle.

– La Septième Immortelle ? répéta Zhara. Mais je croyais qu'il n'y avait que six maisons de la Raison.

Elle se mit à compter sur ses doigts pour les énoncer.

– Langage, astronomie, arts martiaux, musique, mathématiques et médecine.

La Buri la dévisagea avec un air de pitié.

– Vous venez imposer vos petits dieux sur nos terres, vous forcez nos enfants à les vénérer et malgré tout, vous ne savez pratiquement rien d'eux.

Elle secoua la tête, consternée.

– La magie. La septième maison de la Raison est la magie.

Elle passa en revue les symboles en les désignant du bout de sa canne.

– Yuo, Tendi, Wu, Omhak, Shua, Lo, et la dernière et la plus jeune de tous : Mara.

– Je n'avais jamais entendu parler d'elle avant, s'émerveilla Zhara. Qu'est-il arrivé à son culte ?

– Demande donc au Seigneur de Guerre, rétorqua Meng d'une voix sinistre. Lorsqu'il s'est emparé du trône, le vieil ours a détruit toute trace de son existence et la moindre référence à la magie.

Kam semblait à la peine devant cette révélation.

– Alors elle n'est pas la première abomination ?

La vieille femme se dandina nerveusement.

– Eh bien…, commença-t-elle. Ce n'est pas vraiment ce que dit la légende.

Zhara haussa les sourcils et la matriarche soupira.

– Bon d'accord, c'était bien la première abomination. Mais ce n'est pas une histoire que les magiciens aiment raconter.

Elle contempla la voûte céleste, où les étoiles étaient bien plus visibles sans les lumières de la ville.

– On dit que tous les enfants nés sous le signe de la maison de la Septième Immortelle sont condamnés à avoir un pied dans le royaume de l'Ordre et l'autre dans celui du Chaos. Les magiciens, comme Mara, sont les enfants de Tiyok, la Mère des Dix Mille Démons.

Zhara se raidit.

– Alors… les magiciens sont en partie des démons ?

Sa magie se mit à scintiller, comme pour protester.

– Tu connais l'histoire de l'origine du monde ? demanda la grand-mère.

– Bien sûr.

Comme chaque enfant des Royaumes du Matin, elle savait que Do, l'endroit des débuts et des fins, avait engendré Jun et Yan, les incarnations divines de l'Ordre et du Chaos. Que Jun et Yan avaient créé ensemble la lumière et les ténèbres, le vide et la matière, la raison et la folie et au milieu, l'humain. En un seul être résidait à présent Ordre et Chaos, dans un équilibre éternel.

– Lorsque le monde est né, poursuivit la Buri, les cieux et les abysses se sont affrontés pour remporter l'âme des humains. D'un côté les Immortels et les esprits, de l'autre Tiyok et ses dix mille démons. Prisonniers de cette lutte sans fin, une fée et un démon ont cherché la paix en s'unissant dans l'amour. De cette union est issue Mara, qui, comme l'humanité, est née de l'Ordre et du Chaos.

Zhara plissa un peu plus le front.

– Si elle a été enfantée par une fée et un démon, en quoi cela fait d'elle une abomination ?

– Parce que cela va à l'encontre de la raison, cela fait d'elle une anomalie, quelque chose qui ne devrait pas exister.

Elle jeta un coup d'œil vers la route.

– Ah, voici Hu qui arrive enfin.

Une fois rejoint par l'apothicaire, le petit groupe se mit en route vers le village buri. À mesure qu'ils s'enfonçaient dans les marais, des campements fleurissaient comme les lotus qui bordaient les rives du Fleuve Infini. Les réfugiés des Fosses se trouvaient dans les plaines inondées de l'amont, où les terres n'avaient pas encore été asséchées. Les maisons sur pilotis, plantées comme des cigognes au bord de l'eau, étaient faites de clayonnage et de torchis. Le vacarme des criquets du delta allait et venait comme la marée et les barques de pêche en rotin rentraient peu à peu d'une journée de labeur, escortées par les cormorans.

En voyant se dessiner les habitations en roseaux, Zhara sentit sa magie parcourir les chemins de son ki. Elle percevait une légère déviation dans le flux cosmique qui l'entourait, comme un rocher écartant les eaux d'une rivière. Et ce rocher était le village dans lequel ils arrivaient. Le sol spongieux du marécage céda la place à des chemins de terre sèche, l'odeur de saumure s'effaça au profit de l'arôme du curry frit.

– C'est ici, indiqua Kam en pointant du doigt une longue maison sur pilotis isolée à l'autre bout du village, que les autres enfants… euh, corrompus, ont été placés.

– On ferait mieux de les examiner avant de nous rendre à la fontaine, suggéra Hu.

– Très bien, répondit Meng. Mais ne nous attardons pas.

À mesure qu'ils s'approchaient, Zhara sentait les courants de l'univers tourbillonner de plus en plus vite, comme un cyclone. Ses tympans se bouchèrent sous la pression et un calme surnaturel s'installa. Même les criquets s'étaient tus et seul le bruissement des roseaux et de la rivière troublait le silence.

– Nous y sommes.

Kam écarta le rideau qui couvrait l'entrée. En grimpant sur l'échelle en bambou, Zhara tendit l'oreille pour capter le moindre bruit de respiration. Rien, pas même un murmure. Elle n'entendait que le battement rapide de son propre cœur tandis qu'elle emboitait le pas à Meng et Kam pour passer le seuil.

– Retire tes chaussures ! s'écria la vieille femme. Nous sommes peut-être des bouseux mais pas des sauvages !

Zhara remarqua d'abord l'odeur. L'air était étouffant et sentait le renfermé en plus de l'habituelle puanteur engendrée par la promiscuité. Mais au milieu de la sueur, des larmes, de la crasse et du vomi, elle décelait une senteur doucereuse qu'elle ne parvenait pas à identifier.

Puis elle remarqua les corps. Elle n'avait pas prêté attention à leur nombre jusqu'à présent, pensant que toutes les paillasses sous ses yeux étaient vides. Ce n'est qu'en voyant les couvertures s'agiter qu'elle comprit que chaque lit abritait un petit corps recroquevillé. Quelques adultes étaient répartis dans la pièce pour veiller à leur chevet. Des parents, très probablement.

– Il y a bien plus de corrompus que la dernière fois, remarqua la professeure à voix basse.

La matriarche acquiesça.

– Deux de plus au retour de la cueillette sur le mont Zanhei hier et un autre qui jouait à proximité de la fontaine en amont. Quant au reste… (elle les désigna de sa canne) ce sont des adultes. Cela fait des semaines qu'ils sont dans cet état.

– Pourquoi la cité a-t-elle construit la fontaine ? demanda Zhara.

– L'eau du marais n'est pas potable. Avant, nous allions chercher notre eau aux puits qui bordent les Fosses.

– Si loin que ça ? s'étonna Zhara.

Meng hocha la tête.

– Le gouvernement a décidé d'ériger une fontaine plus loin dans les plaines il y a quelque temps et la construction s'est achevée il y a environ trois mois.

Le visage de la matriarche se plissa de fureur.

– Ils se fichaient bien que les nôtres disparaissent. Tout ce dont les ministres se souciaient, c'était d'avoir assez de main d'œuvre à disposition, pour construire cette fontaine inutile.

Hu se racla la gorge.

– D'où provient l'eau qui alimente la fontaine ?

– Des sources près de l'ancienne Changxi, répondit Kam.

L'apothicaire griffonna quelques notes.

– Et quand est-ce que la corruption a commencé à se répandre parmi vous ?

Meng fronça les sourcils.

– Je dirais il y a trois semaines à peu près ?

Elle tressaillit aussitôt.

– Tu penses qu'il y a un rapport ?

– Possible, répondit l'herboriste d'une voix neutre. L'ancienne Changxi est juste au pied du Mont Zanhei. Zhara, veux-tu bien examiner les patients pour voir s'ils souffrent tous du même… fléau que celui que tu as senti en Thanh ?

– Oui, tantine.

Zhara essuya nerveusement ses paumes contre sa tunique et s'approcha du premier lit.

– Puis-je ? demanda-t-elle au parent.

Après avoir reçu la permission, elle s'agenouilla au chevet de l'enfant et posa la main sur sa joue.

Comme pour Thanh, son pouvoir réagit instantanément à la présence d'un autre magicien mais elle parvenait à présent à mieux discerner ce qui relevait ou non de la magie. Car si cette dernière était agréable, accueillante, rassurante, le fléau était… pourri. Maladif. À l'aide de son troisième œil, elle traça les lignes du méridien qui traversaient le corps de l'enfant et y perçut les mêmes ténèbres, le même *vide* qui dévorait la lumière intérieure. Elle retira sa main et passa au patient suivant, et à celui d'après, jusqu'à les avoir tous examinés. D'un hochement de tête, elle confirma son diagnostic à Hu.

– Très bien, dit l'herboriste. Allons voir cette fontaine.

*
*   *

La fontaine se trouvait à une heure de marche et à leur arrivée, la nuit était tombée. La professeure avait pensé à emporter une pierre à feu avec elle mais la végétation était bien trop humide pour leur fournir une torche convenable. Aussi, elle et Zhara se contentèrent de suivre Meng et Kam, qui semblaient capables de voir dans les ténèbres.

– Heureusement que tu es là, Zhara, murmura Hu. Je comptais faire quelques examens sur place, mais à quoi bon si je ne suis pas fichue de voir plus loin que mon nez ?

Un infime croissant de lune se dessinait dans le ciel et les étoiles offraient un semblant de lueur. À l'horizon, Zhara pouvait deviner le large bandeau argenté de la Rivière Scintillante. Par habitude, elle leva les yeux à la recherche des constellations de la Fille du bûcheron et du Prince des fées. Dans une semaine, ils fêteraient leurs retrouvailles à l'occasion de la Nuit des Sept.

– Nous sommes arrivés, dit Kam. Voici la fontaine.

La structure massive et hideuse faisait penser à un monstre accroupi dans les marais. Au premier abord, on aurait dit un temple plutôt qu'une fontaine, avec sa dalle pavée et ses quatre colonnes en calcaire. Chaque pilier était sculpté en forme d'animal gardien. Zhara crut d'abord reconnaitre les bêtes cardinales traditionnelles des Royaumes du Matin, le Lion du Sud, la Licorne de l'Ouest, l'Aigle du Nord et le Dragon de l'Est ; mais à mieux y regarder, il s'agissait de créatures totalement différentes. Une… grenouille ? Une sorte de mite ? Un loup ? La dernière était absolument méconnaissable, ni animale ni humaine ; l'horrible chimère sembler même changer d'apparence dans la pénombre.

Au centre de l'édifice se trouvait un bassin parfaitement circulaire. La surface de l'eau était lisse comme un miroir et reflétait le ciel nocturne. L'espace d'un instant, Zhara fut prise de vertiges, comme si le monde était sens dessus dessous.

Elle ne savait plus si elle contemplait l'eau ou les cieux. Elle cligna des yeux et retrouva ses esprits.

– Comme c'est étrange, remarqua Hu en s'asseyant au bord du bassin. Cela ressemble davantage à un bain rituel qu'à un puits.

Elle retira plusieurs fioles de sa sacoche et les remplit à différents endroits de la fontaine.

– N'y bois pas, l'avertit Meng tandis que l'apothicaire approchait le visage de la surface.

Elle ignora la mise en garde, y plongea une tasse en bois et but une gorgée. Tous retinrent leur souffle, s'attendant à ce que Hu convulse ou se transforme. Mais après plusieurs minutes, l'herboriste fronça les sourcils et but à nouveau.

– L'eau n'est pas empoisonnée, ou alors je ne sens rien, dit-elle. À vrai dire, c'est même une des eaux les plus délicieuses que j'aie jamais goûtées. Zhara, ma petite, viens me donner ton avis. Si c'est la magie qui a altéré la source, tu devrais pouvoir le sentir.

Zhara se tenait au bord de la dalle, mal à l'aise à l'idée de franchir le seuil sous le regard surnaturel des gargouilles. Un frisson la parcourut lorsqu'elle s'avança. Elle avait l'impression d'avoir plongé dans une baignoire glacée.

Meng et Kam avaient déjà rejoint Hu et prirent de l'eau dans le creux de leurs mains.

– Elle est bonne, s'étonna la vieille femme. Moins minérale que ce que j'imaginais, étant donné qu'elle descend du mont Zanhei.

– Elle ne sent pas la terre, ajouta Kam. Et elle n'est pas stagnante comme celle des autres puits des marais.

Zhara les imita à son tour et trempa les doigts dans le bassin avant de retirer violemment sa main.

– Qu'y a-t-il ? demanda Kam avec inquiétude.

Elle fronça les sourcils, plongea de nouveau la main et l'agita dans les profondeurs.

– Ce n'est pas de l'eau, répondit-elle lentement.

– Comment ça, ce n'est pas de l'eau ? répondit Meng, visiblement confuse.

Zhara secoua la tête, frustrée par son incapacité à décrire sa sensation.

– Ce n'est pas de l'eau, c'est tout. Ça n'a rien à voir avec de l'eau, tout comme les chats n'ont rien à voir avec les chiens.

Avec hésitation, elle laissa tomber une goutte sur sa langue. De nouveau, la sensation – la *conviction* – l'envahit. Ce n'était pas de l'eau mais quelque chose d'autre, changé en liquide.

Hu la fixait avec intensité.

– Peut-être, avança l'apothicaire, que nous autres non-magiciens ne sentons que l'essence physique du liquide. Et que pour un magicien… il existe une dimension supplémentaire.

Zhara fut prise d'une inspiration subite.

– L'eau a été transformée, dit-elle. De la même façon que le ki de Thanh avant qu'il… ne se change en abomination. Il n'était plus humain mais… démoniaque.

Le silence s'abattit sur les marais, comme si le monde entier retenait son souffle.

– Est-ce seulement possible ? murmura Hu.

– Je ne sais pas, répondit Zhara sur le même ton.

Elle se tourna vers le nord-ouest, où la silhouette escarpée du volcan écrasait le paysage, son sommet perdu dans les nuages.

– Mais je pense qu'il va falloir remonter jusqu'à la source pour en avoir le cœur net.

17.

Zhara aurait sans doute dû s'inquiéter de la facilité avec laquelle elles étaient parvenues à regagner Zanhei après le couvre-feu, mais elle n'allait pas s'en plaindre. La professeure lui avait montré une brèche dans le mur d'enceinte sud-ouest, dissimulée par une haie d'azalées. Elles n'avaient eu qu'à s'y glisser, se souhaiter rapidement bonne nuit et rentrer à toute hâte chacune de leur côté pour grappiller un peu de sommeil avant l'aube.

Les rues étaient sombres et désertes, les lanternes suspendues aux balcons, éteintes. Le clair de lune illuminait à peine la chaussée aux pavés irréguliers et Zhara prenait soin de regarder où elle mettait les pieds. Sa sandale s'était de nouveau délitée, elle allait devoir la rafistoler sitôt rentrée à la maison. Elle étouffa un bâillement. Peut-être que la réparation attendrait le lendemain matin.

Tandis qu'elle entrait dans sa rue, des éclats de rires et des murmures alcoolisés lui parvinrent depuis la taverne qui faisait l'angle. Zhara évitait généralement de passer devant l'établissement à la nuit tombée. Principalement pour ne pas risquer de croiser sa belle-mère mais aussi pour s'épargner les occasionnelles propositions indécentes des ivrognes du quartier.

– Mais qui est ce petit bonhomme ? demanda une voix légère et amicale.

Zhara sentit ses cheveux se dresser sur sa tête.

La Seconde Épouse.

Elle se précipita derrière un arbre, le cœur battant à tout rompre.

– Un ami, répondit une autre voix, aigüe et étrangement familière.

Elle était persuadée de l'avoir entendue récemment, dans un endroit sombre et humide…

– Ah vraiment ? rétorqua la marâtre d'une voix de défi. Alors dans ce cas, pourquoi ne t'ai-je jamais vu ?

– Madame ne me connait peut-être pas personnellement, mais elle connait mon maître.

– Et qui est-il ?

– Le Seigneur Chan.

La Seconde Épouse mit un moment avant de répondre.

– Ne te moque pas de moi, misérable gnome, siffla-t-elle avec amertume. Pourquoi diantre le Seigneur Chan voudrait-il me reparler après que mon imbécile de fille a refusé de l'épouser ?

Sous le choc de la nouvelle, Zhara inspira bruyamment avant de plaquer la main sur sa bouche.

– Parce que les choses ont changé, répondit l'inconnu.

La belle-mère laissa échapper un ricanement.

– De toutes les demoiselles de Zanhei, ton maître souhaite épouser la mienne. Ma fille ! Cette pauvresse, fade et bête à manger du foin. Et infirme, par-dessus le marché ! *Aveugle* ! Tu parles d'une affaire.

La rage envahit les veines de Zhara, chaque muscle, chaque nerf mis à vif par la fureur. Suzhan ne méritait pas un tel traitement. C'était une musicienne talentueuse, quelqu'un de bon et loyal. Bienheureux serait celui qui l'épouserait.

– Mon maître n'a jamais été gêné par sa cécité. Votre fille a d'autres… atouts.

– Ah oui ? Lesquels donc ? Son beau-père ne nous a pratiquement rien légué, persifla la marâtre.

Un groupe de pochetrons bruyants sortit à cet instant précis de la taverne et leurs cris joyeux étouffa la réponse de l'inconnu. Zhara tendit l'oreille pour capter des bribes de la conversation.

– … l'amener à…

– … l'autre fille…

– … pourquoi elle…

– … Parce que… magici…

La bande de soiffards venait de tomber – littéralement – nez à nez avec Zhara.

– Eh bien, qu'est-ce qu'on a là ? marmonna le premier d'une voix pâteuse.

Zhara manqua de s'étouffer en sentant son haleine pleine de bière et de vomi.

– Une si jolie fille dehors à une heure pareille ?

– L'est p'têt pas si jolie et c'est p'têt même pas une fille ! lança un de ses comparses.

– M'en fiche ! Du moment qu'on peut s'amuser, pas vrai ?

Son pouvoir lui picota les mains mais elle n'avait pas besoin de magie pour se débarrasser de ces pauvres imbéciles. Un coup de pied bien placé ferait l'affaire. Elle écrabouilla de son talon les orteils de l'imprudent qui était passé dans son dos, lui flanqua un coup de coude dans le ventre et s'en alla en dératant. Les moqueries et les rires gras des camarades lui parvinrent tandis qu'elle ouvrait le portail de la cour. D'un rapide coup d'œil, elle s'assura que personne ne l'avait suivie.

Sajah l'accueillit avec un ronronnement grognon à son entrée dans la cuisine. Une fois glissée sous sa couverture, ses yeux se fermèrent presque instantanément, malgré ses efforts pour déchiffrer la conversation entre sa belle-mère et le mystérieux ami du Seigneur Chan. Et rattrapée par la fatigue de la journée, Zhara sombra dans un profond sommeil.

*

* *

Les tambours de la ville la réveillèrent brutalement le lendemain matin. Le soleil inondait la cuisine et elle dut s'abriter les yeux de sa main, désorientée par la luminosité. Il faisait généralement plus sombre à son réveil.

Elle mit une bonne seconde avant de comprendre qu'elle avait fait la grasse matinée. Aussitôt, elle se précipita hors du lit pour s'habiller. La Seconde Épouse attendait son petit-déjeuner d'un moment à l'autre. Les yeux cernés, Zhara passa une jambe dans son pantalon, puis l'autre, et ce n'est qu'au moment de nouer la ceinture de sa tunique qu'elle se rendit compte qu'elle l'avait enfilé à l'envers.

Du *congee*. Elle allait faire du *congee* pour le petit-déjeuner. Les restes de riz n'étaient pas encore gâtés, cela ferait amplement l'affaire. Elle versa quelques louches d'eau dans le wok et le posa sur le poêle avant d'agiter les braises dans le four. Elle gratta le riz légèrement brûlé et rassis au fond de la marmite à l'aide d'une cuillère, le jeta dans le wok et plaça un couvercle par-dessus pour accélérer la cuisson. Elle ajouta ensuite une demi-douzaine d'œufs avec l'intention de les faire infuser dans du thé noir une fois bien cuits.

– Ah, tu es réveillée, parfait.

Zhara sursauta et manqua de se brûler en voyant la grande silhouette affaissée apparaitre sur le seuil. Perché sur une étagère, Sajah siffla son mécontentement devant l'arrivée de cette intruse.

– M-Madame, bredouilla-t-elle, avant de joindre ses mains et de s'incliner nerveusement. Je ne pensais pas que vous seriez aussi matinale. Je-je vous promets que le petit-déjeuner sera bientôt servi.

– Détends-toi, lui dit-elle avec un geste de la main.

La marâtre était coiffée en une vague queue de cheval et la soie de sa chemise de nuit était tellement usée que Zhara pouvait voir à travers.

– Je voulais juste m'excuser pour mon comportement la nuit dernière, lorsque nous sommes revenues de notre rencontre avec le Seigneur Chan.

Zhara tressaillit.

– I-inutile, Madame.

Elle ignorait ce qui la surprenait le plus : les excuses de sa belle-mère ou bien le fait qu'elle semblait presque... sincère.

La gratitude et le doute s'entremêlèrent dans son ventre et lui nouèrent les entrailles. Des bribes de conversation lui revinrent en mémoire, deux voix se disputant calmement, mais la pensée lui échappa presque aussitôt.

La Seconde Épouse plissa les yeux.

– Pour l'amour des cieux, ma petite, pourquoi fait-il aussi sombre ici ? Allume donc quelques chandelles.

Zhara avait l'habitude de travailler pratiquement dans le noir. En comparaison, la petite lucarne de la cuisine lui faisait l'effet d'un plein soleil.

– Je-je n'ai pas de chandelles dans la cuisine, Madame.

– Ah ? fit la marâtre en haussant un sourcil. Et pourquoi ?

– Le-le feu dans l'âtre suffit généralement à m'éclairer.

Sa belle-mère poussa un soupir.

– Ma pauvre enfant, tu ne crois tout de même pas que je t'en tiendrai rigueur si tu utilisais deux ou trois chandelles pour y voir quelque chose lorsque tu cuisines. Va donc te servir dans la commode tout à l'heure, prends ce dont tu as besoin.

– B-bien, Madame.

La Seconde Épouse lui passa devant pour s'asseoir face au feu. De près, Zhara distinguait sans mal les traces de drap imprimées sur la joue de sa belle-mère, le col et les manches élimées de sa chemise de nuit et les poches engendrées par le sommeil et l'alcool sous ses yeux sombres. Des fils argentés commençaient à poindre à ses tempes, ainsi que de légères rides aux coins de ses lèvres. Sans son maquillage, privée de sa carapace de glamour, la Seconde Épouse accusait son âge.

– Je voulais discuter un peu avec toi avant que tu ne partes au travail, Jin Zhara.

– O-oui, Madame, souffla Zhara, prise de panique en voyant la faible lueur rosée émise par ses paumes.

Elle joignit les mains et s'inclina profondément.

– Oh, relève-toi donc, tu me donnes mal au dos à te voir tout le temps courbée comme ça.

Zhara obéit aussitôt et plaqua ses mains contre ses cuisses.

– Puis-je… puis-je continuer à préparer le petit-déjeuner pendant que Madame parle ?

Comme les œufs s'agitaient dans l'eau bouillante, elle les retira prestement du wok.

La marâtre poussa un bâillement et fit un geste de la main.

– Fais donc. Je serai brève, j'ai un service à te demander.

Zhara, qui rinçait les œufs durs, s'arrêta un instant.

– Bien sûr, Madame, dit-elle avant de les fendiller délicatement pour les remettre dans leur marmite d'origine.

– C'est à propos de Suzhan.

Zhara rajouta de l'eau dans la marmite, puis des feuilles de thé noir, de la cannelle, des zestes d'orange, du piment, des graines de fenouil, une fleur d'anis et de la sauce soja.

– Que puis-je faire pour elle, Madame ? demanda-t-elle avec prudence tout en remettant l'eau à bouillir.

La Seconde Épouse secoua la tête.

– J'ai beau adorer mon trésor de tout mon cœur, dit-elle, son entêtement met mes nerfs à rude épreuve.

Elle se fendit d'un sourire nostalgique.

– Et j'avoue bien volontiers que j'ai du mal à garder mon calme. Je sais, c'est assez fâcheux.

Le souvenir de la joue violette de sa sœur lui revint en mémoire. Zhara prit quelques oignons verts dans le cellier et se mit à les hacher furieusement. Dans sa main, le manche du couteau devint chaud et mou avant de se transformer… en poireau. Surprise, elle le lâcha maladroitement et le légume redevint un ustensile, tintant avec fracas sur la planche à découper.

– Tout va bien, ma petite ? demanda la belle-mère d'une voix sirupeuse. Tu ne t'es pas coupée, j'espère ? Fais-moi voir.

Elle quitta son siège et saisit la main de Zhara.

– Je n'ai rien, Madame.

Dans un effort surhumain, Zhara parvint à contrôler sa magie pour ne pas brûler la marâtre.

– Tu es une bonne fille, Jin Zhara, dit-elle en passant délicatement ses doigts sur la paume calleuse de Zhara. Comme j'aurais aimé que Suzhan se montre aussi raisonnable que sa grande sœur pour cette histoire de mariage. Pourtant elle s'obstine à ne pas voir les choses de mon point de vue. Alors même que le Seigneur Chan est prêt à lui pardonner… l'impétuosité de sa jeunesse et à lui réitérer sa demande.

– Il veut toujours l'épouser ?

Zhara sentait quelque chose la tirailler dans un coin de sa tête, un souvenir qui refusait de remonter à la surface… mais quoi donc ? Le contact physique avec sa belle-mère l'empêchait de se concentrer.

– Oui.

La marâtre ne lui lâchait toujours pas la main.

– Le Seigneur Chan est un homme raisonnable, il a organisé une nouvelle rencontre et j'aimerais que tu nous accompagnes, cette fois-ci… *aiyo* !

Un tintamarre éclata dans la cuisine tandis qu'un éclair roux fusait à travers la pièce en sifflant et en crachant avant de planter ses griffes dans les jambes de la Seconde Épouse.

– Sajah ! s'écria Zhara avant de se précipiter pour prendre le chat dans ses bras.

Le félin s'échappa de son emprise et lacéra de plus belle la chemise de nuit.

– D'où sort ce monstre ?

La belle-mère décocha un coup de pied furieux qui envoya valdinguer Sajah vers la cheminée.

– Toi, ordonna-t-elle à Zhara. Va chercher le balai et débarrasse-nous de ce sac à puces.

À contrecœur, Zhara se tourna vers le coin de la pièce où reposait le balai, mais le chat avait déjà disparu dans la pénombre. Elle poussa un soupir de soulagement et profita que l'eau des œufs débordait pour s'excuser et reporter son attention sur la cuisson.

La seconde Épouse renifla de dégoût.

– Assure-toi que cette répugnante créature ne mette plus les pattes chez nous. Quand je pense aux maladies qu'elle doit traîner avec elle… Et dans la cuisine, par-dessus le marché !

– Oui, Madame. Mille pardons, Madame, balbutia Zhara en s'inclinant plusieurs fois de suite.

Les chats étaient sacrés pour le Lion du Sud, songea-t-elle. Ils étaient censés chasser la maladie et non l'introduire dans les foyers. Elle décida de se rendre au Temple du Lion plus tard pour y déposer une offrande en pénitence.

La marâtre lui releva le menton avant de se mettre à faire les cent pas.

– Bien, reprit-elle, comme je te le disais avant cette interruption grossière, je souhaiterais que tu nous accompagnes au salon de thé pour voir le Seigneur Chan.

Libérée du contact avec sa belle-mère, le souvenir de l'échange entendu la veille lui revint avec la force d'une gifle.

– Que Madame me pardonne, commença-t-elle à dire, mais pourquoi moi ?

– Malgré tout l'amour que je porte à mon trésor (sa sérénité de façade se mit à vaciller), elle n'a pas confiance en moi. C'est là que tu entres en scène, ma petite. Tu dois la convaincre d'accepter. Tu feras bien ça pour moi, *lah* ? Ma brave, brave petite Jin Zhara.

Mais Suzhan n'avait aucune envie d'épouser cet homme, qui la terrifiait. L'envie de plaire à sa belle-mère se retrouva aussitôt en prise avec son instinct de protection. Zhara devait prendre la défense de sa sœur, même si son courage fondait comme neige au soleil face à la persuasion mielleuse de la marâtre.

– Que sait Madame du futur époux de sa fille ? osa-t-elle timidement.

Sa belle-mère prit un air décontenancé.

– Mais je te l'ai déjà dit : il est très riche et très influent. Nous n'avons pas besoin d'en savoir plus.

Zhara se mordit la lèvre.

– Des rumeurs… inquiétantes circulent sur le passé du Seigneur Chan, Madame.

– Ah.

La marâtre se figea.

– On dit, poursuivit Zhara, toujours avec une extrême prudence, qu'il est connu sous un autre nom dans les quartiers populaires de Zanhei.

Face au silence attentif de la Seconde Épouse, elle se jeta à l'eau.

– On l'appelle le Veuf Noir.

– Le Veuf Noir ? répéta la belle-mère en riant. Comme c'est pittoresque.

– Chacun de ses mariages s'est soldé par un enterrement, Madame.

– De vilains ragots colportées par des prétendantes éconduites, j'en suis persuadée. Ah, Jin Zhara…

Sa voix s'était faite presque… douce.

– Je sais que tu t'inquiètes pour Suzhan. Et pour ton avenir aussi, n'est-ce pas ? Que vas-tu faire lorsqu'elle sera mariée ? Où iras-tu ?

Prise au dépourvu par ce ton soudainement bienveillant, Zhara ne put que bredouiller.

– Je, je, je…

Elle n'y avait jamais pensé jusqu'à présent. Sa préoccupation immédiate, la survie, l'empêchait de se projeter au-delà du prochain repas, de la prochaine paye, du lendemain. *Sois bonne et sois sincère*, avait dit son père. Elle ne savait pas quoi faire de sa vie hormis servir sa belle-mère.

– Je vois bien que l'idée ne t'a même pas traversé l'esprit, constata la Seconde Épouse d'un air de pitié.

– N-non, Madame.

– Eh bien, poursuivit-elle d'un ton rassurant, presque séducteur, une fois installée au palais, Suzhan aura besoin d'une demoiselle de compagnie. Et qui d'autre pourrait veiller sur elle que la personne qu'elle connait le mieux au monde ?

– M-moi ? Zhara était sous le choc.

Votre fille a… d'autres atouts.

– Mais oui, toi.

La marâtre s'avança avec élégance, son corps mince et affuté comme une lame. Zhara sentit la sueur perler sur son front. Jamais elle ne s'était trouvée aussi proche d'elle. L'excitation le disputait à la terreur.

– Tu fais partie de la famille, après tout.

Les mots la frappèrent en plein cœur et la laissèrent sans voix. Dans son cœur, méfiance et gratitude se livraient une lutte encore plus féroce qu'à l'accoutumée. Elle ne savait plus quoi penser ni éprouver mais attendait avec fatalisme l'inévitable revers de la médaille.

– E-et vous, Madame ? demanda-t-elle. Qui s'occupera de vous ?

Un sourire désarmant pour réponse.

– Comme tu es attentionnée, merci de penser à ta pauvre vieille mère. Mais n'aie crainte. Le futur époux de Suzhan s'est déjà montré extrêmement généreux envers nous. Tiens.

Elle sortit une pépite d'argent de sa manche et la déposa sur le plan de travail :

– Achète-toi quelque chose qui te ferait plaisir. Peut-être une nouvelle paire de sandales ? Pourquoi pas une tenue complète ? Après tout…

Elle la détailla de la tête aux pieds.

– … il faut que tu sois présentable pour notre rendez-vous au salon de thé.

La main tremblante, Zhara prit la pépite. Il y en avait pour trois mois de salaire.

– Tu vois ? Tu n'as pas de souci à te faire pour moi.

Les tambours de la ville marquèrent la moitié de la matinée. Zhara sursauta.

– Madame, je suis en retard…

Sa belle-mère la congédia d'un geste de la main.

– File, dit-elle. Je ne veux pas que tu aies d'ennuis au travail. Je vais terminer le petit-déjeuner.

Zhara hésita un instant mais la Seconde Épouse la conduisit gentiment à la porte.

– Allez, allez.

Elle s'inclina, dénoua son tablier et l'accrocha précipitamment derrière la porte.

– Zhara.

La lumière matinale atténuait les traits de la Seconde Épouse et masquait ses cheveux gris, mais son visage était figé de dureté.

– Diligence, sens du devoir et dévouement à la famille. Ce sont tes propres mots, n'est-ce pas ?

Ce n'était pas une question.

– Oui, Madame, répondit Zhara.

– Bien.

La marâtre retroussa ses manches et se mit à préparer la vaisselle du petit-déjeuner.

– Tâche de ne jamais l'oublier. Après tout, une gentille fille comme toi ne voudrait pas décevoir sa pauvre maman, n'est-ce pas ?

18.

Wonhu Han, l'Héritier Royal de Zanhei, était un jeune homme doté de nombreux talents – escrime, archerie, équitation, poésie –, mais il n'était hélas pas versé dans l'art du cambriolage.

– Mère des Démons, jura-t-il se piquant les doigts pour la septième fois avec son épingle à nourrice. Ça a l'air pourtant tellement facile dans les histoires de détective !

Le cadenas en bronze qui lui interdisait l'entrée dans les

appartements de son oncle Li était en forme de lion. La gueule rugissante accueillait la serrure tandis que le corps contenait les disques chiffrés. La seule clé se trouvait dans les quartiers du Chancelier et, privé de la combinaison, Han n'avait d'autre choix que de s'essayer au crochetage. Son bilan du moment s'élevait à quelques épingles tordues, une plaie particulièrement douloureuse sur le pouce et plusieurs cris étouffés de frustration.

– Je pense pouvoir t'aider, mon prince.

Han se tourna pour trouver nez à nez avec Xu, ses lèvres maquillées fendues en un grand sourire. Iel laissa pendre une clé au bout d'une chaîne.

– C'est ça que tu cherches ?

– Xu !

Han bondit sur ses pieds et fit la grimace en marchant sur une épingle.

– Comment as-tu fait ?

– Je l'ai trouvée dans le bureau de mon père.

Iel inséra la clé dans la serrure. Un tour de main, un cliquetis, et le cadenas tomba par terre.

– Il y a bien quelques avantages à être l'unique enfant du Chancelier. Pas beaucoup mais tout de même.

– Très juste.

Han pénétra dans les appartements de Li Er-Shuan.

– Voyons voir ce qu'on peut trouver pour ce Huang Jiyi, *lah* ?

Les Gardiens de l'Aube leur avaient donné rendez-vous le lendemain avec Huang Jiyi, l'un des universitaires qui avaient œuvré aux côtés de l'Oncle Li à la restauration des *Chants de l'Ordre et du Chaos*. D'après Maître Cao, le poète vivait au sein du quartier des plaisirs, dans le salon de thé *La Cour des Glycines*, et tous étaient conviés à une lecture de poèmes afin de faire part de leurs découvertes. Han était particulièrement excité à l'idée de rencontrer un authentique poète ; peut-être pourrait-il lui faire lire quelques-unes de ses compositions personnelles.

Tout ceci exigeait auparavant de faire un tour dans les quartiers de l'oncle Li pour voir si son grand-cousin n'avait rien laissé derrière lui.

Les lieux n'avaient pas changé depuis sa dernière visite, six ans auparavant. Juste avant que les Crécerelles n'emportent sa mère. Le bureau était recouvert de feuilles volantes, de pinceaux sales et d'encriers. Une épaisse couche de poussière recouvrait tout, des rideaux aux meubles en passant par les étagères vides et le lit.

– Pour un astrologue, Li Er-Shuan n'avait pas beaucoup de cartes ni d'ouvrages de référence, fit remarquer Xu.

– Oncle Li a toujours été un peu bizarre, acquiesça Han. Excentrique, même, disait ma mère.

Avec sa silhouette malingre perdue dans une robe trop grande pour lui et ses épaisses lunettes, Li Er-Shuan avait toujours dénoté au palais, où il avait rempli la fonction d'astrologue de la Consort Royale durant des années. Cousin de l'épouse du prince Wonhu, il était un des derniers vestiges de l'ancienne vie de la Consort, lorsqu'elle n'était qu'une courtisane du quartier des plaisirs. Dépourvu du moindre talent en astrologie, il avait souvent fait l'objet de moqueries au sein de la cour, et son comportement erratique n'avait pas arrangé les choses. Pourtant la mère de Han l'avait défendu envers et contre tout. Il y avait des liens qui ne pouvaient être rompus, lui avait-elle expliqué.

Comme les liens du sang. Ou de la magie.

Han jeta un regard circulaire. Des placards longeaient les murs. Une table à manger, deux chaises en bois sans coussin, et un jeu de stratégie posé par terre. Un simple lit plateforme. Mais ni bibliothèque ni livre. Aucune note. Aucun indice quant à l'endroit où son cousin avait pu disparaitre.

Xu ouvrit les tiroirs de la première commode avant de passer aux placards et à la penderie.

– J'ignore où Li Er-Shuan a fui mais je pense qu'il n'a eu guère le temps de se préparer.

La garde-robe était encore pleine de vêtements soigneusement pliés et repassés.

– Pourquoi partir avec ses livres mais sans habits ? se demanda Han.

– Je ne crois pas qu'il ait pris ses livres, répondit Xu. Il n'aurait pas pu tout porter compte tenu de sa précipitation. Et s'il était bien un agent des Gardiens de l'Aube comme le dit Maître Cao, alors il devait forcément dissimuler tout ce qui avait trait à la magie.

Han passa en revue les boites à bijoux de Li. L'astrologue semblait avoir laissé le peu d'objets de valeur qu'il avait derrière lui. Quelques broches émaillées, des boucles de ceinture incrustées de pierres précieuses, un éventail en soie de Wulin encore dans son étui et un tableau de sa femme et de ses trois filles toujours accroché au mur. Han reconnut la plus jeune, Ami, qui avait presque son âge. Maître Cao avait loué son intelligence mais lui se rappelait surtout d'une petite fille réservée et menue, qui servait de scribe à son père. Il s'approcha du bureau, qui était dans un désordre innommable.

Han laissa courir ses doigts sur le monceau de feuilles éparpillées, des pages et des pages griffonnées d'idées sombres et inachevées. Les mots avaient été écrits à la hâte, sans réel sens.

Il y a vingt ans, rituel mal tourné. Une invocation ?
Démons. Cauchemars. Poison. Infection.
Gardiens. Gardiens. C'est une Gardienne. Je dois la protéger.

Tandis qu'il feuilletait les papiers, quelque chose s'en échappa et tomba sur le bureau. Il le ramassa en fronçant les sourcils. C'était une plume marron mouchetée de blanc, avec une perle enfilée autour de la hampe. Une vague terreur vint lui picoter la nuque.

– Xu, dit-il à voix basse. Regarde.

Son ami·e étudia la plume à son tour.

– On dirait qu'elle provient d'une coiffe…

Ses yeux s'écarquillèrent d'horreur.

– Les Crécerelles.

– Ils sont venus ici, et il y a peu, dit Han, l'air sombre. La plume n'est pas recouverte de poussière, contrairement au reste.

Il sentit soudainement le désespoir l'envahir.

– Tu crois qu'ils ont réussi à trouver les notes de mon oncle sur les *Chants de l'Ordre et du Chaos* ?

Xu jeta un coup d'œil alentour.

– Non, je ne pense pas. Nous en aurions entendu parler. Chaque année, ils font circuler une liste des ouvrages confisqués et détruits. Je n'ai jamais vu ce titre y figurer.

Face à l'air éberlué de Han, Xu secoua la tête d'exaspération.

– Est-ce que Sa Grâce a la moindre idée de ce qui se passe dans sa cité ?

– Non. Pourquoi je m'embêterais alors que je t'ai sous la main ?

Xu leva les yeux au ciel.

– Quoi qu'il en soit, je suis pratiquement sûr·e que les Crécerelles n'ont pas mis la main sur le manuscrit. Malgré ses… excentricités, je doute que Li Er-Shuan ait été assez imprudent pour laisser traîner quelque chose d'aussi dangereux. Ou bien il l'a caché au nez de tout le monde.

Xu s'arrêta aussitôt de faire les cent pas.

– Oh. Oh non.

Han lae fixa en retenant son souffle.

– Quoi, qu'y a-t-il ?

– Si Sa Grâce voulait cacher un livre à la vue de tous, où le mettrait-elle ?

– Au milieu d'autres livres, j'imagine. Pourquoi ?

– Et hormis l'université, où dans Zanhei est-ce que Sa Grâce peut trouver un exemplaire de chaque livre publié, y compris ceux qui ont été interdits mais pas brûlés ?

Xu tourna la tête vers le couloir, qui menait à la salle des archives.

– Un endroit si facile d'accès pour Li Er-Shuan, en tant qu'astrologue et historien, qu'il n'aurait même pas eu besoin de conserver sa collection personnelle dans ses appartements ?

Han semblait toujours aussi dérouté.

– Tu ne veux pas arrêter les énigmes ?

Xu poussa un grognement exaspéré.

– La bibliothèque royale, imbécile ! s'écria-t-iel, abandonnant tout respect de l'étiquette, avant de s'enfouir le visage entre les mains.

– Parfois, mon prince, je m'inquiète pour l'avenir de Zanhei.

– Pas moi, répondit gaiement Han. Pas tant que tu es là.

*

*   *

Ce n'est pas sans surprise que Han croisa la route d'une certaine personne aux cheveux rouges dans les rayonnages de la bibliothèque.

– Vo-Votre Altesse ! bredouilla-t-il. Que fait la princesse en ces lieux ? N'y était-elle pas déjà hier ?

Il se remémora sa demande de visiter la bibliothèque dès son arrivée.

– Est-ce que Son Altesse a, euh, trouvé tout ce qu'elle cherchait ?

Avec ou sans armure, la princesse Yulana restait intimidante. Elle était vêtue simplement, à la façon nordiste, d'une tunique de soie jaune et d'un pantalon en cuir, et avait gardé ses bottes, qui laissaient des traces de boue sur le parquet vernis. Son faucon crécerelle était toujours perché sur son épaule. Han se demanda si l'oiseau dormait aussi dans son lit, avec peut-être son oreiller attitré. Il se ravisa, l'idée était bien trop ridicule. Il était nettement plus probable que la princesse dorme dans les écuries, perchée sur une poutre à côté de sa créature.

– Je, euh, j'ai terminé de lire tout ce que j'avais emprunté, alors je suis venue chercher de nouveaux livres.

La princesse n'osait pas croiser son regard.

– Vous n'auriez pas des recommandations ? Quelque chose de léger.

Han dévisagea sa promise. Elle ne ressemblait pas vraiment à un rat de bibliothèque mais il savait qu'il ne fallait jamais se fier aux apparences. Pourtant sa présence en ces lieux éveillait instinctivement sa méfiance.

– Des conseils ? Eh bien, euh…

Il se creusa la cervelle pour suggérer un ouvrage particulièrement raffiné, un titre qu'un jeune homme de son rang aurait certainement lu et apprécié, mais il ne parvenait pas à penser à autre chose qu'à *La jeune amante de la Mort*.

– Vous aimez… les romances ?

– Les romans à l'eau de rose ?

La princesse parut amusée.

– Vous êtes vraiment de grands sensibles, dans le Sud. Non, reprit-elle d'un ton hésitant, je ne veux pas lire de bluette. J'espérais plutôt trouver un… texte assez rare.

– Est-ce que la princesse connait le nom de l'auteur ? s'enquit Xu avec bienveillance. Nul doute que les bibliothécaires seraient bien plus en mesure de l'aider que nous.

– Je ne me souviens pas tellement du nom, dit-elle en plissant le front. Li quelque chose. Je ne sais pas grand-chose de lui si ce n'est que c'était un astrologue réputé.

Un astrologue. Han échangea un regard paniqué avec Xu.

– J'ignorais que Son Altesse cultivait un intérêt pour l'astrologie.

– Oh, ce n'est pas pour moi mais pour maon tancle Mongke. Lae cadet·te de ma mère, précisa-t-elle face à l'air perplexe de Han. Notre shaman.

– Ah.

Han se rappela la silhouette longiligne vêtue de robes colorées qui avait escorté la princesse à son arrivée.

– Fort bien.

Il se racla la gorge.

– Et qu'est-ce qui intéresse votre tancle dans l'astrologie ?

Et pourquoi cherches-tu ce fichu texte à sa place ? brûlait-il d'envie d'ajouter.

Yulana haussa les épaules.

– C'est un truc de shaman, j'imagine, répondit-elle d'un ton qui se voulait nonchalant. Je crois qu'iel voulait comparer les mythologies des différentes régions des Royaumes. Mon grand-père (elle serra imperceptiblement la mâchoire) n'a malheureusement pas fait dans le détail au moment des purges et des autodafés. Alors Tancle Mongke essaie de reconstituer une partie de notre savoir et, pourquoi pas, de retrouver ce qui a été perdu.

Sans en être certain, Han pensait avoir décelé une pointe de critique dans sa voix quant aux actions du Seigneur de Guerre au cours de la Guerre Juste. Le rapace perché sur l'épaule de Yulana se mit subitement à battre des ailes contre sa tête, comme s'il la réprimandait. Elle tressaillit et fusilla du regard le faucon, d'un air à la fois craintif et rebelle.

– Tu as raison, tu as raison, murmura-t-elle.

Han fit la grimace. Non seulement sa future épouse était la petite-fille d'un homme qui souhaitait la mort de son petit-frère et de tous ses semblables, mais en plus, il semblait lui manquer quelques flèches dans le carquois. Han chercha le regard de Xu, qui paraissait tout aussi interloqué·e.

– Bon, bref, dit la princesse en toussant. Mes excuses pour vous avoir pris votre temps ainsi.

Elle leur adressa un bref hochement de tête.

– Votre Grâce.

Et sans laisser une chance à Han de lui retourner son salut, elle s'éclipsa.

*

* *

Han et Xu passèrent le reste de l'après-midi dans la salle des archives, à éplucher des piles et piles de manuscrits antédiluviens, des montagnes de feuilles de notes et des parchemins tombant en miettes. D'abord surpris de se faire congédier par le Royal Héritier, les bibliothécaires ne s'étaient pas fait prier pour abandonner leur tâche. Han et Xu avaient vite compris pourquoi. Chaque heure apportait un nouveau lot de livres à cataloguer, réparer, trier ou jeter. Han avait l'impression de vider l'océan à la petite cuillère.

Xu avait déjà baissé les bras et se régalait de tranches de pitaya et de litchis, allongé·e à même le sol. Un tas d'ouvrages à moitié lus reposait à ses côtés.

– *Méditation autour de la couleur marron*, lut-iel à l'attention de Han pour qu'il cherche le titre dans le registre. *Traité sur les avantages d'avoir un chat*. Et dire que j'ai raté mon entraînement pour ça.

Han scrutait l'inventaire à la recherche des deux livres précités.

– Je croyais que tu préférais flâner plutôt que croiser le fer.

– Oh, je n'ai rien contre l'escrime, tout dépend du fer qu'on croise, répliqua Xu d'un air entendu. Rien de tel que quelques passes avec un partenaire enthousiaste.

– Mais tu détestes le sport.

– Allons, allons, comment dire non à l'occasion de lutter contre un corps haletant et ruisselant de sueur ?

Han poussa un soupir.

– J'ai l'impression qu'on est en train de se répéter.

Il reposa le registre et se frotta les yeux. Les mots commençaient à devenir flous.

– J'avais déjà coché *Traité sur les avantages d'avoir un chat*. On a fait le tour des livres.

La déception et l'épuisement lui enserraient les tempes.

– Tout y est.

– Et la poubelle, alors ? demanda Xu en pointant du doigt une grande corbeille qui débordait de livres tombant en ruines.

– S'ils sont sur le point d'être jetés, je ne vois pas l'intérêt.

Son ami·e haussa les épaules.

– Si je devais cacher quelque chose qui pourrait potentiellement me faire condamner pour trahison, je ne me priverais pas d'utiliser la poubelle. Je ne pense pas qu'elle soit souvent vidée.

– D'accord. On la vide et après on s'en va, maugréa Han.

Iels se traînèrent jusqu'à l'immense bassine en bois et entreprirent de trier son contenu. Certains ouvrages ne tenaient plus qu'à un point de couture de la reliure.

– Attends un peu, ça me dit quelque chose, ça.

Han extirpa un morceau de papier frappé d'un motif de soleil à l'encre rouge. Il sortit le médaillon de sous sa chemise et compara les deux symboles. Même si celui sur son pendentif était érodé, ils étaient identiques. Il lut les inscriptions sur la feuille, qui semblaient être un extrait de poème.

– *Niché entre tes roses et fières collines, mon esprit erre dans les vallées de notre amour. Je frappe aux portes d'un jardin défendu, avide de goûter à ton fruit.*

Xu releva la tête, tout ouïe.

– Oooh, c'est tiré des *Contes du delta soyeux* ?

– Ah bon ?

Han relut une nouvelle fois les vers.

– Mais je croyais que c'était censé être érotique.

Son ami·e ouvrit la bouche avant de se raviser et de secouer la tête.

– Laisse tomber.

– Regarde.

Il fourra la feuille sous le nez de Xu et montra le symbole rouge.

– C'est *ça* que j'ai reconnu.

Xu fronça les sourcils.

– Ça me dit quelque chose.

– Normal, répondit Han en lui tendant le médaillon. C'est la marque des Gardiens de l'Aube.

– Non, dit Xu distraitement, le front plissé par la concentration. Je l'ai vu ailleurs. Dans un livre, peut-être…

Iel s'interrompit, livide sous son maquillage.

– Ta Grâce, croassa-t-iel. C'est le sceau de la précédente dynastie.

– Les Mugung ?

Han se gratta la tête.

– Mais je croyais que leur bannière était celle du Dragon à Quatre Ailes durant la Guerre Juste ?

Xu le regarda avec tristesse.

– Je constate que l'on ne prête guère attention à ses cours d'histoire.

– Oh ! protesta Han. J'écoute quand ça parle de batailles.

– Ta Grâce, soupira Xu, pourquoi le Trône Rayonnant se nomme-t-il ainsi, à ton avis ?

– Euh, répondit Han d'un ton peu convaincu, parce que l'empire s'appelle les Royaumes du Matin et que le soleil se lève à l'est ?

Xu inspira profondément et ferma les yeux.

– Yuo, donne-moi la force, murmura-t-iel en invoquant le Premier Immortel, saint patron des érudits. Parce que, reprit-iel avec la pédagogie que l'on réserve aux étudiants les plus lents, la lignée du trône remonte jusqu'au tout premier empereur des royaumes : le Guerrier Rayonnant.

Han se laissa tomber par terre en poussant un souffle indigné, son visage caché derrière la page. Il avait l'impression de retomber en enfance, à réciter ses leçons face à son précepteur.

Il n'avait rien d'un universitaire et s'avérait bien plus à l'aise avec une épée qu'un pinceau. De toutes les matières qu'on lui avait inculquées de force, seule la poésie avait trouvé un attrait à ses yeux. En partie parce que les poèmes étaient moins longs que les autres textes mais aussi parce que sa mère en composait. Il lui en restait encore quelques-uns, inscrits sur des parchemins suspendus dans ses appartements. Des vestiges qu'il était parvenu à sauver du deuil destructeur de son père.

– Les Mugung étaient des descendants directs du premier empereur, poursuivit Xu. Ils s'estimaient responsables de l'équilibre entre Ordre et Chaos et pour ce faire tous les moyens étaient bons, y compris la magie.

– Oui, oui, je sais.

Han souffla de nouveau d'impatience, ce qui souleva la feuille sous son nez. Le papier dégageait une odeur étrange, presque citronnée. Dans une pièce qui empestait l'encre séchée et la poussière, ce parfum détonnait.

– Mais le monde a perdu son équilibre, reprit-il, ce qui a conduit le Seigneur de Guerre à s'emparer du trône pour débarrasser les royaumes de tous les magiciens. Quel est le rapport entre les Mugung et les Gardiens ?

– Dans tous les mythes, les Gardiens de l'Aube étaient les compagnons d'arme du Guerrier Rayonnant, dit Xu. En plus de combattre les forces du mal, ils assuraient le règne du Guerrier.

Han se redressa : la logique avait fini par se frayer un chemin jusqu'à son cerveau.

– Tu es en train de dire que *nos* Gardiens de l'Aube, cette société secrète d'entraide…

– … est aussi un bastion de fidèles aux Mugung, compléta Xu d'une voix à peine audible.

Un bourdonnement aigu emplit les tympans de Han, comme si quelqu'un lui susurrait le mot « trahison » en boucle.

– Mais c'est ridicule, rétorqua-t-il, la bouche sèche. La dernière princesse Mugung est morte lorsque le Seigneur de Guerre a rasé l'ancien palais impérial. Et quand bien même elle aurait survécu, si les Gardiens veulent la remettre sur le trône, alors ça sera…

– La guerre civile. Dans quel pétrin s'est-on fourré, mon prince ?

Han contempla la page de poésie cochonne frappée du sceau séditieux. Une organisation clandestine qui œuvrait pour la libération des magiciens… mais à quel prix ?

– Ta Grâce, l'interpella Xu, j'ai trouvé d'autres pages.

Les sourcils froncés, iel se mit à renifler ses doigts qui tenaient la liasse de feuilles.

– Beurk. On dirait un parfum de fleur d'oranger qui aurait tourné, c'est un vrai vinaigre.

Le vinaigre. Un souvenir olfactif revint soudain en mémoire à Han, ce jour où il avait cassé une bouteille sur la coiffeuse de sa mère et imbibé ses vêtements. Ce n'était pas du parfum mais du vinaigre de cidre. La Consort Royale lui avait par la suite montré qu'en l'utilisant comme encre, les mots disparaissaient sur la feuille sitôt secs.

C'est magique, avait-il répondu. La seule magie qu'il lui était donné de voir.

– Xu. Tu es un·e génie.

Han tendit la feuille devant la fenêtre, où la lumière de fin d'après-midi passait à travers les treillis.

– De l'encre invisible.

Et là, scintillant entre les vers érotiques les plus connus des Royaumes, apparurent de nouvelles lignes.

L'Étoile de Radiance soumet les ténèbres
Et l'héritier survit.

– Qu'est-ce que ça veut dire ? demanda Han en plissant les yeux. C'est quoi, l'Étoile de Radiance ?

– Sa Grâce ferait mieux de lire un livre d'histoire de temps à autres plutôt que des feuilletons à l'eau de rose, soupira Xu. L'Étoile de Radiance est un joyau impérial, porté selon la légende par le Guerrier Rayonnant au cours de son affrontement avec la Mère des Dix Mille Démons.

Ah. Han se rappela la dernière scène de danse du spectacle des frères Bangtan l'été dernier.

– C'est avec elle qu'il l'a bannie dans l'abysse, *lah* ? Grâce aux Gardiens, aussi.

– Oui, mon prince.

Il reprit la lecture en plissant le front.

L'héritier survit et croît sous l'arbre d'immortalité
Dans les terres de l'extrême Ouest
Le domaine du Roi Licorne.

– Le Roi Licorne ? Tu sais qui c'est, toi ?

Ce nom ne lui évoquait aucun mythe.

Xu se gratta le menton, l'air songeur.

– Non, mais *les terres de l'extrême Ouest* me semblent être un indice. Argh, s'exclama-t-iel avec dégoût, comment se fait-il que je sente déjà ma barbe poindre alors que je me suis rasé·e ce matin ?

– Vraiment ?

Han se caressa le menton avec jalousie. Il avait si peu de poils qu'il aurait été probablement plus rapide de se les retirer à la pince plutôt que de les raser.

– Je t'envie.

Xu secoua la tête.

– Est-ce Sa Grâce pense que Li Er-Shuan se cache dans les terres de cet extrême Ouest ? demanda-t-iel à voix basse. Au sein des Peuples Libres qui vivent là-bas ?

Han étudia de nouveau le symbole de soleil sur la page.

– C'est bien possible, concéda-t-il. Il y a des centaines, non, des milliers de clans parmi les Peuples Libres, et leur unique loyauté va à leur roi-shaman.

– Le Qirin Tulku. Ça m'impressionne que Sa Grâce ait retenu cette information.

– *Yah* ! dit Han. Je n'écoute peut-être pas beaucoup mes leçons, mais je ne suis pas aussi inculte que ça. Continuons de fouiller la corbeille pour voir s'il ne reste pas d'autres pages avant de tout rapporter à Huang Jiyi demain, à la Cour des Glycines.

– Tout de suite, mon prince.

Tandis qu'ils se remettaient à la recherche des notes de Li Er-Shuan, Han ne pouvait s'empêcher de gamberger. Pour quelles raisons son cousin avait-il préféré la fuite à l'aide des Gardiens de l'Aube ? Il toucha instinctivement le pendentif à son cou.

– Oh, Oncle Li, murmura-t-il. Dans quoi est-ce qu'on s'embarque ?

19.

Les poètes qui comparent le quartier des plaisirs de Zanhei à un jasmin de nuit en pleine éclosion n'ont certainement jamais senti de jasmin ni mis les pieds dans le Village des Fleurs en journée.

Zhara se bouchait le nez en marchant le long des canaux qui exhalaient davantage les égouts que des senteurs florales. Les ruelles étroites étaient obscurcies par les fils à linge tendus entre les façades et puaient l'ail et la moisissure. Même le marché couvert n'était séparé du quartier des plaisirs que par un seul canal ; Zhara s'y aventurait maintenant pour la première fois. Hélas, la réalité n'était pas à la hauteur de ce qu'elle s'était imaginé.

On disait que le Village des Fleurs s'éveillait véritablement à la nuit tombée mais les rues semblaient déjà bien remplies pour un milieu d'après-midi. Marchands ambulants, commerçants, garçons de course et autres badauds s'affairaient de toutes parts. Zhara parcourut le quai principal qui partait de la cité jusqu'au quartier rouge. Le canal majeur avait été baptisé La Rivière Étincelante en hommage à l'histoire des pies amoureuses mais aussi en référence aux brillants poètes, philosophes et autres amateurs de frissons charnels qui affluaient en barque ou en gondole. Les bateliers qui conduisaient ces honorables dignitaires était surnommés les pies, à la fois pour faire écho au conte mais aussi parce qu'ils étaient vêtus de blanc et de noir.

À mesure que l'entremêlement sauvage de ruelles et d'allées se muait en un alignement d'avenues respectables, la beauté du Village des Fleurs se dévoilait aux yeux des visiteurs. On y trouvait des salons de thé élégamment dessinés dont les façades de bois et de pierre surplombaient l'eau, des jardins gracieux où s'épanouissaient des arbres fleuris cultivés avec soin et des fontaines au bruit mélodieux à chaque coin de rue. Des lanternes rouges et des carillons en laiton ornaient les portes surmontées de linteaux sculptés et réhaussés de feuille d'or. Contrairement à ceux des Fosses, les murs étaient en pierre blanche et non en argile et les toits couverts de tuiles plutôt que de chaume. Gravés dans le bois des treillis de fenêtres, on pouvait distinguer des motifs de feuilles, de bourgeons ou de fleurs.

Zhara finit par trouver l'arbre florissant qui donnait son nom à la Cour des Glycines. Le délicat portail noir et or était fermé mais elle sonna à la cloche. Une note claire et douce résonna et une jeune personne entrebâilla la porte.

– En quoi puis-je aider la chère cliente ? demanda-t-iel en joignant ses mains.

Zhara mit un instant avant de s'apercevoir qu'elle se trouvait face à un·e servant·e et non un·e courtisan·e tant sa tenue était élégante et son port altier. Ses cheveux étaient rassemblés en un simple chignon tenu par une épingle ornée de fleurs de glycine. Iel portait une robe de soie couleur lavande, bien trop dépouillée pour appartenir à une noble ou une courtisane mais bien plus raffinée que n'importe quelle tenue que Zhara aurait pu rêver de posséder un jour. Zhara toucha instinctivement sa bourse à sa ceinture et sentit le poids de la pépite d'argent.

– Je, euh…

Elle retira le médaillon à son cou et le tendit.

– Je suis venue voir Huang Jiyi.

– La Princesse de Glace ? répondit-iel avec un air renfrogné. Oh. L'invitée doit se rendre à la lecture de poésies. Quelques-uns de vos compagnons sont déjà arrivés. Suivez-moi.

Le monde abrité derrière le portail était encore plus beau que la façade élégante de l'établissement. Des passerelles vernies aux rambardes savamment sculptées enjambaient des bassins agrémentés de nénuphars et de lotus. Chaque pont était couvert et se fondait dans le paysage. L'espace laissé vide entre les poteaux et les balustrades formait autant de fenêtres ou de cadres sur ce décor idyllique, de sorte que le visiteur de la Cour des Glycines avait toujours l'impression de contempler une œuvre d'art, où qu'il se trouve.

Lae servant·e conduisit Zhara jusque dans un jardin où l'attendaient Han et Xu sous une gloriette qui surplombait un bassin circulaire. Le visage de Maître Coquet s'empourpra à sa vue.

– Bonjour, Maîtresse Brandy ! s'écria-t-il en se jetant de sa chaise, toutes pommettes dehors. Êtes-vous prête pour la lecture ? Avez-vous composé quelque chose ?

Derrière lui, Xu affichait un air navré.

– Ne l'encouragez pas, par pitié, implora-t-iel.

Zhara reporta son regard sur Han, qui trépignait littéralement d'impatience.

– Je ne savais pas que je devais composer quoi que ce soit, répondit-elle en souriant. C'est ma première lecture de poésies, en vérité.

– Vous pouvez réciter le poème d'un autre ou bien proposer une composition de votre cru et le juge rendra son verdict. Vous plairait-il d'entendre une de mes créations ?

Dans son dos, Xu mima frénétiquement une décapitation du tranchant de la main mais Zhara n'avait pas le cœur de décevoir l'enthousiaste Maître Coquet.

– Très bien, récite-moi un peu de poésie.

Ce serait probablement très mauvais mais elle était prête à quelques sacrifices pour un si joli garçon.

– Vraiment ?

Il souriait tellement que son nez se plissait de la plus adorable des manières. D'un geste théâtral, il sortit un petit parchemin roulé de sa ceinture.

– Je l'ai écrit hier soir spécialement pour l'occasion. C'est un acrostiche syllabique en… en votre honneur.

Il piqua aussitôt un fard et baissa la tête, rattrapé par sa timidité. Il se racla enfin la gorge et lut à voix haute :

– *Maîtresse Brandy* – c'est le titre – *Maîtresse Brandy. Mai – mais qui est cette demoiselle ? Tresse- très certainement experte en herbes. Bran – brandissant ses romans. Dy – divertissants !*

Han lui adressa un sourire ahuri, impatient d'entendre son avis.

Zhara serra les lèvres de toutes ses forces.

– C'est, euh, tout à fait unique en son genre, Maître Coquet.

Han rayonna plus que jamais.

– Qu'en dis-tu, Xu ?

– J'en dis, marmonna-t-iel, que ce poème a toujours le mérite d'être écrit sur un parchemin, ce qui en fait un torche-cul acceptable.

– Merci, répondit aussitôt Han en hochant la tête. Euh, attends une minute.

Zhara étouffa un gloussement dans sa main.

– J'ai bien peur de ne pas connaitre grand-chose en poésie, même si j'en ai déjà lu quelques-unes.

– Avez-vous encore des vers en mémoire ? demanda Han.

– *Les pétales de l'aube se déroulent en regards mutins*, récita-t-elle d'une voix douce. *Et l'air se charge de la douceur du bois de santal, de la fragrance du frangipanier.*

Elle se fendit d'un large sourire devant les yeux écarquillés de Han.

– Cela me semblait plutôt à propos.

– *Les notes de chevet de Cheng Na* ! s'exclama Xu. Je vois que Maîtresse Brandy est une femme de goût.

– C'est quoi, des notes de chevet ? s'interrogea Han.

Xu décocha un clin d'œil à Zhara.

– Estimez-vous heureuse de n'avoir jamais entendu Han réciter ses *Odes au plaisir physique*. C'était l'expérience la plus traumatisante de toute ma vie.

– Oh ? Aurions-nous un nouveau Kui-Shung Le Lubrique parmi nous ?

– Kui-Shung Tête De Brique, oui, maugréa-t-iel.

– C'est qui ce Kui-Shung ? Il aime faire de l'exercice, lui aussi ? Toutes mes *Odes* sont dédiées au plaisir de soulever des poids.

– Ah, vous voilà !

Maître Cao allait à leur rencontre, flanqué d'une des courtisanes de la Cour des Glycines, à en juger par sa tenue.

– Les enfants, laissez-moi vous présenter Huang Jiyi, l'historienne et la spécialiste de la magie la plus réputée des Gardiens !

La courtisane fit la révérence et sa grâce frappa Zhara de plein fouet. Enveloppée dans des voiles de satin, de brocard et de soie bleus, son élégante silhouette de danseuse se mouvait avec la grâce de l'eau. L'ovale parfait de son visage ne portait aucune trace de maquillage et ses cheveux d'un noir de jais étaient ramenés en un simple chignon bas, de sorte que rien ne pouvait distraire le regard de la terrifiante symétrie de ses traits. Un infime soupçon d'eau de rose et d'huile de néroli parachevait son aura de séduction.

– Bienvenue à la Cour des Glycines, dit-elle d'une voix peu amène avant d'ajouter, à l'attention du libraire : Sommes-nous au complet ?

Maître Cao hocha la tête.

– Bien, dans ce cas entrons et mettons-nous au travail.

Elle pivota sur ses talons et les conduisit vers le salon de thé.

– Mais, et la lecture de poésies alors ? s'indigna Han, visiblement déçu. J'avais encore quatre compositions à réciter, moi !

*

* *

La courtisane les mena jusqu'à ses appartements, une suite discrète et étonnamment spacieuse à l'arrière de l'établissement.

– Je fais gagner beaucoup d'argent à ma maîtresse grâce à ma plume, expliqua-t-elle à Zhara devant son air stupéfait. Elle se montre très généreuse en retour.

Cao, Han, Xu et Zhara prirent place sur les coussins disposés autour de la table basse tandis qu'une servante leur apportait plusieurs théières et plateaux de fruits finement découpés.

– Alors…, dit Huang Jiyi en s'affaissant à côté de Zhara.

Cette dernière se surprit à rougir sous le regard inquisiteur de la courtisane.

– C'est toi qui as affronté une abomination. Je suis impressionnée. Difficile de l'imaginer en te voyant.

– *Yah*, protesta Han. Xu et moi étions là aussi.

– Sois gentille, Huang Jiyi, la gronda Cao.

– Mais c'était un compliment, répliqua la courtisane.

Seule une minuscule ride entre ses sourcils trahissait sa confusion.

– Je ne m'attendais pas à ce qu'une magicienne aussi puissante soit aussi jeune.

Non pas qu'elle parût beaucoup plus âgée que Zhara. Vingt-et-un ans tout au plus.

– Je suis honorée de rencontrer la précieuse courtisane, dit Zhara. Est-elle aussi magicienne ?

Huang Jiyi secoua la tête.

– Non, mais je suis issue d'une famille de magiciens. Enfin, je l'étais.

Elle battit des cils et ses narines tressaillirent comme si elle cherchait à contenir ses larmes.

– Bref. Qu'est-ce que vous m'apportez ?

Elle avait croisé les bras et adopté un ton froid et détaché, comme si Zhara n'était qu'un spécimen à examiner.

– Maître Cao me dit que vous avez des questions d'ordre magique.

– La professeure Hu et moi nous sommes rendues dans les marais la nuit dernière pour enquêter sur une corruption qui se répandrait au sein des Buris, répondit Zhara en fouillant dans sa sacoche.

Elle en sortit une fiole emplie d'eau et la posa sur la table.

– Et voici ce que nous avons trouvé.

Jiyi saisit le tube et l'étudia avec curiosité.

– Qu'est-ce que c'est ?

– De l'eau. Mais souillée par une sorte… d'essence magique. Démoniaque, selon nous. Nous avons récolté des échantillons dans la fontaine non loin de leur village. Le Chancelier l'a fait construire il y a quelques mois, elle puise son eau dans les sources du mont Zanhei.

– Le mont Zanhei ? répéta la courtisane. Voilà qui devient fascinant. D'après mes lectures, la cause de l'éruption volcanique il y a un millénaire de cela serait due à un rituel qui aurait mal tourné. Peut-être même une invocation de démon.

– Mais pourquoi quelqu'un irait invoquer un démon ? demanda Zhara.

Jiyi l'observa en un silence un moment. Zhara se trémoussa nerveusement face aux yeux sombres et pénétrants de la courtisane.

– Par soif de pouvoir, finit-elle par dire comme si la réponse allait de soi.

– Mais les magiciens peuvent manipuler les éléments à leur guise, fit remarquer Xu. Que pourraient-ils bien vouloir de plus ?

La courtisane haussa les épaules.

– La magie n'est pas sans limites. Un magicien ne peut pas faire surgir de l'eau de nulle part, par exemple. En réalité, il collecte l'humidité ambiante. Et s'il peut transformer un simple morceau de bois en une flûte, c'est en manipulant les espaces au sein de la matière. Mais en dépit de leur accès au Vide, les magiciens ne peuvent violer les lois qui régissent l'univers. Ils ne peuvent pas changer le riz en diamants, la nuit en jour, lire les esprits ni faire jaillir de l'argent de leur poche. Ce serait aller à l'encontre de l'ordre et de la raison.

– Attendez, je suis complètement perdu, dit Han.

– Comme c'est surprenant, railla Jiyi en le dévisageant avec dédain. Tout dans les muscles, rien dans la tête, celui-là.

– Jiyi ! s'indigna Maître Cao.

Zhara se trémoussa sur son coussin, mal à l'aise. Elle songea aux moments où elle avait changé le sel en sucre et le vin en eau. Elle aurait donc enfreint les lois de la magie ?

– C'est donc pour cela que les magiciens invoquent des démons ? reprit Xu. Pour pouvoir s'affranchir de l'ordre naturel des choses ?

Jiyi acquiesça.

– Tout ce qu'un magicien peut faire, un homme normal peut le faire également. Le magicien prend simplement un… raccourci à travers le Vide. Mais certains en veulent toujours plus. Comme par exemple pouvoir ramener quelqu'un du royaume des morts. Manipuler les esprits. La liste est longue.

– Mais si l'invocation transforme la personne en abomination, pourquoi prendre ce risque ? demanda Zhara.

Le visage de la courtisane se figea en un masque de pierre.

– Par désespoir, ignorance ou arrogance. Dans tous les cas, c'est une erreur fatale.

Han tritura les maigres poils qui poussaient timidement sur son menton.

– Je ne comprends toujours pas. Pourquoi un démon est capable de toutes ces choses mais un magicien, non ?

– Parce que, répondit la courtisane en détachant chaque syllabe comme si elle s'adressait à un enfant idiot, les démons sont des créatures du chaos mais la magie est une maison de la Raison, et donc régie par les mêmes lois que celles qui organisent le monde naturel. Le chaos n'a pas de loi, lui. Il est sans limite.

Xu mâchait la dernière tranche de pitaya d'un air songeur.

– Cela signifie… que les magiciens possédés deviennent à leur tour des créatures du chaos ?

Jiyi se fendit enfin d'un regard approbateur.

– Il est rassurant de voir que tous vos cerveaux ne sont pas complètement limités. Les abominations sont du chaos transformé en matière. Du moins c'est ce que nous pensons.

Han haussa un sourcil.

– Ce que nous pensons ?

– En toute franchise, Il n'y a jamais eu beaucoup de documentation sur la possession et les abominations, même avant les autodafés ordonnés par le Seigneur de Guerre. À ma connaissance, il n'existe même qu'un seul texte de référence : *Les Chants de l'Ordre et du Chaos*.

– Qui a disparu en même temps que l'oncle Li, dit Han en sortant un portefeuille en cuir roulé de sa ceinture. Mais la précieuse courtisane a œuvré avec lui sur la restauration du texte, n'est-ce pas ? Se souviendrait-elle des passages précis sur lesquels elle a travaillé ?

Il déplia la pochette pour dévoiler quelques feuilles éparses qui semblaient arrachées de différents livres. Une vague odeur de vinaigre s'éleva dans la pièce.

Jiyi lui décocha un regard mauvais.

– Si tu veux tout savoir, j'ai essentiellement travaillé avec sa fille, Li Ami. Elle retranscrivait ses pensées frénétiques en notes intelligibles.

– La courtisane n'a donc pas directement travaillé sur *Les Chants de l'Ordre et du Chaos* ? demanda Han sans masquer son désarroi.

Elle mit un moment avant de répondre.

– Non, admit-elle à contre cœur. Pas directement.

– Huang Jiyi.

Elle évita le regard de Maître Cao.

– C'est vrai ?

– Oui, murmura-t-elle en fermant les yeux.

Han et Xu laissèrent échapper un grognement de déception, mais Zhara étudia le visage de la courtisane. Sous ses dehors brusques et hautains, elle percevait une incroyable solitude, une réticence à s'ouvrir à l'autre par crainte de l'abandon.

– Je pense que Huang Jiyi reste malgré tout notre meilleure érudite en matière de magie, dit doucement Zhara avant de se tourner vers Maître Cao. Vous ne croyez pas ?

La courtisane lui jeta un regard en biais.

– Si, bien sûr, soupira le libraire. Elle est issue d'une grande lignée de sortilégistes.

– Sortilégistes ? répéta Xu avec curiosité.

– Des artisans qui créent de nouveaux sorts.

Jiyi fit tournoyer son fond de thé d'un air absent.

– Nous étudions le Langage des Fleurs, entretenons la mémoire étymologique de chaque logogramme, et à l'occasion (ses yeux fixèrent ceux de Zhara) nous en créons de nouveaux.

Elle se fendit d'un petit sourire qui adoucit la dureté de ses traits parfaits.

– Donc oui, je reste la meilleure spécialiste de la magie que les Gardiens de l'Aube aient.

Elle reposa sa tasse et s'empara de la liasse de feuilles.

– Voyons voir.

– Du vinaigre de cidre a été utilisé pour écrire, expliqua Xu. Si vous placez la page devant une source de lumière…

– Maître Cao, murmura Zhara pour ne pas déranger les autres, pensez-vous vraiment que le remède contre la possession se trouve dans ce livre ?

– Oui et non, répondit-il. Si l'on se tourne vers nos mythes et légendes, les réponses sont bien là, à attendre d'être découvertes.

– Vraiment ? s'étonna Zhara.

Le libraire la dévisagea de ses yeux noisette impénétrables.

– Oui. Les Gardiens de l'Aube ! On dit que les âmes des compagnons du Guerrier Rayonnant se réincarnent chaque fois que le monde se déséquilibre.

Gardienne du Feu… te voilà…

Zhara regarda ses mains posées sur ses genoux. La magie affleurait sous sa peau. Elle repensa à la lumière aveuglante qui avait consumé la corruption en Thanh et libéré le garçon de son enveloppe monstrueuse.

– Elles se réincarnent ? chuchota-t-elle.

Est-ce que son pouvoir lui appartenait réellement ? Ou bien était-ce celui d'une créature du chaos qui la hantait et menaçait à tout instant de causer carnage et destruction ? Était-ce ce pouvoir qui avait rendu Suzhan aveugle ? Zhara était-elle une abomination, elle aussi ?

Jiyi interrompit ses pensées.

– Une minute ! Jin Zhara, d'où vient cette eau, déjà ?

La courtisane agita la fiole sous son nez.

– Des marais, répondit Zhara. Enfin, elle descend d'abord des flancs du mont Zanhei.

– Il y a un passage qui mentionne un rituel d'invocation…

Jiyi plissa les yeux pour déchiffrer les notes de l'astrologue.

– Je n'arrive pas à tout lire mais je crois qu'il est écrit « démon supérieur ».

Cao se redressa vivement.

– Un démon supérieur ? Un Seigneur de Tiyok ?

– Ce rituel était censé avoir eu lieu au mont Zanhei – le sanctuaire du Gardien du Feu.

La courtisane releva les yeux vers le groupe.

– Non loin des ruines de la Vieille Changxi.

– *Avoir eu lieu* ? dit Xu. La précieuse courtisane pense-t-elle que quelqu'un ait réellement essayé d'invoquer un démon supérieur ?

– Je l'ignore.

Elle reposa les feuilles et se tourna vers le libraire.

– Mais voilà qui expliquerait vos disparitions de magiciens, Maître Cao.

– Ah ? Comment ça ?

Jiyi fit la grimace.

– Le rituel exige le ki de *nombreux magiciens*.

Elle se mordit la lèvre.

– Mais je ne sais pas ce que ça signifie exactement.

Le vieil homme inclina la tête tristement.

– Rien de bon, j'en ai peur.

– Je vais demander à un batelier de nous conduire jusqu'aux ruines de la Vieille Changxi demain, dit la courtisane.

Elle jeta un regard à Zhara.

– Souhaites-tu venir ?

– Moi ?

Zhara cligna des yeux, incrédule.

– O-oui. Avec plaisir. Merci pour cette proposition.

– On vient aussi ! s'exclama Han. Pas vrai, Xu ?

Son ami·e força un sourire guère convaincant.

– La précieuse courtisane est-elle certaine que gravir le volcan nous apportera des réponses ? Je ne suis pas pour l'effort inutile…

– Dans ce cas ne venez pas, répondit Jiyi d'un ton détaché. Même si j'aurais bien besoin d'une paire de baudets pour transporter mon équipement.

– Quel équipement ? demanda Xu.

– Le matériel nécessaire pour prendre des relevés, des mesures et des échantillons, évidemment. Zhara, tu peux détecter une essence démoniaque, n'est-ce pas ?

Zhara acquiesça avant de regarder dans le vague.

– Mais et si… et si je devenais possédée ? Là-haut sur le volcan ? Si m'exposer ainsi me transformait en abomination ?

– Tu as touché l'eau contaminée de la fontaine, *lah* ? C'est d'ailleurs ainsi que tu as découvert la présence démoniaque.

– Oui.

La magie afflua dans ses veines et elle serra instinctivement les poings.

– Je doute que tu sois affectée par ce qui peut bien se trouver au sommet du Zanhei, dit Jiyi. C'est probablement une question de durée d'exposition et d'intensité. Ces enfants « corrompus » ont bu à cette source pendant des mois, et seulement l'un d'entre eux s'est changé en abomination.

Zhara sentit le crépitement magique se résorber.

– À moins, bien sûr, ajouta la courtisane, que tu ne sois déjà possédée, auquel cas je ne pense pas que la présence d'un démon supplémentaire changera grand-chose.

Elle regarda les membres de l'assemblée un par un dans un silence impérial.

– Vous pouvez rire, c'était une plaisanterie.

Zhara ne lui offrit qu'un timide sourire.

– Pfff, aucun sens de l'humour.

Jiyi se releva et sonna le petit triangle suspendu à l'entrée de la pièce. Une servante apparut aussitôt sur le seuil et s'inclina.

– Débarrasse la table et fais demander le capitaine Shang, sur les quais. Dis-lui que je souhaite l'embaucher demain pour une excursion en amont.

– Et Maître Cao ? demanda Han au vieil homme.

– Je dois tenir ma boutique, répondit le libraire. Mais si d'aventure vous trouviez quelques-uns de mes scribes, eh bien…

Il fourra ses mains dans ses larges manches.

– Espérons qu'ils soient encore en un seul morceau.

Les domestiques emportèrent rapidement les plateaux et le service à thé avant de disparaitre dans une dernière révérence. Jiyi se tourna vers ses invités, un sourire affûté aux lèvres.

– Rendez-vous aux quais demain matin à l'aube. Cela risque d'être la croisière la plus mémorable de votre existence.

20.

Si l'on faisait abstraction du risque d'abominations, de possessions démoniaques et de disparitions suspectes de magiciens, Zhara aurait presque pu se croire en excursion touristique. Il faisait beau et une brise légère le long de la rivière chassait la touffeur qui s'était installée en aval dans la cité. Elle observa les cormorans perchés sur les barques de pêche, qui plongeaient en piqué avant de ressortir de l'eau en ébrouant leurs ailes, et s'imagina en jeune fille oisive de la noblesse partie pique-niquer dans les ruines de la Vieille Changxi. Tout était parfait :
le climat, le décor et la compagnie.

Enfin, presque parfait.

– Achevez-moi, par pitié, maugréa Han, penché par-dessus le bastingage.

Son habituel teint radieux avait laissé la place à une pâleur verdâtre, et même sa chevelure semblait avoir perdu sa vigueur comme elle pendait misérablement, collée par la sueur sur son front.

– C'est pire que la fois où j'ai cru que le brandy à la framboise de l'oncle Li était juste du jus de fruit au goût bizarre.

– Vomis donc, lui suggéra joyeusement Xu. Tu te sentiras mieux après.

– J'aimerais bien, gémit le marin d'eau douce. Mais tout ce que j'ai avalé au petit-déjeuner est déjà en train de nourrir les poissons depuis un moment.

– Très élégant, commenta son ami·e.

Zhara ne supportait plus d'entendre ses râles et ses haut-le-cœur.

– Regarde, dit-elle en se plaçant à côté de lui.

Elle prit son poignet et appuya délicatement son pouce à un endroit précis sous sa paume.

– Ce point de méridien peut aider ta nausée. La professeure Hu l'enseigne à toutes les femmes enceintes.

– Va donc t'allonger, grommela Jiyi, et épargne-nous le spectacle de ton agonie.

– Mais je ne voudrais pas louper quelque chose ! protesta-t-il, la tête toujours au-dessus du plat-bord.

La courtisane tapota sur l'épaule de Zhara.

– Viens, lui ordonna-t-elle avec un mouvement de tête en direction des sièges couverts. J'ai un cadeau pour toi.

– Oooh, un cadeau ? s'écria Xu. La courtisane n'aurait pas dû !

Jiyi le fusilla du regard.

– Ce n'était pas à toi que je parlais.

Xu se mit à bouder.

– Si la courtisane a apporté des friandises, j'espère qu'elle a pensé à tout le monde à bord !

Zhara s'assit sur l'un des épais coussins sous la tenture et écarquilla les yeux lorsque Jiyi lui tendit une longue boite en ébène laqué, décoré de motifs de nénuphars. Zhara accepta le présent et s'inclina profondément.

– M-mille mercis, balbutia-t-elle. Je ne sais pas ce que j'ai fait pour mériter ça.

– Assez de fausse modestie, la gronda la courtisane. Ne crois pas que je fasse ça par pure bonté. Tu es une magicienne, Jin Zhara, il était temps que tu disposes de tes propres outils.

Zhara ouvrit la boite pour y découvrir un long pinceau dans un écrin de velours bleu sombre. Han parvint à s'arracher à son mal de mer pour rejoindre Xu, qui regardait par-dessus l'épaule de Zhara avec une curiosité non dissimulée. Déboussolée, Zhara sortit l'instrument de son étui.

– Un pinceau ? demanda Xu.

– Il appartenait à mon père, commenta sèchement Jiyi. C'était son préféré pour tracer des sorts.

Le pinceau était étonnamment lourd, son manche en acajou poli, ses poils à la fois souples et résistants. La virole présentait des traces d'usures. Zhara le replaça soigneusement dans le velours.

– Encore mille mercis, courtisane, répéta-t-elle d'un ton plus maîtrisé. Je mesure l'importance que doit avoir ce pinceau à vos yeux.

– Qu'est-ce que je t'ai dit à propos de la fausse modestie ?

Jiyi poussa un râle d'exaspération en ouvrant de nouveau la boite.

– Et je ne veux plus entendre de *courtisane* ceci, *courtisane* cela. J'ai l'impression d'être au salon de thé.

Son visage s'adoucit.

– Appelle-moi simplement Jiyi, ce sera plus agréable pour tout le monde. Bien, à présent – ses traits reprirent leur dureté habituelle – prends ce pinceau et mets-toi au travail.

– Travailler ? gémit Xu. Alors que nous passions tous un moment si agréable…

– Parle-pour toi, rétorqua Han en serrant les dents.

– Vous deux, retournez à vos imbécilités, répliqua Jiyi en les congédiant d'un geste. Vous n'êtes pas importants.

– *Yah* ! s'indigna Han. Mais nous sommes très importants ! Je suis…

Il s'arrêta net et Zhara se demanda s'il n'allait pas vomir une nouvelle fois.

– Tu n'es *pas* magicien.

La courtisane croisa les bras.

– Cela ne te concerne pas.

– Toi non plus, grommela Xu.

Jiyi lae dévisagea avec sévérité.

– Chan Xuhei, qui t'a donné la permission de t'adresser à moi de façon aussi familière ?

Xu marmonna une obscénité dans sa barbe.

– Fort bien, répondit-iel d'un ton mielleux, je vois que nous ne sommes pas les bienvenus.

Iel passa son bras autour des épaules de Han.

– Viens, Ta Gr... Han. Tu iras mieux si tu t'allonges.

Une fois seules, Jiyi s'assit avec élégance en tailleur avant de lever le genou pour y faire reposer son bras, comme un vieil homme voûté. Sa tenue, bien plus simple qu'à l'accoutumée, faisait presque l'effet d'un déguisement sur son impeccable silhouette. Même si c'était peine perdue, Zhara voyait bien que Jiyi cherchait à tout prix à dissimuler son impossible beauté.

– Que sais-tu de la magie ? Pour ce qui est de la canaliser et de la maîtriser, j'entends.

Zhara fit courir ses doigts sur toute la longueur du pinceau.

– Pratiquement rien, avoua-t-elle. Lorsque mon père est mort, j'étais encore trop jeune pour comprendre la plupart de ce qu'il m'avait transmis.

– Hmmm, répondit Jiyi d'un ton qui se voulait neutre. Eh bien nous allons partir de zéro, dans ce cas.

Elle réprima un bâillement et se mit à jouer avec la pointe de ses longs cheveux noirs.

– Pour commencer, qu'est-ce qui distingue un magicien du commun des mortels ?

Zhara haussa les épaules.

– Le fait qu'il fasse de la magie ?

– Mais qu'est-ce que la magie ?

Devant l'absence de réponse, Jiyi renifla d'un air excédé.

– Je savais que tu n'avais reçu aucune éducation mais je ne m'attendais pas à une telle ignorance.

Zhara tressaillit.

– Désolée, marmonna-t-elle en triturant le pinceau.

– Veux-tu bien arrêter ça ? la réprimanda Jiyi, les sourcils froncés.

Le pinceau tomba sur le pont avec fracas et Zhara se précipita pour le ramasser avant qu'il ne roule.

– Désolée, répéta-t-elle.

– Arrête de t'excuser, pesta la courtisane, c'est insupportable.

Devant la mine contrite de Zhara, elle s'adoucit.

– Je ne vais pas te taper sur les doigts en cas de mauvaise de réponse, tu sais.

Zhara inclina la tête.

– Je suis déso…

Elle s'arrêta net.

– Je vous en prie, poursuivez, implora-t-elle timidement.

Jiyi prit une grande inspiration.

– Ce qui différencie les magiciens des autres humains, c'est leur capacité à manipuler le Vide du Chaos. Une maison est faite en bois, le bois vient des arbres, les arbres poussent à partir d'une graine, et ainsi de suite, jusqu'à ce que l'on arrive aux plus petits éléments de la matière. Ce qui maintient l'univers, c'est cette force invisible que l'on appelle le Vide du Chaos, et un magicien a le pouvoir de manipuler ce potentiel.

Zhara avait toujours perçu la magie comme une force propre, quelque chose d'actif et non de passif. Ses doigts se mirent à picoter, comme si cette simple idée activait son pouvoir.

– Alors la magie n'est pas un outil ?

– C'est le magicien qui est l'outil, voire l'arme, mais pas la magie, asséna Jiyi en relevant le menton comme si elle transmettait une parole divine.

Elle conserva sa pose un moment mais sans réaction de Zhara, elle poussa un grognement.

– *Les Annales de Wei Kai-war*, ça ne te dit rien ?

Un regard vide pour toute réponse.

– Bon, passons à autre chose. Ton pinceau, sais-tu à quoi sert-il ?

Zhara hésita.

– J'imagine que si je dis *écrire des sorts*, ça ne sera pas la bonne réponse.

Un sourire fugace agita les lèvres de Jiyi.

– Ignorante mais pas complètement idiote.

Elle pointa du doigt la sacoche de son élève.

– As-tu apporté ton exemplaire du *Classique aux mille signes* ?

Zhara acquiesça et sortit le livre du sac. Jiyi l'ouvrit à la première page.

– Que représente ces signes selon toi ?

– Le Langage des Fleurs, avança Zhara en fixant le visage de la courtisane et non les caractères couchés sur le papier.

– Tu n'as pas dit *des sorts*. C'est très bien. Car ceci – elle agita le livre sous son nez – est parfaitement inutile pour créer des sorts. Les magiciens n'apprennent pas le Langage des Fleurs parce que la magie supposerait d'utiliser tels ou tels mots, telles ou telles incantations, tels ou tels glyphes. Le Langage n'a aucun pouvoir en soi.

– Mais dans ce cas, s'étonna Zhara, pourquoi est-ce que tous les livres de magie ont été brûlés durant les purges ?

– Pourquoi les conquérants détruisent les écrits des vaincus ? En effaçant leur passé, tu les prives de leur avenir. Ces livres de magie… – elle caressa la couverture usée du *Classique* – mon père avait coutume de dire qu'ils étaient bien plus que de simples sorts. Ils étaient tout à la fois l'Histoire, la Poésie, l'Art.

Sa mâchoire se raidit tandis que ses yeux semblaient se remémorer un lointain souvenir.

– La magie n'est pas seulement une capacité, c'est une culture. Et le Seigneur de Guerre me les a toutes deux ravies.

Une douleur ancienne mais toujours vive troublait sa diction habituellement si maîtrisée. Zhara baissa la tête pour contempler le pinceau dans sa main. *Il appartenait à mon père*, avait dit Jiyi. Comme elle, la courtisane avait eu un père magicien. Et toutes deux l'avaient perdu à cause du fanatisme.

– Je suis désolée, murmura Zhara, et cette fois, la courtisane ne lui en tint pas rigueur.

Jiyi se racla la gorge et Zhara détourna pudiquement le regard le temps qu'elle essuie ses joues d'un discret revers de manche.

– Bref, le pinceau.

La courtisane se pencha en avant pour enrouler ses doigts autour de ceux de Zhara et corriger sa prise en main.

– Tu dois sans doute te demander à quoi il peut bien servir si le Langage des Fleurs n'a lui-même aucun pouvoir.

Zhara retint sa langue pour laisser sa tutrice chasser son deuil en lui faisant la leçon. Elle ne connaissait que trop bien la douleur causée par la perte d'un être cher, cette vague monstrueuse qui submergeait toute autre pensée. Et elle savait que le seul remède était de continuer à nager coûte que coûte pour ne pas se laisser couler.

– Que sont les mots ? demanda Jiyi de façon purement rhétorique. Qu'est-ce que le Langage des Fleurs ? Rien d'autre qu'un ensemble de symboles. Une représentation de sons, de syllabes voire de phrases entières. Ou bien d'intentions. Et qu'est-ce que le pinceau ? Un symbole, lui aussi : le prolongement de ton bras. L'appendice qui *fait*. Qui crée. Qui agit.

Quand la courtisane constata qu'elle avait complètement perdu Zhara, elle soupira en secouant la tête.

– À en juger par tes yeux de merlan frit, j'imagine que tu es du genre à apprendre sur le tas plutôt que par la théorie, suggéra-t-elle d'un air mesquin. Tu préférerais simplement t'essayer à lancer un sort, pas vrai ?

Zhara hocha timidement la tête.

– Fort bien.

Jiyi ouvrit le *Classique* et indiqua la première ligne de caractères.

– Commençons par là. Que lis-tu ?

– *Le ciel était noir, la terre jaune.*

Elle avait pratiquement appris le premier chapitre par cœur à force de s'escrimer à le déchiffrer.

– *L'univers vaste et infini.*

La courtisane lui fit signe de continuer.

– *Le soleil et la lune se lèvent et se couchent*, poursuivit Zhara. *Les astres et les constellations s'étendent à travers les cieux.*

Elle releva les yeux.

– Avec tout le respect que je vous dois, je ne fais que lire les traductions annotées à côté des phrases originales. À quoi est-ce que cela sert ?

– Tu es bien trop littérale, Jin Zhara.

Jiyi tapota la première ligne.

– Regarde ici, ces quatre caractères qui forment le premier ensemble. Que signifie le premier ?

Zhara plissa les yeux pour décrypter les lignes floues sous le doigt de la courtisane.

– *Ciel* ? proposa-t-elle.

Jiyi passa au suivant.

– *Noir* ?

– Non.

La courtisane indiqua le caractère d'à côté.

– *Noir*, c'est celui-ci. Le second, c'est *terre*.

Elle leva les yeux devant l'air perdu de Zhara.

– En matière de traduction, l'équivalence parfaite n'existe pas. Chaque caractère a bien sûr un sens initial mais ce n'est qu'en étudiant le contexte, c'est-à-dire sa relation avec d'autres signes, qu'il est possible de saisir pleinement sa signification. C'est ainsi que les sorts sont créés.

– Je comprends, dit Zhara, qui ne comprenait rien.

Jiyi se cala dans son siège et décroisa les jambes.

– À ton avis, Jin Zhara, pourquoi suis-je la plus grande poétesse de tout Zanhei ?

Zhara se garda bien de répondre que la courtisane devait probablement tout à l'éducation privilégiée qu'elle avait reçue.

– Est-ce parce que la concurrence est méchante et médiocre ?

– Tu n'as pas tort, mais ce n'est pas la véritable raison, répondit Jiyi avec un sourire flatté.

Elle se remit en tailleur et se pencha en avant, le menton dans le creux de sa main.

– C'est parce que je sais que ce ne sont pas les perles en elles-mêmes qui font la beauté d'un collier, mais la façon dont elles sont arrangées.

Zhara jeta un coup d'œil aux glyphes indéchiffrables sur la page.

– Le Langage des Fleurs est une forme de poésie ?

– Poésie ? répéta Han. J'ai bien entendu le mot poésie ?

– Je croyais que tu étais malade, toi ! rugit Jiyi.

– Je me sens bien mieux à présent, grâce à de judicieux conseils sur les points de pression.

Il sourit et décocha un clin d'œil à Zhara, qui fut subitement prise d'une furieuse envie de glousser. Elle détourna le regard pour se préserver de l'effet dévastateur de ses fossettes.

– Précisons qu'il s'est également débarrassé des derniers reliquats de son petit-déjeuner dans un seau, ajouta Xu. Spectacle peu ragoûtant, comme vous pouvez vous l'imaginer.

– Pourquoi faut-il que tu m'humilies toujours ainsi ? fulmina Han.

– Voulez-vous bien vous taire, tous les deux ? Jiyi ferma les yeux et se massa les tempes. Nous essayons de parler de magie, je n'ai pas besoin d'un cirque ambulant.

– Ils ne me dérangent pas, intervint doucement Zhara en jetant une œillade à Han.

– Pas de *distraction*, insista la courtisane, et les joues de Zhara virèrent au rouge cramoisi.

– Oui, pardon, dit-elle en se raclant la gorge. Le Langage des Fleurs est donc de la poésie ?

– En quelque sorte, oui. Sa traduction et son interprétation sont tout un art en soi, un art qui requiert à la fois de la nuance et de la mémoire, pour avoir toujours en tête les multiples sens que peut revêtir un caractère.

Zhara opina du chef, moins par accord que par désir de plaire à la courtisane.

– Bien, poursuivit Jiyi en fermant les yeux. Commençons par quelque chose de simple.

Elle tourna les pages jusqu'au deuxième chapitre.

– Que dirais-tu d'étudier le *feu* ?

*
* *

Au bout d'une heure, le *seul et unique* sort que Zhara parvenait à produire était du feu.

Le premier essai avait été un succès retentissant, à tel point qu'elle avait manqué d'incendier la barge. Han et Xu s'étaient précipités au bastingage avec les écopes pour éteindre le foyer sur le pont. Et le capitaine avait vivement exprimé son point de vue sur la présence d'un feu à bord et les dommages et intérêts substantiels en cas de destruction de son embarcation.

– Je paierai les réparations, avait dédaigneusement rétorqué Jiyi en le congédiant d'un geste de la main.

Elle avait étudié les marques de brûlure encore fumantes sur les planches et murmuré :

– Incroyable… Je n'ai jamais vu quelqu'un apprendre aussi rapidement.

Mais après ce départ fulgurant, toutes les tentatives suivantes s'étaient soldées par de cuisants échecs.

– Tu dois apprendre à arpenter le Vide, lui expliqua Jiyi. Il faut que tu le ressentes jusque dans la pointe de ton pinceau.

Mais en dépit de tous ses efforts, Zhara ne sentait absolument rien. Elle ne parvenait pas à concevoir ce qu'était ce fameux Vide et Jiyi n'étant pas magicienne, elle ne pouvait que s'appuyer sur les écrits qu'elle avait étudiés.

– C'est l'espace qui se trouve entre la matière, tempêta Jiyi en frappant du pied de frustration. Je ne vois pas comment te le dire autrement. Qu'est-ce que tu as fait pour allumer ce feu ?

La vérité était que Zhara n'en avait pas la moindre idée. Selon la théorie, le magicien trouvait le Vide au sein de l'objet qu'il souhaitait enflammer, se concentrait dessus puis transmettait son intention à travers son pinceau en traçant le caractère *feu*. La friction causée par le mouvement de la matière générait ensuite la chaleur nécessaire à la combustion.

Mais ce n'était pas du tout ce qu'avait ressenti Zhara en incendiant le pont. Elle n'avait manipulé aucun Vide, aucun espace au bout de son pinceau. Il lui semblait simplement que le feu, la chaleur et la flamme se trouvaient dans un autre monde dans lequel elle pouvait puiser. Manifestement, la création, tout comme la transformation, était une nouvelle violation de l'ordre naturel des choses.

– Je suis désolée, répétait-elle en boucle, malgré les réprimandes de plus en plus exaspérées de sa tutrice.

Zhara regarda ses mains, qui luisaient faiblement. Elle serra les poings avant de les fourrer dans son dos pour les abriter des regards.

– Je suis une imbécile.

– *Arrête. De. Dire. Ça !* tonna Jiyi. Je ne sais pas si tu te rabaisses pour t'attirer ma pitié ou bien si tu es vraiment persuadée d'être une incapable, mais dans les deux cas c'est horripilant.

– Faites preuve de clémence, intervint Han. Tout ceci est nouveau pour elle.

Zhara lui jeta un regard en coin et le remercia d'un sourire timide. C'était la première fois de sa vie que quelqu'un prenait sa défense. L'envie de glousser revint comme un cheval au galop.

La courtisane ne le regarda pas avec la même tendresse.

– S'il y en a bien un qui devrait s'excuser pour sa crétinerie, c'est lui, marmonna-t-elle en désignant Han du menton. Tu ne devrais pas être à l'université, à étudier ?

Elle plissa les yeux.

– Tu es bien étudiant, non ?

Il toussa nerveusement.

– Mes cours ont été, euh, annulés ce matin.

Xu dissimula aussitôt son visage derrière la soie chatoyante de son éventail.

Jiyi leva les yeux au ciel et se retourna vers Zhara.

– Autant nous arrêter là, grommela-t-elle. J'imagine que tu dois être fatiguée. Nous réessaierons plus tard, quand tu auras retrouvé ton énergie.

Zhara pressa son poing gauche dans sa paume et s'inclina.

– Mille mercis à la professeure Huang, dit-elle respectueusement. Je lui suis infiniment reconnaissante pour son enseignement.

– Il suffit, tu me donnes l'impression d'être plus vieille que la montagne de Lo.

Mais elle ne parvint pas à tout à fait masquer le sourire de satisfaction au coin de ses lèvres.

Zhara sourit en retour et se releva.

– Oui, bien sûr, professeure Huang.

Jiyi renifla et rejoignit Han et Xu à la proue. Le décor avait changé : les marais du Sud avaient laissé la place à des rizières, puis des prairies et enfin de petites forêts broussailleuses tandis qu'ils approchaient des ruines de Changxi.

– *Ouah*, souffla Zhara. C'est magnifique.

Derrière elle, une silhouette large d'épaule se racla la gorge.

– C'est vrai, dit Han d'une voix qu'il aurait voulu un peu moins aigüe. Un endroit idéal pour un rendez-vous galant, *lah* ?

Zhara se retourna et découvrit ses yeux fixés sur elle et non sur le paysage. Ses oreilles étaient rouge pivoine.

– Un rendez-vous galant ? répéta-t-elle d'un ton faussement détaché.

Il tira sur son lobe, qui virait à l'écarlate.

– Euh, eh bien oui, balbutia-t-il. C'est un beau décor.

– Un beau décor pour périr dans une éruption volcanique, oui ! lança Xu, à l'autre bout du bateau.

– Il faut toujours que tu gâches l'ambiance, Chan Xuhei !

À mesure que le cours d'eau s'étrécissait, le courant se faisait plus rapide et la barge se retrouva bien vite ballotée par les flots furieux. Déséquilibrée, Zhara lâcha le bastingage et trébucha dans les bras de Han. Il l'aida à se redresser et s'écarta aussitôt.

– Tu, euh… tu n'as rien ?

La rougeur avait quitté ses oreilles pour son cou tandis qu'il faisait de son mieux pour fixer l'horizon.

– Je vais très bien, Maître Coquet.

Elle lui sourit avant de remarquer la blancheur de ses phalanges crispées sur la lisse. Son visage était toujours aussi pâle et cireux.

– Mais *toi*, comment te sens-tu ? s'enquit-elle. Toujours nauséeux ?

– Non, pas du tout, la rassura-t-il avec un brin trop d'entrain.

Son sourire forcé se changea presqu'instantanément en grimace paniquée.

– Je vais on ne peut mieux, ajouta-t-il en serrant les dents et les mains sur le bastingage.

Même Zhara commençait à sentir l'action du courant tumultueux sur son propre estomac.

– Ça va secouer un peu, les avertit le capitaine. Tenez bon, ça ne durera pas.

Au-delà de la proue, elle vit que la rivière s'ouvrait sur un lac isolé, surplombé par le pic solitaire du mont Zanhei. Elle retint sa respiration tandis que leur embarcation fonçait à travers le chenal, agitée comme un cheval fou. Les flots éclaboussaient le pont et rendaient les planches glissantes. Elle entendit Xu glapir de désespoir derrière elle.

– Mon éventail en soie de Wulin !

La rivière se calma sitôt qu'ils accédèrent au lac. La vue était à couper le souffle. Le lac était bien plus grand qu'il n'y paraissait au premier abord et sa teinte turquoise éclatante semblait refléter le ciel d'un autre monde. Le plan d'eau était cerné de falaises surmontées de tours de garde en ruines et d'une forêt luxuriante qui abritait les vestiges d'une cité pétrifiée.

– Oh, murmura Zhara pendant que Han s'agitait derrière elle.

Tandis que le capitaine pilotait le bateau jusqu'à la rive, Zhara distinguait des signes d'activité humaine au milieu des ruines. Les quais étaient dégagés et bien entretenus et le port affichait une rangée de cafés et de boutiques de souvenirs. Le décor lui rappelait le marché couvert de Zanhei, avec son activité frénétique, ses clients et ses commerçants qui négociaient inlassablement. Elle n'avait aucun mal à imaginer la Vieille Changxi grouillante de vie comme n'importe quelle autre ville des Royaumes du Matin… si l'on faisait abstraction du gigantesque volcan qui s'élevait derrière elle.

– Je croyais que la cité avait été abandonnée, dit Han, visiblement confus par la présence des dockers qui aidaient à amarrer la barge au quai.

– Personne ne vit plus ici, expliqua le capitaine, mais il y a de l'argent à se faire avec les visites touristiques. J'en sais quelque chose.

Il jeta un regard inquiet autour de lui.

– Où est passée l'autre jeune dame ? Je voulais qu'elle me règle le solde avant de débarquer.

– Vous aurez votre argent, pas d'inquiétude.

Jiyi émergea de l'entrepont en portant un sac volumineux.

– Tiens, prends ça, toi, ordonna-t-elle à Han en lui confiant le fardeau sans même un regard.

Il le laissa tomber maladroitement sur le pont.

– La courtisane me prend pour une mule ? protesta-t-il avant de passer la bretelle autour de son épaule. Mais qu'est-ce qu'elle a mis dedans ? Des enclumes ?

– Si j'ai besoin d'une enclume, je me servirai de ta tête, railla Jiyi en donnant une bourse de belle taille au capitaine. Le sac contient mes livres et quelques bocaux à échantillons.

Han fourra sa tête dans le sac et inspecta le contenu dans un tintamarre de métal et de bois.

– Y a-t-il vraiment besoin de tout ça ? Mais pourquoi ?

Jiyi l'ignora et observa le capitaine compter méticuleusement son dû. Et le recompter, par acquit de conscience. Une fois satisfait, il adressa un solennel hochement de tête au groupe.

– Vous avez six heures, annonça-t-il. Soyez revenus avant le coucher de soleil, je veux éviter de naviguer de nuit.

– Mais l'aller-retour jusqu'au pied du volcan va nous prendre au moins deux heures, gémit Xu.

– Six heures, répéta le marin avec fermeté. Croyez-moi, il ne vaut mieux pas s'attarder dans les parages une fois qu'il fait sombre.

Jiyi jaugea l'homme avec dédain.

– Vous ne croyez tout de même pas aux fantômes ?

– Quels fantômes ? demanda nerveusement Xu.

Le capitaine prit un air sinistre.

– On dit que les ruines sont hantées mais ce ne sont pas les morts qui m'inquiètent.

Xu se blottit derrière Han pour être abrité·e par ses larges épaules.

– Alors quoi ?

Le capitaine ne répondit pas immédiatement mais se tourna vers la forêt qui bordait Changxi.

– Les abominations, murmura-t-il.

Zhara échangea un regard avec Jiyi. Cette dernière lui adressa un subtil geste de tête.

– Nous serons de retour avant le coucher du soleil, se contenta de répondre la courtisane.

L'homme acquiesça.

– Six heures, pas plus. Après cela, vous vous débrouillerez sans moi.

21.

En d'autres circonstances, Han aurait considéré la visite des ruines de la Vieille Changxi comme idéale pour un rencard, même si un brin macabre. Les édifices pétrifiés par l'éruption dégageaient une atmosphère indéniable et arpenter les rues désertes lui conférait un petit frisson illicite, comme s'il s'aventurait dans Zanhei après le couvre-feu. Il se découvrait un nouveau rêve, celui de voler un baiser à une certaine fille dans ce cadre idyllique, et il jetait sans arrêt des œillades à Zhara en se demandant – en espérant – si elle éprouvait la même chose.

– Presse un peu le pas, veux-tu ! cria Jiyi, qui avait pris la tête du groupe et les distançait déjà de plusieurs pas. Le capitaine Shang nous a demandé d'être là avant le crépuscule.

– Que la courtisane porte le sac à ma place dans ce cas ! hurla-t-il en retour. Nous verrons si elle marche avec autant d'entrain.

– Je croyais que tu travaillais dur pour entretenir ton physique, dit Zhara en lui adressant un sourire par-dessus l'épaule.

– Oui, eh bien… C'est davantage par souci esthétique que pratique.

– À quoi bon avoir un corps de rêve si on ne fait rien avec ? demanda Xu avec un clin d'œil pour Zhara.

Elle éclata de rire et lui tapa gentiment l'épaule.

– Mais j'en fait quelque chose ! protesta Han. Je trimballe les affaires de Dame Mégère à flanc de montagne !

– Je suis sûr que Maîtresse Brandy saurait faire un meilleur usage de tous ces muscles, *lah* ? suggéra Xu en donnant un petit coup de coude à Zhara, dont les joues avaient pris la couleur d'une rose.

– Quoi ? Quel autre usage ? demanda Han, complètement perdu.

– Ferme-la et économise ton souffle, ordonna Jiyi. Le chemin va devenir de plus en plus raide à partir de maintenant.

Ils attinrent le mur d'enceinte nord, qui séparait la ville de la nature sauvage. La muraille était bien plus haute et massive que celle qui encerclait Zanhei, ce qui ne manqua pas d'ébahir Han. Son épaisseur avait beau atteindre la largeur d'un attelage de quatre chevaux, quelques arbres étaient parvenus à pousser parmi les failles au sommet. Les immenses portes, faites de pierre taillée et de non de bois, avaient résisté à l'éruption. Il ne restait plus qu'une statue de gardien à l'entrée, elle aussi remarquablement intacte. Han n'avait jamais vu pareille créature : une chimère féline à crinière de lion, queue de paon et dotée de deux cornes rondes sur le haut du crâne.

– Le Lion du Sud, murmura Zhara. Il protège les habitants de la peste.

– Mais de quoi ces gens pouvaient-ils bien avoir peur ? demanda Xu sur le même ton. Aucun mur, aussi épais soit-il, ne peut protéger d'un volcan en feu.

– Peut-être craignaient-ils les monstres, suggéra Zhara, en touchant la patte du lion à son passage. On dit que les bois entourant le mont Zanhei regorgeaient jadis de bêtes affamées, de morts-vivants et de fantômes.

L'impénétrable canopée de la forêt les coupait pratiquement de la lumière du jours tandis qu'ils s'enfonçaient dans les bois. Croyant entendre un léger tintement de cloche, Han releva la tête et remarqua un grand oiseau au plumage rougeâtre perché sur une branche. Il éternua en cascade.

– Il s'agissait probablement d'abominations, dit Jiyi. Si notre théorie s'avère exacte et que le volcan est bien la source du poison démoniaque, alors la Vieille Changxi devait sans doute être pleine de possédés. S'il restait encore des magiciens en ville, ils ont dû être bannis dans les bois.

– Mais le mont Zanhei n'était pas censé être un site sacré pour eux ? demanda Han.

– Et comment sais-tu ça, toi ? répliqua Jiyi, avec mépris.

Han détourna les yeux.

– Ma mère était magicienne, répondit-il d'une voix grave. Et malgré ce que peut penser la courtisane, je ne suis pas si inculte.

Jiyi ne dit rien mais la raideur de sa posture laissa deviner une forme de contrition. Du moins c'est que Han se plut à croire tandis qu'il la suivait dans la forêt.

– Le mont Zanhei était un sanctuaire pour les magiciens ? s'enquit Zhara avec délicatesse.

– Oui.

Une réponse toute en fossettes. Il bomba le torse et força un peu son allure après avoir remarqué le regard admiratif de la jeune fille.

– Apparemment la montagne est une source importante d'énergie magique.

– C'est certainement vrai, murmura Zhara, songeuse.

Elle leva la tête en direction du sommet du volcan, perdu dans les nuages.

– Je sens quelque chose… qui tiraille mon ki.

Elle se tourna vers le groupe.

– Vous le sentez, vous aussi ?

Han, Xu et la courtisane échangèrent un regard entre eux et firent non de la tête.

– Peux-tu le décrire plus précisément ? demanda Jiyi, dévorée par la curiosité.

Zhara haussa les épaules.

– Comme si on me siphonnait mon énergie et ma force. J'ai l'impression que quelque chose… cloche.

– C'est probablement l'essence démoniaque, avança la courtisane.

– Mais est-ce que cela existe seulement ? intervint Han. Un démon est une créature de chaos pur, non ? Comment le chaos et le monde ordonné peuvent-ils coexister ?

– Mais c'est qu'il a une cervelle, en fin de compte, ironisa Jiyi. Moi qui n'étais même pas certaine qu'il sache lire.

– *Yah* !

Han fit la moue.

– Je sais lire ! Et je lis… plein de choses d'ailleurs.

– Comme quoi ? *Les contes du delta soyeux* ?

– J'ai l'impression d'être le seul à ne pas l'avoir lu, celui-là…

Le dénivelé était à présent sérieux et Han se mit à suer sous le poids du sac de Jiyi.

– Pourquoi est-ce que tout le monde se moque tout le temps de moi ? gémit-il en haletant.

– Parce que tu es mignon quand tu te vexes, répondit Zhara, qui attendait gentiment qu'il rattrape son retard.

– Mignon ?

Il éternua de nouveau et entendit l'oiseau rouge caqueter non loin en battant des ailes.

– Je préfèrerais être classe. Calme. Flegmatique, même.

– Mais pas magnifique ?

Elle se fendit d'un grand sourire.

– Je suis déjà magnifique, voyons.

Zhara éclata de rire et secoua la tête.

– Quoi ? Tu ne trouves pas ?

Han se mit à paniquer subitement. Et si la Consort Royale et toutes ses demoiselles de compagnie lui avaient simplement menti durant toutes ces années pour ne pas le froisser ?

– Ma mère m'a toujours dit que j'étais beau garçon.

Zhara lui décocha une œillade, les yeux pétillants de malice. Il eut l'impression qu'on lui plantait un crochet dans ses entrailles.

– Ta mère avait raison, dit-elle timidement. Tu es vraiment très beau.

Le *très* transforma le crochet en une coulée de lave. Il sentit ses os se liquéfier et lui laisser les jambes flageolantes, les bras ballants.

– Je… euh… ah…

Manifestement, ses lèvres aussi avaient cessé de lui obéir.

– Merci ?

Zhara pouffa avant de changer de sujet.

– Tu parlais de livres justement, quels sont tes titres préférés, toi qui es si grand lecteur ?

– Ah, oui, très juste !

Il se gratta la tête et laissa échapper un rire maladroit.

– Ma foi, j'ai bien apprécié ce roman que je t'ai accidentellement volé lors de notre première rencontre.

– *La jeune amante de la Mort* ? demanda-t-elle, les yeux écarquillés.

– Oui ! C'était *tellement* bien. Je me suis complètement pris de passion. Petite Flamme qui s'abandonne au Seigneur de la Mort en échange de la vie de sa sœur… Et le Seigneur de la Mort, d'ailleurs ! Tellement séduisant mais tellement effrayant aussi… Je sais que leur amour est voué à l'échec mais j'ai vraiment envie de les voir s'embrasser !

Zhara se fendit d'un rire cristallin qui résonna à travers les arbres comme un carillon.

– Eh bien, Maître Coquet, je ne me serais jamais doutée que tu étais amateur de romances.

– Moi non plus, à vrai dire.

Il haussa les épaules.

– Je croyais que les livres étaient censés rendre plus intelligents, ou nous apprendre la morale, ce genre de choses. J'ignorais qu'ils pouvaient être aussi divertissants.

– La suite doit sortir la semaine prochaine.

– Oooh, il faudra qu'on la lise ensemble !

Elle rit de plus belle.

– Si j'arrive à mettre la main sur un exemplaire, peut-être. Je les emprunte à Maître Cao, une fois passée la frénésie de la sortie.

– Je t'en achèterai un. Je te dois bien ça de toute façon.

Elle posa une main sur son épaule et, malgré la chaleur et l'humidité, il fut parcouru d'un frisson intense.

– J'apprécie ta générosité, mais tu ne me dois rien du tout, Maître Coquet.

– Alors vois-le comme une faveur que tu m'accordes, en m'épargnant l'agonie de devoir attendre que tu sois à jour.

Ils échangèrent un sourire et gardèrent le silence pour économiser leur souffle. La montée était de plus en plus ardue et leurs halètements résonnaient bruyamment dans le calme de la forêt. L'air était épais et étouffant et, même si la canopée les abritait du soleil de midi, la chaleur devenait insupportable. Tous les bruits étaient atténués, tous les gestes paraissaient ralentis, à tel point qu'arpenter le chemin donnait l'impression de marcher dans de la colle. Le seul autre signe de vie provenait de l'oiseau rouge, qui voletait de branche en branche au son du grelot à son cou. Han s'imagina qu'il devait appartenir à quelqu'un. Il éternua.

La piste cessa enfin de grimper et Han distingua la pente du mont Zanhei, rocailleuse et nue. De la vapeur s'échappait de quelques bassins naturels à la surface bouillonnante.

– Quelle est cette odeur ? s'interrogea Xu en agitant vigoureusement son éventail.

– Nous approchons des sources d'eau chaude, expliqua Jiyi. Bon nombre de touristes viennent se baigner ici.

– Il y avait des sources chaudes et personne n'a pensé à me prévenir ! se lamenta Xu.

Iel s'épongea délicatement le visage avec son mouchoir avant de reprendre :

– J'aurais pu prendre ma tenue de bain.

– Personne n'ira faire trempette là-dedans, répliqua la courtisane d'un ton sans appel. L'eau pourrait bien être souillée par l'essence démoniaque. Nous nous contenterons de prélever un échantillon pour le comparer avec celui de la fontaine.

– Mais regardez-moi, gémit Xu tandis que son rouge à lèvres bavait sur le tissu. Je dois ressembler à une goule !

Iel n'avait pas tort. Avec son barbouillis de rouge autour de la bouche et ses orbites noires de coulures de kohl, iel ressemblait aux terrifiants fantômes des livres d'histoires d'Anyang.

– Très juste, dit Han, tu as une tête de…

– Tu es impeccable, Xu, l'interrompit Zhara en lui faisant les gros yeux. Je retoucherai ton maquillage lorsque nous serons à destination.

Le groupe parvint jusqu'aux fameuses sources chaudes, en réalité trois petites bassines entourées de roche volcanique offrant une vue imprenable sur le lac et la vieille ville. Du haut de ce promontoire, l'eau du lac présentait une teinte bien différente que vue depuis la barge : elle était d'un surprenant vert pâle teinté de bleu marine le long des rives. À leurs pieds, les ruines de Changxi scintillaient de reflets d'argent, comme un coffret de pierres précieuses dans l'écrin de jade sombre offert par la forêt.

– Je comprends pourquoi les gens viennent se baigner ici, murmura Zhara en se tenant au bord du précipice. C'est tellement spectaculaire.

– Oui, et quoi de mieux pour donner du cachet que de s'imaginer mourir de façon atroce à n'importe quel moment dans une coulée de lave ou sous une nuée ardente ? ironisa Xu avant de lui tirer la manche. Tu veux bien m'arranger tout de suite ?

– *Une chandelle intouchée n'est que cire et mèche*, récita Han en se massant les épaules après avoir déposé le sac de Jiyi. *Plutôt allumer la flamme et la voir s'éteindre que de vivre à jamais dans les ténèbres*.

– Eh bien, Won… Li Han ! s'exclama Xu. Tu viens vraiment de… citer je ne sais quel grand philosophe ?

– Tout à fait.

Il adressa un sourire radieux à son ami·e.

– C'était de Jae Hyun, l'autrice de *La jeune amante de la Mort*.

Zhara ne put s'empêcher de pouffer alors qu'elle essuyait le visage de Xu.

– Tu vois, les livres nous rendent plus intelligents.

– Silence, ordonna Jiyi. L'entrée du réseau de galeries se trouve à proximité et je n'arrive pas à me concentrer avec vos badinages.

Elle arpenta la corniche en examinant soigneusement les sources et les environs.

– Aidez-moi à chercher.

– Et que doit-on chercher au juste ? demanda Han.

Les bassines avaient dû accueillir un grand nombre de visiteurs jadis, comme en attestaient les sentiers en friche et les nombreux bancs en pierre. Mais les touristes avaient manifestement délaissé ces sources et la nature avait repris ses droits en recouvrant les dalles et les planches au sol. Zhara et Xu inspectèrent un petit pavillon en pierre à l'écart, l'une des rares structures encore intactes.

Jiyi passa les doigts sur les roches qui entouraient les bassins.

– J'ai l'impression que ces signes gravés sont du Langage des Fleurs, murmura-t-elle, mais une forme plus ancienne, que je ne connais pas.

Elle tendit la main à Han sans le regarder.

– Passe-moi mon sac.

Il s'exécuta aussitôt. Jiyi sortit un livre et un morceau de fusain, déchira une page et s'appliqua à relever les inscriptions par frottements. Han fit le tour des piscines naturelles, à la recherche d'autres signes.

– Il y en a aussi ici, dit-il en les indiquant du doigt.

– Je crois que celui-là veut dire *purification*, marmonna Jiyi en poursuivant son travail. Un sort de purge, peut-être ? Est-ce que ces bassins servaient à un rituel ? Et si oui, lequel ?

Elle tendit de nouveau à la main.

– Donne-moi un flacon, que je prélève un peu d'eau.

– Venez voir ! s'écria Zhara depuis le pavillon. Je crois que j'ai trouvé quelque chose.

Jiyi fourra ses échantillons dans son sac avant de le confier à Han.

– *Yah* ! protesta-t-il. Portez-le vous-même, maintenant.

Elle l'ignora superbement et rejoignit les deux autres.

– On dirait une sorte d'autel, dit la courtisane non sans surprise avant d'inspecter les gravures au plafond et sur les colonnes. Tout indique que c'est un temple du Lion, regardez !

Elle pointa du doigt une peinture délavée d'une chimère féline identique à la sculpture de monstre qui montait la garde à l'entrée de la cité.

– Je pense que c'est censé représenter le Lion du Sud.

Elle effleura l'inscription en creux sous l'image.

– *Le Seigneur des Fourrures et des Crocs*, lut-elle à voix haute. *Le Lion du Sud peut adopter n'importe quelle apparence, car son pouvoir, comme celui de son maître, est celui de la transformation.*

– Son maître ? demanda Zhara en regardant par-dessus l'épaule de la courtisane. Qui est… *aiyo* !

Elle sursauta au tintement du grelot du grand oiseau rouge qui venait de se poser sur la rambarde derrière elle.

– Je mettrais ma main à couper que ce volatile de malheur nous suit depuis tout à l'heure, maugréa Xu. Il était déjà dans les ruines de la vieille ville, non ?

– J'imagine que c'est une espèce locale et qu'il doit y en avoir plein d'autres comme lui dans le coin, répondit Zhara.

L'animal gonfla ses plumes, comme courroucé. Han voulut le caresser mais il piailla d'un ton sans appel et le fusilla de son regard doré. Ces yeux lui étaient vaguement familiers mais le souvenir précis lui échappait. Il éternua encore une fois, ce qui était décidément étrange. Il n'était pas allergique aux oiseaux.

– Ce n'était pas les gravures que je voulais vous montrer, reprit Zhara en arrachant Jiyi à son examen des colonnes. Mais ça.

Elle désigna le sol. Une des dalles était frappée d'un symbole de cercle traversé d'une ligne verticale.

Jiyi s'accroupit en penchant la tête.

– C'est un charme pour se protéger du mauvais œil.

Elle se mit à creuser l'interstice qui séparait la dalle des autres.

– Je pense, poursuivit-elle d'un ton absent, que c'est une sorte de trappe. Probablement l'entrée de la galerie.

Une fois de plus elle tendit la main.

– Mon sac. J'ai besoin d'outils.

– Attendez un instant.

Zhara s'agenouilla à côté d'elle, la main au-dessus du symbole.

– Peut-être que seul un magicien peut l'ouvrir ?

– J'en doute, rétorqua Jiyi en fronçant les sourcils.

Zhara hésita, se mordit la lèvre et rangea finalement ses mains dans ses manches. Han remarqua que l'étincelle habituelle dans ses yeux avait disparu. Elle semblait vouloir disparaitre, ne plus occuper de place, redevenir insignifiante, invisible.

– La courtisane est peut-être experte en magie, intervint-il, mais Zhara est la seule d'entre nous à pouvoir la *pratiquer*. Nous devrions peut-être écouter ce qu'elle a à dire.

Il croisa son regard et lui fit un petit signe d'encouragement.

– Certes, concéda Jiyi. Mes excuses, Zhara. Parle.

Zhara adressa un sourire de gratitude à Han. Lui qui était déjà en sueur après cette marche forcée dans la montagne sentit soudainement une chaleur bien différente lui envahir le ventre.

– J'ai la même impression que lorsque j'entre en contact avec un autre magicien, expliqua Zhara. Comme une sorte… d'écho, de reconnaissance. On dirait que les inscriptions elles-mêmes sont magiques.

La courtisane fit la grimace.

– Les objets inanimés ne peuvent pas être « magiques », répondit-elle avec tact. Les légendes d'armes enchantées ne sont justement que des légendes.

– Il n'empêche que cela ne coûte rien d'essayer, *lah* ? insista Han.

Zhara fixa Jiyi, qui finit par hocher la tête, les lèvres pincées. Zhara pressa lentement la paume contre le symbole et ferma les yeux.

Han retint son souffle.

Et rien ne se produisit.

– Zhara, dit Jiyi, toujours d'une voix douce, tu maîtrises à peine le sort le plus élémentaire, je ne pense pas que… ouah !

Un grondement sourd et la terre se mit à trembler sous leurs pieds. De la poussière et des débris tombèrent du plafond du pavillon avant qu'une pluie de cailloux ne s'abatte sur eux. Jiyi se mit à battre des bras, à la recherche d'un abri, mais Han garda les yeux braqués sur Zhara, qui n'avait pas bougé d'un pouce.

– Le volcan entre en éruption ! s'écria Xu en se tenant la tête. Oh, je savais que cette expédition était une très mauvaise idée !

Zhara arracha sa main de la dalle et bondit sur ses pieds, avant d'être déséquilibrée par les tremblements du sol. Han accourut pour l'empêcher de tomber. Le symbole s'illumina d'une faible lueur rose et la pierre taillée s'enfonça pour dévoiler une volée de marches qui plongeaient dans l'obscurité. Les secousses cessèrent aussitôt.

– Comment… comment as-tu fait ?

Jiyi se précipita pour examiner l'entrée, les yeux écarquillés.

– Tu as lancé un sort ? Lequel ? Comment as-tu réussi sans pinceau ?

Le teint hâlé de Zhara avait viré à une pâleur grisâtre. Elle tenait fermement ses mains dans son dos, ses coudes rigides et collés le long du corps. Han voulut passer un bras autour de ses épaules pour la rassurer mais elle tressaillit et il interrompit aussitôt son geste, gêné.

– Est-ce que tu vas bien ? demanda-t-il.

Elle hocha la tête après un long moment.

– Oui, croassa-t-elle. Je suis juste un peu… surprise.

Xu s'approcha nerveusement de l'ouverture dans le sol.

– Que croyez-vous qu'il y ait là-dedans ?

– Nous sommes ici pour le découvrir, s'enthousiasma Jiyi en se frottant les mains.

– Pas moi, répondit aussitôt Xu. Je suis juste là pour m'assurer que mon pr… mon *ami*, Han, atteigne la majorité.

Jiyi lae congédia d'un geste agacé tandis qu'elle faisait le tour de la trappe.

– Eh bien, si tu ne nous accompagnes pas, rends-toi utile et va me prélever quelques échantillons des sources, ordonna-t-elle avant de s'avancer sans hésiter vers l'inconnu. Moi, je pars explorer.

Après quelques marches, elle se tourna vers Han et Zhara.

– Alors vous deux, qu'est-ce que vous attendez ?

22.

Sous terre, l'atmosphère viciée empestait le soufre. Zhara enfouit son nez dans son coude et s'efforça de ne pas vomir. L'odeur d'œuf pourri était déjà insupportable mais la puanteur vaguement acidulée de la décomposition lui soulevait carrément les tripes. Les exhalaisons lui rappelaient les abattoirs des Fosses, où la peur du bétail envahit les narines. C'était le parfum de la mort, celui des proies prises dans les griffes des prédateurs, des magiciens conduits au bûcher par le Fauconnier.

Jiyi, elle, ne semblait pas le moins du monde affectée par les relents.

– N'est-ce pas incroyablement excitant ?

Zhara ne l'avait jamais vue aussi enthousiaste, aussi débordante d'énergie, aussi… jeune. Débarrassée de son flegme hautain, la courtisane ressemblait à une petite fille, à piailler et à s'émerveiller d'un rien.

– Songez donc à toutes ces découvertes historiques qui nous attendent ! Des rituels et des sorts tombés dans l'oubli ! Des signes inédits du Langage des Fleurs ! Peut-être même des livres !

– La courtisane et moi n'avons clairement pas la même définition du mot *excitant*, grommela Han d'une voix nasillarde.

Il se pinçait le nez d'une main tandis que l'autre restait plaquée contre le mur. Les marches irrégulières rendaient la descente hasardeuse.

– Pour ma part, je ne considère pas que s'enfoncer dans les boyaux de Tiyok soit particulièrement amusant.

– Tiyok n'est pas un endroit, le reprit Jiyi avec sévérité. Le royaume du Chaos est un état de l'existence.

Il lança un regard à la courtisane.

– Quoi qu'il en soit, le cœur de ce volcan me semble être à la fois littéralement et métaphoriquement Tiyok.

– Oooh, regardez-moi cet homme de lettres ! Je suis stupéfaite que tu saches correctement employer le mot « métaphoriquement ».

– *Yah*, s'indigna Han. J'ai reçu une excellente éducation !

Derrière lui, à distance respectable, Zhara prenait garde à son équilibre sans se servir de ses mains. Ses paumes picotaient encore d'avoir descellé la dalle et elle craignait d'activer un autre mécanisme magique par inadvertance. En touchant la pierre, elle avait eu l'impression d'entrer en contact avec Thanh. Non seulement la magie avait répondu à sa présence mais elle avait également perçu une forme de… corruption, de pourriture. Elle agita les doigts pour tenter de se débarrasser de cette sensation persistante.

– Il fait de plus en plus sombre, gémit Han. Je ne vois pratiquement plus rien… HAAA ! Quelque chose vient de me frôler la jambe !

– Sans doute un rat, répondit la courtisane d'un air peu concerné. Les cavernes doivent grouiller de rongeurs… *AIYO* ! Quelque chose vient de me mordre la cheville !

Elle se tourna vers Zhara, le front plissé.

– Tu as de quoi nous éclairer ?

Zhara jeta un œil au bout de ses doigts, qui luisaient très faiblement.

– Non, répondit-elle en fourrant ses mains dans ses manches. Personne n'a apporté de torche ?

– Han, donne-moi mon sac, dit Jiyi. Je dois en avoir deux ou trois dedans.

– Je ne l'ai pas avec moi, répondit Han d'un ton surpris. Pourquoi est-ce que je l'aurais emporté ?

La courtisane laissa échapper un râle d'exaspération et leva les yeux au ciel.

– Eh bien va donc le chercher, soupira-t-elle, excédée.

Han soupira à son tour.

– Mais pour la dernière fois, je ne suis pas votre baudet ! Allez donc le chercher vous-même !

– Très bien.

Jiyi fit aussitôt volte-face et commença à remonter les marches.

– Tu as de la chance que je sois de bonne humeur.

En effet, songea Zhara. Elle ne semblait même pas tenir rigueur à Han de lui avoir parlé de façon aussi cavalière.

– Continuez, vous deux, ordonna-t-elle par-dessus son épaule. Je vous rattraperai.

Han se dévissa le cou en essayant d'apercevoir la fin de l'escalier.

– Continuer ? répéta-t-il, effaré. Mais comment ? Elle nous prend pour des chauves-souris ?

– Un baudet, une chauve-souris, décidément, tu es une ménagerie à toi tout seul, dit Zhara en souriant.

– En tout cas, je ne suis clairement pas un être humain pour elle, grommela-t-il avant de se figer, les yeux braqués vers le bas. Zhara, est-ce que tu vois ce que je vois ?

Elle essaya de suivre son regard.

– Où ça ?

– En bas, là, murmura-t-il. J'ai l'impression… qu'il y a des yeux qui nous regardent.

Zhara plissa un peu plus les paupières mais les ténèbres demeuraient impénétrables. Il faisait si sombre que le noir semblait presque doté d'une volonté propre. Un noir bien déterminé à étouffer, à avaler toute lumière et toute vie. Un frisson de terreur la glaça jusqu'aux os et sa magie se mit à s'animer nerveusement, comme une créature sauvage qui hésite entre fuir ou se battre. Son pouvoir parcourut furieusement ses canaux de ki pour s'accumuler dans ses paumes.

– Je ne vois rien du tout, répondit-elle lentement.

Puis quelque chose scintilla devant eux, comme un reflet de lumière sur une pièce d'or.

– Attends !

Elle les vit alors : deux yeux luisant comme les dernières braises d'un tas de cendres. Zhara inspira instinctivement et, sans réfléchir, saisit la main de Han avant de se rappeler un instant trop tard la magie qui affleurait sous sa peau. Pourtant il accueillit aussitôt sa paume et enlaça ses doigts entre les siens, sans manifester la moindre douleur. Elle reste immobile, interdite, émerveillée par la sensation de sa peau contre la sienne.

– C'est, c'est juste une illusion d'optique, *lah* ? s'interrogea Han d'une voix chevrotante. La lumière doit simplement se refléter sur un… un truc.

Les yeux dorés clignèrent lentement, une fois puis deux, avant de disparaitre subitement. Zhara sentit ses cheveux se dresser le long de sa nuque. Il y avait bien une autre présence qu'eux dans les ténèbres et elle se rendit compte avec effroi qu'elle en avait conscience depuis le début.

– Nous ferions peut-être mieux de remonter, suggéra-t-elle.

– Oui, répondit Han, bondissant sur l'occasion. Inutile de continuer si on ne sait pas…

Un grincement, un frottement de pierre contre pierre et les marches se mirent à trembler. Zhara se retourna et vit la dalle regagner lentement sa place.

– Han ! La trappe ! s'écria-t-elle.

Il était déjà en train de gravir les marches quatre à quatre.

– Jiyi ! Xu ! La dalle ! s'époumonna-t-il.

Il avait pratiquement atteint l'entrée lorsque la pierre scella le passage dans un bruit sourd et les plongea dans l'obscurité.

– Jiyi ! hurla Han en martelant ses poings sur la dalle. Ouvrez-nous !

– Han ?

Zhara s'accroupit et remonta prudemment les marches à quatre pattes.

Elle ne s'était jamais retrouvée dans une pénombre aussi absolue et oppressante. Elle la sentait contre son visage comme un masque étouffant et elle eut brièvement l'impression de suffoquer alors qu'elle respirait pourtant sans difficultés.

– Han ?

Il continuait de frapper du poing sur la dalle.

– *Yah* ! Laissez-nous sortir !

Une réponse étouffée leur parvint de l'autre côté.

– Comment ? s'écria Han. Je ne vous entends pas !

Zhara savait que les yeux dorés continuaient de l'observer dans son dos. Ils réclamaient avec insistance son attention mais elle refusait obstinément de se retourner. La magie bouillonnait dans ses veines, tirait contre sa peau, furieuse et impatiente de quitter son corps. Elle dût s'asseoir pour retrouver sa concentration et contenir son pouvoir. Les genoux ramenés contre sa poitrine, elle ferma les yeux alors même qu'elle ne voyait rien.

– Je ne regarderai pas, je ne regarderai pas, je ne regarderai pas, répéta-t-elle dans un murmure.

Elle pouvait sentir la présence se rapprocher. Sa magie frissonna, trembla et entra en vibration. Elle menaçait à tout instant d'échapper à son contrôle. Zhara pria pour que Xu et Jiyi parviennent à ouvrir la porte, l'effort était devenu pratiquement insupportable.

Quelque chose de chaud et de poilu lui caressa la jambe dans un tintement de grelot.

Une flamme jaillit.

– Zhara !

Elle ouvrit les yeux et grimaça aussitôt, aveuglée par la luminosité. Elle mit un instant avant de comprendre d'où provenait la lumière. Car elle en était la source.

Ou plutôt ses mains.

Elles étaient enveloppées de flammes comme la mèche d'une bougie. Zhara sentait leur chaleur formidable se répandre dans tout son corps et pourtant elle n'éprouvait pas la moindre brûlure ni douleur. Elle songea aux paroles de Jiyi sur la barge. La magie se doit de suivre les lois de la nature. Pour créer du feu, elle aurait dû l'appeler de ses vœux et manipuler la matière au sein du Vide. Elle n'avait rien fait de tout cela. Elle n'avait pas voulu que ses mains s'embrasent.

Et pourtant, ses bras étaient bel et bien en train de lui servir de torches de fortune. Elle eut la chair de poule comme si la brise lui avait murmuré à l'oreille :

Violation.

– Zhara ! s'exclama Han en accourant à ses côtés. Est-ce que tu vas bien ?

– Recule !

Elle brandit ses mains devant elle et il fit trois pas en arrière, les yeux écarquillés.

– Je ne veux pas te faire de mal, dit-elle.

– Doucement, tout va bien.

Il leva les bras en signe d'apaisement.

– Non, tout ne va pas bien !

Zhara voulut cacher ses mains dans son dos et calcina un bout de sa tunique. Si le feu ne lui faisait aucun mal, la chaleur commençait à la faire transpirer. Elle voulait hurler, pleurer, se rouler par terre et faire en sorte que tout s'arrête.

– Je suis un monstre !

– Tu n'es pas un monstre, la rassura Han, qui s'était relevé et s'approchait d'elle à présent.

– Mais si !

Ses mains tremblantes faisaient danser des ombres folles aux murs.

– Regarde-moi !

Il fit un nouveau pas en sa direction, la main tendue.

– Je t'en prie, implora-t-elle. Je ne veux pas te faire du mal.

– *Chhhh*, tout va bien. Personne n'aura mal.

Zhara éclata d'un rire forcé avant d'agiter ses doigts.

– Au cas où tu n'aurais pas remarqué, mes *mains sont en feu* !

Il s'arrêta devant elle.

– Est-ce que tu souffres ? demanda-t-il gentiment.

La gorge serrée, elle ferma les yeux pour chasser ses larmes. Il était si vulnérable, elle aurait pu le brûler, le défigurer comme elle avait mutilé Suzhan, et pourtant il se tenait là face à elle et s'inquiétait de son état. Zhara croyait que rien ne pouvait la faire tant souffrir que la cruauté de sa belle-mère, mais elle avait tort : la compassion dont faisait preuve Han était infiniment plus douloureuse.

– Je vais bien, dit-elle en détournant le regard.

Elle n'en pensait pas un mot.

– Recule, s'il te plaît. Je ne veux pas que tu me voies comme ça.

– Comment ça ?

Sa voix s'était rapprochée mais elle ne fit rien pour s'éloigner. Zhara ferma de nouveau les yeux.

– Je suis une abomination.

– D'après mon expérience personnelle, les abominations sont des horreurs sanguinaires couvertes d'yeux huileux, fit remarquer Han d'un ton plus léger. Alors à moins que tu abrites des centaines de mirettes sous tes vêtements, je pense qu'on ne risque rien.

Elle laissa échapper un petit rire sanglotant.

– J'ai bien peur de ne pas pouvoir te le prouver.

Elle agita les mains et battit maladroitement des cils.

– À moins que tu n'aies envie de vérifier par toi-même.

Han se racla la gorge et malgré la pénombre, Zhara vit ses joues s'empourprer. Elle rit de nouveau et le feu qui l'enveloppait se mit à se résorber quelque peu. Han était pratiquement contre elle à présent, sa main juste au-dessus de son bras et ses yeux braqués sur les siens. Il l'interrogea du regard, comme pour lui demander sa permission. Elle ne bougea pas et se mordit la lèvre. Il enveloppa délicatement son poignet de ses doigts.

Et les flammes s'éteignirent.

Les ténèbres les engloutirent si brusquement que Zhara tituba, mais Han raffermit sa prise et l'attira contre lui. Elle se raidit avant de se détendre progressivement en constatant qu'il n'était toujours pas brûlé. L'afflux de magie qui saturait son corps se dissipa et laissa place à un froid glacial.

– Tu… tu es un anti-magicien, balbutia-t-elle, stupéfaite.

– Un quoi ?

– Un anti-magicien. Ton corps contient de la magie mais elle ne t'affecte pas.

– Donc en gros je suis un magicien qui ne sert à rien. Formidable.

Zhara pouffa. Le soulagement et l'incrédulité l'avaient laissée exsangue et tremblante.

Han l'enveloppa de ses bras.

– Tout va bien, répéta-t-il. Tu n'as rien.

Zhara enfouit son visage contre son épaule et savoura son étreinte. La finesse du motif brocardé sur la soie de sa tunique était d'une douceur exquise contre sa joue. Ses vêtements dégageaient un mélange de bois de santal, d'ylang-ylang et de musc adolescent. Il toussa et se décala subtilement et Zhara prit conscience, à sa grande honte, qu'elle était en train de se frotter le nez contre son torse.

– Hum.

Han se racla la gorge.

– Je ne pensais pas nous priver de notre seule source de lumière, ce n'était pas mon intention, dit-il.

Zhara gloussa nerveusement. Même si son pouvoir semblait à nouveau sous contrôle, elle crépitait encore de la tête aux pieds du frisson de la magie parcourant ses veines.

– Je suis désolée.

– Pourquoi ?

Elle n'avait aucun mal à imaginer son expression confuse, ses sourcils arqués, la petite moue de ses lèvres.

– Pour… avoir éteint la lumière, j'imagine. Et… pour m'être donnée en spectacle ainsi.

– Allons, nous avons tous nos mauvais jours.

À défaut de le voir, elle entendait parfaitement le sourire dans le son de sa voix.

– Donc maintenant, nous n'avons qu'à attendre dans le noir que Jiyi et Xu reviennent avec les outils adéquats pour desceller la dalle.

– C'est ce qu'ils t'ont dit ?

Elle sentit ses épaules se lever et s'abaisser.

– C'était soit « ne bougez pas, nous allons chercher de l'aide », soit « debout sherpa, moussaillon gercé remède ». J'aurais tendance à parier sur le premier… *AIYO* !

Han bondit avec fracas.

– Quelque chose vient de me frapper.

Il éternua.

– Qu'est-ce que c'est ? s'inquiéta Zhara.

Elle sentit son pouls s'accélérer mais sa magie demeura étonnamment calme. En baissant la tête, elle croisa le regard doré réapparu de nulle part.

Miang, miaula une voix grognonne. Et familière.

– Sajah ? appela-t-elle, stupéfaite.

Zhara tressaillit lorsqu'une fourrure chaude s'enroula autour de ses chevilles mais les vibrations des ronronnements contre sa jambe l'apaisèrent aussitôt. Elle se pencha, les doigts tendus à la recherche du chat.

– C'est bien toi ?

Une petite truffe froide vint à la rencontre de ses phalanges. *Mrrrrawou.*

– C'est… c'est ton chat ?

Han éternua de plus belle.

Et Sajah siffla.

– Oui, on dirait bien ta terreur rousse, grogna-t-il, le nez encombré. Il me déteste. *Atchoum !*

Le chat se détacha des jambes de Zhara et elle entendit ses coussinets tapoter gracieusement la pierre. Les yeux dorés réapparurent quelques marches plus bas. Avant de se fermer et de se rouvrir, encore plus bas.

– Je crois qu'il veut qu'on le suive, murmura-t-elle.

– Quoi ? Là-bas ?

Un silence, comme si Han s'escrimait à distinguer le fonds de la galerie, le nez retroussé, la grimace aux lèvres. Un frisson, comme s'il s'imaginait les horreurs qui s'y trouvaient peut-être.

Zhara se surprit à constater qu'elle se souvenait de chacune de ses expressions, au point que son visage lui apparaissait en pensée aussi clairement que s'ils se trouvaient en plein jour. Elle se mit à rougir furieusement du menton aux oreilles.

– Oui, je crois, répondit-elle en bénissant pour une fois l'obscurité.

– J'imagine que nous n'avons pas autre chose à faire en attendant, marmonna-t-il. Autant finir ce que nous avons commencé, *lah* ?

23.

Après quelques minutes à tâtonner dans le noir, Han demanda timidement à Zhara si elle pouvait tenter de rallumer ses mains.

– Sauf si ça te met mal à l'aise, s'empressa-t-il d'ajouter. Ou que ça te cause le moindre inconfort.

Ils s'étaient déplacés centimètre par centimètre, avançant prudemment les orteils jusqu'à trouver le rebord de chaque marche. Leur progression était si lente que Han mourrait d'envie de se défouler sur le mur à coups de poing. Si seulement il savait *où* se trouvait le mur.

– Je crains que ça ne soit impossible, répondit Zhara à voix basse.

– Mais pourquoi ?

Long silence.

– Je… je ne sais pas comment faire.

Han se remémora la terreur de Zhara, sa conviction profonde d'être un monstre à cause de sa magie, et ses pensées dérivèrent naturellement vers Anyang. Son petit frère était lui aussi persuadé d'être une horrible créature, simplement parce que ses pouvoirs avaient chassé son seul ami.

– Cela arrive souvent à ta magie de se… déchaîner de la sorte ? osa-t-il demander avec – l'espérait-il – tact.

– Parfois, oui.

Il entendait les semelles de Zhara racler légèrement la pierre.

– Jiyi parle tout le temps de *Vide* entre la matière mais pour être honnête, j'ai toujours eu l'impression que la magie était une force qui échappait à tout contrôle.

Elle redevint silencieuse.

– Parfois elle surgit d'un coup et elle blesse ceux qui m'entourent.

– Tu ne peux pas t'en vouloir pour des choses qui échappent à ton contrôle.

Han la sentit se raidir à côté de lui.

– Quoi qu'il en soit, reprit-elle, j'ai déjà fait du mal à mes proches.

Elle n'en dit pas plus et ce silence était aussi suffoquant que l'obscurité. Malgré sa curiosité dévorante, Han ne tenait pas à la brusquer.

– Je suis sûr que c'était accidentel, avança-t-il avec incertitude.

– Non, répondit-elle d'une voix morne.

Il se retrouva complètement pris au dépourvu. Jamais il ne se serait imaginé la douce Maîtresse Brandy blesser quelqu'un volontairement.

– Tu veux dire que tu voulais leur faire mal ?

– Non, bien sûr que non.

Elle devait probablement être en train de plisser le front, les yeux fermés. Il l'avait déjà vu arborer cet air de regret, qui contrastait tellement avec sa nature joyeuse. Han s'était demandé à plusieurs reprises quelles épreuves Zhara avait dû traverser pour que la tristesse et la résignation viennent si souvent voiler son visage.

– Peu importe ce que je voulais, au bout du compte elle a été blessée par ma faute.

Il en savait si peu sur elle, et elle sur lui. Ils étaient tous deux réservés et soucieux de protéger leurs vérités. Mais si Han devinait que la réserve de Zhara lui venait d'une vie entière de mauvais traitements, la sienne n'était qu'un simple égoïsme. Il ne voulait pas effrayer les autres. S'il lui révélait sa véritable identité, lui en voudrait-elle d'avoir menti ? Le fossé entre un prince et une assistante d'apothicaire lui paraissait impossible à combler. Mais lorsqu'il n'était que Han, un simple garçon et elle une fille, la distance n'était plus si intimidante. La culpabilité lui donna des suées glacées le long de la nuque.

Mais quelque chose d'autre de froid, humide et tout à fait réel coulait également du plafond.

– Argh !

– Quoi ? paniqua Zhara. Qu'y a-t-il ?

Il passa la main sur ses omoplates imbibées avant de porter timidement les doigts à ses narines : une odeur légèrement minérale semblable à celle des sources chaudes.

– Je crois que de l'eau goutte du plafond.

Un tintement et les deux yeux dorés refirent leur apparition en contrebas. L'odieux félin de Maîtresse Brandy ouvrit la gueule en un bâillement qui s'apparentait à un rire. Han toisa Sajah du regard avant de se rendre compte qu'il parvenait désormais à discerner la silhouette de l'animal dans la pénombre.

– Zhara, dit-il d'un ton hésitant. C'est moi ou bien les ténèbres sont… moins denses ?

– Peut-être, répondit-elle, peu convaincue.

L'obscurité qui les enveloppait était incontestablement plus grise que noire. Han pouvait distinguer quelques formes à proximité : la chevelure de Zhara, ses épaules, ses bras et ses jambes. Il crut percevoir une lueur éthérée bleu-vert à l'endroit où les yeux du chat étaient réapparus. Le tintement de son grelot était toujours audible mais le regard doré s'était de nouveau évanoui.

– C'est… c'est de la lumière, là devant ? demanda Zhara, incrédule.

– Je crois bien, oui.

Han voyait désormais le rebord de chaque marche ainsi que la courbure du mur qui plongeait en spirale jusqu'au fond. La lueur bleu-vert gagnait en intensité à chaque pas et nimbait le décor d'une teinte irréelle, comme s'ils descendaient dans les profondeurs de l'océan et non au cœur d'un volcan actif. Le chat semblait avoir pris la poudre d'escampette.

Ils parvinrent en bas des marches et Zhara retint un cri.

– Mais… ce sont des étoiles ! s'exclama-t-elle en relevant la tête vers le plafond.

Ils avaient pénétré dans une gigantesque caverne qui aurait pu aisément accueillir le Pavillon de la Sagesse Céleste. La source de cette lumière fantomatique leur apparut enfin. Suspendus à la voûte, des dizaines – des centaines – de lumignons répandaient leur teinte aquatique. Han jeta un regard oblique à Zhara pour admirer la délicatesse de ses traits sous ce halo bleuté. Elle ressemblait à une fée ou une de ces demoiselles célestes qui peuplaient les contes que lui récitait sa mère le soir pour l'endormir.

– C'est magnifique, murmura Zhara.

– Oui, répondit-il avec la même révérence, sans même jeter un œil à cette galaxie souterraine.

Elle croisa son regard, dans lequel se reflétait l'éclat de ces étoiles terrestres, et ses lèvres esquissèrent un sourire. Son visage s'illumina et Han dut détourner la tête, gêné comme s'il avait été surpris nu. Il en profita pour étudier la caverne. La voûte, haute comme un immeuble de plusieurs étages, reposait sur quelques piliers d'une roche étincelante comme du diamant. L'air y était plus frais, et ne sentait pas tant le souffre que l'humidité. Un bruit de gouttelettes, pareil au pincement de cordes d'un luth, résonnait à travers la vaste grotte.

– Regarde, dit Zhara en indiquant le pilier à côté de lui. Il y a une inscription gravée dans la roche, je crois que c'est du Langage des Fleurs.

Elle se rapprocha pour l'examiner, les doigts affleurant le symbole.

– Oh, Jiyi voudra voir ça.

Sous leurs pas, le sol rocailleux et irrégulier céda la place une terre compacte puis à une vaste surface nue. Au centre se dressait un cercle de blocs rectangulaires manifestement taillés par la main de l'homme. Au-delà de cette structure, de l'autre côté de la caverne, un bassin était alimenté goutte à goutte par une énorme stalactite. L'eau nimbée par les lumières bleu-vert semblait venir d'un autre monde.

– Cet endroit dégage une énergie étrange, constata Zhara à mi-voix en faisant le tour des blocs.

– Vraiment ?

Han se frotta les avant-bras comme pour chasser des fantômes invisibles sur sa peau.

– Je ne sens rien, moi. Hormis un léger malaise.

– C'est difficile à expliquer, poursuivit-elle, mais j'ai la même impression que lorsque j'ai posé la main sur le symbole de la trappe. Comme si quelque chose me vidait de ma magie.

Il fronça les sourcils.

– Tu penses que c'est la même chose qui provoque des possessions en aval ?

Il se tourna vers le bassin.

– Et ça alors ? dit-il en pointant l'eau du doigt. Tu disais que le puits et la fontaine dans les marais ont été contaminés par une essence démoniaque.

Zhara quitta le cercle de blocs pour se rendre au bassin et trempa timidement le bout de son doigt. Elle le retira aussitôt comme si elle venait de se brûler.

– Ce n'est pas le bassin, dit-elle, catégorique. Mais l'eau est clairement souillée comme le puits dans les marais.

– Souillée ? Tu veux dire empoisonnée, non ?

Elle resta silencieuse un instant pour trouver ses mots.

– Non, pas vraiment, je dirais plutôt que cette eau a perdu son *essence* profonde. Ce n'est plus de l'eau.

Han cligna lentement des yeux.

– Je ne comprends absolument rien.

Zhara éclata de rire.

– Moi non plus, mais je n'arrive pas à l'expliquer autrement.

Elle désigna la bassine d'un geste.

– D'accord, cela ressemble à de l'eau, ça en a tous les attributs. Mais c'est devenu fondamentalement quelque chose d'autre… une sorte de substance… démoniaque.

Han répéta silencieusement ses paroles, l'air absorbé.

– Non, désolé, je n'y comprends toujours rien, finit-il par avouer.

Elle sourit et secoua la tête.

– Je sens que ma magie est davantage attirée à cet endroit, dit-elle en indiquant le cercle de blocs de granite. Quand je me tenais au milieu, je pouvais presque sentir mon énergie être aspirée hors de moi.

Ils retournèrent au centre de la caverne. Les douze blocs rectangulaires étaient espacés à intervalles réguliers comme les points d'une boussole. Han remarqua un large disque de pierre enfoncé dans le sol en terre, en plein centre. Il était blanc et luisant comme du marbre.

– Qu'est-ce que c'est, à ton avis ?

Il passa la main sur le sommet du bloc le plus proche, sur lequel étaient gravés plusieurs symboles. La roche dégageait une curieuse odeur douceâtre et écœurante.

Zhara se posta à côté de lui pour examiner les structures.

– Un genre de monument, j'imagine ?

Elle toussa et se couvrit le nez avec sa manche.

– D'où vient cette puanteur ?

Han s'agenouilla pour mieux étudier le bloc. Une entaille faisait le tour des quatre faces au niveau du sommet. L'odeur y était plus forte.

– *Yah*, j'ai l'impression qu'on peut les ouvrir. Le sommet semble amovible.

Il planta ses doigts dans le creux, qui était tout juste assez grand pour les accueillir.

– Viens m'aider.

Zhara fit un pas en arrière.

– Je ne veux pas y toucher.

– Comment ? Mais pourquoi ?

Zhara pointa les inscriptions gravées sur les parois.

– Ces symboles, j'ignore ce qui passera si j'entre en contact avec.

– C'est en touchant la trappe que tu es parvenue à l'ouvrir.

– Je sais.

Elle se mit à triturer nerveusement le bout de ses nattes.

– Mais quelque chose… ne m'inspire pas confiance. Le signe sur la dalle n'a pas seulement aspiré ma magie, il a… (elle hésita et se mordit la lèvre) j'ai l'impression qu'il voulait voler mon ki.

– Et ce n'est pas une perspective très… réjouissante, je suppose ?

Han n'avait jamais vraiment saisi la notion de ki. Son maître d'armes, le professeur Kang, lui rabâchait les oreilles à ce sujet lors de leurs moments de méditation. Han détestait la méditation.

Elle haussa les sourcils.

– Pas vraiment, non. C'est comme si quelqu'un sapait ton énergie. Pas ta force physique mais ta volonté, ce qui t'anime.

Elle réprima un frisson.

– Au milieu de ces blocs, j'ai l'impression d'être prise au piège. Comme un filet de barbelés.

Elle reporta son attention sur les symboles.

– Tu as remarqué ? C'est le même glyphe sur les douze blocs. À quoi peuvent-ils bien servir ?

– Je ne sais pas.

Han s'accroupit devant le disque de marbre pour l'observer de plus près. La surface lisse était frappée du même signe que celui de la trappe, au milieu d'une myriade d'autres symboles. Si Jiyi s'était trouvée avec eux, elle aurait probablement noirci un millier de pages avec son bout de fusain.

– Je n'arrête pas de voir ce symbole partout. Je me demande ce qu'il représente.

Zhara voulut regarder par-dessus son épaule et manqua de trébucher en se reculant aussitôt.

– L'attraction est vraiment trop forte.

Elle regarda la dalle blanche avec effroi.

– Il y a quelque chose là-dessous, dit-elle avant de secouer la tête. Non, il n'y a rien.

– Il faudrait savoir. Il y a quelque chose ou pas ? demanda Han, perplexe.

Elle s'éloigna de la dalle pour regagner les blocs.

– C'est une négation, une absence, qui… qui a sa propre existence, murmura-t-elle avant d'écarquiller les yeux. C'est le Vide.

Han la dévisagea avec inquiétude. Ses paroles sans queue ni tête lui faisaient penser à celles d'une diseuse de bonne aventure en transe ou d'un clochard fou comme il s'en croisait parfois dans les Fosses.

– J'ai peur de ne pas tout saisir, avança-t-il diplomatiquement.

Zhara lui prit la main. Chaque fibre du corps de Han se mit à vibrer en une joyeuse harmonie. Il eut un mal fou à rester impassible.

– Est-ce que tu ressens ça ?

– O-oui, parvint-il à articuler.

– Cette résonnance entre nous, ce chaos qui parcourt nos veines ?

Chaos était un terme encore trop précis pour décrire le tumulte qui agitait Han de l'intérieur, mais il déglutit avec peine et fit de son mieux pour garder la tête froide.

– Oui, murmura-t-il en s'approchant d'elle, inexorablement attiré par ce lien mystique qui les unissait.

Résister lui paraissait totalement futile.

– C'est le Vide.

Voilà qui doucha enfin sa ferveur.

– Eh bien, Maîtresse Brandy, répliqua-t-il d'un ton badin pour dissimuler sa déception, quelle romantique vous faites.

Elle pouffa.

– Le Vide est l'endroit où la magie nait, expliqua-t-elle en répétant les leçons de la courtisane. La source du potentiel.

Elle se retourna vers les structures, l'air sérieux.

– Cette… cette pierre blanche irradie le néant.

Cette dernière phrase la surprit elle-même et la plongea dans le silence.

– Qu'y a-t-il ?

Elle déglutit.

– Jiyi a bien dit que ce lieu a servi à invoquer des démons, non ?

Les yeux de Han allèrent de la dalle aux blocs.

– Tu crois, croassa-t-il, que c'est ici que les magiciens de Changxi se livraient à leurs invocations ?

– Peut-être, mais dans tous les cas, cet endroit est un vortex à énergie magique.

Elle indiqua la dalle sur laquelle il se trouvait et il s'en écarta d'un bond par réflexe. Elle fronça les sourcils.

– C'est moi ou ces signes semblent plus récents ?

Il remarqua pour la première fois les autres gravures qui bordaient l'intérieur du cercle barré au centre. Zhara avait raison, le symbole central était érodé par le temps et l'usure mais la couronne de milliers de signes était bien plus nette et paraissait neuve.

– Je pense que c'est un sort. Si seulement j'avais pris de quoi faire des prélèvements pour les rapporter à Jiyi, grogna-t-elle.

Han s'approcha pour détailler les symboles.

– Qu'est-ce qu'ils indiquent, selon toi ?

– Peut-être qu'il s'agit d'un autel, suggéra-t-elle sans être convaincue. Est-ce que ces magiciens pratiquaient des sacrifices lors de leurs rituels ?

– Ce n'est pas moi qui pourrais te répondre.

Il étudia l'entaille sur le pourtour des blocs, désormais convaincu qu'il s'agissait de l'interstice d'un couvercle. Par curiosité, il pressa les deux paumes sur le bord et poussa de toutes ses forces. La pierre bougea à peine, le couvercle était bien plus lourd que ce qu'il avait estimé. La prochaine fois, il se rappellerait de ne pas sécher les exercices de Maître Kang pour se muscler les cuisses. Il refit une tentative et cette fois, la dalle bascula dans un bruit assourdissant sur le sol de la caverne.

L'odeur l'agressa aussitôt et il dût enfouir son nez dans son coude pour se garder de la puanteur acidulée.

Les yeux embués, il remarqua ensuite le cadavre.

– Oh, dit Zhara d'une voix faible. Ce ne sont pas des autels. Ce sont des tombes.

– Eh bien, répondit Han en chevrotant. Je crois que nous avons retrouvé nos magiciens disparus.

24.

L'odeur qui s'échappait du caveau était ignoble, à la fois rance, acide et douce. Zhara réprima un haut-le-cœur et porta sa manche à ses lèvres. À côté d'elle, Han inspectait le contenu du cercueil de pierre, les dents serrées pour ne pas vomir.

– Ils… ils sont bien morts ? demanda-t-elle.

– J'ai l'impression, répondit-il d'un ton sinistre.

Zhara ravala sa bile.

– De quoi à ton avis ?

Il secoua la tête.

– Il y a tellement de corps là-dedans, dit-il d'une voix tremblant de terreur.

Zhara rassembla son courage et s'aventura au-dessus du rebord. Plusieurs cadavres étaient amoncelés, à différents stades de décomposition. Mais celui au sommet de la pile portait un châle bleu et blanc et un bracelet de perles rouges. Diem.

– Oh, Thanh, murmura-t-elle. Je suis désolée.

La mère du jeune garçon était morte récemment. Son corps, bien qu'émacié, était encore intact et ses vêtements propres. Elle reposait sur le dos au milieu des ossements, les yeux clos et les mains croisées sur la poitrine.

– On dirait presque qu'elle dort, constata Han, mal à l'aise.

Il n'avait pas tort. Si Zhara faisait abstraction de son teint grisâtre et de ses lèvres desséchées, elle aurait pu croire que la mère de Thanh allait se réveiller à tout moment.

– Nous devrions… nous devrions dire quelque chose, suggéra Han. Au moins une prière pour que son âme retourne à Do.

– Les Buris ne croient pas au lieu où tout commence et tout finit, murmura Zhara. Ils croient à la Grande Roue. Leurs enveloppes charnelles doivent être brûlées pour qu'ils puissent réintégrer le cycle de la renaissance.

Elle contempla le visage paisible de Diem.

– Nous devrions plutôt rapporter sa dépouille avec nous.

Han jeta un rapide coup d'œil aux onze autres tombeaux.

– Je ne sais pas ce que tu en penses, mais je doute que le capitaine Shang nous laisse trimballer des cadavres dans sa barge jusqu'à Zanhei.

Difficile de le contredire.

– D'accord, concéda-t-elle, alors ouvrons au moins les autres cercueils pour voir si nous pouvons identifier les corps et informer leurs proches.

Han s'arcbouta face au bloc suivant.

– Retiens ta respiration, dit-il avant de repousser le couvercle.

L'odeur était moins terrible que dans le premier caveau : le dernier occupant n'était déjà plus qu'un squelette desséché.

– Je… je crois que cette personne était un fonctionnaire du palais ! s'étrangla Han.

Zhara se jucha sur la pointe des pieds pour voir par-dessus son épaule. Le corps était vêtu de lambeaux de soie, parmi lesquels on distinguait l'emblème brodé de fil d'or de son office ainsi que la ceinture rigide en écailles de tortue caractéristique de l'uniforme officiel. Han se mit à fouiller frénétiquement les os.

– Mais enfin, qu'est-ce que tu fais ? s'écria-t-elle.

– Je cherche son sceau personnel, pour connaitre son identité.

– Parce que tu… tu pourrais l'avoir déjà rencontré ? demanda-t-elle, même si elle avait déjà son idée en tête.

Han ferma les yeux.

– Je n'en suis pas certain, murmura-t-il, mais j'ai bien peur qu'il s'agisse de mon Oncle Li.

Son grand cousin magicien. Celui qui possédait le seul exemplaire des *Chants de l'Ordre et du Chaos*. Zhara posa une main sur son épaule en guise de consolation.

– Aide-moi à chercher, s'il te plaît, l'implora-t-il.

Zhara jeta un œil aux sorts gravés sur les couvercles et les parois des tombeaux. De toute évidence, ces cercueils servaient de réceptacle pour puiser l'énergie des magiciens. L'idée de grimper à l'intérieur ne lui semblait pas particulièrement prudente.

Han finit par se relever, un médaillon en jade à la main.

– Ce n'est pas lui, dit-il, à moitié soulagé. C'est le sceau du Ministre des Affaires Intérieures. Oncle Li était l'astrologue de ma m… de la Consort Royale.

Zhara lui prit le médaillon avec précaution. La pierre était froide mais vierge de toute contamination démoniaque.

– Tu le connaissais personnellement ? demanda-t-elle en retournant le pendentif.

Le nom « Chow Danzhi » était inscrit au dos.

– Non, répondit Han. Mais une fois au palais, nous pourrons consulter les archives avec Xu et découvrir à quel moment il a disparu.

Il lui reprit le médaillon et le rangea dans le pli de sa ceinture avant de se tourner vers le squelette.

– Toutes mes excuses au Ministre pour avoir perturbé son repos, dit-il en s'inclinant profondément.

Elle lui jeta un regard et lui donna un gentil coup de coude.

– Dis une prière pour que son âme retrouve Do.

– Moi ?

Il regarda autour de lui.

– Là, maintenant ?

– C'est toi qui l'as suggéré tout à l'heure, pour Diem.

Han se dandina sur place.

– Bon, d'accord.

Il redressa les épaules et tendit les mains au-dessus du corps de Chow Danzhi comme Zhara avait vu faire les nonnes mortuaires aux funérailles. Il se racla la gorge.

– *En Do, tout commence et tout s'achève*, déclama-t-il, solennel. *L'Homme, né de l'Ordre et du Chaos, retourne dans le chaudron de conscience pour ne faire plus qu'un avec Do. Adieu, Chow Danzhi, puisse ton fantôme trouver la paix.*

Il frappa ses mains à quatre reprises et Zhara et lui s'agenouillèrent en même temps jusqu'à presser leur front contre le sol.

– C'était une vraie prière ? demanda Zhara en se relevant.

– Ha ha ha, dit Han, légèrement mal à l'aise. Je l'ai peut-être, hum, inventée à l'instant.

Zhara esquissa un sourire.

– C'était très beau, répondit-elle avec sincérité. On aurait dit un poème.

– Tu le penses vraiment ? s'étonna Han.

Elle hocha la tête.

– Viens, allons voir si on peut apporter un peu de paix aux autres.

Le cercueil suivant contenait une autre cueilleuse buri dans un état de décomposition bien plus avancé que Diem. Une fois de plus assaillis par la violence de l'odeur, Han et Zhara se couvrirent le nez avec leur manche. Zhara voulut éviter de regarder le cadavre de trop près, avant de se sermonner intérieurement pour sa lâcheté. Pour autant, il ne subsistait guère de signes distinctifs permettant d'identifier la défunte. Le châle bleu et blanc était similaire à celui de Diem mais c'était bien tout.

Le tombeau d'après abritait une pile de squelettes. Celui du dessus portait les vestiges d'une longue robe en soie ainsi que plusieurs bijoux, des lanières de turquoise et de jade, un peigne ornemental en or et quelques bagues. Han et Zhara s'agenouillèrent révérencieusement pour recommander son âme à Do.

– Si seulement nous connaissions leurs noms, se lamenta Han. Qui sait quels fantômes affamés nous avons pu relâcher en ouvrant ces tombes ?

BOUM !

Ils se figèrent avant d'échanger un regard paniqué. Le bruit sourd fit trembler la caverne et se répercuta dans toutes les directions, sans qu'ils ne parvinssent à en déterminer l'origine.

– Qu'est-ce que c'était ? murmura Zhara.

Sa magie s'était immédiatement activée et frémissait au bout de ses doigts.

On dit que les ruines sont hantées, avait dit le capitaine Shang. *Mais ce ne sont pas les morts qui m'inquiètent.*

– Je ne sais pas, répondit Han sur le même ton, les yeux écarquillés de terreur.

Il leva la tête vers la voûte et pressa ses paumes l'une contre l'autre.

– Ô Lion du Sud, pria-t-il, je vous en conjure, protégez-nous de l'appétit des morts.

Et il éternua.

Un miaulement.

Deux yeux dorés se matérialisèrent dans les ombres autour des piliers scintillants.

– Sajah ! s'écria Zhara. Te voilà !

Le chat quitta l'obscurité en trottinant au son de son grelot.

– Je m'imaginais un protecteur avec un peu plus d'envergure, ô Lion du Sud, maugréa Han.

Sajah fronça les sourcils et lui décocha un coup de patte dans les chevilles.

Zhara retint sa respiration dans l'attente d'un nouveau choc mais rien d'autre ne lui parvint que le bruit des gouttes tombant du plafond. Elle finit par soupirer de soulagement.

– Ce n'était probablement pas grand-chose, dit-elle sans être pleinement convaincue. Reprenons.

Ils ouvrirent les tombeaux restants, prononcèrent des prières et notèrent scrupuleusement chaque signe distinctif pour les identifier plus tard.

– Je suis désolée, murmurait-elle à chaque magicien, désolée que vous n'ayez pas eu les adieux que vous méritiez.

Les larmes qui embuaient ses yeux étaient autant une marque de son chagrin qu'une défense contre la puanteur atroce de la putréfaction.

– J'aurais aimé faire plus pour que vous puissiez trouver la paix.

– Nous irons au temple une fois de retour à Zanhei, et nous demanderons à une prêtresse de Do de pratiquer les derniers rites.

Han posa une main gentille sur le bas de son dos et elle fit de son mieux pour ne pas sursauter. Il la retira bien trop vite à son goût.

– Elles n'ont pas besoin du corps pour dire les prières.

Ils arrivèrent au dernier cercueil. Le cœur battant, Zhara aida Han à l'ouvrir. Elle redoutait ce qu'ils allaient y trouver.

C'était un enfant.

Elle réprima un cri en plaquant la main sur sa bouche. Les larmes lui brûlèrent aussitôt les yeux. Comme Diem, il semblait endormi, les joues encore roses. Il était si jeune ; il avait probablement le même âge qu'elle lorsque les Crécerelles avaient embarqué son père. Qui pouvait-il bien être ? D'où venait-il ? Manquait-il à un parent comme elle aurait aimé manquer à quelqu'un ?

– Je crois… je crois que c'est l'ami de mon petit frère, balbutia Han. Yao, un fils de cuisinière.

Il tourna délicatement la tête du garçon sur le côté pour dévoiler une large tache de naissance violette sur sa clavicule.

– C'est bien lui, confirma-t-il d'un air grave.

L'enfant remua les lèvres.

– Han, s'exclama Zhara en lui agrippant le bras. Je crois qu'il est vivant !

– J'en doute. Il n'a pas l'air de respirer.

Il se pencha par-dessus le rebord du caveau pour porter ses doigts sous les narines de l'enfant.

– Attends un peu ! s'écria-t-il. J'ai senti un souffle !

Il secoua gentiment le garçon par les épaules.

– Yao ! Yao, réveille-toi !

L'enfant ne réagit pas. Zhara se pencha à son tour pour lui prendre la main.

– Yao, dit-elle. Tout va bien, tu es en sécurité.

Elle réalisa avec effroi que quelque chose ne tournait pas rond. Les méridiens du garçon avaient été complètement vidés de leur magie, comme siphonnés. Et derrière ce néant se terrait un vide plus profond.

Le chaos.

La corruption.

Yao ouvrit les yeux et siffla comme un chat. Zhara bondit en arrière et lui lâcha la main tandis que ses tympans se bouchaient sous l'effet de la pression. L'enfant se hissa hors du caveau avant de se mettre à convulser au sol. De la fourrure jaillit le long de son échine. Son corps craqua dans un concert de bruits écœurants. La peau tirée dans tous les sens, il tripla de taille.

Zhara tomba à la reverse.

Une abomination.

25.

À la place de l'enfant se tenait un monstre haut comme deux hommes, les jambes arquées et les bras saillants de muscles. Les pieds s'étaient mués en pattes, les ongles en longues griffes tranchantes. Sa tête s'était allongée en un museau doté d'énormes défenses et six yeux rouges luisaient de part et d'autre du nez sous l'épaisse fourrure grise.

– Zhara ! hurla Han.

Elle se hissa précipitamment sur ses pieds et fonça se réfugier vers les piliers tandis que Yao poussait un rugissement inhumain. Des morceaux de roches décrochés par les vibrations tombèrent en cascade tout autour d'elle et explosèrent au sol dans des nuages de poussière. L'abomination se lança à sa poursuite, en s'aidant de ses pattes avant comme l'aurait fait un gorille. Ses griffes raclaient le sol à mesure qu'elle gagnait en vitesse et laissaient derrière elle de profonds sillons dans la roche.

– À gauche ! cria Han. À gauche !

Zhara obéit sans réfléchir et s'étala de tout son long. Yao bondit sur elle ; elle roula sur le flanc au dernier moment pour ne pas finir écrasée.

– Viens vers moi !

Han se tenait au beau milieu de la caverne et agitait frénétiquement les bras. Il semblait tenir une arme rouillée de la main droite. De nouveau, Zhara se releva frénétiquement et s'élança vers lui, les poumons en feu.

– Mais – où – est-ce – que – tu – as – trouvé – ça ? demanda-t-elle en haletant.

– Qu'est-ce que ça peut faire ? s'écria-t-il avant de placer entre elle et l'abomination. Elle était avec un des cadavres.

Il brandit son épée face au monstre.

– Arrière !

Un infime instant, la créature hésita. Les six yeux rouges clignèrent en même temps, comme si elle avait compris les paroles de Han. Puis le monstre jeta sa tête en arrière et grogna, dévoilant toutes ses rangées de dents acérées comme des rasoirs.

Han rugit en retour, l'épée tenue à deux mains.

L'abomination marqua une nouvelle pause, déboussolée.

– Je n'arrive pas à croire que ça a marché, murmura Han.

Un rayon de lumière perçant frappa la créature en plein visage et l'obligea à se protéger de son bras en hurlant. Zhara et Han plissèrent les yeux pour ne pas être éblouis.

Miaaow !

Une forme rouge jaillit des ténèbres en sifflant et se mit à lacérer la tête de l'abomination. Malgré la lumière aveuglante,

Zhara n'eut aucun mal à reconnaitre ce chat.

– Sajah !

– Zhara ! Han !

Deux silhouettes perturbèrent le rayon. En se retournant, elle vit Jiyi et Xu dévaler les marches. Iels avaient réussi à ouvrir la trappe.

– Oh, que les Immortels me préservent, bredouilla Xu en découvrant le monstre. Je savais que nous n'aurions dû jamais descendre jusqu'ici.

– Ferme-la et viens nous aider ! ordonna Han.

– Et avec quoi au juste ? Mon éventail ?

Jiyi plongea la main dans son sac et en sortit deux fioles.

– Abritez-vous ! hurla-t-elle en les lançant sur l'abomination.

Les deux flacons se brisèrent en plein sur son torse et libérèrent un liquide sombre qui se mit à fumer et à bouillonner. Le monstre tituba en arrière en hurlant de douleur tandis que sa peau brûlait et se recouvrait de cloques. Han se précipita pour lui taillader les jambes d'un coup de lame. L'abomination bascula complètement et s'effondra au sol. Alors que Han s'apprêtait à lui porter le coup de grâce, la créature le balaya violemment d'un revers de main. Il fit un vol plané jusqu'au fond de la caverne qu'il percuta dans un bruit inquiétant, avant de s'effondrer, inerte.

– Han ! s'écria Zhara en se précipitant pour le rejoindre.

Elle esquiva un coup de griffe du monstre et s'agenouilla auprès de lui. Ses doigts fébriles cherchèrent aussitôt son pouls. Il gémit et s'agita faiblement à son contact.

– Je n'ai rien, dit-il, les dents serrées. J'ai juste pris un coup… à mon amour-propre.

– Laisse-le ! hurla Jiyi à l'attention de Zhara. Occupe-toi de l'abomination !

Zhara ramassa l'épée et la brandit d'une main tremblante. L'arme était une antiquité, émoussée et mouchetée de rouille.

– Pas avec ça, imbécile !

La courtisane évitait gracieusement chaque attaque de la créature en sautant dans tous les sens. Le monstre hurla de frustration et abattit le poing sur l'un des caveaux de granite. Les éclats de roche fusèrent dans toutes les directions.

– Sers-toi de ta magie ! Il n'y a que toi qui sois capable de neutraliser cette chose !

Xu courut jusqu'à Zhara et lui prit l'épée des mains.

– Je le protège, la rassura-t-iel en tenant l'arme avec une maladresse évidente. Vas-y.

Elle chargea l'abomination en sortant le pinceau dissimulé dans sa ceinture. D'un geste, elle traça le signe *feu* dans les airs.

Rien.

– Le Vide, le Vide ! rappela Jiyi, exaspérée.

Elle se baissa pour esquiver un nouveau coup de la créature, saisit son sac au passage et trébucha. Plusieurs petites fioles s'échappèrent de la besace et roulèrent au sol tandis qu'elle tentait désespérément de les rattraper.

– Trouve le Vide et façonne-le selon ta volonté !

Zhara n'osait pas fermer les yeux pour se concentrer mais elle s'efforça de se remémorer ses leçons sur la barge. En vain. Son esprit était obnubilé par la terreur que lui suscitait cette chose innommable. Sa magie bouillonnait furieusement, ne tenait plus en place. Elle ne savait même plus si elle craignait davantage l'abomination ou le caractère imprévisible de son pouvoir. Le pinceau lui semblait bien ridicule face à une telle menace.

– Jiyi ! s'exclama Xu alors que le monstre plongeait sur elle.

La courtisane, encore au sol, réagit au quart de tour et lança une poignée de terre droit sur son visage, mais la bête ferma ses six yeux juste à temps. Elle ouvrit sa gueule immense pour avaler sa proie. Une large silhouette apparut alors devant Jiyi et se projeta contre le flanc de l'abomination pour la faire dévier de sa trajectoire.

– Ta Grâ… Imbécile ! se lamenta Xu. Comment est-ce que je suis censé m'assurer que tu survives jusqu'à ta majorité si tu cherches à te faire tuer ?

– Vengeance ! gronda Han avant de prendre un gros caillou et de l'abattre à plusieurs reprises sur le crâne du monstre.

Ce dernier s'effondra.

– Je dois avouer, reprit Han en se massant énergiquement l'épaule, que je ne pensais pas que la vengeance pouvait être aussi douloureuse.

Jiyi sortit une corde de son sac et en jeta une extrémité à Han.

– C'est le moment, lui dit-elle. Attache-le.

Han ficela promptement le museau de la créature tandis que Jiyi lui ligotait les quatre pattes. Zhara éprouva une pointe de pitié. Ce monstre avait avant tout été un enfant, dont le seul tort était d'être né magicien. Malgré les crocs, les griffes, les six yeux mi-clos et la fourrure, elle ne voyait rien d'autre qu'un garçonnet en uniforme de palais.

– Zhara ! cria Jiyi. Allez !

Elle accourut gauchement, son pinceau à la main.

– Qu'est-ce… qu'est-ce que je dois faire ?

– Je n'en ai aucune idée, répondit la courtisane d'un ton irrité. Quelque chose, n'importe quoi ! Le feu fera bien l'affaire.

La créature se réveillait et commençait à tirer sur ses liens.

– Dépêche-toi, avant qu'elle ne se libère !

Zhara plaça la pointe du pinceau sur la fourrure. Sa main tremblait tant qu'elle ne savait même pas si elle avait correctement dessiné le glyphe.

– Il n'est pas de magie sans intention, murmura-t-elle avant de penser « flammes ».

Rien ne se produisit.

– Je ne voudrais surtout pas te presser, l'interpella Xu à bonne distance, mais on dirait que la créature est parvenue à rompre la corde autour de sa gueule.

Han et Jiyi redoublèrent d'efforts pour tirer sur les entraves.

– Le Vide ! s'époumonna la courtisane. Pense au Vide !

Mais le Vide ne représentait rien pour Zhara. Sa magie était une force positive et non négative, une présence plutôt qu'une absence. Elle la sentait qui brûlait d'envie de s'échapper de son corps, par sa peau, ses yeux, ses cheveux. Elle tendit une main hésitante vers la créature. Un claquement retentit tandis que le chanvre de la corde cédait, brin après brin.

– Zhara, l'avertit Han, on ne pourra pas la retenir plus longtemps.

Dans un cri bestial, l'abomination se libéra enfin et envoya valdinguer Han et Jiyi. Zhara tomba à la renverse et le monstre fut pratiquement sur elle. Ses yeux rencontrèrent les siens et elle ne put s'empêcher d'y chercher un semblant d'humanité, un fragment passé de l'enfant.

Elle n'y trouva rien que le néant et Tiyok.

L'abomination ouvrit de nouveau la gueule en un rictus terrifiant.

Mrrrow !

Sajah accourut à la rescousse, plongeant ses griffes dans les globes rouges. Le cri perçant du monstre parcourut l'entièreté de la caverne et décrocha une pluie de cailloux et de sable du plafond. Il riposta à l'aveugle en fendant l'air de ses griffes et ne parvint qu'à entailler Zhara à la joue. Son pinceau lui échappa des mains et disparut dans l'obscurité. Elle plongeait pour le retrouver lorsque Sajah lui miaula un avertissement. Zhara n'eut qu'une fraction de seconde pour réagir avant qu'une main colossale ne s'abatte au sol. Un autre miaulement et elle roula pour éviter un nouveau coup.

– Zhara !

Elle avait bien entendu Han mais elle ne pouvait rien voir d'autre que la tempête de coups déchaînés par les mains velues. Ses cuisses et ses poumons la brûlaient alors même que sa véritable flamme restait contenue sous sa peau. Elle sentait que chacune de ses esquives, chaque geste, se faisait plus lent que le précédent…

– Zhara !

Une énorme patte s'abattit sur elle et, trop épuisée pour l'éviter, elle leva les bras. Ses mains agrippèrent le poignet de la créature au moment où les griffes allaient déchiqueter sa gorge.

Et sa magie explosa.

Un hurlement de douleur résonna tandis que Zhara s'embrasait, son pouvoir enfin libéré de son enveloppe corporelle. L'abomination tituba et se mit à griffer sa fourrure en feu en poussant des cris d'agonie. Zhara regarda ses mains incandescentes, dont la lumière projetait des ombres folles. Du coin de l'œil, elle aperçut Han, Xu et Jiyi, bouche bée.

– Mais c-comment…, croassa la courtisane.

Le monstre parvint à étouffer les flammes et chargea droit sur Zhara. La fourrure calcinée de ses pattes fumait encore et la jeune femme manqua de peu de se faire empaler par ses griffes en plongeant sur sa droite. Elle battit frénétiquement des bras, comme si elle cherchait à chasser un loup. Le monstre grogna d'un air sinistre et s'avança vers elle. À la lueur du feu, elle remarqua que Sajah était parvenu à lui crever deux yeux.

– Brûle-le ! l'exhorta Xu. Attrape-lui le bras et ne le lâche pas !

Zhara bondit en arrière pour se mettre hors de portée d'un énième coup de patte.

– J'aimerais bien t'y voir ! rétorqua-t-elle.

– Allez, s'écria Han en ramassant ce qui restait de la corde. Il faut qu'on trouve un moyen de le capturer.

– Je te rappelle que nous avons déjà essayé, avec le résultat que l'on connait, répondit Jiyi.

– Zhara n'avait pas de brasiers magiques au bout des doigts tout à l'heure. Là ! dit-il en pointant deux piliers cristallins. On n'a qu'à lui tendre un piège et *boum* ! Elle pourra le rôtir vivant une fois tombé par terre.

Jiyi et Xu lui prirent la corde et coururent installer l'embuscade.

– Par-là ! cria Xu avec un grand geste de la main. Attire-le par-là !

– Encore une fois, répliqua Zhara entre ses dents, je te cède bien volontiers ma place.

Elle se retrouvait peu à peu acculée dans un recoin de la caverne et si elle ne réagissait pas vite, l'impasse lui serait fatale. Elle lança un regard désespéré à Han, qui plongea pour ramasser la vieille épée.

– *Yaaah* ! hurla-t-il en agitant son arme devant la créature.

L'abomination l'ignora et continua de faire reculer Zhara.

– *Yaaaahh* ! répéta Han et, cette fois, il lança l'épée telle une hachette.

La lame rebondit sans heurts sur le cuir épais du monstre.

Et Zhara se trouvait à présent dos au mur. La paroi derrière elle était trop abrupte pour être escaladée. Elle se couvrit le visage de ses mains et sentit leur chaleur sur sa joue.

Gling, gling.

Sajah vint se placer entre elle et l'abomination, sa fourrure et sa queue hérissées. À sa grande surprise, le monstre marqua un temps d'arrêt, comme s'il craignait cette petite boule de poils orange, et esquissa même un pas de côté. Le corps de Sajah se mit à onduler. Zhara ignorait s'il s'agissait d'une illusion d'optique causée par les flammes, mais le chat semblait croître en taille. Une épaisse crinière jaillit de son cou et sa queue s'élargit à la manière d'un paon.

– Zhara, fuis ! cria Han.

Elle profita de l'espace laissé entre un rocher et le monstre, se prit les pieds dans le sol avant de se relever pour rejoindre Xu et Jiyi. Dans son dos, l'abomination rugit de confusion et se remit à la poursuivre dans la pénombre.

– Par-là ! l'appela Xu.

Zhara puisa dans ses dernières forces pour franchir les piliers avant de reprendre son souffle.

– Prépare-toi, souffla Jiyi à Xu tandis que la bête baissait la tête et raclait le sol, prête à charger.

Dans un cri, elle se lança au galop droit sur eux.

– Est-ce que la corde va tenir ? s'inquiéta subitement Xu.

– Il faut prier la Bonne Étoile, répliqua Jiyi. Allez !

Ils tendirent la corde à l'unisson. L'abomination se prit les genoux dedans et s'effondra dans un vacarme assourdissant. Jiyi se jeta sur son dos.

– Ses bras, ses bras ! cria-t-elle à l'attention de Han et Xu.

Han saisit un des poignets et lutta de toutes ses forces pour garder les griffes contre le sol. Du côté opposé, Xu avait grimpé sur un rebord et poussait un rocher. La lourde pierre hésita un instant avant de s'écraser sur l'autre main du monstre dans un bruit ignoble. La créature hurla d'agonie et se débattit avec une frénésie renouvelée.

– Maintenant, Zhara ! dit Han en s'agrippant désespérément au bras du monstre.

Elle se précipita, les mains en avant. L'abomination l'aperçut et eut un mouvement de recul instinctif, ses quatre yeux restants clignant pour se préserver de la lumière des flammes. Zhara croisa son regard et y perçut pour la première fois un soupçon de peur. Elle hésita, repensant au petit garçon à la tache de naissance violette. Lui aussi lui avait lancé un regard terrorisé au moment de se transformer.

– Mais qu'est-ce que tu attends ? s'égosilla Jiyi. Tue-le !

Le monstre semblait s'être résigné et ne se débattait plus. Zhara sentit son cœur se serrer.

– Je suis désolée, murmura-t-elle. Je suis tellement désolée.

Puis elle inspira un grand coup et plaça ses mains brûlantes sur le torse de la créature.

Son hurlement de douleur lui vrilla les tympans. La peau de sa poitrine se mit à cloquer et à se fendiller. Mais alors que la fourrure disparaissait sous les flammes, ce n'était pas de la chair à vif qui se trouvait dessous mais un autre corps. L'abomination rétrécissait à vue d'œil, ses griffes se rétractaient et ses yeux surnuméraires disparaissaient.

– Qu'est-ce… qu'est-ce qui se passe ? demanda Xu.

Sous ses paumes, Zhara sentait sa magie entrer en communion avec celle de l'abomination. L'énergie fluctuait le long de leurs méridiens et le souvenir de son affrontement avec Thanh lui revint en mémoire. Elle n'avait rien pu contrôler alors. L'instinct de survie avait fait jaillir sa magie et transformé les ténèbres qui habitaient Thanh en lumière. Mais à présent qu'elle pouvait *voir* le flot circuler entre elle et l'abomination qui avait jadis été Yao, elle savait quoi faire. Elle ferma les yeux et détruisit la corruption par le feu.

Lorsqu'elle retira ses mains, un petit garçon se tenait nu devant elle.

Mais à présent, c'étaient ses ami·e·s qui la dévisageaient comme si elle était devenue un monstre. Zhara recula face au regard incrédule de Xu et éberlué de Jiyi. Quant à Han… Elle pouvait sentir son sourire mais elle n'osa pas se tourner vers lui, effrayée de lire dans ce sourire plus de choses qu'il n'y en avait réellement. Elle se concentra plutôt sur ses mains. L'extrémité de ses doigts fumait toujours et les lignes de ses paumes dégageaient une lueur rosée.

– Comment as-tu fait ça ? Dis-moi ! ordonna Jiyi d'un ton impérieux.

La courtisane ne semblait pas effrayée. Pour le moment, du moins. Zhara redoutait légèrement sa réaction.

– Je… je ne sais pas, dit-elle.

Jiyi plissa les yeux.

– Menteuse.

Zhara tressaillit.

– Laissez-la tranquille, intervint Han calmement.

Il retira sa veste et en couvrit l'enfant. Le garçon remua dans son sommeil et murmura, comme en proie à un rêve. Malgré les tentatives délicates de Han, rien ne semblait pouvoir le réveiller.

– Elle vient de traverser une sacrée épreuve.

– Elle n'est pas la seule, grogna Jiyi. J'aimerais juste avoir des précisions sur ce que nous avons traversé, justement.

– Nous avons combattu une abomination, c'est déjà beaucoup, non ?

Han prit Yao dans ses bras avec douceur.

– Nous aurons tout le temps de répondre aux questions une fois de retour à Zanhei, en compagnie du reste des Gardiens.

– Non.

La courtisane laissa tomber son sac sans ménagement.

– Je dois savoir ce que nous allons ramener avec nous en ville. Alors Jin Zhara, tu vas me dire ce qui s'est passé et immédiatement.

Zhara sentit son cœur se nouer et le désespoir lui étreindre la gorge. Sa plus grande peur était sur le point de se réaliser, elle pouvait déjà imaginer le jugement de Jiyi dans son regard d'acier. *Un monstre*, se dirait-elle. *Une aberration de la nature*.

– J'ai… j'ai changé le monstre en garçon.

– Oui, merci, j'étais là, rétorqua Jiyi d'un ton glacial. Je veux savoir *comment* tu as fait.

Zhara se mordit la lèvre.

– J'ai… J'ai brûlé le creux, le vide, bredouilla-t-elle. Le vide qui était en lui.

– Avec ta magie, dit la courtisane, toujours sceptique.

– Oui.

Zhara porta les mains à sa poitrine.

– Je… mon pouvoir est quelque chose de vivant pour moi, murmura-t-elle. C'est une force à part entière, pas un talent.

Elle leva les yeux et croisa le regard de Han, qui l'encouragea à poursuivre d'un hochement de tête.

– Cette force, c'est comme le ki de n'importe quel être vivant, à la seule différence qu'elle est capable de… de changer les choses.

Elle repensa à la crème aux œufs salée, et au vin devenu de l'eau.

– De les transformer, y compris… (elle déglutit en contemplant le corps inconscient du garçon) les monstres.

Jiyi garda le silence et Zhara fixa le sol. Han éternua à l'approche de Sajah. Le chat vint caresser sa joue sur la jambe de Zhara dans un ronronnement.

– Ce que tu me décris est impossible, Jin Zhara, dit la courtisane à voix basse. C'est une violation de l'ordre naturel des choses.

Abomination. Elle n'avait pas eu besoin de prononcer le mot, il souillait l'atmosphère comme la puanteur de la mort. Zhara détourna le visage et ferma les yeux pour s'interdire de pleurer. Ces paroles l'avaient blessée bien plus qu'elle ne s'y attendait. Elle aurait voulu disparaitre dans les ténèbres, s'effacer à tout jamais de la mémoire des autres.

Une ombre élancée passa dans son dos et posa un bras amical autour de ses épaules. Zhara releva la tête. Xu se tenait à ses côtés.

– Une violation, vraiment ? Nous avons assisté à la transformation d'une authentique abomination en petit garçon. Si ça n'est pas une *restauration* de l'ordre naturel contre le chaos, je ne sais pas ce qu'il faut de plus !

La peur qui étreignait les entrailles de Zhara se dissipa légèrement. Elle lança un regard reconnaissant à Xu, qui lui serra gentiment l'épaule en réponse. Une autre présence vint la rejoindre – et sursauta face au sifflement de Sajah : Han.

– Vous ne savez pas tout de la magie, Huang Jiyi, dit-il. Vous avez peut-être baigné dedans depuis votre plus tendre enfance mais vous ne pouvez pas pleinement savoir ce que c'est que d'être magicien. Et vous nous avez vous-même dit qu'énormément de connaissances ont été perdues concernant… (il indiqua la caverne d'un geste vague) tout ça. Alors qui peut bien dire si ce qu'a fait Zhara est contre nature ?

Le silence retomba et Zhara puisa dans son courage pour faire face à la courtisane. Jiyi hésitait entre peur et incertitude. Ses lèvres étaient pincées en un rictus ferme, mais ses yeux emplis de doute et de bonté. Le dégoût que Zhara redoutait tant était complètement absent du visage de son amie. C'était bien la curiosité qui dévorait la courtisane. Elle ne demandait qu'à découvrir et non à condamner. Jiyi ouvrit la bouche pour parler et Zhara retint son souffle.

– Bon, dit-elle brusquement, les yeux fermés. Il me tarde de rédiger un nouveau traité sur mes dernières découvertes en matière de magie. Allons-y.

Elle pivota sur ses talons et se dirigea vers les marches qui menaient à la surface. Un pied posé sur la première, elle regarda par-dessus son épaule.

– Alors, vous venez ?

Cette fois Zhara sentit son cœur s'alléger totalement et son corps s'emplit d'une chaleur qui n'avait rien à voir avec les flammes magiques. Elle emboita le pas à la courtisane, ragaillardie.

– Attendez, fit Jiyi en tendant les bras vers Han. Donne-moi l'enfant. Toi et Xu, vous allez rester ici.

– Quoi ? Mais pourquoi ?

Han s'exécuta néanmoins et Zhara l'aida à nouer sa veste autour de la taille de la courtisane pour qu'elle puisse porter le garçon dans le dos.

– Nous devons l'amener au capitaine Shang avant la tombée de la nuit.

Jiyi resserra le nœud et réajusta les bras de Yao autour de son cou.

– Et nous, alors ? demanda Xu, les mains sur les hanches.

– Toi et ton ami, vous allez me recopier les inscriptions.

Elle pointa du menton le sac à ses pieds.

– Vous trouverez du papier là-dedans.

– Mais pourquoi Zhara ne reste pas, elle aussi ? se lamenta Han.

– Parce que nous ignorons dans quelle mesure sa magie affecte les sorts écrits ici, répondit Jiyi avec une pointe d'impatience. Je pense toujours qu'ils servent à invoquer des démons.

– Et pourquoi la précieuse courtisane ne reste-t-elle pas dans ce cas ? Elle est bien la seule à pouvoir déchiffrer ces fichus symboles, s'énerva Xu.

– Parce le temps est magnifique et que j'ai envie de profiter de notre excursion tant qu'il fait jour. Les ruines de la vieille ville valent le détour, pas vrai, Jin Zhara ?

Zhara se fendit d'un sourire.

– Tout à fait, Huang Jiyi.

– Alors en route.

La courtisane se mit à gravir les marches.

– Et sois gentille, prends donc une torche, veux-tu ?

Zhara s'exécuta avec un regard compatissant pour Xu et Han et s'élança derrière son amie. Elle alluma la torche avec sa magie, à la fois fière et surprise d'avoir réussi du premier coup.

– Merveilleux, maugréa Han. Je crois que je préférais encore être traité comme une mule.

26.

À leur retour dans le port de Zanhei, la nuit était tombée. Le voyage du retour avait été plus clément pour l'estomac de Han, mais peut-être n'était-ce pas tant une question d'aval et d'amont que de se retrouver nez à nez avec une abomination. Rien de tel qu'une lutte à mort contre un monstre sanguinaire pour soigner son mal de mer, manifestement.

Pour la seconde fois cette semaine-là, il avait assisté à une scène dépassant l'entendement. Il ignorait ce qu'il avait fait dans une précédente vie pour mériter une telle malchance, mais indubitablement ce devait être quelque chose d'horrible.

Le capitaine Shang ne s'était pas montré des plus enthousiastes lorsque le groupe était réapparu avec un passager supplémentaire, mais une enveloppe bien garnie de Jiyi l'avait promptement convaincu. Yao avait dormi tout le long du trajet. Il semblait en parfaite santé mais il serait nécessaire de s'en assurer auprès des Gardiens. Han était soulagé d'avoir au moins une bonne nouvelle à transmettre à son petit frère.

– Je vais ramener Yao avec moi à la Cour des Glycines, dit Jiyi sitôt qu'ils eurent apponté. Vous pouvez vous joindre à moi, si vous le souhaitez. Il est tard et ce n'est guère recommandé de traverser la ville après le couvre-feu.

Zhara secoua la tête.

– Il faut que je sois de retour avant l'aube pour préparer le petit-déjeuner de ma famille.

Jiyi plissa les yeux.

– Elles ne peuvent pas se le préparer elles-mêmes ?

Zhara s'aida du bastingage pour quitter le navire, boitant légèrement.

– Ma sœur ? Impossible, elle est aveugle.

Han se précipita pour lui proposer son bras. Elle le remercia d'un grand sourire et il se sentit à nouveau fondre intérieurement.

– Hmmm, concéda la courtisane, les lèvres pincées. Très bien. Et vous deux alors ?

Xu bâilla et lança un regard en coin à Han.

– Tout dépend de ce que mon pr… de ce que Han veut faire.

Han regarda Zhara, qui se tenait toujours à son bras.

– Je, euh… je vais raccompagner Maîtresse Brandy jusqu'à chez elle. Je crois qu'elle s'est blessée au cours de l'affrontement.

Zhara battit des cils, surprise.

– Tu as remarqué ?

La pointe des oreilles de Han était à présent rouge vif.

– Eh bien, dit Xu avec un clin d'œil complice à Han, je vais aider Jiyi à ramener Yao chez elle et j'y passerai la nuit.

– Nous nous réunirons bien vite pour discuter… de tout ça, conclut Jiyi en réprimant un bâillement. Je vous enverrai un message.

Et sur ces entrefaites, elle prit congé sans le moindre adieu, laissant Yao dans les bras de Xu.

– Qu'est-ce que je suis censé faire du petit ? s'indigna-t-iel. Je ne vais quand même pas le trimballer seul·e !

Han lui donna une gentille claque dans le dos.

– Il est temps de se mettre à la musculation !

Xu grogna et ses deux amis l'aidèrent à installer Yao sur son dos.

– Je ferais mieux d'y aller en gondole, grommela-t-iel tandis qu'iel prenait la direction du quartier des plaisirs.

– À votre tour, Maîtresse Brandy, dit Han en présentant son dos à Zhara.

Elle le dévisagea, l'air confus.

– Mais qu'est-ce que tu fais ?

– Grimpe donc.

– Sur ton dos ? demanda-t-elle, incrédule. Mais je ne suis plus une enfant, tu sais, je peux très bien marcher.

– Non, non, non, insista Han. Fais-moi confiance, j'ai eu mon lot de blessures en m'entraînant. Tu as intérêt à ménager ta jambe pour ne pas aggraver les dégâts.

Elle lui adressa un regard toujours sceptique mais finit par accepter sa proposition.

– Oouf, souffla-t-il en se relevant. Tu es plus dense que tu n'en as l'air !

Zhara lui décocha aussitôt une légère tape sur le sommet du crâne.

– *Aiyo* ! Mais c'était un compliment ! s'écria-t-il. Ça veut dire que tu as beaucoup de masse musculaire !

– Et c'est bien, ça ?

– Oui, je crois…

Han redistribua le poids sur son dos et enveloppa ses bras autour des jambes de Zhara. Pour une prise optimale, il aurait été préférable de la tenir directement sous les cuisses mais leur proximité actuelle le mettait déjà dans tous ses états. Un contact plus intime l'aurait privé de ses moyens.

– Parfait, Maîtresse Brandy. Quelle est ton adresse ?

*

* *

Han ne l'aurait jamais avoué, même sous la torture, mais il commençait à fatiguer. Lorsqu'il avait proposé à Zhara de lui servir de monture, il ignorait qu'elle vivait si loin des quais et il regrettait à présent son offre. Il fit une pause avant une pente particulièrement raide, réajusta sa prise et bascula légèrement en avant pour éviter qu'elle ne l'étrangle.

– Tu es sûr que tu ne veux pas te reposer un peu ? lui demanda-t-elle pour la septième fois. Je peux marcher seule un moment, tu sais.

– Tout va bien, répondit-il à bout de souffle. C'est excellent pour moi, cela fait trop longtemps que je ne me suis pas entraîné à porter des poids.

– Si tu fais ça pour m'impressionner ou te prouver quelque chose, je t'assure que tu peux t'arrêter là.

Il savait qu'elle lui offrait une porte de sortie mais sa fierté ne lui laissait pas d'autre choix que de souffrir des conséquences de sa décision.

– Pas besoin, grogna-t-il à travers ses dents serrées. Nous sommes encore loin ?

– Plus tellement.

Il devinait nettement le sourire dans sa voix mais il passa outre.

– J'ai l'impression que cela fait plusieurs rues que tu dis ça.

– Je croyais que tu avais besoin de t'entraîner à soulever des poids ?

– Continue de me parler, Maîtresse Brandy. Ça me distrait de la douleur.

Il se mit à gravir la pente, les cuisses en feu, en s'efforçant de garder une allure constante pour ne pas s'humilier davantage.

– De quoi veux-tu que je parle ?

– Tout ce que tu voudras, répondit-il en haletant. Ton plat préféré. Le cycle de reproduction des criquets. Tes théories sur la suite de *La jeune amante de la Mort*. Peu importe.

– Je ne sais pas, moi.

Son rire la fit bouger et Han vacilla sous ce changement d'équilibre.

– Toi, que penses-tu qu'il va arriver ?

– L'idée-c'est-que-ce-soit-toi-qui-parles-pas-moi.

Ses biceps hurlant à l'agonie, il poursuivit son ascension de la colline vaille que vaille.

– D'accord. Je vais te poser des questions et tu n'auras qu'à remuer la tête pour dire oui ou non. Ça te va ?

Il acquiesça et pendant un temps, ils progressèrent en silence.

– Je-croyais-que-tu-allais-me-poser-des-questions.

– Une seconde ! Je réfléchis, là.

Il serra les dents à s'en briser les mâchoires.

– Dé-pê-che-toi.

– D'accord, d'accord.

Elle marqua un temps d'arrêt.

– Ça fait quoi de vivre au palais ? Non, attends, ce n'est pas une question à laquelle tu peux répondre par oui ou par non. Est-ce que tu as peur, en tant qu'habitant du palais ?

Il hocha la tête. *Oui.*

– À cause de ton frère ?

Il avait peur *pour* son frère. *Oui.*

– Comment tu as appris l'existence des Gardiens de l'Aube ? Non, pardon, pardon, je reformule.

Une nouvelle pause.

– Est-ce que tu as peur que quelqu'un découvre que ton frère est un magicien… ou pire encore ?

Han effectua quelques pas douloureusement lents avant de savoir comment répondre. Il pencha la tête sur le côté.

– Tu as peur que quelqu'un découvre que ton frère est un magicien, avança Zhara.

Encore plusieurs pas avant qu'il n'opine vaguement du chef.

Zhara resta silencieuse un long moment.

– Mais tu commences à redouter qu'il puisse être corrompu, souffla-t-elle à voix basse.

Il s'arrêta pour reprendre son souffle. *Oui.* Il raffermit sa prise et continua son chemin. Jusqu'à lors, il n'avait eu aucun terme pour décrire la situation. Son frère faisait simplement des cauchemars à propos d'un démon grenouille. Désormais il savait que la situation pouvait se révéler nettement plus grave. Il avait découvert l'existence de la corruption et de la possession.

– C'est pour cela que tu cherchais à rencontrer les Gardiens ?

Tout ce qu'il avait toujours voulu se résumait à protéger Anyang. Trouver de l'aide pour s'en occuper s'était avéré relativement simple, Xu avait fait de même pour lui tout au long de sa vie. Mais Han commençait à comprendre que les intentions ne suffisaient pas toujours. Surtout lorsque les enjeux étaient aussi importants.

Oui.

Ils étaient parvenus au sommet de la colline. Les escaliers qui plongeaient au cœur d'un quartier résidentiel annonçaient une descente encore plus abrupte. Han savait d'expérience que ses genoux allaient davantage souffrir qu'en montée.

– Je te promets qu'on y est presque, dit Zhara. Mais dis-moi si tu veux me poser pour reprendre ton souffle.

– Pas besoin, je dois juste te remonter un peu sur mon dos, parvint à articuler Han, au bord de la syncope.

– Allez, laisse-moi descendre, Maître Coquet. On va faire une pause.

Elle lui indiqua un petit muret en pierre qui délimitait l'enceinte d'un parc.

– Nous pouvons rester ici tant que le veilleur de nuit ne nous voit pas.

Elle se laissa glisser à terre et il agita ses bras ankylosés. Il n'était pas sûr de retrouver un jour le plein usage de ses doigts. Il s'éventa en tirant le col de sa tunique imbibé de sueur et s'assit timidement à côté d'elle, en prenant soin de garder une distance convenable. Ce qui paraissait parfaitement idiot étant donné qu'elle avait passé la dernière heure collée à lui, mais tout de même.

– Attends.

Zhara lui prit les mains et se mit à les masser pour restaurer sa circulation sanguine. Il douta de l'efficacité de la manœuvre. Ces derniers temps, l'entièreté de son sang semblait rester concentré au niveau de son visage.

– Ça va mieux comme ça ?

– Oui, couina-t-il, avant de se racler la gorge et de répéter « oui » au moins trois octaves plus bas.

À l'entrée du parc, l'air était frais et humide et embaumait la végétation. Han sentit ses muscles se relâcher peu à peu.

Il se força à inspirer profondément et lentement pour apaiser son pouls. Zhara n'usait d'aucune magie et pourtant sa peau le chatouillait.

La colline sur laquelle ils étaient assis surplombait la rivière et l'eau renvoyait les lumières du Village des Fleurs. Un petit flot continu de lanternes à vœu s'envolait dans le ciel nocturne. Les touristes et les vendeurs ambulants du quartier des plaisirs avaient anticipé le début des festivités de la Nuit des Sept. Zhara contemplait la scène ; ses yeux reflétaient étoiles et lumignons. La douce lueur des lanternes nimbait sa peau et Han se remémora son visage au cours de l'affrontement avec l'abomination (Yao, se corrigea-t-il aussitôt) dans la caverne. Il l'avait trouvée sublime et époustouflante, mais elle lui paraissait encore plus terrifiante à cet instant, dans sa banalité. Une fille tout à fait normale, assise à côté d'un garçon des plus ordinaires. Par une belle nuit d'été à Zanhei.

– C'est joli, murmura-t-elle.

– Oui, répondit-il en s'étranglant à moitié.

Elle se retourna vers lui et il rougit aussitôt. Il lutta contre son instinct de détourner le regard et se força à planter ses yeux dans les siens. Les lèvres de Zhara s'entrouvrirent légèrement. Il se trouva inexorablement attiré vers elle, comme victime de la gravité, d'une inévitabilité.

L'image de la princesse Yulana envahit son esprit. Il la chassa de toutes ses forces. La princesse nordiste était la fiancée et le problème de l'Héritier Royal, et en cet instant, il n'aspirait qu'à être Han. Juste Han.

Mais il en était incapable.

Il se recula. La déception qu'il lut sur le visage de Zhara lui brûla le ventre d'un mélange de plaisir et de culpabilité.

– Bon, dit-il en se raclant la gorge. Tant que nous y sommes, je peux répondre à tes questions, si tu veux. Et je ne suis plus obligé de me limiter à oui ou non.

Zhara resta un instant silencieuse, balançant ses pieds d'avant en arrière.

– Maître Coquet et moi nous connaissons à peine, finit-elle par dire d'un ton subitement formel et distant. Il serait déplacé de ma part de l'interroger sur sa vie privée.

La politesse excessive lui fit l'effet d'un coup de poignard. Il comprit que son refus de l'embrasser l'avait profondément blessée.

– Après tout ce que nous avons traversé ensemble, tu retournes à l'honorifique ? demanda-t-il d'un ton qu'il s'efforçait de rendre léger. Enfin voyons, tu as quand même passé tes jambes autour de ma taille.

Elle cligna des yeux, incrédule.

– Je… euh, quoi ?

Même dans la pénombre il vit nettement ses joues s'embraser, sans qu'il n'y ait rien de magique là-dedans. À sa grande surprise, elle se mit à glousser.

Il esquissa un grand sourire.

– Alors, qui joue les innocentes à présent ?

Elle secoua la tête et son gloussement se mua en de véritables éclats de rire.

– Je suis impressionnée, Maître Coquet, concéda-t-elle.

La chaleur et leur connivence étaient revenues.

– Moi qui croyais que tu avais peur des filles.

– Mais pourquoi tout le monde me dit ça ? protesta-t-il.

Zhara haussa un sourcil.

– Si tout le monde le dit, eh bien…

– Allez, demande-moi quelque chose et vite, rétorqua-t-il. Ou je t'abandonne à ton sort sur ce muret.

– D'accord.

Elle lui adressa un sourire avant de se retourner vers les lanternes. Une fois de plus, il se trouva captivé par sa langueur, cette expression si particulière qui avait ravi son cœur lors de leur première rencontre.

– Est-ce que tu as déjà assisté au bal masqué du palais à l'occasion de la Nuit des Sept ?

– Oui, répondit-il sans trop savoir où elle voulait en venir. Chaque année.

– C'est comment ? J'ai toujours voulu y aller.

Il demeura un instant silencieux. En vérité, le bal était de loin le moment le plus déplaisant des festivités pour lui. Les traditions qui accompagnaient cette nuit prétendument romantique lui paraissaient ridicules et outrancières. On ne comptait plus les demandes en mariage ni les couples qui jugeaient indispensable de passer l'entièreté de la soirée à danser langoureusement l'un contre l'autre. D'un autre côté, Han commençait à saisir l'intérêt de ces coutumes, maintenant qu'il était douloureusement conscient de l'infime distance séparant ses doigts de ceux de Zhara.

– C'est… plaisant ?

Il laissa sa main s'avancer imperceptiblement pour entrer en contact avec sa peau. Zhara se redressa mais n'esquissa aucun mouvement de retrait.

– Il va falloir développer, dit-elle en riant, le souffle un peu court. Allons, allons, Maître Coquet, je te croyais poète.

– *Yah*, donne-moi une minute, répondit-il, un brin paniqué. Je ne peux pas improviser des vers à la volée, tu sais.

– Ce n'est pas grave, pouffa-t-elle. Dis-moi juste… ce que tu préfères.

– Eh bien… ce n'est pas directement lié au bal mais… lorsque ma mère était encore vivante, elle nous emmenait, mon frère et moi, dans les jardins de méditation de la Consort Royale pour voir le feu d'artifice.

Il se tut un moment tandis que les souvenirs affluaient dans sa mémoire.

– Dans le coin nord-est, il y a une pagode de trois étages qui sert à contempler la lune, poursuivit-il. C'était notre endroit de prédilection pour voir ces explosions de couleur éclairer la nuit telles des étoiles filantes.

Han leva la tête vers le ciel nocturne moucheté des mêmes constellations que lui et Anyang avaient l'habitude de tracer du bout du doigt en attendant l'arrivée de leur père.

– Et à la fin de la nuit, lorsque mon père avait rempli ses obligations, il s'éclipsait pour nous rejoindre. On finissait par s'endormir tous ensemble.

Zhara eut un infime mouvement de main et son petit doigt se retrouva par-dessus celui de Han.

– C'est magnifique.

La chaleur de sa peau contre la sienne l'arracha à sa rêverie. Han pouvait sentir son pouls battre à travers le sien, ses oreilles le brûler sous le coup de l'audace et du potentiel de ce simple contact.

– Enfin, voilà, bredouilla-t-il. Et toi alors ? Qu'est-ce qui te fascine autant dans la Nuit des Sept ?

Elle prit un long moment avant de répondre.

– Parce que je suis née cette nuit-là.

Zhara contempla la Rivière Scintillante, ce sinueux bandeau laiteux d'étoiles qui coupait le ciel en deux. De part et d'autre brillaient deux astres particulièrement lumineux : le Prince des Fées et la Fille du Bûcheron.

– Je n'ai jamais eu de cadeau pour mon anniversaire. Ou bien cela remonte à trop longtemps pour que je m'en souvienne. Mon père et moi avons toujours été en cavale, il n'y avait pas le temps pour souffler mes bougies. Alors à chaque Nuit des Sept, je me plais à m'imaginer que les réjouissances n'ont lieu rien que pour moi.

Elle baissa la tête, l'air honteux.

– Je sais, c'est ridicule. Désolée, je…

– Je t'y emmènerai.

Zhara releva le menton brusquement.

– Quoi ?

Han lui prit carrément la main.

– Je t'emmènerai au bal de la Nuit des Sept. Et je proclamerai les festivités en ton honneur.

De nouveau l'inévitable gravité rapprocha leurs deux visages. Les yeux de Maîtresse Brandy, ses lèvres, sa peau resplendissaient au clair de lune, et Han ne désirait rien d'autre que de combler la distance qui les séparait pour l'embrasser.

Leurs bouches s'effleurèrent.

Une chaleur insensée explosa dans ses os, enflamma ses entrailles comme mille feux d'artifice assourdissants, aveuglants, terrifiants. Lui qui se croyait courageux se retrouva à trembler comme une feuille.

Zhara rit en s'écartant.

– Et qui es-tu au juste pour décider que la fête sera donnée en mon honneur ? L'Héritier Royal ?

La mention de son titre lui fit l'effet d'une douche glacée. Manifestement, il ne pourrait jamais être *juste* Han. Il lui relâcha la main.

– J'ai assez récupéré, je peux te ramener chez toi. Allez, viens.

Ils reprirent la route sans échanger un mot, à l'exception des indications de Zhara.

– Ici, dit-elle tandis qu'ils entraient dans une petite ruelle complètement plongée dans la pénombre.

Seule une bougie était allumée à l'étage d'une étroite maison au bout de la rue.

– Nous sommes arrivés.

Han leva les yeux et crut apercevoir une ombre passer derrière le rideau de papier qui couvrait la fenêtre.

– Quelqu'un t'attend ?

– Non, je dors dans la cuisine, au rez-de-chaussée.

Zhara hésita sur le pas de la porte.

– Merci, dit-elle. De m'avoir portée jusqu'ici.

Les fossettes de Han répondirent à sa place et pour la première fois, il vit l'effet qu'elles produisaient sur Zhara. Elle plongea aussitôt la tête, incapable de soutenir son regard. Han ne put s'empêcher de bomber un peu le torse.

– Est-ce que ça ira pour rentrer chez toi ? s'enquit-elle.

Il acquiesça et en profita pour soulager la raideur dans sa nuque.

– Le palais n'est pas loin d'ici.

– D'accord. Bonne nuit, Maître Coquet.

Mais Han mit plusieurs secondes avant de se forcer à pivoter les talons et à quitter le seuil. Arrivé au bout de la rue, il s'arrêta pour jeter un œil par-dessus son épaule. Zhara se tenait toujours devant l'entrée de sa maison, à le regarder s'éloigner. Elle leva la main en guise d'adieu et disparu derrière la porte. Le cœur plein d'allégresse, Han marcha d'un pas qui n'avait jamais été aussi léger. Il pouvait encore sentir ses yeux sur lui et il était ravi que quelqu'un profite enfin de la vue qu'il avait à offrir.

27.

Suzhan était déjà réveillée lorsque Zhara entra avec le plateau du petit-déjeuner.

– Mimi ! Qu'est-ce que tu fais debout à une heure pareille ? Il ne fait même pas jour, s'exclama-t-elle en prenant le soin parler à voix basse.

La dernière fois qu'elle avait tiré la Seconde Épouse de son sommeil d'ivrogne lui avait coûté cher.

– Je n'arrivais pas à dormir, répondit Suzhan.

Ses cernes en attestaient. Elle avait l'air à la fois hagarde et sereine, comme si elle était parvenue à une épiphanie après une nuit de méditation. Elle s'assit sur une pile de couvertures de son côté de la cloison – un simple drap de coton qui offrait un bien maigre paravent –, les cheveux détachés tombant en cascade sur ses épaules, les bras autour des jambes.

Zhara déposa le plateau devant elle et retira le carré de lin qui maintenait son contenu au chaud. Elle avait préparé un bol de *congee* agrémenté de sauce soja et d'huile de sésame, d'échalottes ciselées et d'un œuf infusé au thé noir.

– Mange donc un morceau, murmura-t-elle. Tu te rendormiras plus facilement avec quelque chose dans le ventre.

Suzhan fit non de la tête.

– Je n'ai pas faim, nene, dit-elle d'un ton presque étranglé. Je… je veux juste être seule.

Zhara recouvrit le plateau, soudainement attristée.

– D'accord, mimi. Je rentrerai tard du travail ce soir mais j'ai fait de la soupe de canard et de racine de lotus, il n'y aura qu'à la réchauffer. Et il y a aussi du riz déjà cuit dans la marmite.

Sa sœur garda le silence, la tête tournée vers la fenêtre.

– C'est parce que tu as un rendez-vous ce soir que tu rentreras tard, c'est ça ?

Zhara se retrouva prise au dépourvu.

– Un rendez-vous ? Mais de quoi tu parles, mimi ?

– De la personne avec qui tu discutais hier soir.

Elle sentit son sang se glacer.

– Je... je ne comprends pas du tout.

Sa panique s'accrut lorsqu'elle se rendit compte qu'elle n'entendait pas les ronflements légers de la marâtre de l'autre côté du drap.

– Ne me prends pas pour une idiote, nene.

Suzhan avait beau être aveugle, Zhara sentait son regard la transpercer.

– On aurait dit un garçon.

– *Chhh.*

Zhara s'agenouilla auprès de sa sœur et lui prit les poignets.

– Pense à Madame ! la supplia-t-elle en tendant l'oreille dans ce silence angoissant.

– Maman n'est pas là, répondit Suzhan. Elle a passé la nuit dehors, je doute qu'elle quitte la taverne à cette heure.

Elle pencha la tête avant de reprendre :

– Ce n'est pas grave, nene, tu sais que tu peux tout me dire. Qui était-ce ?

Toute la terreur que Zhara contenait en elle se dissipa aussitôt.

– Oh.

Et l'ivresse romantique de la veille lui revint délicieusement en mémoire. Ses lèvres picotaient du souvenir de leur quasi-baiser. Elle aurait tant voulu partager son aventure avec sa sœur, lui raconter chaque détail. Ce bonheur inattendu menaçait de dérégler sa vie bien ordonnée, il lui fallait une confidente pour garder les pieds sur terre.

– Je, euh…, commença-t-elle avant de se mordre les lèvres.

Que pouvait-elle bien lui dire sans… tout lui dévoiler ? La rencontre avec Han, les Gardiens de l'Aube, les abominations, les possessions, sa propre magie… En la mettant au courant, elle la mettrait également en danger. Sans parler de leur amitié. Comment Suzhan réagirait-elle en apprenant l'existence de ses pouvoirs, qu'elle lui avait cachés depuis tout ce temps ? Ses pouvoirs qui étaient responsables de sa cécité, par-dessus le marché…

– C'est… c'est un ami, finit-elle par dire.

– De ce que j'ai entendu, il n'avait pas l'air d'un simple ami, commenta Suzhan. Plutôt un fiancé.

De nouveau, les joues de Zhara s'empourprèrent de plaisir. Elle pressa ses paumes contre son visage pour sentir leur chaleur et se força à garder son calme. Elle repensa à Han lors de leur combat contre l'abomination qui avait possédé Thanh : les lignes tendues de son cou, ses muscles bandés, ses épaules massives et sa taille fine. Le contact contre son corps athlétique tandis qu'il la portait pour la ramener chez elle.

– C'est juste un ami, répéta-t-elle, faiblement.

Sa sœur ferma les yeux.

– Tu vas t'enfuir avec lui ?

– Quoi ? s'exclama Zhara avant de plaquer la main sur sa bouche, horrifiée.

Il lui fallut une bonne seconde pour se rappeler qu'elle ne risquait pas de réveiller la Seconde Épouse.

– Ne dis donc pas de bêtises, mimi, bien sûr que non !

– Et pourquoi pas ? rétorqua Suzhan d'un ton plus aigu que d'habitude. Moi à ta place, je n'hésiterais pas.

– Mais enfin, mimi, jamais je ne pourrais t'abandonner.

– Eh bien tu devrais peut-être, murmura-t-elle. Tu vivrais heureuse comme à la fin de tes livres romantiques.

Zhara fronça les sourcils en essayant de déchiffrer l'expression de sa sœur. Elle fit le désagréable constat qu'elle ne pouvait plus lire en elle comme dans un livre ouvert.

– Qu'est-ce qui t'arrive ? demanda-t-elle, la gorge serrée.

À quel moment s'étaient-elles perdues de vue ?

Suzhan détourna le regard.

– Le Seigneur Chan a renouvelé sa demande en mariage, répondit-elle sèchement.

Par réflexe, Zhara porta la main à la pépite d'argent qui se trouvait encore dans sa poche. Dans le tumulte des derniers événements, elle avait complètement oublié la discussion avec sa belle-mère.

– Tu étais au courant.

Suzhan n'avait l'air ni triste ni fâchée mais simplement résignée. Zhara sentit la culpabilité lui broyer le cœur.

– Oui, mimi, dit-elle, incapable de mentir.

Sa sœur se mordit les lèvres.

– Il souhaite te rencontrer.

Zhara ne répondit rien.

– Ça aussi, tu le savais.

Suzhan plissa les yeux en fixant sa sœur.

– Quand est-ce que tu comptais me le dire, nene ?

– J-j'ai oublié.

Cela avait beau être la stricte vérité, sa phrase sonnait comme le plus mauvais des mensonges.

– Tu bégayes, constata Suzhan, le front barré par la tristesse.

– Je suis vraiment désolée, murmura Zhara, sans savoir quoi dire d'autre.

– J'imagine que Chan en veut juste pour son argent. Avec toi, ça fera deux pour le prix d'une.

Votre fille a d'autres… atouts.

L'amertume de Suzhan la peinait mais pas autant que son impuissance à lui remonter le moral. L'argent régnait en maître sur leurs vies. Si Suzhan n'épousait pas quelqu'un de fortuné, elles se retrouveraient bien vite à mendier dans les rues. Enfin, Zhara lui épargnerait ce tourment si elle le pouvait.

– Enfuis-toi, nene, souffla Suzhan. Pars avec ton fiancé-qui-est-juste-un-ami pendant qu'il en est encore temps. Tente ta chance.

Zhara essaya de s'imaginer à quoi ressemblerait sa vie si elle fuguait avec Han, et à sa grande surprise, elle n'y parvint pas. Le futur était encore trop lointain, trop vaste, pour son esprit. Elle ne pouvait espérer que de petites choses : un regard, un contact, un baiser. Il ne lui était jamais venu à l'idée de rêver en grand, au-delà d'un simple plaisir. Elle n'en avait jamais eu le luxe.

– Non, dit-elle en secouant la tête. Je ne t'abandonnerai jamais, mimi. Je ne ferai pas passer mon bonheur avant le tien. Si je dois partir d'ici, je t'emmène avec moi.

Suzhan lui adressa un timide sourire.

– Oh, nene. Ne te sacrifie pas pour moi.

Elle posa ses yeux aveugles mais perçants sur le visage de Zhara.

– Parce que moi, je ne serai pas aussi altruiste.

Zhara cligna des yeux.

– Mais que…

– Si je quitte cette maison, poursuivit sa sœur en haussant la voix, ça sera pour me rendre à Jingxi, au conservatoire de musique.

Ses mains se mirent à pincer d'invisibles cordes de cithare, ses doigts encore habités par le souvenir de l'instrument.

Jadis, comme n'importe quelle demoiselle de bonne famille, Suzhan avait reçu des leçons de musique des meilleurs enseignants de Zanhei. Mais contrairement à la plupart de ces filles bien nées, Suzhan avait un véritable don. Sa dernière tutrice lui avait assuré qu'elle était suffisamment douée pour intégrer le conservatoire de Jingxi, l'institution musicale de référence à travers tous les Royaumes du Matin. Madame Yifei avait écrit à l'académie et une place avait été retenue pour Suzhan. Mais la famille n'avait pas eu les moyens de régler les frais d'inscription et, de tous ses rêves partis en fumée, celui-ci avait été le plus difficile à abandonner.

– Je vois, murmura Zhara, une boule dans la gorge.

Elle tendit la main pour caresser les cheveux soyeux de sa sœur.

– Dans ce cas, je te suivrai, mimi. Nous irons à Jingxi toutes les deux et je prendrai soin de toi.

Suzhan écarta sa main.

– Non, surtout pas.

Elle secoua la tête et regarda dans le vide, l'air courroucé.

– Tu n'en as jamais marre ?

– De quoi ? demanda Zhara, craintive.

– D'être une brave fille, de t'occuper en permanence d'une infirme.

– Mimi…

– Non. C'est la vérité. Je suis une infirme. Et contrairement à toi, je l'ai accepté.

Sa voix se radoucit.

– Mais toi, nene, quand est-ce que tu seras en paix avec toi-même ? Qu'est-ce que tu recherches ?

Les larmes perlèrent au bout des cils de Zhara.

– Je ne sais pas, j'ignore ce qui pourrait me rendre heureuse. Mais je sais que j'aime être avec toi.

L'image de Han ressurgit dans son esprit. Ses grands yeux la contemplant sous le clair de lune… *Je t'y emmènerai. Je t'emmènerai au bal de la Nuit des Sept.*

Suzhan renifla.

– Tu me caches ta vérité.

– Ah oui ? répliqua Zhara, amusée. Et quelle est ma vérité alors ?

– Tu veux être aimée, nene, répondit sa sœur d'un air parfaitement serein.

Zhara en resta bouche bée.

– Mais je suis aimée, dit-elle d'un ton hésitant. Par toi.

Même si elle commençait à en douter.

– Oui, concéda Suzhan avec une nonchalance qui la rassura quelque peu. Mais je ne te parle pas de cet amour-là.

Un sourire moqueur presque imperceptible se dessina au coin de ses lèvres.

– Toi, tu veux être aimée comme Étincelle, la fille amoureuse du fantôme de je ne sais plus quoi.

Zhara mit un moment avant de comprendre de quoi parlait sa sœur. Puis elle éclata de rire et le son chaleureux emplit la quiétude de la chambre.

– *La jeune amante de la Mort*, corrigea-t-elle. Et l'héroïne s'appelle Petite Flamme, pas Étincelle !

– Oui, bon, c'est pareil. C'est toujours la même histoire dans ces livres.

– Mais pas du tout !

Suzhan lui décocha un regard dubitatif.

– Pas du tout, insista Zhara.

Sa sœur haussa les épaules.

– Les détails changent peut-être un peu, mais ça se termine à chaque fois de la même manière.

– Certes, concéda Zhara, il faut qu'il y ait une fin heureuse pour que ce soit de la romance.

– Pourquoi tu aimes autant ces feuilletons, nene ? demanda Suzhan en se penchant vers elle.

Zhara passa un bras autour de ses épaules et laissa sa tête reposer contre la sienne.

– Je ne sais pas. J'imagine que… j'imagine que ça me fait

du bien de croire que l'amour permet de surmonter tous les obstacles. Peut-être que ça me donne l'espoir qu'un jour je rencontrerai quelqu'un qui me trouvera…

Elle ne termina pas sa phrase.

– Trouvera quoi ?

– Digne d'intérêt, dit-elle.

Une honte soudaine l'envahit et elle se fit violence pour ne pas enfouir son visage entre ses mains, quand bien même sa sœur ne pouvait voir son expression.

– Digne d'intérêt ? Mais de l'intérêt de qui, au juste ?

– Juste digne d'intérêt en général.

Encore et toujours le souvenir du regard de Han, mais cette fois au moment où il avait délicatement refermé ses mains sur les bras en feu de Zhara. Ce regard qui n'avait affiché aucune peur, seulement de la compassion.

– Oh, nene.

Suzhan garda le silence un long moment.

– Tu veux être chérie.

Elle laissa échapper un rire plus mélancolique que joyeux.

– Tu es vraiment une incorrigible romantique.

– À t'entendre, on croirait que je souffre d'une maladie chronique, répliqua Zhara, faussement indignée.

Suzhan renifla.

– Si se réfugier dans des histoires à l'eau de rose pour fuir la vraie vie était une maladie, tu serais à l'article de la mort, ma pauvre nene.

– Peut-être bien que je suis un cas désespéré. Je dois avouer qu'il m'arrive de rêver qu'un prince charmant tombe follement amoureux de moi et fasse de moi sa princesse.

– Ma foi, l'Héritier Royal est toujours célibataire, ne perds pas espoir.

– Mimi, il est fiancé à la princesse Yulana.

Suzhan haussa les sourcils.

– Ah vraiment ? Eh bien, fiancé ne veut pas dire marié.

Elle sourit.

– Il est encore temps de lui mettre le grappin dessus.

– J'ai dit que je voulais un prince *charmant*, insista Zhara. Si j'en crois son portrait officiel, son menton en galoche est en train de gagner la course contre sa calvitie.

Cette fois, sa sœur se mit à rire aux larmes. La tension qui subsistait encore se dissipa avec les premiers rayons de l'aube.

– Promets-moi que tu vivras ta vérité, dit Suzhan. Parce que je te jure que moi, je le ferai.

Zhara prit la main de sa sœur.

– Je te le promets.

28.

Lorsque Han se rendit au terrain d'entraînement le lendemain matin, il découvrit, à son grand désarroi, qu'une foule y était amassée. La terrasse du deuxième étage était remplie de curieux venus observer la princesse Yulana échanger quelques passes d'armes avec le capitaine de la garde. Le maître d'escrime de Han s'en serait donné à cœur joie avec la posture de la Nordiste, que l'on aurait pu charitablement qualifier d'inélégante. Les femmes du Sud étaient rarement enclines à étudier l'art de l'acier, contrairement à leurs sœurs du Nord, qui chevauchaient en compagnie des hommes au sein de la Horde Dorée. Han ignorait si le capitaine retenait ses gestes par courtoisie envers leur invitée ou s'il faisait preuve d'incompétence pure et simple – ce qui serait quelque peu préoccupant –, mais elle n'avait aucun mal à parer chaque attaque avant de lui rendre au décuple avec une efficacité impitoyable.

En dépit de la brutalité de sa technique, il fallait bien admettre que la princesse Yulana était douée.

Extrêmement douée.

– Que la Grande Wu m'empale de sa lame, jura Xu, qui l'avait rejoint à la balustrade. Elle est forte, non ?

– Tu n'as jamais tenu la moindre arme de ta vie, qu'est-ce que tu en sais ? objecta Han.

– Oh, mon prince, j'ai de l'expérience en matière de manches, dit-iel d'un air faussement timide en s'abritant derrière son éventail.

– Je ne t'ai pourtant jamais vu·e à l'entraînement.

Comme si elle avait senti leur regard, la princesse leva la tête vers la terrasse. Xu lui adressa un petit signe de la main et un clin d'œil coquin. Elle roula des yeux et secoua sa tignasse rouge, avant de répondre au geste de Xu par un sourire carnassier. L'ami·e d'enfance de Han pressa aussitôt sa main sur son cœur d'un air outrancier.

– Il y a bien d'autres champs de batailles sur lesquels se rencontrer, poursuivit Xu avec un regard entendu. Après tout, Wu était autant une amante formidable qu'une guerrière redoutée.

– Ah bon ?

Han mit un instant à se rappeler que la Troisième Immortelle était aussi renommée pour ses innombrables liaisons.

– Ah oui.

La pointe de ses oreilles vira instantanément au rouge tandis qu'il contemplait sa future épouse à l'œuvre.

– Je t'accorde que la princesse est impressionnante, mais elle n'est pas vraiment mon genre.

Une parade savamment exécutée entraîna un tonnerre d'acclamations depuis les gradins, dont bon nombre de sièges étaient occupés par les servantes du palais.

– Je ne crois pas que Sa Grâce soit à son goût non plus, murmura Xu.

– *Yah* ! protesta Han. On m'a dit que j'étais très beau.

Il ne s'était jamais réellement soucié de son apparence. De même que le soleil ne choisissait pas de lever à l'est, il n'avait pas choisi son visage. Mais ces derniers jours, il avait amplement eu le loisir de questionner son attractivité et il commençait à paniquer à l'idée qu'il puisse ne pas paraitre séduisant auprès… d'une personne à qui il souhaitait plaire. Il porta sa main à ses lèvres en songeant au semblant de baiser de la nuit précédente.

– Sa Grâce est indéniablement très jolie, le rassura Xu en lui tapotant l'épaule. Mais l'Héritier Royal pourrait bien être le plus bel homme de tous les Royaumes du Matin que la princesse ne s'en émouvrait pas davantage, je pense.

Han n'y comprenait plus rien.

– Mais qu'est-ce que tu…

Il observa sa promise souffler un baiser à la horde de demoiselles en délire. Elles gloussèrent aussitôt et abritèrent leur sourire derrière leur éventail.

– Oh, dit-il. *Oooooh.*

La princesse échangea encore quelques coups avec le capitaine avant de l'envoyer rouler au sol et de le tenir en joue à la pointe de son épée. Les demoiselles applaudirent à tout rompre.

Le capitaine Yen leva les mains en guise de forfait.

– Je m'avoue vaincu, Votre Altesse.

Yulana jeta son épée d'entraînement avec dédain.

– C'est tout ce que vous avez dans le ventre ? Vous êtes faible, comme tous les Sudistes.

Elle piétina la lame du talon.

– Du bois, siffla-t-elle avec mépris. Chez nous, les exercices se font avec de vraies armes.

Sa condescendance piqua Han au vif.

– Les Sudistes se soucient de la sécurité des autres, lança-t-il depuis la terrasse. Nous tenons à ce que nos soldats évitent de mourir *avant* de devoir livrer bataille.

La princesse leva le menton pour le regarder. Quelques boucles rebelles de chevelure rouge s'échappèrent de sous sa toque doublée de fourrure. Elle n'était pas vraiment belle mais Han ne pouvait nier que sa tignasse et ses taches de rousseur lui donnaient une allure saisissante.

– Si vos soldats meurent à l'entraînement, c'est qu'ils n'étaient pas dignes de combattre sous votre bannière, répliqua-t-elle.

– La vie humaine n'a-t-elle donc aucune valeur ?

Yulana soutint son regard avec dureté.

– Si elle en avait vraiment pour toi, tu n'enverrais pas le moindre homme à la guerre.

En dépit du mépris des Nordistes pour les convenances, la familiarité de sa réponse lui fit l'effet d'une claque. En tant que petite-fille du Seigneur de Guerre, Yulana était parfaitement au courant des us et coutumes. Pourtant, elle avait sciemment omis toute formule de politesse méridionale. Et si Han n'avait rien contre un peu de franchise, son sang ne fit qu'un tour face à une telle insolence.

– Fort bien, dit-il. Que diriez-vous d'un petit duel, princesse ? Les lames seront en métal, cette fois.

Après ses aventures face aux abominations, Han s'était mis en tête de reprendre sa pratique du lancer de javelot. Manifestement, ce n'était plus à l'ordre du jour.

Yulana haussa un sourcil et ses traits s'adoucirent quelque peu pour laisser place à une curiosité inattendue.

– Ah tiens ? Tu crois que tes petits numéros de danse sudiste peuvent avoir raison de moi ?

Xu flanqua un coup de coude dans les côtes de Han.

– Je peux savoir ce que fait Sa Grâce ? siffla-t-iel.

– Elle défend l'honneur du Sud, souffla-t-il en retour.

Han se redressa pour s'adresser à son adversaire.

– Ce sont les prêtresses de Do qui pratiquent les danses de l'épée, rétorqua-t-il d'un ton détaché. Les princes du Sud, eux, ne badinent pas avec l'acier.

Il releva le menton.

– Ils tuent.

Du coin de l'œil, il vit Xu se frapper le front d'une paume de main.

En contrebas, Yulana le jaugeait à présent, les sourcils froncés. Et soudain, elle éclata de rire.

– Tu es drôle, dit-elle, presque surprise. Ce mariage ne sera peut-être pas si désastreux que ça.

Han descendit les marches jusqu'au terrain recouvert de sciure.

– Désastreux ? demanda-t-il en faisant signe à un page de lui apporter une épée.

Elle renifla avec mépris.

– Si tu croyais que cette union politique allait se doubler d'une parfaite idylle, tu es encore plus niais que je ne le pensais.

Le page revint avec l'arme d'apparat de Han, une épée ornementée de fabrication exquise et… d'une utilité nulle.

– Non, pas celle-ci, dit-il en sentant la honte le gagner. Donne-moi quelque chose de plus pratique.

– Tenez.

Kang, son maître d'armes, s'avança et lui tendit sa propre lame, une épée à double tranchant au pommeau arrondi.

– À chaque fente, elle préfère frapper de taille plutôt que d'estoc, murmura-t-il. La princesse semble plus à l'aise avec un sabre qu'une lame droite, probablement dû à son habitude de combattre à cheval.

L'instructeur désigna le torse de Han d'un geste de tête.

– Gardez un œil sur vos flancs mais ne négligez pas votre garde pour autant.

Han accepta l'arme de son maître des deux mains et découvrit avec désarroi qu'elle pesait plus que l'épée en bois et l'épée d'apparat réunies. Il esquissa quelques moulinets pour apprécier son poids et son équilibre. Derrière lui, un autre page tendit à la princesse une de ses armes personnelles. Elle la fit tournoyer d'une seule main sans le moindre effort. À présent qu'il se trouvait sur le terrain, Han se demanda ce qui lui avait pris de lancer un tel défi. Il n'était pas mauvais bretteur mais contrairement à la petite-fille du Seigneur de Guerre, il n'avait jamais mis à l'épreuve son enseignement sur un véritable champ de bataille. Kang lui tapota l'épaule pour l'encourager, ce qui lui rappela qu'il ne portait ni armure ni même rembourrage de protection.

En entrant dans le cercle de combat, il inversa sa prise sur la poignée de l'arme en plaçant sa main gauche sur la garde et la droite sous le pommeau. Yulana fit de même et les deux adversaires se saluèrent en s'inclinant avant de se mettre en position. Elle tendit son épée de la main droite et lui adopta une posture défensive, les deux mains sur la garde.

– Le duel s'arrête au premier sang ou à l'abandon, annonça Kang. Est-ce que les combattants acceptent ces termes ?

Han et la princesse acquiescèrent à l'unisson. Il prenait seulement conscience à présent de la taille et de la musculature de son adversaire. Elle était pratiquement aussi grande que lui. Il déglutit nerveusement.

– En ce cas, que le duel commence.

Yulana le prit par surprise en lançant immédiatement un assaut. Il para maladroitement, désarçonné par la force brute dont elle était capable. Sa technique agressive ne laissait pas la place à la moindre anticipation, il ne pouvait que réagir, et encore, avec raideur. Il entendait les acclamations des spectateurs au-dessus d'eux, sans être vraiment sûr de savoir qui avait leurs faveurs.

– C'est donc ça le fameux style sudiste dont j'ai tant entendu parler ? le provoqua Yulana. Où est ta grâce, où est ton élégance ?

L'énervement lui chauffa les oreilles. Il esquiva d'un pas une de ses attaques et sentit le fil de la lame siffler tout près de ses tempes. Il voulut aussitôt profiter de son avantage contre son flanc mais elle fut plus rapide et changea de main en un éclair pour contrer son coup.

– Eh bien le voilà, le jeu de pieds que j'attendais, railla-t-elle.

Il sentait le regard critique de Kang dans son dos et celui, carrément désapprobateur, de Xu depuis la tribune. Le regret se mêla à l'indignation qui bouillonnait dans ses veines. Han était d'ordinaire bonne pâte mais la morgue de la princesse l'avait mis hors de lui sans qu'il ne sache précisément pourquoi.

Il finit par se couler dans le rythme de leur affrontement. Yulana aimait déstabiliser ses adversaires par un déluge de coups qui les privait de la moindre initiative. L'esquive offrait donc une meilleure défense que la parade comme elle rechignait à exécuter de longues fentes et prêtait plus facilement le flanc à la riposte.

– Est-ce que tous les Nordistes sont aussi lents ? se moqua-t-il en parvenant une fois de plus à se glisser dans une ouverture. Je pourrais passer la journée à faire des tours autour de la princesse.

– Et tu t'épuiserais bien vite, rétorqua-t-elle.

Elle aussi avait trouvé son rythme et se tenait à présent juste en dehors de sa portée, dans l'attente de sa prochaine passe. Il feignit à gauche avant de plonger pour un coup d'estoc. La princesse para sans effort et caqueta.

– Tu es bien trop facile à lire, dit-elle, condescendante. La moindre de tes pensées se voit sur ton visage.

« Et ses épaules », entendit-il Kang maugréer.

Han lui décocha un regard outré avant de déchaîner une nouvelle volée d'attaques.

Il finit par se demander si la princesse se jouait de lui ou si elle retenait ses coups. Elle avait eu l'opportunité à maintes reprises de verser le premier sang d'un simple geste de poignet mais s'était abstenue et lui avait permis de parer ou de s'écarter. Il hésitait entre ce qui de sa pitié ou de son mépris était le plus insultant.

– Vous ne vous battez pas pleinement, constata-t-il, furieux.

– Pardon, souhaites-tu que je te fasse mal ? demanda-t-elle, un sourire aux lèvres. Mon oncle serait passablement fâché si d'aventure je tuais mon futur époux au cours d'un duel amical.

– Votre oncle ?

Ils croisèrent le fer avec fracas avant de s'écarter.

– Je croyais que notre mariage avait été organisé par Son Impériale Majesté.

Elle laissa échapper un rire cassant.

– Non, mon oncle cherchait un endroit où se débarrasser de moi avant que je ne lui arrache le collier de griffes d'ours du Gommun Kang.

Han ignorait à peu près tout de la politique nordiste mais il se souvenait que le chef de chaque clan majeur avait le titre de kang. Le reste de ses interminables leçons d'histoire s'était perdu au cours de ses siestes.

– Il me semblait que les femmes du Nord avaient le droit d'agir à leur guise, reprit-il après avoir évité quelques assauts.

Yulana ricana.

– C'est le cas, du moment que cela ne menace pas l'assise du kang.

– Et il me semblait également que les femmes peuvent prétendre au trône de kang.

– Elle le peuvent…

Elle plongea tandis qu'il tentait un coup de taille à la tête.

– Et je compte bien le faire.

– Mais alors pourquoi accepter ce mariage ?

Une étrange expression passa sur son visage.

– C'était une idée de maon tancle, pour me protéger, murmura-t-elle. Qui sait le sort que m'aurait réservé mon grand-père s'il avait découvert qui j'étais vraiment ?

Les paroles de Xu lui revinrent en mémoire. *Je ne crois pas que Sa Grâce soit à son goût*. Son irritation disparut en même temps que son désir d'avoir le dessus sur elle. Il n'éprouvait plus que de la compassion à son égard.

– Je vois, dit-il.

– Ah, vraiment ?

Pour la première fois depuis leur rencontre, le regard de Yulana se fit glacial et Han comprit qu'il avait confondu son insouciance avec de l'arrogance.

– Et que sais-tu au juste, ô Prince de Zanhei ?

Il tressaillit tandis que le fil de sa lame passait à un cheveu de sa nuque. Le visage de Zhara lui apparut soudainement et avec elle, le souvenir de ses lèvres écartées par la surprise. Leur baiser manqué était le fruit d'une imposture : Zhara n'avait aucune idée de sa véritable identité. Elle croyait avoir affaire à Li Han, fils d'un bureaucrate du palace déterminé à protéger son petit frère magicien. Cette duperie, bénigne en apparence, avait grandi, grossi en un mensonge interminable qui lui échappait.

– J'en sais suffisamment, répondit-il posément. Je sais ce que cela fait quand on doit cacher sa véritable nature à ceux que l'on aime.

Elle se figea et Han profita immédiatement de l'ouverture. Yulana fit un pas de côté en jurant et répliqua sur son côté gauche. Il se laissa avoir par sa feinte et elle pivota sur l'autre côté tandis qu'il trébuchait en avant en essayant de parer son prochain coup. Il atterrit sur ses mains et lorsqu'il se retourna, la pointe de l'épée de son adversaire l'attendait bien sagement entre ses deux yeux.

– Ha ! laissa-t-elle échapper, le souffle court.

En grognant, il lâcha son arme et leva les mains en l'air.

– Je m'avoue vaincu, grommela-t-il tandis que le public battait des mains à tout rompre.

La princesse afficha un air perplexe et baissa les yeux. Sur son flanc apparaissait une légère coupure laissée par la lame de Han.

– Si je ne m'abuse, j'ai versé le premier sang, constata-t-il d'un air impossiblement crâneur.

– Raaah, maugréa-t-elle. C'était minable de ta part, de me berner avec tes bons sentiments…

Elle renifla de dégoût.

– Mais j'imagine que c'est de ma faute si je me suis laissée avoir.

Il haussa les épaules en se redressant.

– Je n'ai pas voulu te berner, dit-il en adressant un signe de tête à Xu qui venait le rejoindre, je pensais chaque mot.

La princesse le toisa un moment, puis lui tendit la main pour l'aider à se relever.

– Bien joué, quoiqu'il en soit. Match nul ?

– Match nul, acquiesça-t-il.

Elle le hissa sur ses pieds sans ménagement et il eut l'impression se faire à moitié arracher le bras. Xu le rattrapa avant qu'il ne s'écroule la tête la première dans un tas de sable.

– Beurk, l'Héritier Royal est poisseux de sueur, protesta-t-iel.

Xu attrapa une serviette et la lui jeta au visage.

– Sa Grâce aurait ma reconnaissance infinie si elle daignait s'essuyer.

Des servantes accoururent aussitôt avec davantage de serviettes chaudes infusées de patchouli et d'eau de rose tandis que le page rapportait l'arme de Han à Maître Kang.

– Tu n'es pas comme je l'imaginais, Sudiste, déclara la princesse en décochant un clin d'œil à la jeune fille qui lui présentait une serviette.

La demoiselle rougit furieusement avant de s'abriter derrière son plateau pour glousser.

Han s'épongea rapidement le visage.

– Et à quoi s'attendait Son Altesse, au juste ?

Yulana esquissa un rictus.

– Un pied-tendre crétin qui n'a jamais bougé le petit doigt de sa vie, pas même pour se nourrir.

– Son Altesse n'est pas si éloignée que cela de la vérité, marmonna Xu dans sa barbe tandis qu'iel entreprenait d'essuyer les endroits que Han avait manqués.

– *Yah* ! protesta-t-il en lui arrachant la serviette des mains. Je peux le faire moi-même, merci. Je ne suis pas incapable à ce point.

– J'avais à moitié raison, s'amusa Yulana avant de lui prendre la main pour l'étudier. J'ai toujours cru que les nobles du Sud avaient la peau aussi douce et pâle qu'un gâteau de riz, mais je constate que tu as quelques cals aux doigts.

– Vous voyez ! s'exclama Han. Nous ne sommes pas des pieds-tendres, juste des crétins… non, attendez.

Le rire franc et massif de la princesse retentit à travers le terrain. Quelques gardes la toisèrent avec déplaisir, comme si l'expression sans retenue de sa joie était un affront à l'étiquette. Han jeta un œil aux dames de la cour : les plus âgées affichaient un air pincé tandis que les plus jeunes dissimulaient leur dégoût et leur désapprobation derrière leurs éventails richement décorés. Mal à l'aise, Han comprit que le peu d'amour que portait Yulana aux Sudistes n'était pas sans fondement.

– Tu me plais, Prince Gâteau de Riz. Peut-être qu'on arrivera à tirer quelque chose de ce mariage, en fin de compte.

L'espace d'un infime instant, Han se réjouit comme s'il avait remporté bien plus qu'un duel d'escrime. Puis le souvenir de son baiser manqué avec Zhara revint le poignarder en plein cœur.

Un page apparut pour murmurer à l'oreille de Xu et lui remit un message. Xu déroula le parchemin avant de le froisser précipitamment.

– Votre Grâce, une affaire nécessite votre présence.

– Anyang ? demanda Han avec inquiétude.

Il n'avait pas vu son petit frère ni Yao depuis son retour du mont Zanhei. Xu dissipa son angoisse d'un non de la tête.

– Le Second Héritier est en pleine forme, répondit-iel. Il s'agit de… la situation que nous avons eue à traiter ces derniers jours. En particulier hier.

– Je vois, j'arrive tout de suite.

Il chassa le page d'un geste de la main et se tourna vers Yulana.

– J'ai bien peur de devoir prendre congé de la princesse.

– Y a-t-il un problème ? demanda-t-elle, le front plissé et le regard bien trop intense à son goût.

– Non, du tout, répondit Han d'une voix guillerette. Mon petit frère est simplement… sujet à des caprices. La mort de notre mère lui a été particulièrement difficile.

Yulana se raidit.

– Ah. J'ai entendu dire que la Consort Royale était magicienne. Mes condoléances.

Il l'observa avec méfiance, sans parvenir à déterminer si elle exprimait ses condoléances pour la mort de sa mère ou pour son infâmie.

– Oui, certes. Et il faut dire qu'il a du mal à digérer que son grand frère soit fiancé à la petite-fille de l'homme qui a condamné sa mère au bûcher.

Elle plissa les yeux.

– Je n'ai aucun mal à l'imaginer.

Han sentit ses fossettes se creuser sous l'effet de la colère et se força à sourire. La bonne entente qui avait suivi leur duel s'était dissipée. Il sentait à présent la culpabilité et la terreur induites par les fiançailles l'étouffer de nouveau. Rien ne semblait échapper à cette princesse venue du Nord. Peu importe l'affection qu'il voulait lui porter, elle demeurait la petite-fille du Seigneur de Guerre et sa simple présence représentait une menace pour Anyang.

– Mes excuses, Votre Altesse…

Il s'inclina profondément.

– Mais je dois partir.

Il pivota sur ses talons et désigna les demoiselles de la cour qui les observaient depuis la tribune.

– Je suis certain que vous trouverez nombre de candidates au palais disposées à vous faire découvrir les multiples plaisirs qui vous attendent à Zanhei.

Il adressa un geste à l'une des plus âgées à l'air particulièrement revêche.

– Wei Tianjin, dit-il de sa voix la plus mielleuse, obséquieuse et maniérée, je crois que la princesse Yulana aurait besoin d'un chaperon au palais. En tant que doyenne de nos courtisanes, je vous sais la plus qualifiée pour lui tenir compagnie et lui faire visiter les hauts lieux de notre illustre citée.

– Mais bien sûr, Votre Grâce.

La matrone pencha la tête et les fleurs dorées de sa coiffe trahirent son tremblement de fureur.

– Ma dame, si vous voulez bien vous donner la peine de me suivre, dit-elle à Yulana avec un tel dédain que Han dut se retenir pour ne pas applaudir. Son Altesse voudra sans doute commencer par un bain.

Sa promise lui décocha un regard noir tandis qu'on l'escortait hors du terrain d'entraînement, et Han se mit à regretter quelque peu son mauvais tour. La revanche s'annonçait terrible.

– Maintenant, c'est certain, ce mariage sera un désastre, lui murmura Xu.

29.

Le rendez-vous avec le Seigneur Chan aurait lieu à la même heure et au même endroit que celui avec les Gardiens de l'Aube.

Zhara revenait d'une gargote les bras chargés de bols de nouilles et de gâteaux de manioc cuits à la vapeur dans des feuilles de banane pour le repas du midi, lorsqu'un coursier d'une des tavernes du coin lui remit un message de la Seconde Épouse.

– Le Seigneur Chan requiert l'honneur de la présence de Jin Zhara à la Cour des Glycines en fin d'après-midi, avait-il péniblement récité, son haleine déjà chargée de bière et de vin de riz.

Elle n'avait pas de monnaie pour payer le pourboire qu'attendait manifestement le messager et il était hors de question de se séparer de la pépite d'argent qui se trouvait dans sa bourse.

– Désolée mais je n'ai rien, s'excusa-t-elle.

– Ce n'est pas grave, ma beauté, répondit l'homme en se penchant vers elle avec un regard lubrique. Je me contenterai d'un baiser.

Il ferma les yeux et entrouvrit ses lèvres. Zhara le piqua avec sa magie.

– *Aiyo* ! s'écria-t-il en sursautant. Qu'est-ce que c'était que ça ?

– Une guêpe rouge, peut-être ? suggéra-t-elle d'une voix innocente. Elles sont attirées par les odeurs de fermentation. Et il parait que leur venin cause une inflammation douloureuse des testicules, l'infertilité, voire la mort !

Le messager se couvrit les parties intimes des deux mains et s'enfuit à toutes jambes. Zhara passa le seuil de la boutique pleine d'entrain.

– Il y a un message pour toi, dit Hu sans même lever les yeux.

Le front plissé, elle passait en revue son inventaire.

– De Huang Jiyi. Elle veut te voir, toi et les deux autres, en fin d'après-midi à la Cour des Glycines pour discuter de ses découvertes suite à votre petite excursion.

Zhara se figea.

– *Cet* après-midi ?

– Oui.

L'apothicaire redressa la tête et lui jeta un regard par-dessus ses lorgnons.

– Il y a un problème ? Oooh, donne-moi ça, ma petite, je meurs de faim.

Elle lui prit le bol de nouilles aux haricots noirs des mains et se mit à farfouiller dans ses tiroirs à la recherche d'une paire de baguettes.

Zhara sortit les ustensiles de la boite où elle rangeait leur modeste nécessaire de cuisine.

– Je ne peux pas y aller, tantine, dit-elle. J'ai… une autre obligation au même moment.

L'herboriste haussa les sourcils.

– Une obligation ? De quel genre ?

Zhara se mit à chipoter ses nouilles sans le moindre appétit.

– Je dois rencontrer le futur époux de ma sœur.

– Toi ? Mais pourquoi ?

En effet, pourquoi ? Elle repensa au mystérieux étranger qui avait marchandé avec sa belle-mère aux petites heures du matin, puis à l'insistance de la Seconde Épouse pour qu'elle l'accompagne au rendez-vous avec Suzhan. La terreur lui retourna soudainement les entrailles. *Ne me suis pas*, lui avait dit Suzhan. *Promets-moi que tu vivras ta vérité*. Plus facile à dire qu'à faire.

– Tantine ? Tu ne pourrais pas aller voir Jiyi à ma place ?

Hu secoua la tête.

– J'ai promis à Grand-Mère Meng de m'occuper des enfants malades aujourd'hui, répondit-elle d'un ton désolé. J'ai étudié les échantillons d'eau de la fontaine pour trouver un traitement à ce fléau, à défaut d'un remède. J'aimerais expérimenter quelques concoctions.

Zhara se mordit la lèvre.

– Mais qu'est-ce que je vais faire ? gémit-elle. Je suis obligée de voir ce Seigneur Chan.

– Sinon quoi ?

Hu retira ses lorgnons avec un air sévère.

– Ton horrible belle-mère va te livrer aux Crécerelles ?

Zhara fit la grimace.

– Non, elle ne ferait jamais ça, répondit-elle, sans en être pour autant pleinement certaine.

– Ah, vraiment ?

Comme Zhara ne répondait pas, Hu poussa un grognement de dégoût.

– Quelle mère faut-il être pour se servir de la magie de sa fille comme objet de chantage…

– Mais non, pas du tout, protesta mollement Zhara. Elle m'a sauvé la vie.

Mais cette excuse pesait de moins en moins lourd.

– Elle m'a nourrie, logée, blanchie. Elle m'a accueillie dans son foyer au péril de sa fille légitime. Une orpheline comme moi ne peut rien demander de plus, encore moins une orpheline magicienne. Je lui serai toujours redevable, alors je fais ce que je peux pour la dédommager, y compris la cuisine, le ménage et lui donner le salaire que je gagne auprès de toi, tantine.

– Tu lui sers de domestique, en somme. Ta belle-mère a fait une affaire.

– Elle t-t-tient à moi.

Ce n'est qu'en prononçant ces mots que Zhara sut que c'était un mensonge. Son bégaiement l'avait une fois de plus trahie.

L'apothicaire l'étudia, l'air triste. La tendresse de son regard la peina encore davantage.

– Jin Zhara, dit l'herboriste d'un ton bourru, ne m'as-tu pas dit un jour que tu ne voulais plus seulement survivre mais t'épanouir ?

– Mais où pourrais-je bien aller ? murmura Zhara, déstabilisée par le rappel bienveillant de son aînée. Et comment est-ce que je subviendrais à mes besoins ?

– Tu es libre rester chez moi le temps de te trouver un logement acceptable, lui répondit-elle. Ou bien tu pourrais aller te réfugier dans les terres du Qirin Tulku, avec les autres magiciens des Gardiens qui ont quitté Zanhei.

– Le Qirin Tulku ?

– Le Roi Licorne.

Zhara avait vaguement entendu parler de ce guide spirituel des divers clans qui composaient les Peuples Libres de l'Ouest. Les Peuples Libres ne reconnaissaient aucune autre autorité que le Trône Rayonnant et refusaient le joug de l'empereur Gommun. Le Qirin Tulku promettait sa protection à tous les magiciens qui fuyaient la justice du Seigneur de Guerre.

– Je pensais que c'était un shaman ou un hiérophante, pas un chef politique.

– En temps normal, oui, mais comme je l'ai déjà dit, l'époque est à la politique, répondit Hu, les lèvres pincées.

Le silence s'installa dans la boutique tandis que Zhara s'imaginait pour la première fois une vie loin de la marâtre. Et de sa sœur. *Tu n'en as pas marre de jouer la brave fille ?* Elle avait toujours cru que sa docilité la mettait à l'abri, qu'en se comportant comme il le fallait, le monde finirait par la traiter comme elle l'espérait. *Sois bonne, ma petite pie*, disait Jin Zhanlong. *Sois bonne et sincère*. Elle n'avait jamais connu d'autre moyen de survivre. Peut-être était-il temps d'appliquer le deuxième conseil de son père. Peut-être que son salut résidait dans sa vérité.

Si tant est qu'elle la connaisse.

Hu observa Zhara remuer pensivement ses nouilles avec ses baguettes.

– Tu n'es pas obligée de prendre une décision tout de suite, lui dit-elle. Mais ta vie n'appartient qu'à toi.

Zhara ne répondit rien et continua de jouer avec sa nourriture. Elle pouvait sentir le regard empli de pitié de l'herboriste. Elle redoutait presque ses prochaines paroles.

– Tu ne veux pas finir ton assiette ? demanda l'apothicaire d'un ton plein d'espoir. Parce que sinon, j'ai encore un petit creux, moi.

*

* *

L'apothicaire lui donna congé pour le reste de sa journée, et Zhara en profita pour mettre de l'ordre dans ses pensées. Comme Hu avait insisté pour qu'elle se promène, Zhara profita de l'occasion pour arpenter le quartier des artisans de luxe avant de se rendre à la Cour des Glycines.

Le pendentif en bronze pesait autour de son cou et la pépite d'argent encore plus lourdement sur son cœur. Elle passa les étals de mangues et d'épices du royaume du Sindh, de tapis du bassin de la Dzungri ou encore de verreries importées de l'Extrême-Occident. Les préparations pour la Nuit des Sept allaient bon train et les marchants vendaient à tour de bras costumes et accessoires aux fêtards venus célébrer la réunion des pies amoureuses. Les rumeurs fusaient quant aux heureux veinards ayant reçu des invitations pour le bal et les bookmakers prenaient déjà les paris pour savoir qui décrocherait les rôles tant convoités du Prince des Fées et de la Fille du Bûcheron. Même si la tradition voulait que tous les célibataires de la ville soient éligibles à la loterie, la vérité était que les pots-de-vin circulaient joyeusement et que l'identité des candidats demeurait éminemment politique.

– Mais bon, il y a quand même de grandes chances cette année pour que tu sois le Prince des Fées et ta fiancée la Fille du Bûcheron, pas vrai ? demanda Zhara à l'un des portraits officiels de l'Héritier Royal placardés au mur.

Elle s'arrêta pour étudier l'image du futur souverain de Zanhei à présent qu'il n'y avait plus d'attroupement pour lui gêner la vue. Elle ignorait si l'image était ressemblante ; la représentation de l'Héritier variait considérablement d'un artiste à l'autre mais quelques constantes se dégageaient néanmoins : des yeux ronds, un nez large, une mâchoire carrée. Une belle gueule, finalement, songea-t-elle, même si plutôt banale. Malgré leurs quelques points communs, Maître Coquet était bien plus beau garçon.

– Sa Grâce serait plus belle si elle daignait sourire davantage, suggéra-t-elle à l'affiche en repensant au nez plissé de Han et à ses fossettes creusées par son rire.

Elle se demanda si le futur prince avait le sens de l'humour. Aucun des portraits ne le laissait supposer en tout cas, il apparaissait systématiquement l'œil torve et les lèvres pincées. Si Han tenait sa promesse de l'emmener au bal masqué, elle espérait bien apercevoir l'Héritier. Elle n'avait jamais vu de prince de sa vie, se dit-elle avant de de reprendre sa route et d'entrer dans le Village des Fleurs.

Les Royaumes du Matin étaient entrés dans la Saison des Grandes Chaleurs, et les rues du marché couvert étaient désertées par les badauds qui préféraient désormais la fraîcheur des terrasses de cafés en bord de canal. Même les Crécerelles brillaient par leur absence, la plupart des Nordistes ayant fui la chaleur écrasante de l'après-midi pour faire la sieste en intérieur.

Le scintillement des perles en verre sur le satin blanc des chaussons capta l'attention de Zhara. Les chaussures au motif de nénuphars jaunes et roses n'avaient toujours pas trouvé acquéreur. Elle toucha la pépite d'argent à travers le cuir de sa bourse. Elle pouvait les acheter. Elle pouvait dépenser le pot-de-vin de sa belle-mère pour s'offrir une tenue complète pour son rendez-vous avec Chan.

Votre fille a d'autres… atouts.

Zhara pivota sur ses talons et saisit le médaillon sous sa tunique avant… de percuter quelqu'un de plein fouet.

– Par les griffes de Gommun ! jura la victime du choc. Mais que…

Ses yeux s'écarquillèrent aussitôt.

– Toi !

Zhara reconnut la chevelure de l'inconnu·e avant de constater qu'elle pouvait voir *à travers ellui*. Des cheveux rouges, superbes et inhabituels.

– Toi ! souffla-t-elle. Lae non-fantôme !

Sous la lumière dorée de l'après-midi, la silhouette rousse paraissait floue, comme un mirage ou un rêve. Paniqué·e, iel prit ses jambes à son cou mais Zhara lae rattrapa par le bras en un éclair.

Une note résonna dans sa tête, l'écho profond de la reconnaissance, de la *magie*. Lae rouquin·e était magicien·ne, mais ne ressemblait à aucun autre qu'elle ait déjà croisé. Et à en juger par son expression, le sentiment était réciproque.

– Comment…, demandèrent-iels en même temps.

– Toi d'abord, ordonna Zhara. Parce que moi, je ne comprends toujours pas comment j'arrive à te toucher.

Chapeau Pointu lança des regards inquiets à droite et à gauche.

– Très bien, dit-iel à voix basse. Mais pas ici, trouvons un endroit au calme.

Zhara acquiesça et passa son bras sous le sien avant de lui agripper fermement le poignet. Lae non-fantôme, à la fois tangible et intangible, parut s'en amuser.

– De là où je viens, il n'y a que les amoureux pour marcher ainsi. Je ne vais pas m'enfuir, tu sais.

– Silence, lui intima Zhara.

Elle lae conduisit jusqu'à un des ponts qui reliaient le marché au Village des Fleurs.

– Je ne vais pas prendre de risque, je te tiens et je ne compte pas te lâcher.

– Petite futée. C'est vrai que je suis un bon parti.

Iel lui décocha un clin d'œil canaille et Zhara étouffa un de ses gloussements dont elle avait le secret.

– Tout va bien ? s'enquit-iel d'une voix innocente mais d'un regard qui en disait long.

Elle lui fit les gros yeux et continua de lae mener en direction de la Cour des Glycines.

– Où est-ce que tu m'emmènes comme ça ? On ne serait pas dans le quartier des plaisirs, là ?

– Oui, je veux te présenter à quelqu'un.

Zhara avait enfin pris sa décision.

– Elle s'appelle Huang Jiyi.

– La Princesse de Glace ?

– Tu la connais ?

– J'ai entendu parler d'elle, corrigea-t-iel. On dit que c'est la plus belle femme de tout Zanhei.

Iel esquissa un rictus et se passa la langue sur le bout des dents.

– Il me tarde de le constater de mes propres yeux, j'ai un faible pour la gent féminine, tu sais.

– Parfait.

Le portail violet de la cour se dressait devant elleux.

– Parce que nous y sommes.

*

* *

La même servante conduisit Zhara et son invité·e dans un boudoir où on leur servit des tranches de mangue, de pitaya et des cubes croquants de melon blanc des îles azuréennes. Zhara n'en avait jamais mangé de sa vie. Le fruit avait un goût de miel.

– Maîtresse Huang dort encore, murmura l'hôtesse. Elle n'aime pas se réveiller avant la tombée de la nuit.

– Nous avons un nom pour ce genre de créatures, là d'où je viens, commenta Tête de Flamme. On les appelle des Ganshi. Ce sont généralement de belles femmes qui aiment à…

– D'accord, l'interrompit Zhara. Mais dites-lui que c'est important.

La servante devint pâle comme un linge.

– Avec tout votre respect, murmura-t-elle, je préfère finir hachée menue plutôt que de déranger Madame avant son heure.

– Je vous en prie.

Zhara sortit le médaillon de sous sa tunique.

– C'est une affaire de la plus haute importance.

Résignée mais pas moins terrifiée, la jeune femme s'inclina jusqu'à toucher le parquet avec son front et s'en alla réveiller l'ours dans sa tanière.

– Ça a l'air délicieux, fit remarquer lae non-fantôme en désignant les morceaux de melon. Je le sais rien qu'au *bruit* ! Ce craquant, cette fraîcheur ! Il faudra que je me rappelle d'y goûter la prochaine fois que je serai de passage en vrai.

– En vrai ? répéta Zhara. Alors tu n'es pas vraiment… (elle désigna vaguement sa forme transparente) là ?

– Ma foi, si, je suis bien *là*. Mais mon corps n'est pas présent. Ce que tu vois – et que tu peux manifestement toucher – relève plutôt du *concept* que du physique.

Zhara piqua un cube de melon avec un cure-dent en métal.

– Explique-toi.

– Tu sais, d'où je viens, on commence généralement par se présenter et partager un verre avant de dévoiler nos secrets les plus intimes. J'ai un penchant pour l'alcool de grain, pour ma part.

– Mais en l'état, tu ne peux pas boire, répliqua Zhara.

Elle avala sa bouchée de fruit et remarqua avec satisfaction que Tête de Flamme faisait la tête.

– Je m'appelle Jin Zhara, au fait.

Iel poussa un soupir.

– Et moi Yuli.

– Yu Li ? Ton nom de famille c'est Yu ?

– Non, juste Yuli. C'est un surnom. Quant à mon nom de famille, eh bien disons que j'ai un grand-père assez célèbre dont je préfère taire l'identité afin que les gens ne se fassent pas une fausse opinion de moi.

Zhara décida de ne pas insister.

– Très bien, Yuli. Et qu'est-ce que tu es, au juste ?

– Une humaine.

Elle lui fit signe de poursuivre.

– Une magicienne.

– Ça, j'avais remarqué. Aussitôt que je t'ai touchée, à vrai dire, mais… quelle est cette forme de magie ? Est-ce un sort que tu as créé toi-même ?

Yuli secoua la tête.

– Non, j'ai toujours eu… un don, depuis que je suis toute petite. Ce n'est qu'en rencontrant d'autres magiciens que j'ai compris que mes pouvoirs étaient différents. Par chez moi, on n'aime pas trop la magie, si tu vois ce que je veux dire.

– Oui, répondit Zhara sèchement. Mais j'ai bien peur que ce soit le cas partout dans les Royaumes du Matin.

La rouquine tressaillit.

– Comme si je n'étais pas au courant, murmura-t-elle.

Son visage s'assombrit et l'espace d'un instant, elle parut disparaitre.

– Alors ce… concept de toi, comme tu dis, qu'est-ce que c'est au juste ? enchaîna rapidement Zhara.

Yuli haussa les épaules.

– Comme son nom l'indique. À l'heure actuelle, mon corps se trouve dans ma chambre au palais et donne l'impression que je fais une sieste. Mais tout le reste de mon être, ce qui réfléchit, qui fait de la magie… eh bien c'est ce que tu as sous les yeux.

– Au palais ? répéta Zhara avec surprise. Tu fais partie de la suite de la princesse Yulana ?

Elle se retint in extremis de lui demander si elle connaissait Han.

– Yu… oui, répondit la rouquine du bout des lèvres. Voilà, j'appartiens à sa suite.

Zhara en resta bouche bée.

– Mais je croyais… je croyais que tous les Nordistes…

– Détestaient la magie ?

Yuli fit la grimace.

– Malheureusement, pour la plupart, oui. Mais je compte bien y remédier une fois que je… une fois que j'aurais atteint la majorité.

– Quand ça ?

– L'an prochain. J'ai dix-sept ans.

Zhara haussa les sourcils.

– Et comment comptes-tu t'y prendre, au juste ? Le Seigneur de Guerre te fera exécuter si tu oses défier son autorité.

Yuli regarda ses mains posées sur la table. Du moins, son concept de mains.

– J'ai de quoi me défendre contre lui, souffla-t-elle.

Elle reporta son attention sur Zhara. Ses yeux marron avaient la chaleur du cuivre et allaient à merveille avec sa chevelure de feu.

– Assez parlé de moi, dit-elle se en penchant vers Zhara. Dis m'en plus à ton sujet. Qui es-tu, Jin Zhara ?

Zhara avait beau savoir que le corps de Yuli se trouvait à des lieues d'ici, derrière l'enceinte du palais, ce rapprochement raviva son gloussement. Elle engloutit un énorme cube de melon pour étouffer le rire imbécile qui menaçait de s'échapper.

– Je…

Elle s'interrompit, incapable de poursuivre.

– Je suis juste une fille ordinaire, je n'ai rien de particulier.

– Bien sûr, et Dame Tengri en a une belle paire dans la culotte, jura gentiment Yuli. Il n'y a rien d'ordinaire dans le fait de transformer l'air en matière.

Elle passa la main à travers l'assiette, essayant de prendre une tranche de fruit et demanda :

– Tu as toujours su faire ça ?

Le mot « transformer » éveilla aussitôt la magie dans les veines de Zhara.

– Je n'en sais rien, avoua-t-elle. Je n'ai jamais appris à maîtriser mon pouvoir. J'essaye de lire *Le classique aux mille signes* avec Jiyi mais je ne suis pas très bonne élève.

– Personne ne t'a jamais appris à canaliser le Vide ? demanda Yuli avec compassion. Tes parents ? Ou un proche ?

Zhara fit non de la tête.

– Ma mère a été emportée par la fièvre lorsque j'étais très jeune et mon père a été exécuté par les Crécerelles au cours de la purge finale.

Yuli interrompit sa tentative de goûter au melon.

– Je suis désolée, dit-elle à voix basse. Tant de vies perdues… tout ça à cause d'Obaji.

– Obaji ?

La rouquine garda le silence.

– Et toi ? demanda Zhara après un long moment. Est-ce que quelqu'un t'a enseigné la magie ?

– Maon tancle, Mongke. Iel a été exilé·e par mon grand-p… par ma famille. Officiellement à cause de sa dualité de genre, mais en réalité pour sa magie.

– Et iel est toujours en vie ? s'étonna Zhara. J'étais persuadée que tous les magiciens du Nord avaient été passés au fil de l'épée.

Yuli esquissa un rictus.

– Comme je te le disais, ma famille a les moyens d'échapper aux édits du Seigneur de Guerre.

Zhara dévisagea son interlocutrice. À en juger par ses vêtements coûteux, Yuli devait appartenir à la noblesse. Possiblement une demoiselle d'honneur de la petite-fille du Seigneur de guerre, ce qui expliquerait sa présence à Zanhei.

– Que fais-tu ici, dans la suite de la princesse ? Tu n'as pas peur d'être démasquée ?

Yuli haussa les épaules.

– Pas vraiment. Quant à la raison de ma présence…

Elle chercha ses mots.

– Je suis venue pour trouver un livre.

– Quel livre ?

La rouquine se mit à gigoter dans son siège.

– Pour être tout à fait honnête, je l'ignore. Tancle Mongke est certain·e qu'il existe et qu'il se trouve dans le Sud. C'est un traité de démonologie.

Zhara plissa le front.

– *Les chants de l'Ordre et du Chaos* ?

– C'est ça ! s'exclama Yuli, ébahie. Comment tu le sais ?

– Parce que nous le cherchons aussi.

– *Nous* ?

Zhara tritura son pendentif. Elle était convaincue de pouvoir faire confiance à Yuli mais les Gardiens de l'Aube ne partageraient peut-être pas son avis.

– Des ami·es à moi qui vivent au palais, avança-t-elle.

– Au palais ?

Yuli pencha la tête vers elle.

– Comment s'appellent-iels ? Je les ai peut-être croisé·es.

– Han et Xu.

Yuli écarquilla les yeux, mais avant qu'elle n'ait le temps de prononcer le moindre mot, les portes du salon coulissèrent bruyamment.

– Maître Cao ? demanda Zhara, stupéfaite.

Le petit libraire se tenait dans l'embrasure, le visage figé par la surprise et la peur.

– Que fait le libraire ici ? Est-ce que les Gardiens…

Elle s'étrangla en voyant que le vieil homme n'était pas seul. Une silhouette légèrement voûtée et drapée de vert se tenait derrière lui, flanquée de part et d'autre de Suzhan et de la Seconde Épouse.

– Zhara, dit sa belle-mère d'un ton doucereux. Je te remercie d'être arrivée en avance. Lève-toi et viens donc saluer notre invité. Seigneur Chan, je vous présente ma belle-fille, Jin Zhara. Zhara, voici le Seigneur Chan Gobu, chancelier et régent de Zanhei, ainsi que mon futur beau-fils.

30.

Au grand désarroi de Han, Zhara n'était pas encore à la Cour des Glycines lorsque lui et Xu firent leur entrée. La courtisane se trouvait seule dans ses appartements où régnait le chaos le plus complet. Feuilles éparses, livres, pinceaux, encrier et restes de plats à emporter jonchaient le parquet comme si une tornade avait traversé la pièce.

– J'attendais le livreur, aboya Jiyi en guise d'accueil.

Elle était assise en tailleur à la table basse du salon et avalait des nouilles aux haricots noirs avec un tel empressement qu'elle ne prenait même pas la peine de mâcher. Ni de respirer. Elle comptait manifestement aspirer l'entièreté de l'assiette d'une seule traite. Et les piles de papiers qui l'entouraient semblaient en danger imminent d'être mouchetées de la fameuse sauce au huit épices de Maître Xin.

Xu fit la grimace.

– Vu l'état des lieux, je dirais que le livreur est déjà passé plusieurs fois.

À en juger par sa tête échevelée, ses vêtements froissés et les flaques de cire dans les bougeoirs, Jiyi avait passé une nuit blanche à écrire sur ses nouvelles découvertes.

– Personne ne nourrit la courtisane à la Cour des Glycines ? demanda-t-iel en évitant soigneusement les tasses et les bols vides, dans sa recherche d'un endroit où s'asseoir.

La courtisane renifla avant de tousser puis de se racler la gorge.

– Tout ce que les cuisiniers daignent me donner, c'est du tofu vapeur et des légumes, avec en dessert des fruits coupés.

Elle finit sa bouchée et fit la moue.

– Je ne danse plus pour les clients, qu'est-ce que ça peut bien leur faire que je prenne du poids ? Je peux continuer à écrire mes poèmes même si mes hanches débordent de tous les côtés.

Elle toisa Han et Xu avant de laisser échapper un énorme rot.

– Où est Zhara ? Je comptais sur elle pour me rapporter des gâteaux de manioc en passant par les quais.

– Nul doute qu'elle est en chemin.

Xu prit quelques coussins dans un placard avant de dégager un espace au sol.

– Tu nous as convoqués pour la fin d'après-midi et comme tu peux le voir (iel désigna les rayons de lumière qui passaient à travers les cloisons en papier de riz), il fait encore jour.

– Je ne crois pas t'avoir donné la permission de me tutoyer, grommela Jiyi.

Elle reporta son attention sur Han.

– Quant à toi, pourquoi faut-il que tu sois si grand ? Assieds-toi donc, tu me donnes le vertige à rester planté là.

Han s'exécuta aussitôt et se laissa tomber au milieu des détritus, les mains croisées sur ses genoux. La courtisane lui rappelait Anyang lorsqu'il n'avait pas fait de sieste : caractérielle, irascible, odieuse et têtue. Jiyi avait la peau grise de fatigue mais ses yeux pétillaient d'excitation et d'un excès de thé oolong. Ses doigts pianotaient distraitement sur la table basse tandis qu'elle parcourait ses notes. Son énergie presque palpable oscillait entre l'angoisse et l'impatience de faire part de ses trouvailles. Les trois attendirent en silence l'arrivée de Zhara et la tension se fit de plus en plus insupportable.

– Bon-je-n'en-peux-plus, explosa Jiyi, les mots se bousculant hors des lèvres comme une foule paniquée. Je répéterai tout à Zhara lorsqu'elle sera là.

Elle se balança d'avant en arrière en frappant des mains pour avoir leur pleine attention.

– Nous avons trouvé un remède contre les abominations, annonça-t-elle sur un ton théâtral.

Un silence absolu s'en suivit.

Son regard excité, pratiquement sauvage, n'aidait pas à la prendre pleinement au sérieux. Comme son annonce fracassante ne provoquait pas la réaction escomptée, Jiyi poussa un grognement avant de se répéter.

– Vous avez des problèmes d'audition ? demanda-t-elle, mi-agacée, mi-penaude. Je vous dis que nous avons un remède contre les abominations.

– Oui, nous avons parfaitement entendu la courtisane, répondit posément Xu. Nous attendions juste qu'elle nous l'explique en détail.

– Oh.

Jiyi se racla la gorge.

– Le remède, reprit-elle en levant les mains et en contemplant le plafond, est la Gardienne du Feu.

Un nouveau silence.

– Raaaaah, voilà pourquoi je déteste me produire en spectacle, pesta Jiyi. Je n'obtiens jamais de bonne réaction du public. Je préfère largement écrire.

– Euh, mais qu'est-ce qu'on est censé dire ? s'enquit poliment Han. Après tout, il est de notoriété publique que l'un des pouvoirs de la Gardienne du Feu est de transformer les abominations en humains.

Comme Xu lui jetait un regard incrédule, il se sentit obligé d'ajouter :

– Ben quoi ? Je ne suis pas totalement ignorant non plus !

– Peut-on en revenir au sujet, s'il vous plaît ? La Gardienne du Feu, vous dis-je ! Nous pouvons désormais soigner le mal qui afflige tous les magiciens de la cité !

Elle dévisagea à nouveau Han et Xu.

– Vraiment, votre manque d'enthousiasme me consterne.

Xu secoua la tête.

– Nous serions peut-être un peu plus enthousiastes si la Gardienne du Feu ne relevait pas du conte de fées.

– Oh, mais elle existe bel et bien ! rétorqua Jiyi. Et nous avons même le plaisir de la côtoyer.

– Ah, tiens donc ?

Xu saisit une des tasses vides sur la table pour l'examiner.

– La précieuse courtisane aurait-elle bu autre chose que du thé ?

Han se mordilla la lèvre. Enfant, il avait toujours entendu les ministres dire que le seul remède contre les abominations était la mort et que les Royaumes du Matin devaient leur salut aux purges de magiciens après la Guerre Juste. Pourtant, ses affrontements avec les abominations ne s'étaient pas soldés par la mort. Au contraire, les monstres avaient retrouvé forme humaine. Il repensa à la créature qui s'était consumée sous le feu de Zhara pour laisser place à un petit garçon apeuré. Une épiphanie s'empara de lui.

– C'est Zhara, dit-il à voix basse. C'est elle la Gardienne du Feu, n'est-ce pas ?

Jiyi parut presque impressionnée.

– Et moi qui pensais que tu n'avais rien dans la cervelle… bravo.

– Attendez un peu, intervint Xu en levant la main. Je croyais que Zhara était humaine.

– C'est le cas, répondit la courtisane.

– Alors en ce cas, comment peut-elle être également une guerrière élémentaire de légende ? Si je ne m'abuse, les Gardiens de l'Aube étaient des êtres immortels et surpuissants, pas de modestes assistantes d'apothicaire.

Iel secoua la tête.

– Si elle était vraiment la Gardienne, elle aurait au moins deux mille ans.

– Il n'y a rien dans les vieilles histoires pour décrire précisément l'apparence des Gardiens, répliqua Jiyi. On sait seulement qu'ils refont surface à l'appel du Guerrier Rayonnant.

Han ne dit rien. D'ailleurs il n'écoutait pas vraiment le débat qui prenait place devant lui. Lorsqu'il pensait à Zhara, ce n'était pas l'image de la jeune fille en flammes qui lui venait en tête mais celle de Maîtresse Brandy, avec son regard langoureux et son visage en forme de cœur, cette fille qui s'était assise avec lui au sommet de la colline pour contempler les lanternes de vœux s'envoler dans le ciel étoilé. Que Zhara soit ou non la Gardienne du Feu n'avait aucune importance à ses yeux. Aussi extraordinaires que pouvaient être ses pouvoirs, elle était une jeune femme comme les autres.

– Je pense, dit-il lentement, que si elle se trouvait parmi nous, elle nous rappellerait que c'est un être humain doué de raison et de sentiments, et pas un simple objet de discussion.

Jiyi et Xu se turent aussitôt.

– Oui, eh bien, maugréa la courtisane d'une voix qui trahissait son embarras, en parlant du loup, ça ne lui ressemble pas d'être aussi en retard.

Les ombres de fin de journée s'étaient considérablement allongées depuis leur arrivée.

– Peut-être a-t-elle retenue par la professeure Hu ? avança Xu. Les boutiques ferment plus tard avec les beaux jours.

L'hypothèse était tout à fait raisonnable mais une vague inquiétude persista. La présence des Crécerelles dans les rues s'était renforcée depuis la venue en ville de la princesse et l'image des magiciens gisant dans les tombeaux du mont Zanhei revint hanter Han.

– Vous ne pensez pas qu'elle pourrait avoir des ennuis ?

Xu et Jiyi échangèrent des regards nerveux.

– Nooon, répondit son ami·e. Elle est fûtée, notre Maîtresse Brandy. Je continue de penser qu'elle a simplement été retenue au travail.

– Sans oublier qu'elle est la Gardienne du Feu, renchérit Jiyi. Elle sait se sortir de n'importe quelle situation.

– La courtisane me semble bien sûre d'elle à ce sujet, dit Xu, replongeant aussitôt dans leur débat. Aurait-elle des preuves à avancer ?

– On l'a bien vue changer un monstre en magicien, souffla Han. C'est l'essence même du pouvoir de transformation, non ?

Il tendit la main et se mit à compter sur ses doigts.

– Transformation, transfiguration et transmutation. On dit que la Gardienne du Feu pouvait changer toute chose en n'importe quoi d'autre ; l'air en matière, la pierre en or, l'humain en magicien et le magicien en humain, en altérant la nature même de leur ki.

Xu fit une moue dubitative.

– J'admets que nous avons vu Maîtresse Brandy accomplir des choses impossibles, mais ses pouvoirs magiques, aussi exceptionnels soient-ils, ne font pas nécessairement d'elle une guerrière élémentaire immortelle.

Iel fronça les sourcils.

– À moins… à moins qu'elle ne soit *possédée* par l'esprit de la Gardienne du Feu ?

– Comme un démon possèderait un magicien ? commenta Jiyi qui se curait les dents. Ce n'est pas idiot, oui.

– Mais je croyais que les magiciens possédés se transformaient en abominations ? fit remarquer Han.

– Pas forcément. On trouve des histoires de magiciens possédés ayant conservé leur forme humaine.

La courtisane parvint à extraire le reliquat de repas coincé entre ses molaires et le chassa d'une pichenette en direction de Xu, qui glapit de dégoût. Elle fouilla ensuite dans la pile de notes éparpillées à ses pieds.

– Personne n'a jamais pu déterminer avec exactitude la cause de la corruption, mais Li Er-Shuan écrit que la possession est une transformation de l'essence de l'homme en celle d'un démon. Plus le démon est puissant et moins le résultat est monstrueux.

– Mais pourquoi ? s'interrogea Han.

Jiyi haussa les épaules.

– J'imagine que la puissance du démon conditionne sa maîtrise du Vide.

– Je ne pensais pas qu'il existait une hiérarchie au sein des démons, commenta Xu.

– Moi non plus, mais on peut lire ici (elle pointa du doigt le passage concerné) quelque chose à propos des quatre Rois de Tiyok. Ce sont les seuls démons, à l'exception de leur mère, à avoir un titre.

Elle émit un petit grognement de frustration.

– La suite des notes fait référence à des extraits des *Chants de l'Ordre et du Chaos*, mais sans le texte source, je suis coincée.

Agacée, elle jeta les feuilles à terre et se mit à ouvrir ses pots à thé les uns après les autres.

– Déchiffrer le charabia de Li Er-Shuan revient à vouloir se rappeler des pas de danse sans la moindre musique derrière. Il manque l'essentiel.

Han se leva pour se poster à la fenêtre qui donnait sur un magnifique jardin privé. Un parent et son enfant donnaient à manger à une carpe de lune dans l'étang.

– Que croyez-vous qu'il soit arrivé à mon Oncle Li et à ma cousine ? demanda-t-il à voix basse. Vous pensez qu'ils sont toujours vivants ?

Il repensa au cercle de caveaux en pierre emplis de cadavres de magiciens. Aurait-il préféré y trouver la dépouille de Li plutôt que de rester dans l'incertitude ?

– Han…, commença Xu, mais Jiyi lui coupa brusquement la parole.

– Je pense que oui, dit-elle simplement. Si lui et sa fille étaient morts, nous aurions retrouvé le texte depuis le temps.

– Comment ça ? interrogea Xu, perplexe.

– Crois-tu que seuls les Gardiens soient à la recherche des *Chants de L'Ordre* ? Bien du monde aimerait mettre la main dessus, à commencer par le Seigneur de Guerre et ses sbires. Le manuscrit vaudrait également une fortune sur le marché noir et nous y avons des contacts. Enfin, le Fauconnier se serait fait une joie de le détruire en public s'il était parvenu à le trouver.

Han tressaillit en se remémorant sa discussion avec Yulana dans la bibliothèque du palais. Elle avait paru mal à l'aise en prétendant chercher un ouvrage d'astrologie. Se pouvait-il qu'elle soit elle aussi en quête des *Chant de l'Ordre et du Chaos ?* Si oui, pourquoi ?

Xu se mit à siffloter.

– Et moi qui pensais que *Les contes du delta soyeux* étaient le texte le plus convoité à travers les Royaumes du Matin.

Jiyi fit la grimace.

– Je ne comprends pas pourquoi les gens aiment à ce point ce recueil, marmonna-t-elle. Il ne m'a fallu qu'un après-midi et quelques litres de thé au jasmin pour pondre ces poèmes. J'ai écrit de bien meilleures choses depuis.

Xu manqua de s'étouffer.

– C'est toi ? s'écria-t-iel d'une voix suraiguë en abandonnant tout semblant de politesse. C'est toi l'autrice des *Contes du delta soyeux* ?

La courtisane lae dévisagea, l'air blasé.

– Que croyais-tu que j'écrivais ?

– Je ne sais pas, des sonnets d'amour ? De la romance ?

– Romance, vous avez dit romance ? réagit aussitôt Han.

– Toi, ne commence pas, l'avertit Xu.

– Mais qu'est-ce qu'il y a au juste dans *Les chants de l'Ordre et du Chaos* ? demanda finalement Han. Pourquoi est-ce que tout le monde veut ce manuscrit ?

Jiyi se mit à triturer nerveusement son châle.

– D'après la rumeur, c'est le seul texte qui contient les instructions précises pour invoquer, soumettre et bannir les esprits.

– Les esprits ou les démons ?

La courtisane pinça les lèvres.

– Les démons peuvent être considérés comme des esprits, mais c'est un terme qui recouvre tout ce qui relève du royaume de l'intangible. Y compris les Gardiens de l'Aube… je parle des vraies légendes, pas de notre organisation, ajouta-t-elle.

Xu se gratta la tête.

– Qui voudrait bien invoquer un esprit ? Ce serait prendre le risque de faire entrer un démon dans le monde matériel.

– Les rituels d'invocation ne fonctionnent pas ainsi, expliqua Jiyi. Il faut une intention initiale et l'esprit invoqué doit être appelé par son nom avant de pouvoir être lié. Une fois sa tâche remplie, il faut le congédier ou le bannir.

– Mais pourquoi appeler un esprit à l'aide si on est déjà magicien ? demanda Han.

Nouveau haussement d'épaules.

– Ce ne sont pas les raisons qui manquent : pour la connaissance, par appât du gain… Les esprits évoluent dans le royaume du Chaos, leur magie n'est pas soumise aux mêmes restrictions. Mais ils ont néanmoins besoin d'un réceptacle dans notre réalité. On ne compte plus les histoires d'armes ou d'objets enchantés, qui contiennent en fait un esprit. C'est lorsqu'ils prennent possession d'un magicien que…

Elle ne termina pas sa phrase.

– … que l'on obtient les abominations, conclut Han d'un ton sinistre.

– C'est toujours une question de pouvoir en fin de compte, murmura Xu. Peu importe si on y perd son humanité au passage.

Jiyi acquiesça.

– C'est pour cela qu'il s'agit du manuscrit le plus dangereux et le plus recherché de tous les Royaumes. Même les Mugung ont ordonné la destruction de tous les exemplaires en circulation. Ce savoir représentait un trop grand danger à leurs yeux.

Han ressassait la transformation de Yao dans la caverne. Ses cris de douleurs, ses spasmes tandis que sa peau s'étirait et se rompait sous la poussée de cette fourrure hirsute. Il n'avait que dix ans, comme Anyang.

– Et Thanh et Yao, alors ? Ce ne sont que des enfants, je doute qu'ils se soient aventurés d'eux-mêmes sous le mont Zanhei pour créer des cercles d'invocation. Ils n'ont pas été possédés de leur plein gré.

– En effet, reconnut Jiyi. Je crois que la clé réside dans les structures que nous avons découvertes dans cette grotte, même si je ne suis pas encore parvenue à déterminer leur fonction.

Elle passa ses doigts dans ses cheveux pleins de nœuds et poussa un bâillement à s'en décrocher la mâchoire.

– Je travaille à la traduction des glyphes en m'aidant de mes dictionnaires et des notes de Li Er-Shuan, mais je suis à peu près certaine qu'ils forment une sorte de sort d'invocation.

– Pour invoquer quoi ? demanda Han.

– Ne devrions-nous pas plutôt nous demander *qui* est derrière cette invocation ? objecta Xu.

Jiyi secoua la tête.

– Non, bâilla-t-elle. N'oubliez pas que les esprits sont invoqués par leur nom et leur mission. « Qui » importe moins que « pourquoi ».

31.

Objectivement, le rendez-vous avec le Seigneur Chan se déroulait à merveille.

La Seconde Épouse, tout sourire, entretenait la conversation avec son futur beau-fils tandis que Maître Cao peaufinait les derniers détails du contrat de mariage. Zhara tenta de capter son regard avec l'espoir de lui parler à l'issue du rendez-vous. Elle savait qu'il avait étudié le droit à l'université avant d'ouvrir sa librairie, mais elle était stupéfaite d'apprendre qu'il pratiquait encore. Savait-il que Zhara serait présente ? Était-il venu pour la mettre en garde ? Ou bien ne s'agissait-il que d'une pure coïncidence ?

Son esprit bouillonnait de pensées confuses et sa magie s'agitait à l'avenant. Par chance, Yuli s'était évaporée à l'arrivée des autres. Zhara garda les mains fermement serrées sur ses genoux tandis que Cao lisait à voix haute le dernier paragraphe du contrat.

– La dot sera versée à la mère sous la forme d'une rente annuelle d'un montant de dix mille pièces ou l'équivalent de dix quintaux d'argent pendant les soixante prochaines années en l'échange de la main de Xiao Suzhan. Le versement de la rente pourra prendre fin de façon anticipée en cas de mort naturelle de la mère.

Zhara écarquilla les yeux devant la somme que Chan était prêt à débourser pour sa belle-mère. Le salaire qu'elle rapportait chaque mois n'atteignait pas les cent pièces de cuivre et si la Seconde Épouse n'avait pas la fâcheuse tendance d'en boire la moitié, Zhara aurait aisément pu assurer leur confort matériel. Ou à tout le moins, payer le loyer et faire bouillir la marmite, en gardant de quoi payer quelques extras. Elle repensa aux chaussons en soie blanche.

– Son Éminence est généreuse, minauda la Seconde Épouse.

Zhara fit la grimace devant ce triste spectacle. Elle se demandait si elle ne préférait pas la belle-mère cruelle et froide plutôt que cette créature servile et mielleuse.

– Quant à la sœur de la mariée, poursuivit Cao en levant subrepticement les yeux de la page, il sera veillé à son confort matériel, y compris les arrangements nécessaires relatifs à un futur mariage, à la condition…

Le libraire s'éclaircit nerveusement la gorge.

– … qu'elle accepte d'emménager dans la demeure des Chan en tant que demoiselle de compagnie.

– Non pas en tant que concubine, se hâta de préciser Chan, ni en tant que domestique. Mais comme amie de ma délicieuse épouse. Qu'elle soit assurée qu'elle ne manquera de rien et que je pourvoirai à sa dot lorsqu'elle aura trouvé un prétendant au mariage.

Il lui adressa ce qu'il prenait sans doute pour un sourire rassurant mais ne réussit qu'à ressembler à un petit crapaud aux yeux de Zhara. Il avait les traits vagues et gluants d'un batracien : des lèvres trop larges, des yeux légèrement globuleux et une peau luisante de sueur. À présent qu'elle se trouvait face à lui, elle comprenait pourquoi Suzhan l'avait trouvé vide. Elle n'avait jamais rencontré quelqu'un d'aussi fade et dénué de la moindre personnalité. La mollesse de son visage et la pâleur de sa peau donnaient l'impression d'avoir affaire à un corps manipulé par un fantôme. Chacun de ses gestes et de ses mots semblait soupesé pour être le plus inoffensif possible. Et même si cette attitude lui venait probablement d'une vie passée dans le monde feutré et obséquieux du palais, Zhara ne pouvait s'empêcher de penser qu'il s'agissait avant tout d'une mascarade savamment exécutée pour dissimuler quelque chose de bien plus sinistre.

– La bienveillance du Seigneur Chan est vraiment sans pareil, roucoula la marâtre. N'est-ce pas, Jin Zhara ?

Le regard du futur marié se posa sur Zhara et la fit tressailler une fois de plus. Elle garda les yeux braqués sur ses mains et s'efforça d'être la plus discrète, la plus invisible possible. Depuis le début de la rencontre, Chan l'avait à peine lâchée du regard. Il ne se montrait pas particulièrement lubrique mais simplement… impatient. Sous la table, elle voyait les décharges d'énergie luire faiblement sous le coton de sa tunique. Elle tira sur ses manches trop courtes.

– Dis-moi, mon enfant, quel âge as-tu ? Quand es-tu née ? lui demanda le Seigneur.

Elle savait qu'il s'agissait d'une simple amabilité, mais son ton parfaitement neutre affolait sa magie.

Zhara jeta un coup d'œil à Suzhan, qui faisait elle aussi son possible pour éviter de regarder son futur mari.

– Allez, la pressa la Seconde Épouse. Tu peux lui répondre directement, ma petite.

Zhara déglutit.

– J'ai presque dix-sept ans, chuchota-t-elle avec difficulté. Je suis née la septième nuit du septième mois de l'année du Tigre.

Chan remua sur son coussin et tapota la table avec enthousiasme.

– Excellent, excellent, murmura-t-il. La date est idéale.

Elle le dévisagea, l'air confus, mais il resta absorbé dans ses pensées, comme s'il se livrait à un calcul.

– Est-ce que tout est en ordre ? s'enquit la Seconde Épouse sans parvenir totalement à masquer son impatience. Pouvons-nous passer à la signature ?

Suzhan gigota, mal à l'aise. Ses omoplates saillantes se dessinaient à travers le tissu parfaitement amidonné de sa nouvelle tenue. Zhara voyait bien qu'elle était toujours aussi peu enthousiaste face à cette union mais elle n'osa pas prendre la parole. La générosité de Chan était difficile à refuser, d'autant plus qu'il avait annoncé engager un professeur de cithare après avoir appris la passion de sa promise.

– Suzhan ? demanda la belle-mère avec insistance.

– Oui, maman, répondit-elle d'un ton presque inaudible. Oui, je suis d'accord.

Maître Cao sortit une soucoupe de porcelaine bleu et blanc pour y broyer un morceau de cinabre. Une fois l'encre prête, la Seconde Épouse se hâta d'y tremper son doigt avant de signer le parchemin. Le Seigneur Chan fit de même en se servant du petit sceau en jade qu'il conservait dans sa bourse.

– À toi mon trésor, souffla la marâtre.

Suzhan cligna des yeux et son regard aveugle s'arrêta sur chaque visage dans la pièce avant de se poser sur la soucoupe. L'encre rouge comme du sang tranchait nettement avec l'acajou de la table. Zhara percevait l'hésitation et la nervosité de sa sœur. Dans un effort surhumain, elle parvint à dompter sa magie le temps de lui prendre la main.

– Est-ce que tu as vraiment envie de signer ? murmura-t-elle.

Suzhan déglutit. Toutes les émotions se lisaient sur son visage : son désir de plaire, la peur du courroux de sa mère et l'inquiétude quant aux intentions de son futur époux.

– Et toi, nene ? demanda-t-elle sur le même ton. Tu veux signer aussi ?

– Bien sûr que oui, l'assura la Seconde Épouse. Elle n'aura jamais une autre occasion aussi belle.

Elle adressa un sourire plein de morgue à sa belle-fille.

– Toi non plus, Jin Zhara.

Zhara repensa à Han et Jiyi, qui devaient se trouver à quelques mètres d'elle à peine. *Je t'y emmènerai. Je t'emmènerai au bal de la Nuit des Sept.* Celle qu'elle était avant cette rencontre fatidique au marché n'aurait jamais cru qu'elle se tiendrait un jour face au régent de Zanhei pour le voir lui promettre une place dans sa maison. Cette fille-là n'aurait jamais imaginé oser demander plus que d'être nourrie, logée et blanchie. Elle n'aurait même pas su que c'était possible.

Tu veux être aimée, nene.

L'amour n'aurait jamais été envisageable pour quelqu'un comme elle auparavant. Une orpheline et magicienne pouvait s'estimer heureuse d'avoir quelqu'un disposé à taire son secret. L'amour était trop risqué pour une fille dans son genre, il rendait bien trop vulnérable. C'était un luxe réservé aux privilégiés. Une fille du peuple ne pouvait pas espérer autre chose qu'un occasionnel répit à ses souffrances. Une magicienne devait se contenter d'encore moins.

Pourtant avec Han, elle ne pouvait s'empêcher de rêver. De vouloir s'épanouir et non plus seulement survivre.

Zhara croisa les yeux de sa belle-mère.

– Ce n'est pas à moi de prendre la décision, mimi.

– Mais voyons, ma chère, bien sûr que si, intervint Chan avec douceur. Loin de moi l'idée de forcer quiconque à signer un tel contrat contre son gré. Le consentement est primordial.

De nouveau, ses manières et son ton destinés à l'apaiser produisirent l'effet inverse. Zhara sentit le regard de la Seconde Épouse braqué sur elle.

– M-m-mille m-mercis, Seigneur Chan, balbutia-t-elle.

Il inclina gracieusement la tête sans cesser de la fixer de ses yeux globuleux. Son expression dégageait une froideur, non pas une absence d'émotion mais une froideur physique. Zhara frissonna comme si la touffeur de l'été avait été remplacée par une bise hivernale venue la priver de sa chaleur. Sa magie vacilla telle une flamme aspirée par le vent.

– Eh bien ? la pressa la marâtre. Finissons-en.

– Aide-moi, nene, dit calmement Suzhan en tapotant en direction de la soucoupe. Je vais signer.

D'une main tremblante, Zhara rapprocha l'encrier de la main de sa sœur et murmura :

– Tu es sûre de toi ? Et notre promesse, alors ?

Elle n'osa pas aller plus loin mais sa sœur avait compris.

– La cithare, murmura cette dernière en pinçant discrètement des cordes invisibles.

– D'accord, mimi.

Zhara aida maladroitement Suzhan à tremper son index dans l'encre avant de l'apposer sur la page.

– *Aiyo* ! siffla Suzhan avant de retirer brusquement sa main et de laisser une trace sur la feuille. J'ai été piquée.

Zhara cacha aussitôt ses mains luisantes sous la table mais le regard inquisiteur du seigneur Chan était déjà sur elle. Plus qu'inquisiteur… *affamé.*

– À toi maintenant, dit la Seconde Épouse en passant la soucoupe à Zhara. Plus qu'une signature et nous pourrons fêter ça dignement ! C'est l'occasion idéale pour boire un verre, n'est-ce pas, Seigneur Chan ?

Elle fit signe à la servante sur le seuil d'apporter une bouteille de vin de riz.

Tandis qu'on disposait le spiritueux et les bols sur la table, Zhara contempla l'espace destiné à accueillir sa signature. La Cour des Glycines devait probablement servir l'un des meilleurs vins dans tout Zanhei mais elle doutait de pouvoir avaler la moindre goutte. Le souvenir de la dernière fois était aussi cuisant que le bleu laissé sur la joue de Suzhan. Elle aurait presque trouvé l'ironie de la situation comique.

– Maman, chuchota Suzhan tandis qu'on la servait, je ne suis pas sûre de pouvoir boire ça.

– Cesse tes enfantillages, l'admonesta la marâtre. Tu es assez grande pour boire comme une adulte à présent, mon trésor.

Elle enveloppa ses mains autour de celles de sa fille et porta le bol à sa bouche.

– Allez, bois !

Suzhan pâlit en pressant ses lèvres sur le bord. Écœurée par l'odeur, elle retroussa le nez et retint un haut-le-cœur. Sans même réfléchir, Zhara saisit son bol et changea le vin en eau.

– Doucement, mimi, dit-elle. C'est toujours la première gorgée qui est difficile.

Suzhan avala prudemment. Elle cligna les yeux de surprise.

– On dirait de l'eau !

Elle fronça les sourcils en reposant sa coupelle.

– Tu as fait quelque chose, nene ?

– B-bien sûr que non ! bredouilla nerveusement Zhara.

Suzhan plissa les yeux mais garda le silence.

– Allez, ma petite, ordonna La Seconde Épouse. Il n'y a plus que ton empreinte à apposer et nous en aurons terminé.

Zhara trempa le doigt et hésita, la main suspendue au-dessus de la page. L'encre se mit à couler et de grosses gouttes rouges s'écrasèrent sur la table.

Sans laisser la moindre trace.

L'encre était devenue transparente.

S'épanouir, pas seulement survivre.

– Je… je ne peux pas.

De sa main propre, Zhara repoussa le contrat vers Chan.

– Veuillez accepter mes plus humbles excuses, mais je ne peux signer.

Il l'étudia d'un air impénétrable. Ses yeux globuleux ne trahissaient ni fureur, ni curiosité, ni même indifférence.

– Non ! s'exclama la marâtre en saisissant le poignet de Zhara pour le rapprocher de la feuille. Ne fais pas l'imbécile !

Les doigts de Zhara laissèrent une traînée rougeâtre sur le papier qui s'effaça aussitôt. Piquée par sa magie, la Seconde Épouse poussa un cri de douleur avant de contempler avec effarement la brûlure rose doré au creux de sa main.

– Ce n'est pas grave, ma chère, dit Chan d'un ton égal. Je ne souhaite pas contraindre qui que ce soit. J'honorerai bien évidemment le contrat qui me lie à ma future épouse bien-aimée.

Il hocha poliment la tête en direction de Suzhan, mais cette dernière était trop occupée à flairer et à goûter le liquide dans sa coupelle.

– Je tenais simplement à pourvoir aux besoins d'une orpheline, mais il n'est pas question d'imposer ma générosité.

La belle-mère parut estomaquée par le calme de Chan et s'efforça de sauver les apparences.

– Bien sûr, bien sûr, s'empressa-t-elle de répondre. Je pensais juste que notre… arrangement…

Elle s'interrompit et décocha un regard plein de venin à sa belle-fille.

– Notre arrangement est toujours valable, la rassura-t-il.

Il se tourna vers Zhara et lui saisit sa main encore luisante avant qu'elle n'ait le temps de réagir. Elle s'attendit à l'inévitable cri de douleur mais rien ne vint. Une fatigue étrange l'envahit, comme si elle se vidait de sa magie à son contact. Le souvenir du cercle de tombeaux lui revint en mémoire. Elle releva la tête brusquement pour croiser le regard de Chan. Il n'était pas magicien, pourtant il dégageait quelque chose d'indéniablement… étrange.

Gardienne du Feu… te voilà…

Pour la première fois depuis son arrivée, Zhara perçut enfin quelque chose derrière le masque impersonnel du seigneur. Une présence tapie au fond de ses yeux, une noirceur si dense, un vide. Le même mal qui hantait les pupilles de Thanh. Dans un sursaut, elle reconnut enfin le regard qui la fixait.

Elle l'avait vu chez chaque magicien corrompu.

C'était le regard d'un démon.

32.

Le dernier rayon de soleil disparut à l'horizon et Zhara n'était toujours pas là.

– Sa Grâce ne pense pas qu'il a pu lui arriver quelque chose ? demanda Xu d'un ton inquiet. Avec toutes ces disparitions de magiciens et ces Crécerelles qui hantent les rues, on…

– Je suis sûr qu'elle va bien, coupa Han, les yeux rivés sur la partie d'Hirondelle qu'il était en train de livrer contre son ami·e pour tuer le temps.

Dans un coin de la pièce, Jiyi s'était assoupie sur son lit, le bras en travers du visage, et laissait échapper de puissants ronflements.

– Nous ne devrions pas tarder, mon prince, murmura Xu qui fit glisser une tuile avant d'en défausser une autre. Nous n'allons pas pouvoir graisser la patte des gardes de nuit éternellement. Un jour ou l'autre, tout le palais – et mon père – auront vent de nos excursions dans les Fosses et le quartier des plaisirs.

Han piocha une tuile et consulta sa main d'un air distrait.

– On attend encore jusqu'au crépuscule, répondit-il en jouant au hasard, et puis on rentre.

– C'est dans bien trop longtemps.

Xu jeta un œil par la fenêtre. À mesure que le solstice approchait, le soleil se couchait de plus en plus tard, et Han le savait pertinemment.

– Nous ne pouvons pas laisser Anyang seul.

Rongé par la culpabilité, Han grimaça.

– Je fais tout ça pour lui justement.

Son ami·e le dévisagea tandis qu'iel piochait à son tour.

– Vraiment ? Ce n'est pas pour passer davantage de temps en compagnie de Maîtresse Brandy ?

Han joua sans répondre, le silence de la pièce seulement troublé par le claquement des tuiles contre la table. Et les ronflements assourdissants de la courtisane.

– Han, commença Xu avec tact, tu es…

– … fiancé, oui, je sais.

À l'évocation de Yulana, Han sentit son estomac se nouer. Il appréciait sa promise malgré tout, du moins il la respectait. Dans une autre vie, ils auraient certainement pu être amis. Il avait eu plaisir à croiser le fer avec elle et il ne faisait aucun doute qu'ils se seraient tout autant amusés au cours d'une virée dans le quartier des plaisirs. Mais avec un tel grand-père, impossible d'imaginer la moindre intimité ou confiance entre eux.

Xu secoua la tête.

– J'allais te dire que tu étais en train de très mal jouer ta main mais je vois que tu as l'esprit ailleurs.

Han contempla les tuiles étalées sous ses yeux avant de les repousser des deux mains.

– J'ai mal au crâne, faisons une pause.

– Dire que j'étais sur le point de gagner, se lamenta Xu.

Iel rangea néanmoins les tuiles et sortit un paquet de cartes d'un des tiroirs de la table.

– Tu préfères jouer au Bouquet ?

– Nan, j'ai des crampes à force de rester assis.

Han se leva pour se livrer à quelques étirements. Dos tourné à Xu, il s'inclina pour toucher ses orteils.

– Non pas que je n'apprécie pas la vue, commenta Xu, mais on pourrait croire que Sa Grâce s'agite dans tous les sens pour fuir ses pensées.

– Arrête de m'appeler comme ça, on pourrait t'entendre.

Xu jeta un regard en biais à la courtisane affalée sur le lit ; un filet de bave s'échappait de sa bouche entrouverte.

– J'imagine que tu parles de Zhara, répondit-iel à voix basse.

Han tressaillit en attrapant ses chevilles.

– Maîtresse Brandy n'est pas là, répliqua-t-il pour esquiver la véritable question.

– Tu devras bien lui dire la vérité tôt ou tard, soupira Xu. Et je pense qu'il vaudrait mieux qu'elle l'apprenne de ta part. Et non pas d'une de ces affiches annonçant tes fiançailles, par exemple.

– De ce côté-là, on ne risque rien, gloussa Han. Aucun de ces portraits ne me ressemble.

– Tu vois très bien ce que je veux dire, rétorqua sèchement Xu. Tu ne peux pas continuer à mener cette double vie impunément. Quelqu'un finira par en souffrir, que ce soit Anyang, la princesse ou Zhara. Et plus tu repousses l'inévitable, pire seront les conséquences.

Han se redressa lentement en écartant les pieds de la largeur de ses épaules.

– Je sais, dit-il, la tête maintenant penchée vers son genou droit. C'est juste que…

Il avait peur. Il avait peur de voir à jamais s'éteindre la lueur qu'elle avait dans les yeux lorsqu'elle le regardait. Il avait peur qu'elle ne voie plus jamais le garçon qu'il était mais une tête couronnée. Aux yeux de Zhara il voulait rester Han, juste Han.

Les portes de l'appartement coulissèrent avec fracas. Une Zhara échevelée et paniquée apparut dans l'embrasure et dévisagea Han en plein étirement.

– *Yah*, bougonna la courtisane. Il y en a qui essaient de dormir, ici !

Zhara l'ignora complètement.

– J'ai besoin de quitter la cité avec ma sœur. Immédiatement, dit-elle d'une voix fébrile.

Han se releva si brusquement qu'il manqua de se froisser un muscle.

– Comment ? Mais pourquoi ?

– Parce que, répondit Zhara les yeux écarquillés de terreur, le mari de ma sœur est possédé par un démon.

*

* *

Le mariage, comme Han le découvrait peu à peu, était une affaire résolument démoniaque, indépendamment de l'identité des concernés.

Zhara mit un moment avant de retrouver son calme et de pouvoir raconter toute l'histoire. Elle avait été retenue par un rendez-vous avec le futur époux de sa sœur. Han crut un bref instant que Zhara parlait de son fiancé à elle et sentit son cœur s'arrêter de battre. Ainsi, elle aussi lui avait caché des choses ! Lorsqu'il comprit son erreur, le fugace soulagement qu'il avait éprouvé céda la place à une honte écrasante. Il demeurait le seul menteur et sa mauvaise conscience commençait à lui jouer de vilains tours.

– Comment peux-tu être certaine qu'il est possédé ? demanda Jiyi.

À la seconde où Zhara avait prononcé le mot, la courtisane s'était brusquement extirpée de sa torpeur pour retrouver sa vivacité habituelle. Han était en admiration devant cette prouesse, lui qui peinait à aligner deux phrases avant son thé du matin.

– Parce que je suppose que ce brave homme ne s'est pas changé en abomination sous tes yeux en plein milieu du salon de thé, sans quoi nous en aurions sans doute entendu parler.

Zhara contempla ses paumes qui luisaient faiblement dans la clarté faiblissante de fin de journée. Han tendit les doigts pour lui prendre la main avant de se raviser. Son geste n'avait pas échappé à Xu, qui le dévisagea avec curiosité. Han sentit ses joues s'empourprer.

– Je… je ne sais pas trop, avoua Zhara. Le Seigneur Chan ne dégage pas la même chose que les autres magiciens que j'ai pu croiser, ni Thanh ni le garçon que nous avons trouvé dans la caverne. Pour tout dire, je n'arrivais pas vraiment à le cerner. C'était vraiment étrange, ma sœur m'avait bien prévenue qu'il faisait penser à une coquille vide mais je n'ai compris qu'en le voyant face à moi.

Elle frissonna et une flammèche parcourut sa silhouette avant de s'évanouir.

– Mais lorsqu'il… lorsqu'il m'a pris la main, j'ai eu l'impression qu'il n'était qu'un gouffre qui aspirait ma magie.

Jiyi la scruta avec intensité.

– Ça ne ressemble pas à un magicien corrompu mais plutôt à…

Frappée par une inspiration subite, elle s'arrêta net pour farfouiller dans ses notes éparpillées au sol.

– Il y a quelque chose qui ne tourne pas rond chez lui, murmura Zhara. Et il me fait peur.

– Ta sœur a-t-elle moyen de lui échapper ? demanda Xu. Y a-t-il une possibilité d'annuler les noces ?

Zhara fit non de la tête.

– Suzhan a déjà apposé sa marque sur le contrat.

Xu se gratta le menton.

– Chan, Chan… je me demande si nous avons un lien de parenté. C'est un nom courant mais il n'y en a pas tant que ça dans la noblesse du Sud.

– Le Seigneur Chan est un ministre haut placé.

Une légère ride de concentration se dessina entre les sourcils de Zhara.

– Mais je ne parviens pas à me rappeler son titre exact.

Sous son fond de teint, Xu avait viré au gris.

– Ce ne serait pas le chancelier de Zanhei par hasard ?

Elle écarquilla les yeux de surprise.

– Oui, je crois que c'est ça ! Comment as-tu deviné ?

– Parce que, répondit-iel d'une voix blanche, c'est mon père.

Un silence assourdissant s'abattit sur la pièce.

– Ton *père* est le régent de Zanhei ? répéta la courtisane, si abasourdie qu'elle s'arrêta de feuilleter un épais volume intitulé *La première guerre Tiyok*. Mais pourquoi tu ne nous l'as jamais dit avant ?

Elle se tourna vers Han.

– Tant qu'on y est, tu as aussi quelque chose à nous annoncer ? Ton père est le prince de Zanhei, c'est ça ? Tu ne serais pas l'Héritier Royal, par hasard ?

Han tressaillit et devint pâle comme un linge mais Jiyi était trop agacée pour le remarquer.

– Merveilleux, grommela-t-elle, j'en ai oublié ce que je cherchais.

Elle referma l'ouvrage avant de le jeter par-dessus son épaule.

– Est-ce que Chan est un magicien ? demanda-t-elle à Zhara. Parce qu'un haut-gradé au palais pourrait faire des merveilles pour notre petite organisation.

Zhara se gratta distraitement le dos de la main comme pour se débarrasser d'un souvenir déplaisant.

– Je n'en ai aucune idée. Je ne pense pas. Je n'ai pas senti de magie en lui, en tout cas.

Elle jeta un regard à Han.

– Ni d'anti-magie.

– Qu'est-ce qu'il te fait ressentir, au juste ? s'enquit Xu posément.

Iel était toujours aussi livide mais avait retrouvé un semblant de composition.

– Littéralement… rien.

– Rien ? Comment ça, rien ?

Les yeux de Zhara devinrent vitreux tandis qu'elle contemplait le vide.

– Je ne sais pas comment le dire autrement. Il ne donnait pas l'impression d'être humain, ni magicien, ni même vivant.

Elle tritura les manches élimées de sa tunique d'un air absent.

– On aurait dit le vide incarné.

– Ça ressemble bien à mon père, oui, marmonna Xu. Un trou noir dépourvu du moindre sentiment.

Han remarqua que son ami·e évitait soigneusement son regard. Il savait à quel point lae fantasque Xu savait cacher ses émotions derrière ses airs impertinents.

– Oh !

Jiyi bondit sur ses pieds pour récupérer le livre qu'elle avait bazardé quelques minutes plus tôt.

– Je me souviens de ce que je cherchais. En attendant, dit-elle en feuilletant frénétiquement les pages, il faut qu'on trouve un moyen de vous faire quitter la ville, toi et ta sœur.

– C'est possible ? s'étonna Han.

– La professeure Hu m'a dit que les Gardiens aidaient les réfugiés à s'échapper d'ici, répondit Zhara. Généralement, ils partent pour les terres de l'Extrême-Ouest.

La phrase éveilla un souvenir enfoui dans la mémoire de Han. Un parfum de pomme, sucré et acide, lui remonta dans la gorge. Du vinaigre de cidre. L'encre invisible. L'Oncle Li.

– C'est là que s'exilent tous les magiciens ? demanda-t-il.

Il repensa aux scribes disparus de Maître Cao et au refus catégorique du libraire de trahir leur destination.

– Pour la plupart, oui, répondit Jiyi. Pourquoi ?

– Crois-tu que Li et sa fille aient pu y trouver refuge ?

La courtisane resta silencieuse un moment.

– C'est possible. Il y a tant de tribus et de clans là-bas qu'il faudrait des années pour les retrouver. Et les terres sont si vastes qu'elles n'ont jamais été entièrement cartographiées. Cela étant, si Li Er-Shuan a vraiment gagné l'Extrême-Occident, je trouve cela étrange qu'il n'en ait rien dit aux Gardiens. Nous aurions pu l'aider.

– Comment, au juste ? demanda Zhara. Quel est votre secret pour faire sortir les gens de Zanhei ?

– Nous avons plusieurs méthodes, tout dépend de la situation. Les Gardiens ont appris à faire preuve de souplesse et d'ingéniosité avec le temps. D'ailleurs, la prochaine caravane de réfugiés qui quittera la cité partira au cours de la Nuit des Sept.

Han éprouva aussitôt une immense déception. Il était censé emmener Zhara au bal du palais.

– Oh.

Il se tourna vers elle et, à son regard chagriné, il sut qu'elle partageait son regret.

– Si tôt que ça ?

– Eh bien, les frères Bangtan seront de passage à l'occasion des festivités, expliqua Jiyi. Ils jouent un rôle clé dans l'exfiltration des magiciens.

– Les frères Bangtan ? s'écrièrent Zhara et Xu à l'unisson avant d'échanger un regard interloqué.

Xu esquissa un large sourire.

– *Je suis toi*, entonna-t-iel en tendant son index vers elle.

Elle lui rendit son geste et chanta, d'une voix grave et fausse :

– *Tu es moi*.

– Pouah, s'indigna la courtisane avec dégoût. Qu'est-ce que c'est que ça ?

– Les paroles d'une de leurs ballades, expliqua Xu. Mais attendez, depuis combien de temps les frères travaillent-ils pour les Gardiens de l'Aube ?

– Quelques années maintenant. Apparemment, c'est une fratrie de magiciens.

– Pas étonnant que leurs numéros soient aussi magiques ! s'exclama Zhara.

– Mais alors leurs spectacles sont simplement une couverture pour le travail qu'ils accomplissent pour nous ? demanda Han, qui était friand d'histoires d'espionnage.

– Oui et non. De ce que j'ai cru comprendre, les Bangtan aiment vraiment la scène. Mais le plus important, c'est que personne ne demande de comptes à une troupe itinérante et ils peuvent se rendre aux quatre coins des Royaumes sans sauf-conduit impérial. Ils passent inaperçus.

– Ce n'est pas vraiment le mot que j'emploierai, objecta Xu. C'est la troupe la plus populaire de tout l'empire.

Jiyi fronça les sourcils.

– À ce point ?

– Évidemment, renchérit-iel, leur dernière représentation a attiré une telle foule qu'il a fallu refuser du monde.

Zhara fit une moue d'approbation.

– Oui, ils ont du succès. Les gens guettent avec impatience l'annonce de leur prochain passage à Zanhei. On peut être certain qu'il y aura une masse d'admirateurs pour les applaudir au bal masqué.

La courtisane mordilla le bout de son pinceau d'un air distrait.

– Hmmm, cette nouvelle popularité pourrait bien être une arme à double tranchant. Nous leur avions pourtant dit de faire profil bas pour ne pas attirer l'attention sur nos activités.

– On ne peut pas garder un tel talent caché aux yeux du public indéfiniment, répliqua Zhara. Tout le monde parle encore de leur interprétation du *Poème des petites choses* donnée aux Fosses.

– Quand je pense, gémit Xu, que nous étions de mèche avec eux pendant tout ce temps et que personne n'a pensé à nous le dire. Je meurs d'envie d'avoir un autographe de celui qui est beau depuis que je l'ai vu jouer dans *Les plus beaux moments de la vie*.

– Ils ne sont pas tous beaux ? intervint Han, visiblement confus.

Il se rappelait la performance du Cycle du Soleil de l'année dernière mais pas précisément des visages des acteurs, seulement d'une vague impression de beauté générale.

– Mère des Démons, jura Jiyi, irritée. Bon, la bonne nouvelle, c'est que nous pouvons vous faire quitter la ville, ta sœur et toi. La mauvaise, c'est que manifestement, l'intégralité de Zanhei aura les yeux braqués sur votre moyen de sortie au cours de la Nuit des Sept. Ah !

Elle posa un doigt sur la page qu'elle cherchait et l'arracha d'un coup sec.

– La voilà.

– Qu'est-ce que c'est ? demanda Zhara.

– La description d'une possession par un démon supérieur.

– Un démon supérieur ?

– Oui, dit Jiyi en lisant le texte à toute allure. Il est écrit que la possession par l'un des Rois de Tiyok est la forme de corruption la plus insidieuse qui soit, car le démon supérieur peut dissimuler sa forme véritable dans le corps d'un homme, au lieu de l'altérer en une créature grotesque.

– Si je comprends bien la précieuse courtisane, dit Xu à nouveau livide, quelqu'un peut être possédé par un de ces soi-disant Rois de Tiyok sans que personne ne le remarque ?

Jiyi hocha la tête.

– Seul le contact d'un Gardien de l'Aube pourra révéler son essence…

Elle lança un regard appuyé à Zhara.

– … le vide incarné.

Xu ouvrit la bouche sans rien dire avant de la refermer.

– Excusez-moi un instant, finit-iel par articuler. J'ai besoin de prendre l'air.

Iel se releva, ouvrit la porte précieuse coulissante d'un geste élégant, enfila ses chaussures et disparut dans le couloir.

– Vous croyez qu'iel va bien ? s'inquiéta Zhara.

Han se hissa sur ses pieds.

– Je vais aller voir. Ce ne doit pas être facile à encaisser, d'apprendre que son père est *littéralement* un démon.

33.

Les derniers rayons de soleil striaient le crépuscule couleur lavande lorsque Han finit par revenir du dédale de la Cour des Glycines, seul.

– Est-ce que ça va aller pour Xu ? s'enquit Zhara.

Elle avait patiemment attendu dans le grand salon après que Jiyi l'avait chassée de sa chambre pour dormir.

– Je pense, répondit Han. Du moins, je l'espère.

– Iel a besoin de compagnie ?

– Iel préfère rester seul·e.

– Mais iel ne risque rien ?

Han réfléchit un instant avant de répondre.

– Non, ça ira. Xu a de la ressource. Et après tout, iel a bien réussi à me garder en vie durant toutes ces années.

Un sourire sur les fossettes mais ses yeux ne riaient pas.

– Allons, Maîtresse Brandy, laisse-moi te raccompagner chez toi. La soirée s'annonce magnifique, ce serait criminel de la passer seul.

Malgré l'heure tardive, les rues étaient encore bondées de chalands et de touristes profitant de la dernière minute de luminosité.

L'air restait épais de la moiteur estivale mais la chaleur de la journée s'était dissipée, offrant ainsi une atmosphère propice à une déambulation dans le quartier des artisans. Les lanternes de papier nimbaient le décor d'une lumière diffuse.

Zhara étudiait les clients richement vêtus autour d'eux et prit conscience de l'aspect déplorable de sa tenue rapiécée.

Elle jurait comme une mauvaise herbe au milieu des fleurs. Dans cette partie du marché couvert, le moindre détail avait l'odeur non pas de l'argent mais de la *fortune*. Même l'air y était plus riche, plus léger et chargé de nuances complexes qu'on ne pouvait trouver à quelques rues de là. Les senteurs lourdes de friture, de vapeur de cuisson et d'oignons des restaurants cédaient la place à des fragrances de bois de santal, d'ylang-ylang et de jasmin, comme si le simple fait manger était encore trop vulgaire. Ce raffinement éveilla en Zhara une faim non pas vitale mais délicieusement frivole.

Han se râcla la gorge en marchant à ses côtés.

– Au fait, as-tu décidé de ce que tu allais porter au bal masqué ?

– C'est toujours d'actualité ? s'étonna Zhara. Je croyais que Suzhan et moi étions censées nous enfuir avec les Bangtan durant la Nuit des Sept ?

– Ah oui, très juste, répondit-il piteusement. J'avais oublié… C'est juste que… je te l'avais promis et je voulais respecter ma promesse.

Une chaleur envahit la poitrine de Zhara sans que l'été ni sa magie n'y fussent pour quelque chose.

– Oh, eh bien, parvint-elle à répondre sans glousser frénétiquement, nous aurons peut-être le temps pour une petite danse avant de partir.

Il lui rendit un sourire en coin qui creusa davantage sa fossette gauche.

– Tu sais, c'est bien la première fois que je me réjouis d'aller à ce bal.

Submergée par l'euphorie, Zhara n'eut pas d'autre choix que de fixer ses chaussures.

– Et moi c'est la première fois tout court. Et je me réjouis d'y aller avec toi, Maître Coquet.

Fidèle à sa réputation, Han vira au cramoisi.

– Et donc, finit-il par articuler, en traînant distraitement la pointe de ses pieds au sol, est-ce que tu as réfléchi à ton costume ?

– Mon costume ?

– C'est un bal *masqué*, tout le monde doit venir déguisé, même si tu te contentes de passer un drap sur la tête et dire que tu es un fantôme.

– Je... je n'y ai pas vraiment pensé, avoua Zhara. J'avais du mal à croire que je finirai réellement par y aller.

Han porta la main à son cœur.

– Maîtresse Brandy, vous me peinez.

Elle secoua la tête en souriant.

– Je ne remets pas ta parole en question. Mais... je ne me suis jamais autorisée à penser que le moindre de mes rêves pouvait se réaliser.

Ses grands yeux doux se posèrent sur elle.

– Mais pourquoi ?

Zhara fit l'effort de croiser son regard, de ne pas détourner la tête face à sa bonté désarmante.

– Parce que pendant bien longtemps, je ne savais même pas que je pouvais avoir des rêves, que je pouvais désirer autre chose que ce dont j'avais besoin pour vivre, que je pouvais avoir envie de plus qu'un toit et à manger.

Il resta silencieux un moment.

– Sais-tu pourquoi que je t'ai remarquée devant la librairie de Maître Cao le jour de notre rencontre ?

Elle fut surprise qu'il se souvienne de ce moment. Elle-même se rappelait à peine la première impression qu'il lui avait faite.

– Non, pourquoi ?

– Tu regardais les livres sur les tables avec tant... d'envie, dit-il tandis que ses oreilles rougissaient de plus belle. Et cela m'a atteint en plein cœur. Moi-même, je n'ai jamais désiré grand-chose, tu sais. À part être un garçon comme les autres. Mais c'est ce désir profond en toi qui t'a rendue magnifique à mes yeux. Dans ton regard, j'ai compris que le monde était plein de possibles.

Un papillon voletait dans la poitrine de Zhara, léger, doux – il la chatouillait presque. Elle voulait rire et fondre en larmes, tout à la fois.

– Oh, balbutia-t-elle. Hélas, Maître Coquet, je crains de ne pouvoir en dire autant car je n'ai guère de souvenirs de notre rencontre. Hormis les Crécerelles. Et le livre de magie.

– Ah oui, certes.

Il se gratta nerveusement la nuque.

– J'imagine que ça éclipse un peu tout le reste.

Il toussa pour masquer son embarras.

– Bref, pour en revenir à ton costume, nous pourrions l'acheter ici. Ce ne sont pas les boutiques qui manquent. Je... je pourrais t'accompagner si tu le souhaitais. Et te donner mon avis lors des essayages.

Zhara se fendit d'un petit sourire.

– J'en serais honorée, Maître Coquet.

Ainsi les deux se mirent à flâner de vitrine en étal. Un bel ensemble blanc et rose attira le regard de Zhara et Han l'encouragea aussitôt à demander au marchand de l'essayer. Le commerçant rechigna d'abord avant de se raviser en la voyant sortir la pépite d'argent de sa bourse. Son attitude se fit alors carrément obséquieuse.

En enfilant la chemise, Zhara ferma les yeux pour mieux savourer le contact de la soie sur sa peau. Elle s'imagina un quotidien empli de tels luxes. Sa tenue de tous les jours était en lin rêche que seule l'usure avait fini par adoucir. Elle avait arrêté depuis bien longtemps de se soucier de son apparence et de l'inconfort de ses vêtements. Est-ce que la douceur de la soie finissait elle aussi par ne plus se remarquer ?

– Sublime, roucoula le marchand en plaçant une orchidée blanche dans ses cheveux tandis qu'elle s'admirait dans le grand miroir en pied de la boutique. Comme le rose s'accorde à merveille avec la carnation ambrée de mon honorable cliente !

Les compliments se mirent à pleuvoir sur la teinte de sa peau, la rondeur de ses yeux, la vitalité sauvage de sa chevelure et pour chaque attribut de son physique qui lui avait jadis causé tant de moqueries.

Zhara oublia ses habits et regarda son reflet. C'était la première fois qu'elle se voyait aussi nettement, comme les autres pouvaient la voir. Cette fille lui qui faisait face tournait la tête et clignait des yeux en même temps qu'elle. Pourtant Zhara ne parvenait pas à l'associer à son image mentale. La fille dans le miroir n'avait rien de petite, terne ou malingre.

Non. Cette fille était *belle*.

Elle était belle.

Son regard rencontra celui de Han dans le miroir. Dans un sursaut, elle comprit qu'elle n'avait pas besoin de son reflet pour mesurer sa beauté. Il lui suffisait de se voir dans ses yeux à lui, dans cette contemplation révérencieuse, presque inquiète. Elle s'était *sentie* belle bien avant d'en avoir la confirmation. Car il avait su la voir elle.

– Qu'en pense mon honorable cliente ? s'enquit nerveusement le marchand. Si cette tenue n'est pas à son goût, j'en ai pléthore d'autres à lui proposer !

– Non, je l'adore, s'étrangla Zhara sans quitter du regard le reflet de Han.

Enchanté, le commerçant lui annonça le prix et Zhara s'en acquitta sans la moindre hésitation. À sa grande surprise, il lui tendit ensuite une bourse pleine de pièces. Sa monnaie, lui expliqua-t-il, et ce concept lui était totalement étranger. Comment était-il possible de se retrouver avec de l'argent *après* une dépense ? Le tailleur lui annonça qu'elle pourrait récupérer son ensemble dans deux jours, le temps de faire les ajustements.

– Un masque, à présent, annonça Han. C'est ce qui donne son nom au bal, après tout !

Ils passaient devant la vitrine d'une boutique de masques artisanaux lorsqu'une petite commerçante rondouillarde aux joues lisses et replètes les accueillit avec le sourire.

– Bienvenue, chère cliente, bienvenue ! leur dit-elle gaiement. Entrez donc dans le bazar magique de Maîtresse Wen !

Le mot *magique* les fit aussitôt frissonner mais ils se fendirent tous deux d'un sourire poli en constatant que la marchande vendait essentiellement un assortiment de curiosités en tout genre. Chiner dans son échoppe était une aventure en soi et ils allèrent de surprise en surprise en parcourant les rayonnages.

– Cet endroit est extraordinaire, murmura Han. Il y a tant de choses dont je ne soupçonnais pas l'existence et que je meurs d'envie d'acheter à présent.

Il s'empara d'un petit chapeau parasol pour le coiffer sur sa tête.

– Ingénieux ! À présent je peux me promener sous la pluie et garder les mains libres !

Zhara éclata de rire.

– Alors tu comptes te rendre au bal déguisé en parapluie ?

Han étudia son couvre-chef d'un œil critique.

– Ce ne serait pas la pire chose qu'on m'aura forcé à porter. Une année, ma mère s'est mise en tête de nous déguiser mon frère et moi en gâteaux de riz, avec des chapeaux en feuilles de bananier.

– Ça devait être adorable !

– Oh, ça l'était, répondit-il d'un ton sardonique. Pour mon petit frère. Mais moi, j'avais déjà dix ans.

Ils restèrent un moment silencieux en passant en revue l'inventaire farfelu de Maîtresse Wen, qui les suivait avec sollicitude.

– Oooh, qu'est-ce que c'est ?

Han extirpa un petit volume de l'étagère et se mit à le feuilleter.

– *Trente-six positions pour le pistil et l'étamine*, c'est de la poésie ?

Zhara se mordit les lèvres en souriant.

– De la pornographie.

– Ah oui ? J'ai lu *Les contes du delta soyeux*, se vanta Han. Plus rien ne me fait peur et… oh bonté divine.

Il referma brusquement le livre avant de le jeter à travers la pièce dans un mouvement de panique.

– Et on… on laisse des choses pareilles en accès libre ?

– Il parait que les publications érotiques ont un succès fou dans les beaux quartiers, le taquina-t-elle. Je suis sûre que le palais doit avoir une collection impressionnante dans les appartements de l'Héritier Royal.

– Oh ! Certainement pas ! répliqua Han, piqué au vif.

Après quelques minutes de recherche, Zhara finit par dégotter un masque en bois sculpté. Laqué de blanc et ornementé de nénuphars jaune et rose, il allait à la perfection avec son ensemble. Elle fit signe à la vendeuse avant de s'attarder sur un plateau de boucles d'oreille posé sur le comptoir.

– Ah, je vois que la cliente est intéressée par ces bijoux, roucoula Wen en redoutable commerçante qu'elle était. Elle a du goût ! On dit que les colliers réhaussent une tenue mais que les boucles d'oreilles habillent le visage. Et quel beau visage que le sien !

Zhara plaqua aussitôt les mains sur ses oreilles.

– Oh n-non, bredouilla-t-elle. Mes lobes ne sont pas percés.

Le souvenir atroce de la Seconde Épouse la forçant à tenir Suzhan bébé tandis qu'elle lui enfonçait une aiguille chauffée à blanc dans les lobes la fit frissonner.

– Qu'à cela ne tienne ! répliqua la vendeuse qui attrapa une paire de pendants en jade avant de lui prendre la main. Achetez donc une paire et je vous percerai les oreilles gratuitement !

Zhara mit un moment avant de s'extriquer des habiles manœuvres de la marchande. Les bras chargés de paquets et leur bourse allégée, Han et Zhara empruntèrent le pont du Lotus pour regagner la cité. Il faisait nuit noire et les touristes achetaient des lanternes volantes pour illuminer le ciel.

– Attends un peu, dit Zhara en passant devant la boutique où elle avait vu les chaussons blancs.

Ils n'avaient toujours pas trouvé preneur et leur soie reflétait la lumière chaude des lumignons de l'extérieur.

– Tiens, tu es de retour, toi, grommela le vendeur. Si tu les touches, tu les achètes !

– Combien ? demanda-t-elle en plongeant déjà la main dans sa bourse.

– Trois cents pièces.

Zhara arrêta son geste et en resta bouche bée.

– Trois cents ?

C'était bien plus qu'il ne lui restait, et même bien plus que la valeur initiale de sa pépite.

– Tenez.

Han plaqua un petit lingot d'or sur le comptoir.

– Oh, Han ! protesta-t-elle. Tu n'as pas à…

– Ma dame a besoin de chaussures pour compléter son costume !

Comme elle s'apprêtait à protester de nouveau, il leva la main pour lui couper la parole.

– Je t'en prie, l'implora-t-il. Je n'ai jamais pu t'offrir cet exemplaire de *La jeune amante de la Mort*. Laisse-moi au moins te faire ce cadeau.

Zhara cligna précipitamment des yeux pour en chasser les larmes. C'était la première fois que quelqu'un lui offrait quelque chose et la joie qu'elle éprouvait était presque douloureuse. Han s'agenouilla pour l'aider à enfiler son nouveau chausson. Il releva les yeux pour la contempler. Pour la *voir*.

– Et voilà.

Il sourit, toutes fossettes dehors, nez plissé.

– Magnifique.

Il n'avait pas l'air de parler des chaussures.

Ils poursuivirent leur chemin à travers le marché couvert et Zhara avait l'impression de marcher sur des nuages. Le doux parfum des brioches vapeur, de barbe de dragon et autres sucreries, s'échappait des barques amarrées le long des quais tandis que d'autres esquifs vendaient à tour de bras des demi-masques et des pétards aux badauds, en anticipation des festivités. Zhara observa un groupe de jeunes rassemblés autour d'un camelot leur vantant ses lanternes de vœux et ses bougies flottantes. Ils griffonnèrent leurs messages sur le papier des lumignons avant de se rendre sur la jetée pour les faire s'envoler. On pouvait lire « fortune » sur la première, « une vie comblée » sur la seconde, « épouser un bel homme », « la guérison de ma grand-mère », « une bonne note à mon examen », et ainsi de suite.

– Puis-je vous offrir un vœu, Maîtresse Brandy ? lui murmura Han à l'oreille.

Sa proximité fit sursauter Zhara.

– Quoi ? répondit-elle, tiraillée entre le réflexe de s'écarter et le désir de se rapprocher davantage.

– J'ai remarqué comme tu regardais les lanternes dans le ciel la nuit dernière, alors je me suis dit que je pouvais peut-être t'aider à réaliser un de tes rêves.

Elle mordit sa lèvre, réfléchissant à sa proposition. C'était un geste simple mais d'amitié, l'acte généreux d'un garçon à la fois perspicace et complètement naïf. Pourtant elle hésitait. Le souvenir de leur baiser manqué revint la hanter et lui rappela qu'elle avait encore peur. Non pas de souffrir, mais de sa gentillesse. Il était tellement tentant de s'abandonner à sa bonté et d'espérer quelque chose d'encore plus beau derrière.

– Non, merci, c'est gentil. Ça serait du gâchis de toute façon, dit-elle en riant jaune, je ne saurais pas quoi demander.

Elle repensa à la promesse faite à Suzhan. Vouloir être aimée lui paraissait tellement frivole, tellement trivial. Pourtant elle ne pouvait s'empêcher de le désirer ardemment.

– Ah bon ?

Han leva la tête pour contempler le fleuve de lumières emporter les vœux vers les étoiles.

– Moi, ce ne sont pas les idées qui manquent.

Elle l'observa du coin de l'œil. Son profil parfaitement dessiné contrastait nettement avec la lueur diffuse des lanternes, mais son regard conservait une douceur désarmante.

– Et qu'est-ce que tu souhaiterais alors, Maître Coquet ?

– Je n'ai le droit qu'à un vœu ?

Elle hocha la tête.

– Un seul.

Il se retourna pour lui faire face et ses yeux sombres se firent soudain sérieux. Pour la première fois, elle n'eut pas à se retenir de glousser, l'intensité de son regard l'en avait dissuadée.

– J'aurais souhaité, murmura-t-il, j'aurais souhaité faire preuve de courage et t'embrasser pour de bon le soir où je t'ai raccompagnée chez toi.

Zhara retint son souffle. Les yeux de Han ne l'avaient pas quittée et attendaient une réponse qu'elle-même ignorait. Il se tenait si près, son visage penché sur elle. Elle trembla, habitée d'un désir si violent qu'il en devenait douloureux. Tout semblait la faire souffrir mais l'espoir était le pire des supplices. Han se rapprocha encore, et encore, lentement, inexorablement, comme s'il n'allait jamais la toucher.

Leurs lèvres s'effleurèrent, hésitantes, timides.

Puis elle se pressa contre lui et plaqua sa bouche sur la sienne. Elle sentit les mains de Han se poser sur ses hanches. Pour qu'elle épouse davantage son corps ou bien pour la repousser ? Elle était incapable de penser à présent. Il se montrait tellement délicat, tellement doux qu'il faisait fondre son cœur de tendresse. Mais elle était affamée, insatiable. Elle gémit en empoignant le col de sa robe. Il l'enveloppa de ses bras et la serra à son tour.

Quand Zhara parvint à rouvrir les paupières, elle le trouva en train de sourire, à moitié canaille et à moitié ahuri. Elle l'embrassa de nouveau à pleine bouche et ses fossettes réapparurent – et avec elles, les plis exquis de son nez retroussé.

– Ouah, souffla-t-il.

– Ouais, chuchota-t-elle, avant de se mettre à glousser de manière incontrôlable.

– Euh, dit-il, visiblement perdu. Qu'est-ce qu'il y a de si drôle ?

– R-rien, parvint-elle à répondre en se faisant violence. C'est- j-juste q-que, j-je ne p-peux pas m'empêcher de r-rigoler quand je suis face à quelqu'un de beau.

Han prit un air crâneur et écarta une mèche de cheveux de la joue de Zhara.

– Ah, tiens donc ?

Ses lèvres étaient si proches des siennes qu'elle pouvait sentir son souffle.

– Je suis flatté.

Il plissa soudain le front, l'air alarmé.

– Mais tu pleures ? dit-il en essuyant les larmes de ses pouces.

– Oui, murmura-t-elle, elle-même surprise.

– Pourquoi ?

– Parce que pour une fois, je m'épanouis au lieu de simplement survivre.

Han laissa échapper un bruit de stupéfaction lorsqu'il retira ses mains.

– Qu'y a-t-il ? demanda-t-elle.

Il lui montra ses paumes.

Scintillant au clair de lune, illuminées par les feux d'artifice multicolores qui constellaient le ciel, se trouvaient des perles d'eau douce en forme de larmes de joie.

Troisième partie

La Nuit des Sept

34.

Il était minuit passé lorsque Zhara rentra chez elle. Toutes les lumières étaient éteintes, ce qui signifiait que la Seconde Épouse était partie faire la tournée des tavernes ou bien qu'elle dormait déjà. Zhara traversa la cour d'un pas guilleret, les bras chargés de ses achats du marché. Pas même la perspective de devoir se lever dans peu de temps pour préparer le petit-déjeuner n'aurait pu entamer sa bonne humeur. Elle attendait l'aube avec impatience car elle la rapprocherait de la Nuit des Sept et du reste de sa vie. Demain elle dirait à Suzhan qu'elle n'avait plus à redouter le Seigneur Chan car sa nene avait trouvé la solution à tous leurs problèmes.

– Nene.

Zhara laissa tomber ses paquets en sursautant. Assise sur son tabouret, la silhouette dégingandée de Suzhan se distinguait à peine dans la lumière argentée du clair de lune que laissait passer la fenêtre.

– Mimi ? Qu'est-ce que tu fais toute seule dans le noir ?

Zhara se précipita vers elle mais Suzhan l'en dissuada avec une raideur inhabituelle.

– Être dans le noir, ça ne change rien pour moi, rétorqua-t-elle d'un ton aigu, presque étranglé. Inutile de te le rappeler, j'imagine.

Zhara fronça les sourcils en sentant son euphorie s'estomper rapidement.

– Il y a un problème, mimi ? Tu ne te sens pas bien ?

Elle posa une main sur le front de sa sœur, sans déceler la moindre fièvre.

– Ne me touche pas.

Cette fois, la réponse de Suzhan était franchement hostile.

– Magicienne.

Le mot lui fit l'effet d'une gifle.

– Je ne suis pas… comment… quand est-ce que…

Elle savait qu'il lui aurait fallu tout avouer à sa sœur avant de lui dévoiler l'existence des Gardiens de l'Aube, mais elle aurait cru avoir plus de temps. Plus de temps pour trouver les mots adéquats afin de révéler sa véritable nature. Ce moment de vérité, qu'elle aurait pu négocier en douceur, pour rassurer sa cadette, n'aurait jamais lieu. On l'en avait privée.

– Je constate que tu ne nies pas.

Impossible. Elle s'y refusait.

– C'est Madame qui te l'a dit ? demanda-t-elle d'une petite voix.

Était-ce une vengeance de la Seconde Épouse pour avoir refusé l'offre de Chan ? Lui enlever la seule chose qu'elle prenait pour acquise : l'assurance que son secret serait toujours bien gardé avec elle. *Quelle mère faut-il être pour se servir de la magie de sa fille comme objet de chantage ?* Zhara sentit une boule se former dans sa gorge. Elle s'était montrée bien trop naïve.

– Elle était au courant ?

Le désespoir absolu dans la voix de Suzhan lui brisa le cœur.

– Tu l'as dit à Maman… mais pas à moi ?

Zhara ferma les yeux. La marâtre avait donc bien gardé son secret, en fin de compte. Pour autant, il n'y avait plus aucune chance que cette discussion avec sa sœur se termine bien.

– Je ne l'ai pas dit à Madame, murmura-t-elle, elle l'a toujours su.

Suzhan laissa échapper un hoquet de rage et de tristesse.

– Je vois.

Un silence pesant.

– Et pourquoi me l'as-tu caché ?

Les raisons ne manquaient pas mais aucune n'aurait apaisé la douleur de sa sœur. Parce qu'elle voulait la protéger ? Parce qu'elle voulait la garder des Crécerelles ? Parce qu'elle avait tout simplement peur ? En réalité, elle craignait son jugement car elle ignorait l'avis de Suzhan sur la magie. Jamais elles n'avaient abordé le sujet au cours de leurs innombrables discussions dans la cuisine. Jamais elles n'avaient évoqué les circonstances entourant la mort de Jin Zhanlong. Et jamais elles n'avaient parlé de la raison pour laquelle Suzhan s'était un jour réveillée aveugle.

– Parce que, expliqua Zhara à voix basse, j'en avais honte.

Suzhan ne répondit pas immédiatement et le silence qui suivit donna à Zhara l'impression de suffoquer. Elle n'avait pas de réponse plus honnête à offrir à sa sœur. Elle avait à la fois tout et rien dit.

– Honte de ce que tu es ? Ou de ce que tu as fait ?

La culpabilité et la peur lui glacèrent subitement les entrailles. Suzhan avait-elle deviné ?

– Les deux, balbutia-t-elle. La magie a plongé l'empire en guerre, mimi. J'ai eu honte de ce que j'étais pendant des années.

Suzhan secoua la tête. Il faisait trop sombre pour lire son visage et Zhara n'osait pas allumer de bougie ou de feu dans l'âtre. L'obscurité offrait l'avantage à sa sœur et Zhara savait qu'elle avait choisi cet instant à dessein.

– C'est idiot d'avoir honte d'un accident ou d'un hasard de la nature. Tu es qui tu es, nene. Il n'y a pas de honte à avoir.

Si ses paroles étaient rassurantes, sa voix restait distante. Jadis, Zhara aurait pu dissiper ce froid entre elles par une plaisanterie, mais l'heure n'était plus au rire.

– En revanche, on peut avoir honte de ses actions, reprit Suzhan d'un ton plus glacial que jamais.

À cet instant, Zhara reconnut la voix amère et cassante de la Seconde Épouse. Suzhan était bien la fille de sa mère, en fin de compte.

– Donc, aurais-tu fait quelque chose de déshonorant, Jin Zhara ?

Jin Zhara. Et pas nene. Zhara se sentait au bord d'un précipice vertigineux, les bras tendus vers quelque chose qu'elle craignait de perdre à jamais si elle s'aventurait à dire la vérité.

– R-rien, bredouilla-t-elle en maudissant son bégaiement.

Suzhan croisa les bras.

– Tu mens.

Il ne servait plus à rien de nier.

– Oui, souffla-t-elle. Comment… (elle s'humecta les lèvres) as-tu su ?

– Je t'en prie, rétorqua sa sœur d'un air hautain. Je suis aveugle, pas idiote.

Zhara fit la grimace.

– J'imagine que je l'ai toujours su, au fond, poursuivit Suzhan d'une voix plus douce mais guère chaleureuse. Il y avait quelque chose de… différent chez toi. Une lueur que même moi je parvenais à voir parfois.

Elle se leva de son siège dans un discret bruissement de tissu, avant de tapoter légèrement sa canne par terre.

– Mais après notre entrevue avec le Seigneur Chan, j'en ai eu le cœur net.

Lorsque Zhara avait changé le vin en eau.

– *Ce n'est qu'en le touchant que nous pouvons démasquer un magicien*, récita Suzhan.

Elle marqua un nouveau silence.

– Je n'avais jamais saisi le sens de cette phrase avant de comprendre que ta peau m'avait guérie autant qu'elle m'avait blessée.

– Mimi, je n'ai jamais voulu…

– Sais-tu, la coupa Suzhan, que lorsque Maman m'a emmenée chez la guérisseuse quand j'étais petite, on m'a appris qu'aucun remède ne pourrait soigner ma vue ?

– Oui.

– Et sais-tu pourquoi ?

Zhara secoua la tête et, pour ne pas laisser sa sœur dans le silence, se força à parler.

– Non.

– Parce que mes yeux ne sont plus des yeux. Au lieu de sang, de fluide et de tissu, ce qui repose dans mes orbites est un mélange contre-nature de chair et de verre.

La description crue et clinique lui provoqua un haut-le-cœur. Zhara sentit la bile remonter dans sa gorge et déglutit péniblement.

– Je ne suis à l'évidence pas née ainsi, reprit Suzhan, implacable. La guérisseuse a donc demandé à Maman quel magicien m'avait maudite, parce que rien dans la nature ne pouvait me donner des yeux pareils.

Elle s'était tant rapprochée que Zhara pouvait sentir son souffle sur ses lèvres.

– Je sais à présent que c'était toi.

– Oui, répondit Zhara dans un murmure.

Que pouvait-elle dire de plus ?

– Pourquoi ?

La voix de Suzhan se brisa.

– Pourquoi m'avoir maudite ? Tu me haïssais tant que ça ? Tu étais jalouse de l'attention que Maman m'accordait ?

– Non, mimi, c'était un accident, je te le jure.

Elle n'avait pas voulu blesser sa sœur, seulement l'aider. Après s'être entraînée en secret pendant si longtemps à changer des boutons en pièces, des fleurs en rubans et du bois en pierre, Zhara s'était persuadée qu'elle pouvait soigner la myopie de sa sœur par la magie. La vue de Suzhan se dégradait jour après jour et les épaisses lunettes qu'elle portait depuis son plus jeune âge ne suffisaient plus.

– Je voulais juste aider, chuchota-t-elle, davantage pour elle que pour sa sœur.

Rien de plus facile, s'était-elle dit, il suffisait d'imaginer les yeux de Suzhan guéris, sa vue perçante et nette comme la première fois où elle avait chaussée ses lunettes. Alors lorsque sa sœur avait quitté la cuisine ce soir fatidique, Zhara avait attendu qu'elle s'endorme, puis placé sa main sur ses paupières et elle avait rêvé.

Suzhan s'était réveillée aveugle.

– Je ne savais pas ce que je faisais, bredouilla Zhara. Mais je pensais vraiment pouvoir soigner ton problème.

– Mon *problème* ?

Suzhan retroussa les lèvres avec dédain.

– C'est ainsi que tu me voyais ? Comme un problème ?

– Non ! Tu es parfaite comme tu es. C'est juste que Madame…

Elle était incapable de terminer sa phrase.

– … que Maman me considérait comme infirme.

Suzhan détourna la tête.

– Et qu'elle se déchaînait sur moi.

– Oui. J'aurais fait n'importe quoi pour t'épargner ces souffrances.

La magie de Zhara refit surface et illumina la cuisine. Suzhan eut un mouvement de recul.

– C'est ta… c'est ta magie, ça ?

Ses yeux papillonnèrent tandis qu'elle cherchait la source de la lumière.

– Oui, croassa Zhara.

Émerveillée, sa sœur voulut lui saisir les doigts mais Zhara retira prestement sa main.

– Non, je t'en prie, implora-t-elle. Je ne veux pas te faire de mal !

– C'est un peu trop tard pour ça, ricana Suzhan. Tu as fait tellement de dégâts que ce n'est pas un peu de magie qui changera l'affaire.

Dans la faible lueur, la dureté des traits de Suzhan était exacerbée et son visage n'était plus qu'un masque d'agonie.

– C'est ta faute si Maman me battait. C'est à cause de toi que je n'ai jamais pu la satisfaire et que j'ai fini vendue au plus offrant comme une vache au marché.

– Je sais, mimi, je sais.

Si seulement elle avait pu trouver d'autres mots, d'autres platitudes pour apaiser la douleur de sa sœur.

Suzhan rit jaune.

– C'est tout ce que tu as à me dire ?

– Qu'est-ce que tu voudrais entendre, mimi ? sanglota Zhara. Je te dirai tout ce que tu voudras pour que tu me pardonnes.

– Tu crois qu'on restaure la confiance avec de simples mots ? Comme on guérit les blessures à coup de magie, c'est ça ? rétorqua Suzhan d'une voix suintant le mépris. Il n'y a qu'une chose que je veux entendre de ta bouche, nene : que tu es désolée.

– Je suis désolée, souffla-t-elle. Je sais que ce n'est pas suffisant mais je suis infiniment désolée.

Les épaules de Suzhan s'affaissèrent.

– Tu as raison, ça ne suffit pas.

Un silence.

– Mais j'imagine qu'il faudra s'en contenter.

Un soulagement intense s'empara de Zhara et les flammes sous sa peau s'éteignirent, plongeant de nouveau la cuisine dans le noir. Sa relation avec Suzhan ne serait plus jamais la même mais au moins, elle n'était pas complètement perdue. Il fallait qu'elle fasse ses preuves et qu'elle répare ses torts, d'une façon ou d'une autre. Elle s'agenouilla et posa le front par terre. Sa sœur avait beau être aveugle, elle savait qu'elle avait perçu son geste.

– Laisse-moi me racheter, mimi, chuchota-t-elle contre le sol en terre de la cuisine. Laisse-moi trouver un moyen d'expier ma faute.

– Et comment comptes-tu t'y prendre, nene ? demanda sa sœur d'un ton las.

Si sa chaleur habituelle avait quitté sa voix, Zhara y décelait toujours un reliquat d'amour.

– Ce qui est fait est fait.

Zhara déglutit.

– Certes, mais que dirais-tu d'échapper à ton union avec le Seigneur Chan ?

Suzhan se raidit aussitôt.

– Tu te moques de moi.

– Non, mimi. Je te promets que je suis très sérieuse.

– Mais… comment ?

L'espace d'un instant, sa voix avait retrouvé l'enthousiasme et la fougue de sa jeunesse.

Zhara garda le silence une seconde. Comment ne pas passer pour une vieille illuminée ou pour un monstre sans cœur qui avait tenu sa sœur dans l'ignorance ? Comment choisir entre « ton mari est possédé par un démon » et « je fais partie d'une société secrète mais je n'ai jamais daigné t'en parler » ?

– Il existe d'autres magiciens à travers les Royaumes du Matin.

Suzhan prit un moment pour digérer la révélation.

– J'imagine que c'est logique mais je n'arrive pas à croire que je n'y avais jamais pensé jusqu'à présent.

– Et bon nombre d'entre eux et de leurs alliés œuvrent ensemble en secret, poursuivit Zhara, pour s'apporter entraide ainsi qu'aux proches des familles de magiciens depuis la fin de la Guerre Juste.

Suzhan avait tressailli au mot « famille ».

– Ces Gardiens de l'Aube ont accepté de nous aider à rejoindre les confins de l'empire, où nous pourrons échapper aux lois du Seigneur de Guerre.

Ainsi qu'aux griffes de la Seconde Épouse, eut-elle envie d'ajouter, mais elle s'en garda pour ne pas troubler la fragile trêve.

– Pourquoi ferais-tu ça, nene ? demanda Suzhan, le front plissé. Pourquoi ferais-tu ça pour moi ?

Parce que tu es sur le point d'épouser un démon.

– Parce que je t'aime, mimi, et que jamais je ne t'abandonnerai.

Passée son excitation initiale, sa sœur se montrait étrangement silencieuse.

– Il est vrai que je préfèrerais éviter de m'unir au Seigneur Chan, finit-elle par dire.

Suzhan allait la suivre, elle le savait à présent. Zhara sentit ses épaules se détendre.

– Ah, très bien. Parce que j'ai un plan, mimi. Un plan qui va nous conduire loin de Zanhei, à l'abri de Chan et de… Madame. On doit juste être prêtes à partir le soir de la Nuit des Sept.

Suzhan fronça les sourcils.

– Maman m'a dit que j'étais censée me rendre au bal avec mon futur époux pour rencontrer l'Héritier Royal et sa promise. C'est mon devoir en tant que femme du Chancelier.

Zhara se mordit la lèvre.

– Mais tu n'es pas obligée d'être collée à lui toute la nuit, si ?

– J'imagine que non.

– Parfait. Dans ce cas, rendez-vous au palais, nous nous échapperons ensemble.

De nouveau, Suzhan se mura dans son silence.

– Ensemble, répéta-t-elle finalement, faisant rouler le mot sur sa langue comme pour en saisir toute la saveur.

Ses doigts se remirent à pincer des cordes invisibles.

– Oui, mimi. Ensemble.

Zhara tendit une main hésitante vers sa sœur pour illuminer son visage, sans parvenir à déchiffrer son expression.

– Une brave fille jusqu'au bout, pas vrai, nene ?

Suzhan tendit la main vers la sienne sans la toucher. Les yeux braqués sur la lumière, elle reprit :

– Je te vois, nene. Pour la première fois, je crois que je te vois *vraiment*.

Elle secoua la tête et laissa échapper un rire sans joie.

– Mais à la réflexion, je crois que je préférais quand nous étions toutes les deux dans le noir.

Zhara rappela sa magie sous sa peau et laissa la nuit les envelopper. Elle prit sa sœur dans ses bras et sentit ses épaules noueuses sous ses paumes.

– La Nuit des Sept, dit-elle. C'est là que commencera le reste de notre vie.

– Je l'espère, murmura Suzhan. Je l'espère vraiment.

35.

Un martèlement frénétique assorti de cris arracha Han à son sommeil.

– Debout ! lui intima une voix. C'est à propos d'Anyang ! Dépêche-toi !

Il se redressa par réflexe, l'esprit encore embrumé.

– Xu, c'est toi ? demanda-t-il d'une voix pâteuse, les yeux plissés pour distinguer la silhouette qui se dessinait à sa fenêtre.

Il enroula maladroitement un châle par-dessus sa robe de chambre avant d'ouvrir les volets en papier. Son ami·e d'enfance se tenait dans la cour, les cheveux en bataille et le maquillage défait.

– Qui veux-tu que ce soit d'autre ? répliqua-t-iel avec irritation avant de pencher la tête. Pourquoi ? Sa Grâce attendait de la visite, peut-être ? Une certaine jouvencelle aux mains de feu, par exemple ?

– Tais-toi.

Han se frotta les yeux.

– Quel est le souci avec Anyang ?

– Le Second Héritier n'est pas dans sa résidence.

– Quoi ?

Une terreur soudaine acheva de réveiller Han.

– Où est-il ? Est-ce qu'on doit alerter les Gardiens ?

Il repensa aux cadavres sous le mont Zanhei.

– Que faut-il faire ?

– *Chh, chhh*, l'apaisa Xu. Je l'ai retrouvé. Il est dans les jardins de méditation mais…

Xu abandonna ses manières formelles.

– Han, il y a quelque chose qui cloche.

Han enjamba la rambarde du balcon et atterrit pieds nus sur le gravier de la cour.

– Allons-y, dit-il en serrant les dents pour chasser la douleur.

– Mais, et si les gardes…

– Qu'ils aillent au diable, grogna-t-il. Et puis tu dois connaitre leur chemin de ronde par cœur, à force d'aller de lit en lit chaque nuit, pas vrai ?

Xu renifla.

– Je préfère y voir un compliment sur mes capacités supérieures d'observation et de mémorisation plutôt qu'un commentaire sordide sur mes escapades nocturnes.

Han leva les yeux au ciel et lui prit la main.

– Dépêchons !

Iels se frayèrent un chemin sur la pointe des pieds à travers la cour et quittèrent le pavillon des hommes. Han s'accroupit derrière Xu tandis qu'iels se glissaient dans le passage étroit entre deux bâtiments. Après avoir réussi à s'extraire du labyrinthe de résidences, iels débouchèrent sur la vaste dalle qui jouxtait l'arrière de la demeure royale. Sous le clair de lune, les pignons dorés de l'édifice luisaient faiblement.

– Baisse-toi ! siffla Xu en se jetant sur lui.

Une patrouille de gardes leur passa devant sans remarquer les deux formes vaguement humaines pressées dans l'ombre d'un mur.

– Je ne sais pas si je dois être soulagé ou m'inquiéter de leur nullité, maugréa Han une fois le champ libre.

– Pour le moment, soulagé. On s'inquiétera plus tard.

Xu l'étudia de la tête aux pieds en fronçant les sourcils.

– Tu n'avais pas quelque chose d'encore moins discret à te mettre ?

Han regarda à son tour sa robe de chambre d'un blanc éclatant.

– J'ai pris la première chose qui me tombait sous la main, marmonna-t-il.

Dans un soupir théâtral, son ami·e se débarrassa de son propre peignoir – d'un bleu marine pratiquement invisible dans la pénombre – pour le lui tendre. Xu était à présent seulement vêtu·e d'une chemise et d'un pantalon sombre et sans chichi. Une tenue hautement pratique pour faire le mur. Han accepta le vêtement en s'inclinant timidement. Tandis qu'il l'enfilait, il sentit les coutures craquer autour des épaules.

– Xu…

– Ne te tracasse pas, tu m'en rachèteras une autre plus tard.

L'angoisse commençait à le gagner. Si Xu ne se formalisait plus que l'on maltraite sa garde-robe, c'est que l'heure était grave.

Iels jetèrent un œil au coin de la grande halle.

– Là-bas, indiqua Xu en pointant un pavillon. C'est là que j'ai vu le Second Héritier. Il va falloir courir.

Iels traversèrent à toute vitesse le pont en zigzag qui menait au pavillon d'observation, mais la pagode à trois étages était déserte.

– Où est-il ? haleta Han, la poitrine serrée par la panique.

Il inspecta les eaux sombres du bassin qui bordait le pavillon. Enfant, il lui était arrivé de tomber dedans après être passé sous la rambarde. Ni lui ni Anyang ne savaient nager.

– D'autres gardes !

Xu attrapa Han par la manche et le jeta sans ménagement au sol. S'il n'était pas obnubilé par la disparition de son frère, Han aurait été impressionné par la force de son ami·e.

– Là-bas.

Il suivit son doigt du regard jusqu'à un bosquet de saules de l'autre côté de la mare. Deux silhouettes patrouillaient côte à côte. La lune avait transformé l'eau en un véritable miroir dans lequel on pouvait nettement distinguer les coiffes à plumes des Crécerelles. Une troisième silhouette se tenait assise sur un banc en pierre, à l'écart. Une silhouette plus petite et familière.

Anyang.

Han bondit immédiatement sur ses pieds malgré les protestations de Xu et fonça dans les buissons. Une fois dissimulé, il se mit à ramper en direction de son frère et des sbires du Fauconnier. Il entendit Xu siffler « Ta Grâce ! » entre deux bruissements de fougère, puis un bruit sourd lui indiqua qu'iel l'avait rejoint.

– Encore six mois à tenir, encore six mois à tenir…, maugréa Xu.

Les Crécerelles étaient tout proches du banc et Han se mit à désespérer. Ses doigts s'engourdissaient progressivement tandis qu'il grattait le sable et la terre en avançant lentement, bien trop lentement. Le souvenir de l'enlèvement de sa mère revenait le hanter. Un goût de cendre lui envahit la bouche et il manqua s'étouffer. Il ne supporterait pas de laisser à nouveau un être cher aux griffes du Seigneur de Guerre. S'il se relevait, peut-être pourrait-il courir, attraper Anyang et…

Trop tard. Les Crécerelles étaient arrivés avant lui. Le plus grand des deux tendit le bras pour toucher l'épaule du garçon mais son comparse trapu l'arrêta dans son geste.

– Attends, dit le plus petit des deux. Le Chancelier doit nous faire signe, ensuite on le ramènera dans son lit.

Xu se figea. Han se rappela comme iel avait pâli lorsque Zhara lui avait appris que son père était désormais un démon. « Est-ce que tu… », commença-t-il à demander silencieusement avant que Xu ne lui intime l'ordre de fermer la bouche.

Anyang était parfaitement immobile sur le banc, les paupières closes et la respiration régulière, comme s'il dormait profondément. Plusieurs secondes interminables s'écoulèrent tandis que Han s'efforçait de retenir son souffle pour ne pas trahir sa présence.

Enfin le jeune garçon releva la tête et ouvrit les yeux.

Et le monde fut plongé dans le silence.

Han eut l'impression d'être précipité sous l'eau. L'air était devenu épais, la respiration difficile, mais plus étrange encore, plus aucun son ne lui parvenait. Ni le chant des cigales, ni le coassement des grenouilles, pas même l'occasionnelle bulle éclatant à la surface de la mare.

Un silence de mort.

Anyang se pencha pour ramasser quelque chose au sol avant de le porter contre sa poitrine et de le caresser. Han mit un long moment avant de voir qu'il s'agissait d'un oiseau.

Un craquement sinistre retentit lorsque son petit frère brisa la nuque de l'animal d'un coup sec. Horrifié, Han plaqua une main sur sa bouche pour étouffer un cri. Les deux Crécerelles reculèrent de dégoût.

– Dis donc ! s'exclama le plus grand. Quel vicieux.

Son compagnon lui ordonna de se taire en sifflant entre ses dents.

Anyang ouvrit la paume lentement pour dévoiler le corps inerte du volatile et son cou tordu de façon écœurante. Il souffla délicatement dessus pour agiter ses plumes et peu après, les ailes et les serres s'agitèrent, comme prises de spasmes. Les doigts d'Anyang s'activaient au-dessus du cadavre et semblaient le manipuler comme une marionnette aux fils invisibles.

À force de battre des ailes, l'oiseau commença à décoller.

– *Yah* ! s'écria l'un des Crécerelles.

C'était impossible et pourtant, l'animal au cou brisé et aux yeux déjà vitreux parvenait à faire du sur place dans les airs. Han se rappela la horde grouillante de rats morts-vivants envahissant la ruelle du marché couvert et cette sensation de terreur qui avait précédé l'apparition de l'abomination. La même appréhension le gagnait à présent.

Pris d'un violent haut-le-cœur, il se retint de vomir dans les buissons.

– Non, murmura-t-il. Non.

Il avait suffisamment d'expérience avec les Gardiens pour savoir que l'inévitable allait se produire.

Une possession.

Xu raffermit son emprise sur sa jambe mais Han était bien trop paralysé par l'effroi pour aller où que ce soit. Il ne pouvait que regarder droit devant lui et assister aux derniers instants de son petit frère. Avant qu'il ne se transforme en monstre.

En abomination.

Anyang laissa retomber ses bras.

Et l'oiseau s'effondra par terre.

– Un puissant magicien, dit Anyang. Il est certes jeune mais cela me permettra de profiter plus longtemps du corps lorsque je serai de retour en ce monde.

Les hommes de main du Seigneur de Guerre échangèrent un regard interloqué.

– Est-ce bien le Chancelier ?

– Bien évidemment, rétorqua Anyang avec agacement. Je vous avais prévenus.

Le visage du garçon avait changé d'expression à présent qu'il aboyait ses ordres aux Crécerelles. Son sourire était fade et ses yeux globuleux. On aurait dit que quelqu'un avait enfilé la peau d'Anyang comme un masque, sans parvenir à remplir ses joues qui pendaient mollement.

– Nous avons tous les éléments nécessaires au rituel à l'exception du sacrifice. Il nous faut espérer que la magie de ce garçon soit suffisamment puissante.

– Puissante pour quoi, Seigneur ? osa demander le plus grand des deux.

Anyang se fendit d'un rictus qui ne lui ressemblait pas.

– Cela ne te regarde pas. Assurez-vous simplement que tout soit en place pour la Nuit des Sept. Le rituel ne peut pas être retardé.

Han et Xu échangèrent un regard horrifié.

– Le rituel ? articula Xu sans un bruit.

Han secoua la tête.

– Et qu'en est-il du corps à sacrifier, Votre Éminence ? s'enquit l'autre. À quoi sert-il ?

– Faites ce que je dis et ne posez donc pas tant de questions, grogna Anyang. Je dois partir. Tant que le rituel n'est pas terminé, je ne peux maintenir mon emprise sur ce corps. Je vous reparlerai demain.

Et sans prévenir, l'enfant s'affaissa comme une poupée de chiffons.

Le grand Crécerelle tâta le corps inerte du bout de sa botte.

– Est-ce qu'il est mort ?

Le trapu s'agenouilla pour prendre son pouls.

– Non, son cœur bat toujours. Il dort juste à poings fermés. Allez, viens.

Il hissa le Second Héritier sur ses épaules et se mit en direction du pavillon des hommes.

– Remettons-le au lit avant que quelqu'un ne remarque son absence.

Il bâilla à s'en décrocher la mâchoire.

– Je ne sais pas encore combien de nuits telles que celle-ci je vais pouvoir supporter. Et je me pose la même question pour le gamin.

– M'en parle pas, maugréa le grand tandis qu'il lui emboitait le pas. Quand on en aura fini, je vais pioncer pendant des jours.

Han retint son souffle en observant les Crécerelles rapporter son frère inconscient dans ses quartiers. Une fois la voie libre, il se releva, avant de remarquer une ombre rouge et noire bouger à travers le feuillage.

Iels n'étaient pas seul·es dans le jardin.

– Mon prince, murmura Xu en lui indiquant le mouvement du doigt.

– Je l'ai vu, chuchota Han en retour.

Il se dégageait quelque chose d'irréel de cette apparition, comme si un fantôme ou un esprit avait traversé les feuilles. Elle progressait sans un bruit dans le jardin et, sous les ombres clairsemées des branches d'arbre, le clair de lune laissait entrevoir une silhouette vaguement humaine. Avec une lenteur insupportable, Han la suivit, tapi sous les bosquets, pour la voir de plus près.

C'était la princesse Yulana.

La panique l'envahit brutalement. Elle avait dû assister à toute la scène de possession d'Anyang. Elle, la petite-fille du Seigneur de Guerre. Il ne pouvait pas la laisser partir et rejoindre son grand-père ou le Fauconnier, il lui fallait…

– Aaah !

Han bondit hors de son buisson pour la plaquer au sol – et s'écrasa de tout son long en passant à travers son ventre.

– Ta Grâce ! s'écria Xu en abandonnant tout semblant de discrétion pour s'élancer à sa suite.

Han roula sur le dos avec un grognement pour découvrir l'air amusé de sa promise.

– Ça alors, ce cher Prince Gâteau de Riz, dit-elle. Quel charmant hasard. Je t'aiderais bien à te relever mais…

Comme elle se penchait, il voulut lui prendre la main, sans succès.

– C-c-comment… qu-qu-que…, bredouilla-t-il. Comment est-ce possible ?

Yulana leva les yeux au ciel.

– À l'évidence, tu vois bien que je ne suis pas ici.

– Comment ça, tu n'es pas ici ?

Il tenta une nouvelle fois de la saisir mais ses doigts la traversèrent comme un écran de fumée.

Elle se fendit d'un sourire.

– Tu… tu es une magicienne ! balbutia-t-il, abasourdi.

– Ce qu'il est perspicace !

La princesse – du moins son image – croisa les bras.

– En plus d'être de grands sensibles, les Sudistes sont donc également lents à la détente ?

– Non, je suis un cas particulier, j'en ai peur.

Il plissa les yeux pour l'étudier de bas en haut. À présent qu'il savait qu'elle ne se trouvait pas *physiquement* devant lui, il remarquait les contours floutés de sa silhouette.

– Quel est ce pouvoir magique ?

– Le mien, répondit-elle sèchement. Depuis la naissance.

– Certes, mais…

Han chercha ses mots en s'efforçant de se rappeler toutes les règles et principes que lui avait inculqués Jiyi quant au fonctionnement de la magie.

– Est-ce que tu es… une abomination ?

– J'ai l'air d'une abomination ?

– Je n'en sais rien, avoua-t-il. J'ignore à quoi elles sont censées ressembler, hormis le côté monstrueux.

– Je vais faire comme si je n'avais pas entendu cette remarque sur mon physique, répliqua-t-elle d'un ton sardonique. Non, je ne suis pas une abomination. Je suis… (elle hésita un bref instant) spéciale.

– Ça, je le vois bien. Mais tu m'excuseras si ça ne suffit pas à expliquer ta présence ici.

Yulana poussa un soupir.

– Je suis la Gardienne du Vent.

Han crut que ses oreilles lui jouaient des tours.

– Pardon, tu as bien dit la *Gardienne du Vent* ?

– On est dur de la feuille en plus d'être ramolli du bulbe ?

Elle secoua la tête, excédée, avant de poursuivre :

– Oui, tu as bien entendu. Mais… (elle pencha la tête et étudia Han) tu n'es pas aussi choqué ou perplexe que je l'aurais imaginé.

– C'est que tu n'es pas la première Gardienne que je rencontre cette semaine. Ni même aujourd'hui, en fait.

Yulana haussa les sourcils.

– Eh bien, crache le morceau, Prince Gâteau de Riz.

Han se pinça l'arête du nez.

– Disons simplement que les quinze derniers jours ont été… riches en émotions.

Il plissa le front à son tour.

– Mais attends une minute. Comment se fait-il que tu sois la petite-fille du Seigneur de Guerre ?

– C'est très simple : le père de ma mère est le Seigneur de Guerre, donc je suis sa petite-fille.

Par chance elle était éthérée, sans quoi il l'aurait prise par les épaules pour la secouer.

– Tu vois très bien ce que je veux dire.

– D'accord, répondit Yulana en faisant la moue. Mon obaji ignore que je suis magicienne.

– Mais comment est-ce possible ?

Elle haussa les épaules.

– Il suffit d'être incapable d'imaginer que ta propre descendance puisse être douée de magie.

Elle laissa échapper un rire désincarné.

– Il suffit de se voiler la face et de refuser de croire que ton petit-enfant préféré puisse être affligé par la Malédiction. On s'invente alors toutes sortes d'excuses. Et on ne voit que ce que l'on a envie de voir.

Han plissa les yeux.

– Mais dans ce cas, *pourquoi* le Seigneur de Guerre a-t-il arrangé nos fiançailles ? Je croyais qu'il voulait simplement te punir d'aimer les femmes.

– Oh, ça n'est qu'un détail. Obaji ne s'est jamais soucié des préférences amoureuses de ses enfants. Le mariage était mon idée.

– Ah bon ? répondit Han, stupéfait. Mais pourquoi m'avoir choisi moi ?

– Pour deux raisons, expliqua-t-elle. La première était ta réputation d'imbécile heureux. Je me suis dit qu'un mari pas très fûté serait une bénédiction pour continuer à pratiquer la magie en toute tranquillité. Quant à la seconde… (elle se mordit la lèvre) j'étais à la recherche d'un texte sur les démons. *Les Chants de l'Ordre et du Chaos*, dont on disait que l'astrologue de Zanhei possédait le dernier exemplaire. Malheureusement, à mon arrivée dans la cité, j'ai découvert que le livre avait disparu avec lui, il y a plusieurs mois.

– C'est donc pour ça que nous t'avons croisée dans la bibliothèque, avec Xu.

– En effet. Mais je cherchais aussi n'importe quelle ressource concernant les démons et la démonologie. Comme tu peux l'imaginer, nous ne croulons pas sous ce genre d'ouvrages, dans le Nord.

Han songea aux pages que lui et Xu avaient réussi à sauver de la corbeille des archives et aux efforts méticuleux de Jiyi pour répertorier leur contenu.

– Qu'est-ce que tu veux faire avec un traité de démonologie ?

– Il suffit.

Yulana leva la main en signe de refus.

– Tu as posé assez de questions comme ça. C'est mon tour, maintenant.

– Très bien, concéda Han avec courtoisie. Je ferai de mon mieux pour y répondre, mais je dois t'avertir que les rumeurs concernant ton futur époux sont parfaitement avérées. Je suis un imbécile.

Elle renifla mais Han crut apercevoir un sourire fugace parcourir ses lèvres.

– Qui est Jin Zhara ?

Han sursauta.

– Zhara ?

Il reprit ses esprits.

– Tu l'as rencontrée ?

– Oui, il y a quelques jours, en fait. Elle est plutôt mignonne, je dois dire. Ce n'est pas mon genre mais peu importe.

Yulana se fendit d'un grand sourire.

– Tu savais qu'elle glousse systématiquement face à quelqu'un qu'elle trouve beau ? C'est adorable.

Han le savait, bien sûr, mais il éprouvait un sentiment mitigé quant au fait de savoir que sa promise avait elle aussi eu les honneurs de ces fameux gloussements. Il n'avait aucun mal à imaginer la princesse flirter avec Zhara et se surprit à jalouser le charme assuré de Yulana.

– Que veux-tu savoir à son sujet ? demanda-t-il.

– Qui est-elle ? Ou plutôt... qu'est-ce qu'elle est ?

– Comment ça ? dit-il en feignant l'incompréhension, malgré le sous-entendu assez évident.

Yulana tendit son bras vers lui.

– Elle est la seule personne capable de me toucher sous ma forme astrale. De tous les magiciens que j'ai pu rencontrer, je serais tentée de dire qu'elle est la seule à être... spéciale. Comme moi.

Elle le scruta avec intensité.

– C'est une Gardienne élémentaire elle aussi, n'est-ce pas ?

Han se mura dans le silence. La princesse lui avait certes dévoilé son identité de Gardienne du Vent sans ambages, pourtant il n'était pas certain qu'il lui appartienne de révéler le secret de Zhara.

– Elle est incontestablement spéciale, dit-il en repensant aux perles en forme de larmes qu'elle avait versées lorsqu'ils s'étaient embrassés.

Il les avait confiées au joaillier du palais pour qu'il les sertisse dans un bracelet en quartz rose qu'il comptait lui offrir à la Nuit des Sept.

Il se racla la gorge.

– Elle est aussi membre de la société d'entraide secrète qui se fait appeler les Gardiens de l'Aube.

– Une société d'entraide secrète ? répéta Yulana sans masquer sa surprise. Je croyais que c'était une organisation terroriste.

– Comment ? Mais non ! Qui dit ça ?

Yulana fronça les sourcils.

– Dans le Nord, des rumeurs courent au sujet d'un groupe de résistants qui fomenteraient un soulèvement en occident sous la bannière du Dragon à Quatre Ailes, afin d'installer le descendant des Mugung sur le Trône Rayonnant. Ils se font appeler les Gardiens de l'Aube.

Han se remémora les paroles de Jiyi au sujet des bandes rebelles des contrées de l'Ouest. De simples têtes brûlées, selon la courtisane qui avait surtout tenu à mettre en garde Zhara sur les périls qui les attendaient elle et sa sœur pour gagner les terres du Qirin Tulku.

– J'imagine qu'il doit se trouver une frange plus politique au sein du mouvement, admit-il. Mais les dépeindre en terroriste n'est que de la propagande pour entretenir le statu quo. Pendant ce temps, l'oppression contre les magiciens se poursuit.

– Certes, concéda Yulana.

Sa silhouette commençait à vaciller tandis qu'elle laissait échapper un bâillement monumental.

– Si tu veux bien m'excuser, Ta Grâce. Il se fait tard et je suis épuisée. L'effort pour me rendre visible à tes yeux devient de plus en plus pénible et il serait plus facile de se parler face à face demain.

– Très bien, dit-il avant de réprimer à son tour un bâillement. Et si tu venais à une réunion des Gardiens avec moi ? Tu y rencontreras un paquet d'historiens et d'académiciens qui seront bien plus à même de répondre à tes questions que moi.

Yulana fit une moue songeuse avant de répondre avec une lueur malicieuse dans le regard :

– Fort bien, mais que pensera ta petite glousseuse lorsqu'elle te verra débarquer avec ta future épouse ?

Et à cet instant précis, Han sut qu'il avait commis une erreur monumentale.

36.

Zhara ne savait toujours pas ce qui la rendait le plus folle d'impatience entre se rendre au bal masqué avec Han et rencontrer les frères Bangtan. En personne. En petit comité. En tête à tête, à vrai dire. Avec une chance non négligeable qu'ils retiennent son nom et son visage.

– Tu m'écoutes ? demanda Jiyi en claquant des doigts sous ses yeux.

– Oui, répondit-elle en reportant son attention sur le sujet du moment, à savoir les détails de son évasion de Zanhei avec Suzhan. Les frères Bangtan me retrouveront au bal masqué. Ils porteront le médaillon emblème de la dynastie Mugung. Ensuite, Suzhan et moi nous mêlerons à la procession des animaux, déguisées en pies.

Le plan était des plus simples : Han lui obtiendrait un jeton d'invitation à la Nuit des Sept, où ils passeraient quelques heures au milieu des invités costumés avant l'arrivée des frères, qui conduiraient les deux sœurs hors de la ville. Elle s'efforça de ne pas trop penser à ce qui les attendait par la suite. Le vaste monde qui s'étendait au-delà de Zanhei était un brin intimidant. Où allaient-elles habiter ? Que feraient-elles pour subsister à leurs besoins ? Arriverait-elle seulement un jour à maîtriser son étrange magie qui semblait exister au-delà du Vide ? Allait-elle devoir s'impliquer dans la partie politique des Gardiens de l'Aube ? Et qui prendrait soin de Sajah ? Tant de questions qui menaçaient de la noyer dans un tourbillon d'angoisse. Pour surnager, il fallait qu'elle se concentre sur son avenir immédiat.

C'est-à-dire La Nuit des Sept.

Son dix-septième anniversaire.

Les portes de l'appartement de Jiyi coulissèrent soudain avec fracas.

– Personne ne vous a appris à ouvrir une porte correctement ? aboya la courtisane aux nouveaux arrivants. Pourquoi faut-il que vous fassiez un boucan pareil à chaque fois ?

– Jiyi, j'ai besoin de ton… Oh.

C'était Han qui se tenait sur le seuil, mais quelqu'un d'autre que Xu l'accompagnait. Une personne vêtue à la nordiste et coiffée d'un chapeau pointu.

– Je vois que tu n'es pas seule, dit-il avec hésitation, ses yeux passant de Zhara à la courtisane.

– Et je vois que tu prends tes aises, décidément, à me tutoyer de la sorte, ronchonna Jiyi. Allez, entre, ne reste pas planté là.

Elle pencha la tête en découvrant l'inconnue derrière lui.

– Qui est-ce ?

Han et l'étrangère échangèrent un regard.

– Yuli ? demanda Zhara, l'air incrédule.

La non-fantôme lui décocha un clin d'œil.

– Comme on se retrouve, Jin Zhara.

Elle se tourna ensuite vers Jiyi.

– Et serait-ce la Princesse de Glace du Village des Fleurs ?

Elle se frappa le poing droit sur la poitrine pour la saluer à la mode du Nord.

– Elle est encore plus ravissante que les poèmes le laissent entendre.

– Courtisane, cette jeune femme est, euh…

Han se racla la gorge et regarda son invitée avec perplexité.

– Sous quel nom dois-je t'annoncer ?

Le tutoiement employé par Han contrastait avec la révérence étrange dont il faisait preuve à l'égard de la fille rousse.

– « Yuli » fera très bien l'affaire.

Ses dents d'une blancheur éclatante se dévoilèrent en un sourire canaille à l'attention de la courtisane.

– Mais peu importe comment ma dame m'appelle, il me suffira d'entendre le son mélodieux de sa voix pour accourir.

Zhara fut aussi surprise que ravie de voir Jiyi piquer un fard discret. Le numéro de séduction de l'inconnue venue du Nord ne la laissait manifestement pas de marbre.

La courtisane toussa légèrement.

– Eh bien, je suis très honorée de faire la connaissance de Yuli, répondit-elle d'un ton brusque, les joues toujours rosies. En quoi puis-je aider ?

– D'après le Prince Gâteau de Riz, la précieuse courtisane sait où se trouve *Les chants de l'Ordre et du Chaos*, dit la Nordiste de but en blanc.

– Non, ce n'est pas exactement ce que j'ai…, commença Han.

– *Les chants de l'Ordre et du Chaos* ? interrogea Jiyi. Mais comment a-t-elle…

Zhara fronça les sourcils.

– Le Prince Gâteau de Riz ?

Les yeux couleur cuivre de Yuli se posèrent brièvement sur elle et l'espace d'un instant, Zhara crut y lire une honte coupable.

– Oh, c'est un surnom qui m'est venu comme ça lors de notre première rencontre. Tu verras, Glouglou, c'est une manie chez moi. De donner des surnoms aux gens.

– *Glouglou* ?

– Parce que tu glousses tout le temps, répondit la rouquine.

Comme pour lui donner raison, Zhara fut prise d'une irrépressible crise de gloussements. Le front plissé par la jalousie, Han donnait l'impression d'avoir avalé une couleuvre. Cette moue vexée déclencha une seconde secousse d'hilarité chez Zhara.

– Est-ce que vous auriez tous l'obligeance de cesser de vous conter fleurette une seconde ? intervint Jiyi avant de pointer Yuli du doigt. Alors, mademoiselle, revenons-en aux *Chants de l'Ordre et du Chaos*.

Yuli croisa nonchalamment les bras et s'adossa contre l'encadrement de la porte.

– Avec plaisir, mais je m'étonne de n'avoir toujours pas été invitée à m'asseoir. J'ignore les coutumes sudistes mais chez moi, l'hospitalité a son importance.

La courtisane poussa un glapissement honteux, les joues plus roses que jamais, avant de débarrasser à la hâte une place autour de la table basse. Incapable de soutenir le regard de Yuli, Jiyi désigna le coussin vide d'un geste brouillon.

La Nordiste s'assit en tailleur, un rictus aux lèvres.

– Merci infiniment, dit-elle avec un hochement de tête.

– Et donc, *Les chants de l'Ordre et du Chaos* ? reprit Jiyi, visiblement irritée. La demoiselle est à la recherche du texte ?

– Ne t'embarrasse pas de formalités avec moi, précieuse courtisane. Dans le Nord, on ne se garde pas à distance des gens qui nous attirent. Oui, je cherche le livre et depuis un moment.

– Pourquoi ?

Le regard de Yuli dériva une fois de plus en direction de Zhara.

– Parce que, murmura-t-elle, je cherche à me protéger contre la possession.

Han inspira brusquement.

– Tu ne me l'as jamais dit ! s'écria-t-il d'un ton accusateur.

Elle lui décocha un regard imperturbable.

– Et pourquoi, d'après toi ? Est-ce que tu racontes à de parfaits inconnus que ton frère est possédé par un démon ?

À ces mots, Han devint pâle comme un linge et sa peau parfaite se perla de sueur. Zhara se rappela son aveu le soir où il l'avait raccompagnée, sa crainte que la magie de son petit frère ne soit corrompue. Elle voulut lui prendre la main mais il resta figé comme une statue.

– Une minute, une minute, ordonna Jiyi. Vous êtes en train de dire que de nouvelles abominations se promènent dans la nature ?

Han secoua la tête.

– Non, mon frère ne s'est pas transformé en monstre, mais...

Sa phrase inachevée laissa place à un silence malaisant.

– Mais quoi ? le brusqua Jiyi.

– Je crois… que le démon qui habite le Chancelier cherche à posséder mon frère.

– Un démon supérieur, murmura Zhara.

Han acquiesça piteusement.

– Il existe quatre Rois de Tiyok, dit Yuli, les yeux perdus dans le vague. Le Démon Grenouille du Poison et de la Pestilence, le Démon Sauterelle de la Famine, le Démon Mite de la Discorde, et l'Ancien. J'ignore lequel a pris possession de votre Chancelier.

– Comment sais-tu tout ça ? l'interrogea la courtisane, tout à la fois impressionnée, agacée et charmée.

Yuli planta ses yeux dans les siens.

– Parce qu'un proche d'une personne qui m'est chère a lui aussi été possédé par un démon supérieur. Et je suis prête à tout pour empêcher celle que j'aime d'être la suivante sur la liste. Voilà pourquoi je recherche ce livre.

Seulement un proche mais pas l'être aimé en question, se nota Zhara.

– Une protection contre la possession, répéta Jiyi, absorbée dans ses pensées.

Elle jeta un œil à Zhara.

– Si nous avons de quoi guérir, nous avons aussi sans doute de quoi prévenir.

Zhara ne comprenait pas pourquoi les regards de la courtisane et de Han étaient soudain braqués sur elle. Elle porta la main à son col pour le resserrer. Elle se sentait vulnérable. Yuli se joignit à leur curieux manège et l'étudia de ses yeux perçants.

– Pourquoi… pourquoi est-ce que vous me regardez tous comme ça ?

– Tu ne lui as pas dit ? grogna Jiyi à l'attention de Han.

– Dit quoi ? demanda Zhara.

– Que tu étais la Gardienne du Feu.

Elle cligna des yeux, sous le choc. La révélation lui fit l'effet d'un pavé dans la mare et pourtant les autres ne paraissaient pas le moins du monde surpris.

– La… guerrière élémentaire de légende ? balbutia-t-elle timidement.

– Oui, répondit la courtisane en faisant les gros yeux à Han. Celle qui transforme les magiciens en monstres et vice versa.

Elle croisa les bras d'indignation.

– Tu ne lui avais vraiment pas dit !

– J'étais, euh, préoccupé par d'autres choses au même moment, bredouilla Han, à présent cramoisi.

Zhara sentit ses lèvres raviver le souvenir de leur baiser, d'abord tendre puis de plus en plus passionné. Ses joues s'embrasèrent à leur tour.

– Mais… comment… comment est-ce possible ?

Zhara contempla ses mains habitées par le feu permanent qui brûlait sous sa peau. Elle se rappela cette voix lui sifflant « Gardienne du Feu » à chaque rencontre avec un démon ; avant que Thanh ne se transforme en abomination, puis lors de son entrevue avec le Chancelier.

– Raaah, je ne vais quand même pas répéter le même laïus que pour Xu ! tonna Jiyi en levant les bras de frustration.

Face à elle, Yuli se fendit d'un sourire en coin, destiné à apaiser bien plus qu'à séduire.

– Si des démons supérieurs parviennent à posséder des magiciens sans que personne ne remarque rien, alors il semble logique que les Gardiens de l'Aube – les vrais, pas cette société secrète de je ne sais quoi – en soient également capables.

La Nordiste paraissait s'accommoder avec une parfaite nonchalance de la présence sur Terre de guerriers issus des mythes.

Après tout, dit la voix de Yuli dans l'esprit de Zhara, *si je suis la Gardienne du Vent, il est normal que les Gardiens du Feu, du Bois et de l'Eau arpentent aussi ce monde.*

Zhara dévisagea la rouquine avec des yeux ronds comme des soucoupes.

– C-comment…

Jiyi les scruta avec intensité.

– Que se passe-t-il ?

Dès notre rencontre, j'ai su que tu étais spéciale, toi aussi, reprit Yuli en maintenant un sourire serein. *Je suis contente de savoir que je ne suis plus seule*.

Cette dernière phrase trouva un écho en Zhara. Un sentiment de reconnaissance plus profond encore que celui qu'elle éprouvait au contact d'un autre magicien. Yuli avait connu la même solitude, le même isolement qu'elle. Et toutes deux en avaient souffert sans en comprendre les raisons.

– Toi, souffla Zhara.

Le sourire de la Nordiste se fit mélancolique.

– Moi, acquiesça-t-elle.

– Est-ce que quelqu'un daignerait m'expliquer à quoi vous jouez, au juste ? intervint Jiyi.

– C'est ça ton pouvoir, Glouglou ? demanda Yuli à voix basse en ignorant la courtisane. La Gardienne du Feu peut guérir un magicien possédé ?

Zhara se remémora ses face-à-face, d'abord avec Thanh puis Yao. Ses souvenirs des affrontements demeuraient vagues mais la sensation de sa magie consumant la corruption était toujours aussi précise dans sa mémoire.

– Oui, répondit-elle, émerveillée. Oui, j'en suis capable.

La Nordiste laissa échapper un soupir de soulagement.

– Dans ce cas, tu dois aussi pouvoir préserver un magicien de la possession, d'une manière ou d'une autre.

Elle se tourna vers Han.

– Il va falloir que l'on essaie avec ton petit frère.

– Essayer quoi ?

Le regard incrédule de Han allait de l'une à l'autre.

– Mais je ne saurais même pas par où commencer, dit Zhara.

Cette fois, Jiyi explosa d'indignation.

– Merci de ne pas *m'exclure* de cette conversation, je vous rappelle que je suis la seule ici à avoir la moindre connaissance sur le Langage des Fleurs, l'histoire de la magie, ou sur quoi que ce soit, d'ailleurs !

– Vous détestez vraiment ne pas être la plus maline, hein, Princesse de Glace ?

Yuli lui adressa un sourire parfaitement désarmant. Zhara n'en revenait pas de l'aisance déconcertante de la Nordiste et commençait même à l'envier franchement.

– La nuit dernière, expliqua Han, Xu et moi avons trouvé mon petit frère qui arpentait les jardins du palais en transe. Il était clairement sous l'influence d'une puissance démoniaque.

– C'est à ce moment que je suis tombée sur eux, enchaîna Yuli. J'étais en train de suivre le Chancelier, que je soupçonnais être un roi de Tiyok.

Un voile d'inquiétude passa fugacement sur son visage.

– Il semblerait que le démon ait l'œil sur cet enfant depuis un petit moment. Il est en bonne voie pour posséder ce nouveau corps mais il lui faut accomplir je ne sais quel rituel pour parachever le processus.

– D'où la présence de ces structures dans la caverne, sans doute, marmonna Jiyi.

– Quelles structures ? Quelle caverne ?

Tandis que Han faisait le récit de leur escapade en amont, la courtisane se mit à retourner ses appartements, vidant les tiroirs à même le sol, soulevant les coussins et inspectant le fond de ses bibliothèques. À chaque endroit, elle semblait trouver une nouvelle liasse de feuilles volantes.

– Ah-ha ! s'exclama-t-elle avant d'arracher une page d'un livre et de la plaquer triomphalement sur la table. Vous voyez ça ?

Elle avait esquissé un schéma grossier de l'emplacement des tombeaux en pierre du mont Zanhei.

– Selon les notes de Li Er-Shuan, il s'agit d'une technique millénaire pour invoquer des forces surnaturelles.

– Mais nous savions déjà que le mont Zanhei était un lieu de rituel d'invocation, fit remarquer Zhara.

– Oui, s'empressa de répondre la courtisane avec excitation, mais ce qu'on a trouvé *sous* le mont n'a rien du cercle classique.

Elle se remit à farfouiller dans ses notes pour en extraire une nouvelle feuille. Le dessin semblait identique mais Zhara remarqua l'ajout du glyphe qu'ils avaient trouvé gravé sur les couvercles des cercueils.

– Ça, dit Jiyi en tapotant le signe, c'est inédit. Il m'a fallu du temps pour le décrypter mais il s'agit du symbole « âme », modifié par un radical de feu.

Un silence poli et des regards absents accueillirent sa révélation.

Elle poussa un râle en roulant des yeux.

– Jadis, avant que le Langage des Fleurs ne soit formalisé, le glyphe pour « feu » pouvait revêtir plusieurs sens, en particulier lorsqu'on l'utilisait comme un modulateur d'autres sorts.

Face aux regards toujours aussi perplexes de son auditoire, la courtisane leva les bras en l'air de frustration.

– Que se passe-t-il quand vous jetez de la terre dans le feu ? Vous obtenez du *métal*. Et que vous faites chauffer de l'eau ? De la vapeur, de *l'air*. Le feu est l'essence même de la transformation.

Yuli expira lentement.

– Un sort pour transformer les âmes, murmura-t-elle. Et changer les humains… en démons ?

Han fronça les sourcils.

– Je ne comprends toujours pas.

– Rien d'étonnant à ça, répliqua Jiyi avec une certaine pitié, ta cervelle doit se trouver dans les muscles de tes cuisses puisqu'elles sont bien plus grosses que ton crâne.

– *Yah*, je me suis entraîné dur pour avoir ces quadriceps ! s'exclama-t-il. Mais je voulais dire que je ne comprenais pas la raison derrière tout ça.

Il désigna les dessins d'un geste.

– Qui a enlevé ces magiciens ? Et pour quoi faire ?

Jiyi n'avait manifestement pas de réponse.

– Lorsque nous étions au milieu du cercle, se remémora Zhara, j'ai senti mon énergie être drainée.

Elle repensa au sceau mystérieux sur le sol de la caverne, à ce vide qui avait commencé à engloutir son pouvoir.

– Comme si quelqu'un me volait ma magie pour s'en servir.

– De la magie comme carburant, marmonna Jiyi, l'air concentré. Plusieurs sources d'énergie…

Frappée d'une inspiration soudaine, elle passa en revue ses notes pour la énième fois.

– Voilà, je l'ai trouvé.

Les yeux plissés pour mieux déchiffrer ses propres gribouillis, elle se mit à lire à voix haute :

– *Rituels, soumissions, invocations et bannissements ne font qu'un, et le nombre de magiciens requis pour chaque sort est proportionnel à la puissance des forces extérieures au royaume de l'ordre et de la raison. Un magicien seul peut suffire à maîtriser un démon mineur mais il en faut plusieurs pour contrôler un démon de plus haute lignée. Le prix, comme toujours, se compte en âmes de Pourvus du Don.*

Elle marqua une pause avant d'expliquer le terme.

– C'est un synonyme de *magiciens*.

De nouveau le silence s'installa tandis que chacun mesurait les implications d'un si grand nombre d'enlèvements en vue d'une invocation.

– *Quand Tiyok ressuscite*, se mit à chantonner Han. *Ténèbres et chaos s'invitent.*

Sans même réfléchir, Zhara récita les paroles suivantes.

– *Moisson, pluie, neige et bourgeons, Justice et Gardiens reviendront.*

Elle releva la tête vers les autres, les yeux écarquillés.

– *Gardiens reviendront*…

Un frisson d'horreur parcourut le groupe.

– Si Zhara est la réincarnation de la Gardienne du Feu, et Yulana celle du Vent, murmura Han, alors cela voudrait dire que…

Il laissa sa phrase en suspens.

– … que la Mère des Dix Mille Démons s'est réveillée ? compléta Jiyi en déglutissant péniblement.

Personne n'osa répondre. Mais en dépit de l'angoisse terrible qu'elle ressentait, l'esprit de Zhara tournait en boucle sur un autre détail. Han avait appelé Yuli par un autre prénom. Un prénom qu'elle avait vu placardé à travers toute la ville.

– Yuli, dit-elle lentement, c'est le diminutif de… *Yulana ?*

La Nordiste tressaillit puis jeta un regard à Han, qui s'était figé.

– Oui, répondit la rouquine à contrecœur. Un surnom que je dois à mon obaji.

Zhara ferma les yeux.

– « Obaji » signifie grand-père en langue du Nord ?

Un silence.

– Si.

– Et ce grand-père ne serait-il pas le Seigneur de Guerre, Grand Ours du Nord et actuel empereur occupant le Trône Rayonnant ?

Un silence interminable.

– Si.

Zhara se tourna vers Han, qui semblait incapable de la regarder.

– Prince Gâteau de Riz, murmura-t-elle.

Prince. Elle comprit enfin pourquoi il se comportait de façon aussi guindée avec Yulana.

Car ils étaient fiancés.

Car Han était l'Héritier Royal de Zanhei.

37.

Han comprit immédiatement que Zhara avait découvert la vérité.

Le reste de la réunion porta sur les détails logistiques pour faire entrer Zhara au palais. Ainsi, elle pourrait soigner Anyang de sa possession et contrecarrer les plans du démon supérieur qui occupait actuellement le corps du Chancelier. Mais Han ne parvenait pas à se concentrer sur la discussion et jetait sans cesse des œillades à Zhara, qui paraissait éteinte et absente.

Jiyi et la princesse s'affrontaient dans un débat houleux sur la nature des cercles d'invocation (ou bien elles flirtaient, il avait du mal à faire la part des choses) mais Zhara demeurait immobile et silencieuse. Pour qui savait regarder, et Han était de ceux-là, de minuscules étincelles d'émotions parcouraient sporadiquement ses veines, juste sous la surface de sa peau. Elle n'avait jamais été douée pour dissimuler ses sentiments et le fait d'être une colonne de flammes humaine n'arrangeait rien.

Le plus déchirant restait son regard. Elle, qui avait su voir en lui le simple garçon qu'il était, le dévisageait à présent comme un parfait inconnu. Il se maudissait d'avoir fait l'erreur de prononcer le nom de Yulana mais il lui en voulait presque aussi de s'être montrée si perspicace.

Au beau milieu de la conversation, Zhara se leva et quitta la pièce.

Abandonnant Jiyi et sa fiancée à leur flirt houleux, Han se rendit dans le couloir juste à temps pour voir Zhara disparaitre à l'angle. Sans prendre la peine d'enfiler ses sandales, il lui emboita le pas discrètement.

Il la trouva dehors, accroupie devant le bassin de méditation. Elle laissait courir distraitement ses doigts à la surface de l'eau et les vaguelettes venaient troubler le reflet du clair de lune. Une carpe dorée, habituée à la générosité des clients de la Cour des Glycines, lui mordillait sporadiquement le bout des doigts.

– Désolée, petit poisson, murmura-t-elle. Je n'ai rien à te donner.

Han se mit en retrait pour ne pas la déranger. Zhara se redressa, secoua les gouttelettes de sa main et releva les yeux pour contempler le ciel étoilé. La lueur distante des astres de la Rivière Étincelante nimbait son visage. De part et d'autre, elle distinguait le Prince des Fées et la Fille du Bûcheron, les pies amoureuses dont on fêterait dans trois jours les retrouvailles.

– Je sais que Sa Grâce est là, dit-elle à voix basse. Et je dois dire que c'est assez dérangeant de l'imaginer dans mon dos à m'observer sans rien dire.

Han quitta timidement la tonnelle qui l'abritait pour s'avancer dans la cour. Elle lui avait parlé avec tous les égards dus à son statut et cette politesse froide lui fendait le cœur. Il se rendait compte à présent à quel point leur intimité comptait pour lui.

– Zhara..., commença-t-il, sans savoir quoi dire.

Ils restèrent un moment silencieux à regarder la carpe nager sous la voûte nocturne.

– Est-ce que Sa Grâce comptait un jour me dire la vérité ? finit-elle par demander.

Han pressa ses lèvres l'une contre l'autre.

– Oui... Non... Je ne sais pas.

– Pourquoi pas ?

Elle prenait soin de ne pas croiser ses yeux et, dans la lumière argentée du clair de lune, il ne distinguait que la courbure de sa joue et la silhouette de sa nuque. Il brûlait d'envie de la toucher, de poser ses doigts sur son cou pour sentir son pouls battre à l'unisson du sien.

Mais il n'en fit rien.

– Parce que… parce que je ne voulais pas.

Lorsqu'elle se tourna enfin vers lui, son regard n'était que tristesse. Il repensa à la nuit où il l'avait raccompagnée, aux lanternes, au sommet de la colline. Cette nuit-là, ses yeux reflétaient les vœux comme des étoiles.

– Mais pourquoi ?

Parce qu'elle le voyait tel qu'il était. À ses yeux, il n'était que Maître Coquet, et non l'Héritier Royal, Sa Grâce ou encore le futur prince de Zanhei. Et il y avait pris goût.

– Parce qu'ainsi, je n'étais pas obligé d'endosser ce rôle, murmura-t-il.

– Quel rôle ?

Han détourna la tête.

– Celui d'héritier.

Il sentait toujours ses yeux emplis de curiosité rivés sur lui, mais il n'osait faire face à l'inévitable déception qui devait se lire sur son visage.

– Mais Sa Grâce est pourtant l'Héritier Royal.

– Je suis juste… moi. Han. Un garçon comme les autres, qui aime faire du sport, écrire des poèmes et lire des romans d'amour.

Elle laissa un moment passer avant de répondre.

– Mais il est aussi le prétendant au trône de la cité.

– Oui. Impossible de le nier. Mais je n'en veux pas, reprit-il d'un ton véhément. Je n'en ai jamais voulu.

Était-ce vrai pour autant ? Il avait passé tant de temps à se soucier d'Anyang, à tout faire pour dissimuler ses pouvoirs magiques, qu'il n'avait jamais pris le moindre moment pour réfléchir à son avenir. Chaque fois que la perspective de régner un jour sur Zanhei lui revenait en tête, il se contentait de chasser ces pensées. Il ne réclamait rien qu'un moment de répit, aussi bref fut-il, pour se consacrer à lui et rien qu'à lui.

Il n'y avait guère qu'à l'entraînement qu'il trouvait ce havre.

Et en présence de Maîtresse Brandy.

– Peu importe ce que désire Sa Grâce, dit Zhara d'une voix douce. Elle est qui elle est et je suis qui je suis. Une orpheline, une magicienne… et la Gardienne du Feu.

– Je t'en prie, l'implora-t-il. Mon nom est Han. Appelle-moi Han.

Mais Zhara fit non de la tête.

– Il serait inapproprié pour une fille de ma condition de m'adresser de la sorte à quelqu'un d'aussi important.

Voilà pourquoi je t'ai caché mon identité, avait-il envie de hurler. Il détestait vivre dans cette tour d'ivoire, coupé du reste du monde, isolé par la naissance et par le langage de tous ceux susceptibles de lui offrir une véritable proximité. Pas même Xu ne parvenait à chasser ce réflexe. Pour le convaincre de l'appeler par son nom et non par son titre, il fait aller déployer autant d'énergie que pour le réveiller après une nuit de débauche dans le Village des Fleurs.

– Mais je m'en fiche, de ça, répliqua-t-il avec ferveur.

Zhara ferma les yeux.

– Sa Grâce ne s'en soucie peut-être pas mais ce n'est pas le cas du reste du monde.

Elle s'enveloppa de ses bras comme si elle avait froid malgré la douceur de la nuit.

– Et aux yeux des autres, seule la Princesse Yulana est digne du rang de Sa Grâce.

– Peut-être, mais je ne…

– … l'aime pas ?

Pour la première fois de la soirée, un semblant de sourire anima brièvement les lèvres de Zhara.

– Il est vrai qu'il semblerait que son affection ne soit pas vraiment tournée vers la gent masculine, poursuivit-elle.

Han se demanda subitement si la princesse et la courtisane en étaient toujours à se chamailler ou bien si leurs échanges avaient pris un tournant un peu plus agréable.

– Certes, dit-il en toussant.

– Que tu l'aimes ou non, cela ne change rien, murmura Zhara. La seule chose qui importe, c'est qu'elle seule est digne de se marier avec toi.

Il remarqua aussitôt qu'elle avait abandonné l'usage du style honorifique sans même s'en rendre compte. Une lueur d'espoir, vacillante mais bien réelle, se raviva dans son cœur.

– Elle n'en est pas plus digne que toi, souffla-t-il.

Zhara rouvrit les yeux pour observer les étoiles.

– Pourtant, je n'étais même pas digne de connaitre la vérité, n'est-ce pas ?

Il ne savait pas quoi dire. Fallait-il seulement répondre ?

– Tu… tu veux bien toujours te rendre au palais avec moi ? Pour la Nuit des Sept ?

Un long silence.

– J'irai, pour voir si je peux d'une façon ou d'une autre empêcher que ton frère soit possédé. Pardon, je voulais dire, le Second Héritier, se reprit-elle comme si elle avait oublié un instant qui était vraiment Han.

– Ce n'est pas ce que je… enfin bien sûr, j'accueille ton aide avec plaisir, mais je parlais de…

Il se tut face à l'air réprobateur de Zhara.

– Je ne pense pas que ce soit approprié, dit-elle à voix basse. Plus maintenant.

Ils restèrent tête baissée sans échanger un mot.

– Laisse-moi te raccompagner, finit-il par proposer.

Pour la dernière fois, songea-t-il.

Elle prit encore quelques instants avant d'accepter.

– D'accord.

Cette fois, ils traversèrent le marché couvert en silence, sans qu'il ne la porte sur le dos, sans qu'ils ne se tiennent la main. Ils restaient à une distance respectable, comme il sied à un garçon célibataire et à une fille sans chaperon.

En parcourant les ruelles, Han tomba sur une des affiches annonçant ses fiançailles. Le portrait avait manifestement été exécuté par Maître Kong lui-même car la ressemblance était parfaite, jusqu'aux fossettes creusées par la contrariété.

Zhara s'arrêta devant.

– C'est toi, dit-elle d'un ton neutre.

– Oui.

Il n'y avait plus rien d'autre à dire.

38.

Zhara sursauta de surprise en passant la porte de la cuisine. Suzhan l'attendait au coin de l'âtre.

– Mimi ?

Les dernières braises de la cheminée s'étaient éteintes depuis longtemps et seule la lune éclairait la cuisine plongée dans la pénombre.

– Que fais-tu ici ?

Aucune réponse. Zhara distinguait à peine la silhouette de sa sœur dans l'obscurité, assise sur son tabouret et voûtée sur sa canne en bambou.

– Mimi ? répéta-t-elle. Est-ce que ça va ?

Elle tendit la main vers son épaule.

Blam ! Les lourdes portes de la cuisine se refermèrent avec fracas. Instinctivement, Zhara pivota sur ses talons et entendit le grincement métallique du verrou. Sous sa main, ce qu'elle avait pris pour un corps s'effondra au sol. Ce n'était que des sacs de riz empilés les uns sur les autres et recouverts d'un châle.

– Mimi ?

– Je suis désolée, lui répondit un sanglot étouffé de l'autre côté de la porte. Je suis vraiment désolée.

– Suzhan !

Zhara se précipita pour tirer sur l'énorme poignée en fer forgé. Au cours des huit années passées dans leur petite maison, elle n'avait jamais verrouillé ces portes au mécanisme bien trop lourd pour elle. À travers l'espace entre le bas de la porte et le seuil, Zhara crut apercevoir deux ombres familières.

– Madame ?

L'une des formes disparut mais l'autre s'attarda.

– Pardonne-moi, nene, dit-elle. Je t'en prie, pardonne-moi.

Zhara sentit ses cheveux se hérisser le long de sa nuque.

– Laisse-moi sortir, mimi, implora-t-elle en tapant du plat de la main sur l'ouvrant. Qu'est-ce qui se passe ?

– Je ne peux pas, murmura Suzhan. Je n'en ai pas le droit.

Zhara tambourina de plus belle.

– Mimi ? Qu'est-ce que tu fabriques ?

Plus rien d'autre ne lui parvenait que des sanglots.

– Je suis désolée, nene, répéta sa sœur, en larmes. Vraiment désolée.

Zhara se mit à quatre pattes pour tenter de la voir à travers l'espace. En plissant les yeux, elle distingua une silhouette menue, trop petite pour être la Seconde Épouse, qui se tenait à l'autre bout de la cour, près du portail.

– Mimi ?

Zhara passa la main sous la porte.

– Laisse-moi sortir.

– Impossible, s'étrangla Suzhan, qui s'agenouilla et chercha à tâtons les doigts de sa sœur.

Zhara les lui attrapa.

– Pourquoi ? demanda-t-elle d'une voix rauque. Pourquoi tu as fait ça, mimi ?

Suzhan mit un moment à répondre.

– Tu te souviens que je t'avais dit de ne pas me suivre ? Que je ne sacrifierais pas mon bonheur pour le tien ?

Zhara ferma les yeux.

– Oui, souffla-t-elle en sentant déjà les larmes chaudes rouler le long de ses joues.

– Tu te souviens de la promesse qu'on s'est faite ?

Une boule dans la gorge, elle pouvait à peine parler.

– On s'était promis qu'on… qu'on vivrait toutes les deux notre vérité.

– Oui.

Suzhan raffermit sa prise sur les doigts de Zhara.

– Eh bien, c'est ce que je fais.

– Tu ne vas pas me faire croire qu'être la femme du Chancelier est ton véritable destin !

– Non, en effet.

Un hoquet, puis un reniflement.

– Mais le conservatoire de Jingxi, oui.

– Mais comment ? demanda Zhara.

Son silence parla pour elle.

– Le Seigneur Chan m'a promis de payer mon inscription et de me faire escorter jusque là-bas. À condition que…

Elle ne termina pas sa phrase, c'était inutile. À condition qu'elle trahisse Zhara.

– À quel point t'a-t-elle battue ? demanda-t-elle d'un ton calme.

Suzhan laissa échapper un petit rire de désespoir.

– Disons que si je n'avais pas déjà été aveugle, je le serais devenue.

Zhara ferma les yeux.

– Oh, mimi, murmura-t-elle, s'autorisant enfin à pleurer sans retenue. Oh, mimi…

– Je suis désolée, ne réussit qu'à sangloter sa sœur en retour. Je suis tellement désolée.

Mais comme Suzhan l'avait si bien dit auparavant, cela ne suffisait pas.

*

* *

Zhara était stupéfaite de la vitesse et la lenteur des jours qui s'écoulaient lorsqu'elle n'avait rien à faire ni nulle part où aller.

Elle marquait le passage des heures en traçant des traits à la craie sur les pierres de l'âtre – aube, matinée, midi, début d'après-midi, soirée, dernière heure du jour, crépuscule, nuit, minuit – jusqu'à n'en plus pouvoir.

Que se passerait-il la Nuit de Sept ? Allait-elle fêter son dix-septième anniversaire en seule compagnie des souris et de la plaque funéraire de son père ?

Non, décida-t-elle. Il y aurait au moins les feux d'artifice tirés depuis le palais. Chaque année, elle y avait eu droit depuis la petite fenêtre de sa cuisine devenue prison.

Par chance, elle ne mourrait ni de faim ni complètement d'ennui. Sa pile de feuilletons aux pages jaunies l'avait occupée entre deux visites de la Seconde Épouse, et son exemplaire du *Classique aux mille signes* l'avait amplement comblée en frustration car chaque tentative de sort s'était soldée par un échec.

– À quoi bon être magicienne, gémit-elle à l'attention de la stèle de son père, si je suis incapable de *faire* de la magie ?

Elle jeta le pinceau que Jiyi lui avait offert et enfouit sa tête dans son oreiller.

– Tout ça, c'est de ta faute, baba !

Elle poussa un cri étouffé dans ses draps avant de relever la tête pour contempler la plaque de bois.

– C'est de ta faute, oui, répéta-t-elle, plus doucement cette fois. C'est de ta faute si tu es mort et que je me retrouve seule et prisonnière.

La trahison de Suzhan lui revint en tête et la plaie se rouvrit aussitôt dans son cœur. Elle espérait sa sœur au moins heureuse à présent qu'elle prenait la route de Jingxi.

– Et c'est bien la solitude qui me pèse le plus.

Elle se leva pour retirer la tablette du mur et passer ses doigts sur les lettres gravées. Sa mère n'avait pas de stèle, ses cendres avaient simplement été répandues selon la coutume de son – de leur – peuple.

– J'ai toujours su que j'étais différente, dit-elle à voix haute en replaçant la plaque. C'est pour ça que je tenais les autres à l'écart. J'avais peur qu'en découvrant la vérité sur mon compte, ils ne m'abandonnent. Comme tu l'as fait, baba.

Sois bonne, ma petite pie, la sermonna son père dans sa tête. *Sois bonne et sois sincère.*

– Sois bonne, tu parles. Bonne, je l'ai été, baba, et regarde où ça m'a menée. Enfermée dans ma propre cuisine par ma belle-mère, trahie par ma demi-sœur. J'aurais mieux fait de m'en tenir à la sincérité.

Elle se laissa tomber sur le tabouret de Suzhan et se mit à pleurer à chaudes larmes.

– Parce que si je m'étais écoutée, j'aurais quitté la ville à l'instant où j'ai découvert que Chan était un démon, murmura-t-elle. Après tout, c'est bien ce qu'a fait ma sœur. Et maintenant elle est partie pour devenir une musicienne de renom.

Malgré tout, elle ne put s'empêcher de sourire.

– Tant mieux pour elle.

Un tintement et deux yeux dorés clignèrent dans la pénombre.

– Sajah ?

Zhara essuya ses larmes.

– C'est toi ?

Le chat roux s'avança silencieusement pour frotter sa tête sur sa main. Elle le souleva et le pressa contre elle avec effusion malgré ses vociférations de protestation.

– Tu ne m'as pas oubliée, répéta-t-elle encore et encore en enfouissant son visage dans la douce fourrure de son ventre. Tu ne m'as pas oubliée.

Le chat poussa un miaulement irrité et parvint à échapper à son étreinte.

– Comment es-tu entré ici ? Il n'y a pas d'ouverture suffisamment grande pour que tu puisses passer.

Sajah lui lança un regard navré et, avant même qu'elle ait eu le temps de réagir, se transforma en une minuscule souris dans le creux de sa main. Zhara hurla de surprise et lâcha le rongeur à la queue rouge, qui se changea à nouveau en Sajah sous ses yeux éberlués.

– Mais qu-qu…

Toc toc toc !

Quelqu'un venait de frapper à la porte de la cuisine et le chat se réfugia aussitôt dans un coin sombre. Zhara s'attendait à ce qu'il se transforme de nouveau en un animal plus petit, mais son regard doré luisait toujours dans le noir.

Toc toc toc !

– C'est moi, ma petite.

La voix sifflante, aigüe et familière de Maître Cao.

Zhara se figea tandis que la dernière pièce du puzzle s'emboitait enfin dans sa tête. L'inconnu qu'elle avait entendu négocier avec la Seconde Épouse. Si sa voix lui avait semblée familière, c'était parce qu'*elle l'était vraiment*.

– *Votre fille a d'autres… atouts*, souffla-t-elle.

– Qu'as-tu dit ?

Zhara ne répondit pas et se contenta d'observer l'ombre mouvante sur le seuil.

– Je t'ai apporté à manger, reprit le libraire, d'un ton nerveux. Je vais te passer ça sous la porte.

– Où est ma belle-mère ?

Zhara avait parlé d'une voix qui ne lui ressemblait pas : froide, mesurée, parfaitement calme.

Un silence.

– Elle est partie.

– Partie ? répéta Zhara, abasourdie. Mais où ?

– Je l'ignore, répondit le vieil homme, mais elle a pris l'argent que lui avait offert mon maître et elle a quitté Zanhei.

Son maître. Elle réprima un ricanement.

– Comment avez-vous pu faire ça ? demanda-t-elle sans plus aucun respect pour les convenances. Comment avez-vous pu travailler pour Chan en sachant ce qu'il est ?

– Le régent de Zanhei ?

– Un démon, rétorqua Zhara. Et un démon supérieur, pardessus le marché.

– Ah.

L'ombre de Cao se balança d'avant en arrière.

– Eh bien, je n'ai appris que tardivement que le Seigneur Chan était le Démon Grenouille du Poison et de la Pestilence.

Zhara leva les yeux au ciel.

– Mais vous saviez qu'il était un démon ?

Le libraire ne répondit pas tout de suite.

– Il m'a promis que tant que je travaillerais pour lui, je serais à l'abri de la possession.

Zhara se retrouva complètement désarçonnée par cette réponse.

– Vous avez si peur que ça de vous changer en abomination ?

– Il n'existe pas de remède contre la possession, répliqua Cao d'un ton dur. J'en ai eu la preuve lorsque j'ai perdu mon frère.

Zhara garda le silence.

– Sais-tu le pire ? poursuivit-il. C'est que l'on reste conscient. Tu es piégé par ton propre pouvoir, enfoui sous la monstruosité. Je voyais encore mon frère dans les yeux de la créature que j'avais face à moi. Il était conscient et impuissant. J'ai tout essayé pour le sauver. Tous les sorts possibles. Il n'y a que la mort qui a fini par le libérer.

Mais la Gardienne du Feu changeait la donne. Une lueur rosée traversa les veines de Zhara.

– Je vous aurais guéri, murmura-t-elle, même si vous ne le méritez guère.

Maître Cao se fendit d'un rire sans joie.

– Je l'ignorais à l'époque. Comme tout le monde, du reste. Peu importe, j'ai signé un pacte et je dois l'honorer. Dès lors que je tournerai le dos au Seigneur Chan, je deviendrai un monstre.

– Je pourrai toujours vous rendre forme humaine, insista Zhara.

Elle se releva et posa la main sur la porte en bois.

– Si vous m'ouvrez, si vous rompez votre serment envers Chan, je vous promets de vous guérir de la possession. Je vous en prie.

– Impossible, répondit le libraire avec un regret sincère. Mon maître ne tient pas à ce que tu interfères avec le rituel de demain soir.

– Le rituel ?

– Cela concerne le Second Héritier, j'imagine qu'il souhaite s'emparer d'un corps plus jeune.

– Mais demain soir nous serons…

– La Nuit des Sept.

Zhara sentit le sol se dérober sous ses pieds.

– Pitié, gémit-elle, abandonnant toute fierté. Je vous en prie, laissez-moi sortir.

Elle avait promis à Han de protéger son frère de la possession. Elle devait tout faire pour parvenir jusqu'au palais.

– Je suis sincèrement désolé, répondit Maître Cao.

Et à ces mots, il l'abandonna.

*

* *

Zhara n'aurait pas su dire combien de temps elle resta prostrée face à la porte mais Sajah finit par émerger de la pénombre dans un tintement de grelot.

Miang, miaula-t-il en frottant sa joue contre son tibia.

Elle regarda ses mains, qui brillaient toujours d'une lueur rosée. Et si son pouvoir de transformer la matière était la clé ?

Elle pressa ses paumes contre la porte et pensa à de la glace qui fondait peu à peu et à…

… de la pierre.

Elle fit un pas en arrière pour contempler l'étendue du désastre. Là où se tenait jadis une porte en bois se trouvait à présent une muraille de granite. L'espace au niveau du seuil restait ouvert.

– Bon sang. À quoi bon être la Gardienne du Feu si je ne peux même pas me servir correctement de mes fichus pouvoirs ? Je me demande bien comment Yuli a appris à maîtriser les siens, soupira-t-elle avant de s'écrier : « Yuli ! »

Elle se tourna vers Sajah, qui l'observait, perplexe.

– Est-ce que tu peux remettre un message à la princesse Yulana au palais ? Elle peut lire dans ton esprit, *lah* ?

Le chat pencha la tête sans cesser de remuer sa queue.

– Je dois prendre ça pour un oui ?

Il cligna lentement des yeux.

– Dis-lui que je suis emprisonnée chez moi et qu'il faut à tout prix protéger le Second Héritier. Les Gardiens de l'Aube ont été trahis par l'un des leurs, Maître Cao, le libraire. Il travaille pour le compte d'un démon supérieur au palais qui compte pratiquer un rituel sur l'enfant demain soir, pendant la Nuit des Sept. Tu as tout compris ?

Sajah acquiesça d'un nouveau clignement.

– Parfait.

Et il se changea aussitôt en souris.

– Mais… comment fais-tu ça ? s'émerveilla Zhara.

Avec un regard excédé, le chat se transforma en monstre.

Ou plutôt en une créature fantastique, qui n'avait rien à voir avec une abomination. Sajah avait désormais une allure léonine, la taille d'un cheval, une crinière de feu, une queue semblable à celle d'un paon et deux cornes arrondies au sommet du crâne. Sa fourrure, parcourue d'arcs électriques, scintillait de lueurs vermillon, dorées et écarlates.

– Sajah ? demanda-t-elle, incrédule.

Le félin roula des yeux et agita sa queue. Elle entendit son grelot tinter, celui-là même qu'elle lui avait accroché autour du cou lors de leur première rencontre, quand il n'était encore qu'un chaton.

– Sajah, répéta-t-elle, sous le choc, en caressant délicatement une de ses cornes. Tu… tu es le Lion du Sud.

Il laissa échapper un soupir.

– *Le Lion du Sud peut adopter n'importe quelle apparence, car son pouvoir, comme celui de sa maîtresse, est celui de la transformation*, murmura-t-elle. Mon pouvoir. Celui de la Gardienne du Feu.

Elle comprit enfin pourquoi le chat était venu la trouver et comment il avait toujours veillé sur elle sous ses différentes formes.

Sajah braqua son regard impatient sur elle.

– D'accord, d'accord, tu peux partir.

Il reprit son apparence de souris et s'échappa sous la porte. Puis un oiseau écarlate portant un grelot à son cou passa devant la fenêtre en direction du palais.

*

* *

Un coup sonore et un éclair aveuglant arrachèrent brusquement Zhara à son sommeil.

– Zhara ? Tu es là ? demanda une voix légère et familière.

La source du bruit et de la lumière provenait de derrière la porte. Un glyphe incandescent rongeait progressivement l'épaisse paroi en pierre comme de la lave. Elle n'était pas capable de le déchiffrer mais en devina la nature : un sort en Langage des Fleurs.

– Xu ? croassa-t-elle.

– Oui, c'est moi ! On est là pour te sortir d'ici !

– Recule ! ordonna une autre voix. On va libérer la donzelle mais il risque d'y avoir un peu… de casse.

– Ça, c'est parce que tu la personne la plus maladroite que je connaisse, Junseo, répliqua une troisième voix, plus grave et plus posée.

Zhara plissa le front en essayant de compter les ombres sous le seuil.

– Qui êtes-vous ?

– Recule ! cria celui qui s'appelait Junseo. Ce sort a tendance à…

BRAOUM ! Zhara s'accroupit juste avant que la porte ne vole en éclats.

– … exploser, acheva-t-il en toussant à travers la poussière.

Elle releva la tête pour découvrir huit silhouettes qui se découpaient dans la lumière.

– Xu ?

Son ami·e accourut pour l'aider à se relever.

– À votre service, très chère.

– Comment… comment as-tu fait pour me retrouver ?

– Eh bien, répondit-iel en se caressant le menton, j'ai reçu un message très particulier de la part d'une personne très particulière au palais qui le tenait elle-même d'un oiseau très particulier.

Elle fronça les sourcils.

– Mais qu'est-ce que tu racontes ?

– C'est Yuli qui m'envoie, expliqua-t-iel avec un grand sourire.

Zhara sentit les larmes lui monter aux yeux.

– Merci.

– Je t'en prie, rien de plus naturel. Allez viens, ton carrosse t'attend.

– Où va-t-on ?

– À la Cour des Glycines. Il me semble qu'il y a un bal masqué pour lequel tu dois te préparer.

Un mélange de regret et de joie lui emplit la poitrine.

– Vraiment ?

– Vraiment, assura Xu. Car ces remarquables jeunes gens (iel désigna les sept hommes qui se tenaient dans la cour) vont te servir d'escorte.

Le plus grand d'entre eux la gratifia d'un sourire puis adressa un geste de pinceau aux autres.

– Deux, trois !

Les sept s'inclinèrent parfaitement à l'unisson.

– Bonjour, nous sommes les frères Bangtan !

Zhara n'en revenait pas.

– Quoi ?

– On dirait bien que tu as tiré le gros lot, répondit Xu.

39.

Zhara se demanda si les Bangtan étaient toujours aussi désorganisés ou s'il s'agissait simplement du trac.

Les appartements de Jiyi donnaient l'impression d'avoir été traversés par un cyclone tandis que les sept jeunes hommes s'affairaient dans leurs préparatifs. Entre deux essayages ou ajustements de maquillage, ils prenaient un malin plaisir à se chaparder de la nourriture ou à se jouer des tours. Plutôt que des professionnels du spectacle, on aurait dit une bande de garnements incontrôlables.

Pour ne rien arranger, Xu papillonnait de l'un à l'autre pour tenter de recueillir l'autographe de chacun sur son éventail.

– Voulez-vous bien vous taire ! rugit la courtisane.

Les chants, les rires et les cris rendaient impossible la moindre concentration – et encore plus la discipline nécessaire à la coordination des nombreuses servantes qui tombaient en pâmoison face aux fameux frères Bangtan venus honorer de leur présence la Cour des Glycines.

– Xu, laisse-les tranquille et viens aider Zhara à se préparer !

– Un instant, dit-iel en faisant les yeux doux au second plus grand. Il ne manque plus que la signature du plus beau.

Bohyun, si la mémoire de Zhara ne lui faisait pas défaut. L'aîné, dont les oreilles avaient viré au rouge sous les flatteries incessantes de Xu. Il s'exécuta gracieusement en laissant un gribouillis illisible sur son éventail hors de prix en soie de Wulin.

– Chan Xuhei ! s'écria Jiyi. Arrête de jouer les jolis cœurs et ramène-toi ici tout de suite !

Elle agita ses mains en l'air avec un cri de frustration.

– Je ne comprends pas pourquoi vous en faites toute une affaire, maugréa-t-elle. Ce ne sont pas les belles gueules qui manquent, en ce bas monde. Pourquoi faut-il que vous perdiez la tête face à ces gamins en particulier ?

Zhara était à peu près persuadée que l'immunité de Jiyi au charme des frères s'expliquait essentiellement par son béguin pour Yulana, mais elle se garda bien de le dire.

– Je les trouve mignons, moi, se contenta-t-elle de répondre.

Elle rougit légèrement lorsque l'un d'entre eux – probablement Mihoon – lui apporta une assiette de melon azuréen qu'il avait lui-même préparée. Des sept, il paraissait le plus calme et semblait bien plus enclin à lire un livre ou faire la sieste plutôt que participer aux pitreries de ses turbulents frangins.

– Mille mercis.

Une fois que Xu eut obtenu ses autographes, iel se dirigea vers Zhara, qui s'était assise par terre après avoir enfilé son ensemble rose et blanc. La douceur de la soie et la raideur de la ramie de sa veste, toutes deux inhabituelles, lui donnaient plus que jamais l'impression de ne pas être à sa place.

– Haut les cœurs ! lui dit Xu en lui peignant les cheveux. C'est la nuit la plus romantique de l'année et tu te rends au bal masqué avec les sept plus beaux jeunes hommes des Royaumes. Que demander de plus ?

Zhara voulut répondre par un sourire mais ses lèvres étaient trop lourdes. Alors que ses rêves les plus fous étaient sur le point de se réaliser, une boule glacée lui pesait dans le ventre et l'engourdissait peu à peu. Elle regarda ses chaussons blancs, offerts par Han… par l'Héritier Royal, et sa paralysie s'accentua.

– Zhara ?

Les doigts délicats de Xu démêlaient sa tignasse avec une tendresse infinie.

– Est-ce que tout va bien ?

– Xu. Pourquoi ne m'as-tu rien dit ?

Ses mains se figèrent au-dessus de ses cheveux.

– À propos de quoi ? répondit-iel avec une légèreté feinte.

Zhara ramena ses jambes contre sa poitrine.

– De toi et de Han. De sa véritable identité.

– Ah.

Xu se remit à la tâche sans rien dire pendant un long moment.

– Il a fini par tout avouer, donc.

Elle secoua la tête et iel tira légèrement sur ses boucles pour qu'elle reste en place.

– Oui. Enfin non. Ça lui échappé.

– Je vois.

Iel enduisit une à une ses mèches d'huile d'amande pour les préparer à la cire chaude qui servirait à structurer sa coiffure.

– Et comment ?

Elle ferma les yeux pour mieux apprécier les caresses sur son cuir chevelu. La douceur du massage parvenait presque à l'apaiser.

– Il l'a appelée « Yulana » et non Yuli.

– Il n'en fallait pas plus, soupira Xu. Vraiment, c'est à désespérer, parfois. Comment veut-on que je le maintienne en vie jusqu'à ses dix-huit ans ?

Une servante lui apporta un bol et deux bâtonnets de cire chaude.

– Zhara, commença-t-iel avec hésitation. Han n'est pas amoureux…

– De la princesse ? Je sais.

Elle sentit une goutte chaude couler le long de son visage et à son grand étonnement, Zhara comprit qu'elle était en train de pleurer. Elle n'avait beau éprouver ni tristesse ni déception – ni quoi que ce soit, en vérité – les larmes roulaient sur ses joues, brûlantes et salées.

– Vraiment ?

Elle hocha la tête, ce qui lui valut une nouvelle réprimande muette.

– Je ne suis pas en colère à cause de leurs fiançailles.

En dépit de son détachement, elle avait conscience, au fond d'elle, de mentir. Le spectre de ses grands yeux doux alors qu'il se penchait pour l'embrasser revint la hanter.

– C'est juste que…

Elle se mordit les lèvres.

– … il t'a menti, compléta Xu avec douceur.

Sa gorge se serra un peu plus.

– Oui.

– Oh, Zhara…

La gentillesse dans sa voix l'acheva pour de bon. Elle enfouit son visage dans ses mains et son calme de façade disparut sous le torrent de ses larmes.

– Je sais que c'est idiot, gémit-elle entre deux sanglots. Je comprends pourquoi il a fait ça. Il voulait protéger son frère.

Anyang. Elle se rendit compte que les noms des membres de la famille royale lui étaient jusqu'alors inconnus, comme pour l'essentiel des habitants de Zanhei. Elle s'efforça de concilier l'image du cadet du prince Wonhu, un rejeton pourri gâté bien à l'abri dans un palace doré, avec le portrait que Han lui avait dressé d'Anyang. Un garçon sensible, un brin réservé, qui s'attachait immédiatement à quiconque lui témoignait le moindre signe d'affection.

– C'est exact, dit Xu. La Consort Royale, sa mère, avait déjà subi une mort ignoble aux mains du Fauconnier, il voulait tout faire pour lui épargner le même sort.

– Je le *sais*, répéta Zhara. Mais…

Elle jeta un coup d'œil circulaire aux appartements de Jiyi où leur petit groupe avait passé tant d'après-midis heureux.

– … je vous faisais confiance, à vous trois. J'ai pris un risque immense en vous livrant chacun de mes secrets. Je vous croyais fiables.

– La confiance est un fleuve qui coule dans les deux sens, finit par dire Xu après l'avoir peignée un long moment. On ne peut pas simplement recevoir sans donner en échange.

Le fantôme de leur baiser ressurgit pour l'assaillir de doutes. Sans confiance, que valait l'intimité ? Sans confiance, il ne restait que le désir, un caprice superficiel qui pouvait à n'importe quel moment être effacé par quelqu'un de plus attirant.

Elle repensa aux grands yeux innocents de Han qui s'écarquillaient de gêne chaque fois qu'elle le taquinait, à ses fossettes qui se creusaient selon qu'il soit heureux ou contrarié. Il était très certainement le plus beau garçon qu'elle eut jamais croisé et sa gentillesse et sa maladresse ne faisaient qu'ajouter à son charme. Le cœur de Zhara débordait d'une tendresse douloureuse lorsqu'elle pensait à lui. Parce qu'elle lui avait fait confiance. Et à présent il ne lui restait plus rien qu'un goût amer en bouche.

Xu soupira en nouant la moitié des cheveux de Zhara en un chignon serré au sommet de son crâne avant de former d'élégantes boucles avec le reste.

– Je voulais te le dire. Je pensais que c'était idiot que tu sois la dernière informée, surtout compte tenu de votre proximité. Mais…

Iel planta quelques fleurs ornementales faites de perles et de soie dans sa coiffure.

– … tu ne peux pas toujours forcer quelqu'un à passer aux aveux avant qu'il ne soit prêt.

Cette fois, ce fut l'image des yeux vitreux de sa sœur qui emplit son esprit sans qu'elle ne s'y attende. Durant des années, elle lui avait caché sa magie en se convainquant qu'elle agissait ainsi pour protéger Suzhan, et non parce qu'elle ne lui faisait pas confiance.

Avait-elle eu tort au bout du compte ? Suzhan l'avait bel et bien trahie. Peu importe l'amour que se vouaient deux personnes, sans confiance, rien ne pouvait perdurer.

– Je sais, murmura-t-elle. Mais je pensais… je croyais… je croyais que j'étais digne de confiance.

– Tu l'es, Zhara.

– Vraiment ?

Elle songea au ton peiné de sa sœur lorsqu'elle avait fini par lui avouer qu'elle était responsable de sa cécité.

– Alors pourquoi est-ce que j'ai l'impression d'être en dessous de tout ?

Pour seule réponse, Xu se mit à la maquiller. Iel réhaussa ses lèvres et ses joues d'un soupçon de rouge, accentua ses sourcils et ses cils avec du kohl et apporta la touche finale en dessinant une petite fleur de lotus sur son front.

– Et voilà.

Iel ajusta son masque blanc sur son visage.

– Tu es magnifique. Tu seras la plus belle du bal et Han se mordra les doigts de t'avoir blessée.

Tous les miroirs étaient occupés par les Bangtan, qui se battaient férocement pour s'admirer devant, mais Zhara s'en moquait. Peu importe qui la verrait ce soir, car la seule personne qui comptait à ses yeux ne pouvait désormais plus la regarder. Elle s'était toujours doutée qu'il n'y aurait pas d'issue heureuse à leur histoire mais cela ne rendait pas la réalité plus facile à digérer pour autant.

– Merci, Xu.

Iel fit un geste de la main.

– Voyons, ce n'est rien.

– Non, je ne parlais pas que de ça, insista-t-elle avec un geste vague vers sa tête. Merci d'être mon ami·e.

Iel lui tapota affectueusement le dos avant de réajuster les chaussons blancs à ses pieds. Ces chaussons qui avaient marqué le soir de son premier – et sans doute dernier – baiser avec Han. Comme lors de l'essayage, ils étaient confortables et légers au point qu'elle avait l'impression d'être pieds nus.

– Tes ballerines sont prêtes.

Xu lui adressa un sourire.

– Va t'amuser au bal maintenant.

*

* *

En dépit des circonstances, Zhara passait la meilleure soirée de sa vie.

Le bal masqué avait comblé ses plus folles espérances. Les poutres et les piliers du palais étaient ornés de lanternes en papier, et le reflet vivace des lumignons sur les mosaïques en verre semblait donner vie aux colonnades. Les silhouettes découpées dans les lanternes projetaient des ombres dansantes qui racontaient autant de scènes mythiques de la fondation de Zanhei par le Roi Singe, l'ancêtre originel de la maison Wonhu.

Mais c'était surtout la foule – et quelle foule – qui ravissait l'attention et l'imagination de Zhara. Elle avait beau être habituée à la diversité des populations des Fosses, voir autant de couleurs de peau différentes, de faciès, de physiques issus des quatre coins des Royaumes du Matin réunis au même endroit lui donnait le tournis. Sans parler de la richesse des tenues : robes en mousseline, toges en brocard et tulle côtoyaient tuniques et pantalons en cuir, armures dorées et joaillerie extravagante. Certains invités ne s'embarrassaient pas de porter le masque et le tenaient à la main comme un accessoire tandis que d'autres arboraient des maquillages complexes aux couleurs outrancières et probablement hors de prix.

– Tu as les yeux qui te sortent de la tête, plaisanta Taeri, l'un des deux voltigeurs de la fratrie Bangtan.

Il se tenait assis à côté d'elle et de Jiyi ainsi que de Mihoo, le responsable de la musique, au milieu de leur chariot empli d'accessoires et d'instruments. Gagner le palais n'avait présenté aucune difficulté : Junseo, leur chef, s'était contenté de montrer son jeton d'artiste aux gardes de la porte est. Ces derniers les avaient laissés entrer sans même un regard, probablement encouragés par l'euphorie générale ou par l'alcool. Après tout, c'était la nuit la plus romantique de l'année et il y avait plus important que faire respecter l'ordre.

– Quel dommage qu'on ne donne pas de *vraie* représentation ce soir, soupira Sungho, le second acrobate mais aussi clown et metteur en scène.

Il embrassa du regard l'immense cour avec des étoiles dans les yeux.

– J'ai toujours voulu jouer dans un endroit pareil.

– Nous en aurons l'occasion un jour, le rassura Junseo. Quand le monde sera de nouveau prêt à accepter les gens comme nous.

Tout en poursuivant leurs préparatifs, les autres frères murmurèrent leur approbation.

– Je vous rappelle le plan, les garçons, dit Jiyi en descendant du chariot.

Après ses années passées à danser à la Cour des Glycines, son costume de jeune céleste lui allait encore à la perfection. Sa robe diaphane aux manches amples qui lui recouvraient les mains ondulait à chacun de ses pas comme l'eau claire d'un ruisseau.

– La famille Ha, les jumeaux Chu et les sœurs Lok sont tous déguisés en pies et portent un pendentif. Mêlez-vous aux convives et essayez de ne pas trop vous faire remarquer. Une fois que vous les aurez trouvés, nous nous rejoindrons ici au coup de tocsin de minuit pour fuir.

L'un après l'autre, les frères Bangtan prirent congé de la courtisane et se fondirent dans la foule à la recherche des futurs réfugiés qui aspiraient à quitter Zanhei. Zhara les observa partir avec un pincement au cœur. Dans un autre monde, elle et Suzhan auraient fait partie de ces réfugiés prêts à reconstruire leur vie au sein des Peuples Libres de l'Ouest. Dans une autre vie, elle aurait pu se trouver aux côtés de Han dans cette même foule, à échanger quelques baisers sous les étoiles en attendant le début du feu d'artifice.

Mais cette vie n'était qu'une illusion. Un mirage fondé sur un mensonge.

– Zhara ! siffla Jiyi. Arrête de rêvasser et suis-moi. Il ne va pas être facile de s'approcher du dais royal, et encore moins sans invitation spéciale.

Les deux jeunes femmes longèrent la périphérie de la cour principale pour gagner le Pavillon de la Sagesse Céleste par le plus long chemin. Même à cette distance, Zhara distinguait la plateforme érigée au sommet des marches qui menaient au pavillon où le prince et ses héritiers conduisaient les affaires du gouvernement. Sous la tenture de l'estrade, quatre sièges avaient été placés : un pour le prince Wonhu, deux pour ses fils et un petit tabouret destiné au Chancelier, situé aux pieds du souverain. Chaque place était bien sûr vide car les membres de la famille royale ne se présenteraient pas avant que le soleil ne soit complètement couché, pour marquer le début des festivités.

Zhara ajusta son masque et se dirigea vers le dais. Un fracas soudain de gongs et de tambours résonna à travers la cour. Un silence s'abattit sur la foule tandis que les torches s'éteignaient toutes brusquement pour être remplacées par des lanternes. *Mise en scène ingénieuse ou magie ?* s'interrogea Zhara. Avec les Bangtan, les deux étaient possibles.

De la porte sud émergea une curieuse procession de créatures venues de l'autre monde. Zhara en dénombra douze, ce qui signifiait que les frères étaient parvenus à contacter tous les magiciens cherchant à s'exiler. En tête du cortège, Taeri et Sungho virevoltaient, chacune de leur acrobatie accentuée par leurs longues manches traînantes. Sous leurs masques blancs grimaçants, Zhara ne parvenait pas à les distinguer. Un grand comédien en costume de cerf coiffé de bois fermait la marche tandis qu'une silhouette solitaire vêtue de bleu et de marron descendait les marches du Pavillon de la Sagesse Céleste en traînant derrière elle une vaste bannière argentée. Là encore, Zhara ignorait leur identité.

– Le Prince des Fées ! murmura la foule. Et la Fille du Bûcheron !

Zhara regarda les deux héros du conte danser chacun d'un côté de la bannière et tendre la main par-dessus la Rivière Scintillante qui séparait le monde des humains de celui des esprits. Deux autres acteurs, habillés de noir et de blanc et portant des masques d'oiseaux, bondissaient par-dessus l'étoffe comme les pies reliant les mortels aux fées. À en juger par leur raideur et leur démarche mal assurée, il devait s'agir de réfugiés.

Les portes du Pavillon s'ouvrirent dans un grand bruit de gong et trois silhouettes en sortirent. La première en rouge royal, la seconde en bleu princier et la troisième en doré impérial. Même à cette distance, Zhara n'eut aucun mal à reconnaitre Han à sa taille. Sa carrure athlétique se dessinait sous sa robe de soie bleue agrémentée de motifs de singes en fil d'or, et son visage restait dissimulé sous le rideau de perles de sa coiffe. Il n'était pas à proprement parler déguisé, seulement attifé de l'uniforme d'apparat de l'Héritier Royal. Tandis qu'elle se rapprochait, elle prit conscience que le Chancelier ne se trouvait pas sur le dais en compagnie de la famille royale. La place qu'elle s'était imaginée réservée pour lui accueillit la princesse nordiste. C'était elle qui portait la robe d'or impériale réhaussée de fourrure noire qui semblait bien inconfortable pour une nuit d'été.

Voir Yuli aux côtés de Han sur l'estrade la peina plus qu'elle ne s'y attendait. Zhara savait pertinemment qu'ils n'éprouvaient aucun sentiment l'un pour l'autre, mais la princesse avait été complice de la duplicité de Han. Et même si Yuli n'était pas responsable, le chagrin et la colère de Zhara étaient parfois aussi incontrôlables que sa magie.

Comme si elle avait lu dans ses pensées (ce qui demeurait tout à fait possible), la rouquine se tourna vers elle et capta son regard dans la foule.

Glouglou, dit-elle d'une voix amusée dans l'esprit de Zhara.

Cette dernière lui adressa un geste de la main auquel Yuli répondit par un imperceptible hochement de tête.

Il y a des Crécerelles. Même en pensées, son ton était sinistre. *Déguisés en civils. Ne cherche pas à communiquer avec moi, je ne peux pas t'entendre, seulement projeter ma conscience en toi. Acquiesce si tu m'as comprise.*

Zhara s'exécuta discrètement.

Bien, poursuivit la princesse. *J'ignore où se trouve le Chancelier, mais avec Han, nous sommes convaincus qu'il est encore en train de se préparer. Cela va lui prendre du temps d'atteindre le mont*

Zanhei, aussi il ne doit pas tarder à enlever le Second Héritier s'il veut pouvoir accomplir son rituel à minuit. Rapproche-toi de nous et nous allons trouver un moyen de descendre « accidentellement » pour aller à ta rencontre. Ensuite, tu n'auras qu'à toucher le petit et faire ton tour de passe-passe de Gardienne du Feu. Compris ?

Zhara opina du chef.

– Oh, je vous demande pardon.

Un frisson familier parcourut l'échine de Zhara tandis qu'un invité en costume d'ours lui rentrait dedans par inadvertance. Elle venait d'entrer en contact avec de la magie. S'agissait-il d'un des réfugiés ? Il ne portait pourtant pas de médaillon. Un détail subtil attira son attention et elle écarquilla les yeux d'effroi. Une paire d'ailes noires était brodée sur l'épaule de l'ours.

Un Crécerelle.

Un Crécerelle dont le contact lui évoquait la même sensation qu'avec Thanh, Yao et… Han. La sensation causée par un magicien qui n'en était pas un.

Elle comprit tout d'un coup comment le Fauconnier était parvenu à traquer les siens durant toutes ces années.

Ses soldats étaient des anti-magiciens.

– Attrapez-la, ordonna une voix derrière elle.

En pivotant sur ses talons, elle se trouva face à Maître Cao, déguisé en pie. Deux autres ours vinrent l'encadrer.

– Le Second Héritier ne nous a jamais intéressés, pas plus que ta sœur, dit Cao d'une voix presque triste. C'est toi que nous voulions, Jin Zhara. Depuis le début.

Vif comme l'éclair, le libraire dégaina son pinceau et traça un glyphe sous ses yeux dans une traînée de lumière violette. Aussitôt, Zhara sentit son corps s'engourdir et sa vue se troubler.

– Non, marmonna-t-elle, les lèvres déjà trop lourdes, la langue pâteuse.

– Désolé, répondit Cao d'un ton sincère. Vraiment, je te demande pardon. Mais tu es attendue au mont Zanhei et nous ne pouvons pas nous permettre d'arriver en retard.

Yuli ! Elle voulut appeler la princesse par la pensée avant de se rappeler que tout effort était vain. *Yuli !* Zhara lutta de toutes ses forces contre la poigne des Crécerelles mais le sort du vieil homme lui faisait rapidement perdre conscience.

Tandis que l'attention de la foule était ravie par la performance des Bangtan, Cao et ses sbires conduisirent Zhara hors du palais, ne laissant derrière eux rien d'autre qu'un chausson de soie blanc immaculé.

40.

Le numéro des Bangtan touchait à sa fin et Zhara n'était toujours pas réapparue.

– Tu es sûre qu'elle a bien entendu ton message ? marmonna Han entre ses dents à l'intention de la rouquine à sa droite. Sûre et certaine ?

Sûre et certaine. Le ton passablement irrité de la « voix » de Yulana manqua de le faire tomber de sa chaise. Il ne s'habituait pas à ce qu'on puisse s'immiscer ainsi dans sa tête. Il avait chaque fois l'impression que sa fiancée le surprenait nu dans sa salle de bains. Il se demanda soudainement si elle pouvait également lire ses pensées et entreprit de les dissimuler maladroitement, comme il aurait enfilé à la hâte une robe de chambre pour préserver sa pudeur.

Non, je ne peux pas lire tes pensées.

Han sursauta.

Je n'en ai pas besoin, il suffit de voir ta tête.

Entendre le rire de Yulana résonner dans son crâne lui fit le même effet que si on lui chatouillait le nez avec une plume. Il éternua nerveusement.

Des pétards colorés explosèrent sur les dalles au pied du dais royal. Le spectacle était officiellement terminé.

– Gogo, dit Anyang en tirant sur la manche de son aîné. Je croyais que quelqu'un devait venir chasser le Démon Grenouille de ma tête.

– *Chhh*, lui intima Han.

Yulana l'avait mis en garde sur les Crécerelles en civils qui patrouillaient au milieu de la foule.

– Oui, elle ne devrait pas être loin.
– Où ça ?
Son petit frère étira son cou pour scruter la place.
– À quoi elle ressemble ?
– Elle est jolie, répondit Yulana. Très jolie, même.
Han fit de son mieux pour ne pas bouder.
– En effet.
BOUM !
Une secousse traversa la cour et affola les cloches et les carillons suspendus aux piliers en une cacophonie métallique.
– Qu'est-ce que c'était ? Un tremblement de terre ? demanda Yulana, le front barré par l'inquiétude.
BOUM !
Des cris de panique s'élevèrent dans la foule mais Han ne parvenait pas à en déterminer la raison. Le sol se mit de nouveau à se soulever et à rouler sous leurs pieds, et Han se jeta instinctivement sur Anyang pour le protéger de tout débris.

– Des abominations ! s'étrangla Wonhu.
Le père de Han était devenu livide et les longs poils noirs de sa barbe éparse contrastaient nettement avec la pâleur anormale de sa peau.
– Où…
Un nouveau hurlement interrompit Han.
Plusieurs silhouettes grotesques se mirent à éclore de costumes de pie, leurs corps triplant de volume, déchirant indifféremment coutures, tissu et peau humaine.
– Mon prince ! s'écria Xu en gravissant à la hâte le perron sans se soucier des avertissements des gardes. Regarde !
Iel tendit un objet blanc dans sa main et Han crut défaillir en voyant qu'il s'agissait d'un des chaussons de Zhara. Elle avait donc disparu.
– C'est un cercle d'invocation ! hurla Jiyi qui accourait juste derrière. La cour du palais est un cercle d'invocation géant !
Depuis le haut des marches, Han remarqua enfin les structures en pierre qu'il avait prises pour de simples décorations.

Elles étaient alignées en un cercle parfait autour d'eux. Chaque magicien qui se trouvait au centre était agité de violents spasmes et arrachait ses vêtements tandis que son corps se recouvrait de crocs, de fourrure et de plumes. L'écho sinistre du craquement des os se répercuta le long des murs d'enceinte.

Un nouveau hurlement paniqué retentit et une autre créature franchit la porte principale ; sa fourrure crépitante d'électricité, sa crinière de flammes et son minuscule grelot au cou.

Han éternua.

– Sajah ? dit-il avec étonnement.

L'énorme chimère tourna la tête dans sa direction et le foudroya du regard. Pas de doute, c'était bien Sajah.

– Le Lion du Sud, souffla Yulana, impressionnée.

– Comment le sais-tu ? demanda Xu.

– Tous les Gardiens de l'Aube ont un animal totem.

– Certes, certes, très bien, mais ne restons pas là les bras ballants ! s'écria Han en plongeant pour esquiver un énorme débris projeté droit sur lui. Il va nous falloir des heures pour parvenir jusqu'au mont Zanhei.

Il contempla le chaos environnant : les abominations réduisaient le palais en morceaux pendant que les Bangtan les affrontaient en dessinant sort après sort de la pointe de leur pinceau. Sajah s'était joint à la mêlée et repoussait férocement les créatures à grands coups de patte.

– Qu'est-ce qu'on va faire ? se lamenta Han.

– Pour ça, j'ai au moins une solution, déclara Yulana.

Elle bascula sa tête vers le ciel et ferma les yeux avant de lever les bras au-dessus de sa tête.

Les trois autres retinrent leur souffle.

Et attendirent.

Et attendirent encore.

– Euh, elle va bien ? demanda discrètement Xu à Jiyi.

La princesse joignit finalement ses paumes et rabaissa lentement ses mains avant de toucher successivement son front, ses lèvres, sa gorge et son cœur. Lorsqu'elle rouvrit les yeux, ses pupilles marrons avaient disparu, remplacées par une lueur bleue si pâle qu'elle en était presque blanche. Xu laissa échapper un cri de surprise avant de se réfugier derrière Jiyi. La courtisane l'écarta sans ménagement pour prendre Anyang dans ses bras et le protéger.

– Qu'est-ce qu'elle fait ? s'exclama-t-elle. Han !

Ce dernier se plaça devant son frère, la main sur le pommeau de sa dague d'ornement, sans pour autant croire que Yulana présentait un danger. La princesse maintenait sa pose, ses yeux bleutés et aveugles braqués en direction de quelque chose que personne d'autre ne pouvait voir.

Soudain, un cri strident perça l'air nocturne.

Tous levèrent la tête et Han aperçut l'ombre d'un oiseau qui volait en cercles au-dessus d'eux. Incrédule, il se frotta les yeux : l'oiseau semblait avoir quatre ailes. Il reporta son attention sur Yulana, dont les pupilles avaient retrouvé leur couleur d'origine. Elle lui décocha un sourire avant de désigner le ciel d'un mouvement de menton.

Au premier abord, il avait pris le volatile pour un rapace – un aigle ou un faucon – mais il commençait à douter. Deux longs rubans traînaient au bout de sa queue comme des cerfs-volants et son cou interminable avait des allures serpentines. Mais le plus saisissant restait sa taille, absolument énorme… et qui ne faisait que croître à mesure qu'il descendait droit sur eux.

Han se cacha les yeux pour les protéger des nuages de poussière soulevés par l'oiseau tandis qu'il se posait. Il n'avait jamais vu pareille créature, songea-t-il, avant de penser à l'être léonin qui affrontait les abominations.

– Je vous présente Temur, l'Aigle du Nord, dit Yulana.

Elle s'élança vers lui sans hésiter et caressa affectueusement son bec. Le rapace faisait pratiquement la taille d'un cheval et ses plumes d'ivoire étaient mouchetées de bronze, d'argent et d'or. Il avait la tête d'un aigle, le corps et la queue d'un paon et deux paires d'ailes de faucon.

– Je vous avais bien dit que les Gardiens avaient tous un compagnon ! Temur me suit partout, pas vrai, mon amie ?

– Loin de moi l'idée d'accuser Son Altesse de mensonge, répondit Han, mais il me semble que j'aurais remarqué ce genre de créature mythique si…

Il ne termina pas sa phrase, interpellé par les yeux bleu ciel de la bête. Avec stupéfaction, il se rendit compte qu'ils étaient exactement de la même couleur que ceux du rapace perché d'ordinaire sur l'épaule de la princesse.

Yulana lui décocha une tape affectueuse dans le dos.

– Ça y est, Prince Gâteau de Riz a compris ?

– Est-ce que Temur est un… phénix ? demanda Anyang d'une voix teinté de crainte et d'admiration.

– Temur est unique en son genre, expliqua-t-elle en lui tapotant l'encolure.

Han cligna des yeux, éberlué devant l'air véritablement *crâneur* du volatile.

– J'imagine que les phénix des contes s'inspirent d'elle mais elle existe bel et bien, elle, et je n'en connais pas d'autre.

– Je m'en veux d'interrompre ce si joli moment, intervint Jiyi, mais la princesse ne nous a toujours pas dit en quoi cette… cette Temur était censée nous aider à retrouver Zhara à temps. Sans parler de…

D'un geste ample, elle désigna le chaos total qui régnait autour d'eux.

– … de comment s'occuper de tout *ça*.

Un éclair magique abattit l'une des tours de garde du palais dans un vacarme assourdissant et le groupe tressaillit.

– Pourtant ça semble évident, rétorqua la princesse. Temur va nous conduire jusqu'au mont Zanhei, Han et moi.

– Je, quoi, plaît-il ? s'offusqua l'intéressé.

– Mais, et nous alors ? demanda Xu, l'air paniqué. Nous avons besoin d'aide en attendant que Zhara revienne pour pouvoir transformer toutes les abominations. Les Bangtan et cette, euh… bête ne pourront pas les retenir éternellement.

Dans la grande cour, deux autres innocents se mirent à convulser avant que des écailles et des crocs ne percent violemment leur peau.

Yulana se mordit la lèvre.

– Dans ce cas, Han et Temur peuvent prendre les devants et je resterai pour combattre…

– Il est hors-de-question que je chevauche seul cette créature infernale, s'indigna Han.

Temur lui pinça le coude d'un coup de bec.

– *Aiyo* ! Ça suffit !

L'oiseau le mordit de nouveau.

– Aïe !

– Présente-lui tes excuses et elle arrêtera, dit Yulana.

L'animal mythique le fixa de son énorme œil bleu ciel et lui croqua le coude pour la troisième fois.

– D'accord, glapit Han. Je suis désolé de t'avoir traitée de créature infernale. On peut y aller maintenant ?

Yulana sembla hésiter.

– Temur peut porter jusqu'à six personnes mais elle irait plus vite avec moins de poids.

– Arrêter le Chancelier est plus important que de repousser les abominations, trancha Jiyi. Il faut extraire le mal à la racine.

– Personne ne m'écoute ? couina Han. Je suis censé voler jusqu'au mont Zanhei ? Et ensuite ? Affronter le Chancelier et je ne sais quels démons qui l'entourent ? Comment ? Avec qui ?

– Moi, déclara Yulana avec l'assurance d'une guerrière habituée à prendre des décisions sur un champ de bataille. Je suis une magicienne et la Gardienne du Vent. S'il y a bien quelqu'un capable de neutraliser un démon supérieur, c'est moi.

– Alors dans ce cas pourquoi faut-il que je vienne ?

Han avait parfaitement conscience de passer pour un geignard mais l'idée de se retrouver dans les airs lui donnait la nausée.

– Parce que j'ai besoin d'une diversion pour distraire le démon le temps de trouver son point faible. Et puis je suis sûre que si tu survis, Glouglou ne manquera pas de récompenser ton courage d'un baiser, ajouta-t-elle avec un sourire goguenard.

– Ce n'est pas le moment de dire de choses pareilles ! s'écria-t-il.

– Han.

Xu plaça ses mains sur ses épaules.

– Je sais que tu as peur. Et j'ai aussi peur pour toi. Mais le temps joue contre nous. Plus vite tu pars, meilleures seront tes chances de les intercepter avant qu'ils ne parviennent au mont.

Han ferma les yeux. Il savait que son ami·e d'enfance avait raison. Il devait partir sur-le-champ. Mais ce n'était pas la peur de ce qui l'attendait sur le flanc du volcan qui le terrifiait, mais le sort d'Anyang s'il ne pouvait plus le protéger.

Il ouvrit les yeux et croisa le regard de son frère. Anyang le dévisageait avec une confiance et un amour si forts qu'il sentit son cœur se serrer.

– Je crois en toi, gogo, murmura-t-il. Tu peux faire pareil avec moi.

Il tendit les mains pour montrer la lueur violette qui s'échappait de ses doigts tandis qu'il invoquait son pouvoir.

– Je peux y arriver. Et toi aussi.

Han acquiesça, la gorge nouée.

– D'accord. Allons-y, répondit-il d'une voix rauque.

Yulana lui montra comment grimper sur le dos de Temur, où s'asseoir et à quoi se tenir. Han s'appliqua à suivre chaque consigne sans tomber. Ses mains tremblaient si violemment lorsqu'il empoigna les plumes de l'oiseau qu'il craignit de les arracher.

– J'imagine qu'elle se refuse à porter une selle, dit-il d'un ton miséreux.

– Ce serait un poids inutile, expliqua Yulana en enfourchant le dos de sa créature derrière Han. Ne t'en fais pas, Prince Gâteau de Riz, je suis là.

Elle lui adressa un clin d'œil et passa les bras autour de sa taille pour se saisir des plumes de la nuque.

– Pas d'inquiétude, elle n'a jamais fait tomber qui que ce soit.

Avec un sourire, elle ajouta :

– Pour l'instant.

Elle se cala contre lui pour s'assurer qu'il ne glisse pas.

– Allez ma fille, c'est parti.

La créature se cabra et bondit en déployant ses quatre ailes. Han ferma les paupières en priant tandis que le vent lui sifflait aux oreilles.

– J'imagine que ce n'est pas le moment de dire que j'ai le vertiiiiiiiige ?

41.

Ce fut la puanteur écœurante du souffre qui réveilla Zhara. L'espace d'un instant, elle crut même avoir laissé des œufs bouillir trop longtemps. Elle ouvrit péniblement les yeux dans la pénombre, un goût de bile dans la bouche et une migraine prodigieuse qui lui tambourinait aux tempes. Des images du bal masqué, de danseurs costumés en créatures fantastiques, de feux d'artifice pétaradant dans un ciel doré, lui revinrent en mémoire, comme les fragments d'un rêve qu'elle refusait de quitter.

Enfin elle remarqua Suzhan, bâillonnée, ligotée et gisant inconsciente à côté d'elle.

Prise de panique, Zhara voulut se relever aussitôt avant de se rendre compte qu'elle était elle aussi pieds et poings liés par des chaînes.

– Suzhan ! s'écria-t-elle en s'étouffant à moitié sous les vapeurs nauséabondes.

Elle roula sur le ventre avant de ramper laborieusement vers sa sœur.

– Suzhan, mimi, réveille-toi, l'implora-t-elle en lui secouant l'épaule. Je t'en prie.

Suzhan grogna et remua péniblement.

– Nene ? marmonna-t-elle, la voix pâteuse.

Elle lutta pour ouvrir les paupières mais ses yeux ne faisaient que se révulser.

Zhara lui tapota frénétiquement la joue.

– Non, non, mimi. Ne te rendors pas. Reste avec moi. Ne…

– Laisse-la donc, lui dit une voix doucereuse dans son dos. Elle a reçu une dose de cheval, elle n'émergera pas avant un moment.

Elle fit volte-face et se retrouva nez à nez avec le Chancelier, les mains serrées, un petit sourire aux lèvres.

– Qu'est-ce que vous lui avez fait ? rugit-elle.

– Ma charmante petite épouse va très bien, lui répondit-il avec un geste nonchalant. Le libraire a simplement drogué son thé. Elle finira par se réveiller comme si de rien n'était.

Depuis tout ce temps, Suzhan aurait dû se trouver à Jingxi.

– Le conservatoire, c'était un mensonge ?

– Évidemment. Il fallait que je la pousse à te trahir, je lui ai dit ce qu'elle avait envie d'entendre.

La rage s'empara de Zhara et son pouvoir s'embrasa dans ses veines. Les chaînes à ses poignets et chevilles se mirent à luire rouge puis blanc et la brûlure du métal lui arracha un cri de douleur.

– Fascinant, murmura le Chancelier démon. Ainsi, la Gardienne du Feu s'est bel et bien réveillée.

Des larmes roulèrent le long de joues de Zhara tandis que sa peau se couvrait de cloques.

– Pitié, gémit-elle, je ne sais pas ce que vous voulez mais je vous promets d'être sage. Je vous en prie.

Elle tendit les bras vers lui en éclatant en sanglots.

– J'oublie parfois à quel point le corps humain est fragile, soupira-t-il.

D'un claquement de doigts, il fit tomber ses menottes mais la douleur ne cessa pas pour autant. Pire, elle redoubla d'intensité à tel point que Zhara crut en perdre la tête. Le Chancelier s'agenouilla et pressa ses doigts autour de ses poignets puis de ses chevilles. Aussitôt le feu mourut en même temps que sa magie, comme la flamme soufflée d'une bougie. Il retira ses mains et la peau de Zhara était à présent zébrée de cicatrices.

– Bien, nous pouvons discuter maintenant.

Zhara ravala un sanglot, le souffle court.

– Qu'est-ce que vous attendez de nous ? siffla-t-elle.

Il jeta un œil au corps inerte de Suzhan.

– D'elle ? Absolument rien.

Il reporta ses yeux globuleux sur elle et s'humecta les lèvres avec la vitesse d'un crapaud gobant une mouche.

– De toi ? Tout.

La peur la submergea sans que sa magie ne réagisse. Elle se sentait engourdie, ralentie, comme si ses pouvoirs étaient sous l'emprise d'un sédatif.

– Qu'est-ce que vous m'avez fait ? croassa-t-elle.

– J'ai bien peur que mes capacités ne soient diamétralement opposées aux tiennes, même si elles se rejoignent en un sens. Comme des pierres magnétiques qui se repoussent ou s'attirent selon leur orientation. En conséquence, lorsque j'use de ma magie pour te soigner, cela… affaiblit nos pouvoirs respectifs. Mais ce n'est que temporaire.

À mesure que Zhara retrouvait son calme, elle prenait conscience de son environnement. Ils semblaient se trouver sur un affleurement étroit au sommet d'une montagne. Au loin, elle pouvait voir un énorme lac reflétant une demi-lune, et derrière elle bouillonnait…

Un cratère empli de lave.

Ils étaient sur le mont Zanhei.

Elle poussa un cri et recula précipitamment tandis que la caldeira vomissait ses émanations de souffre.

– Pourquoi m'avez-vous amenée ici ?

– Cela me semble pourtant évident, dit le Chancelier. Tu vas servir de sacrifice, ma petite, d'offrande à Tiyok afin que la Mère des Dix Mille Démons puisse entrer dans ce monde à travers ton corps.

– Je… je vais être possédée ?

– Rien d'aussi vulgaire, je te rassure. Elle va plutôt consumer ton essence – ton âme, si tu préfères – pour occuper ton enveloppe charnelle.

En dépit de la chaleur volcanique, un frisson glacé traversa Zhara de part en part.

– C'est ce qui est arrivé au Seigneur Chan ? murmura-t-elle. Vous avez consumé son essence ?

– Ah.

Le Chancelier se fendit d'un large sourire visqueux.

– Pas tout à fait. Dans mon cas, il s'agit bien de possession, mais en tant que démon supérieur, je sais maintenir la forme originelle de mon hôte.

Il bomba le torse.

– Je suis le Premier Seigneur de Tiyok, le Démon Grenouille du Poison et de la Pestilence.

Il lui adressa un regard appuyé, comme s'il attendait une réaction de sa part.

– Je le savais déjà, soupira-t-elle. Maître Cao me l'a dit.

– Qui ? demanda-t-il, l'air confus.

– Le libraire.

Elle serra les poings.

– Le traître.

– Ah oui, répondit le démon, avec une indifférence superbe. Le petit vieillard, c'est vrai qu'il s'appelait ainsi.

– Qu'avez-vous fait de lui ?

Il haussa les épaules.

– Il avait rempli son rôle, je m'en suis donc débarrassé.

Zhara eut subitement la chair de poule.

– Où est-il ?

Le démon lui désigna le lac de feu. Son cœur se serra en imaginant le sort funeste du libraire. Sa peur de la possession l'avait conduit aux pires extrémités sans pour autant le sauver. Zhara contempla la surface bouillonnante en contrebas.

– Tu dois te sentir de retour chez toi, non ? demanda le Démon Grenouille en venant se poster à côté d'elle. Le mont Zanhei est censé être le tombeau de la Gardienne du Feu, après tout.

Zhara garda les yeux rivés sur la lave incandescente.

– Pas vraiment, je ne suis venue qu'une seule fois ici.

– Tu ne te souviens vraiment de rien, n'est-ce pas ?

Le Chancelier lui adressa un curieux regard, à la fois affligé et nostalgique.

– Tu n'as pas besoin de posséder de corps, toi. Tu te réincarnes, tout simplement.

– On dit que l'âme des Gardiens revient sur Terre lorsque l'équilibre du monde est rompu, murmura-t-elle. Pauvre Maître Cao.

– Je dois bien admettre que je suis un tantinet jaloux. Quel pouvoir, tout de même, que celui d'être pleinement humain comme toi. Tu *es* Jin Zhara, tandis que je ne fais que porter le visage de Chan Gobu.

Zhara se tourna enfin vers lui.

– Pourquoi ? Pourquoi avez-vous possédé le Chancelier ?

– Mais c'est Chan Gobu qui m'a invoqué, corrigea le démon. Enfin, c'est avec toi qu'il cherchait à entrer en contact, mais les choses ne se sont pas passées comme prévu. Vous autres ne pouvez être invoqués.

– Pourquoi voulait-il invoquer la Gardienne du Feu ?

– Pour être tout à fait exact, lui et ses trois autres amis magiciens voulaient vous faire venir tous les quatre d'un seul coup : Feu, Eau, Bois et Vent. Ils se seraient bien passés de moi et de mes frères.

Le Chancelier ressemblait de plus en plus à une grenouille à mesure que ses traits s'affaissaient.

– Vois-tu, cela fait cent ans que l'équilibre entre Ordre et Chaos penche de nouveau en faveur de Yan, l'incarnation divine du Chaos. C'est ce qui arrive lorsque l'injustice règne dans le royaume des mortels. Lorsque les riches se repaissent sur le dos des pauvres, lorsque les puissants tyrannisent les faibles, lorsque les hommes empoisonnent la terre qui les nourrit, alors le chaos règne. Et Tiyok prospère.

Zhara s'efforça de nouveau de réactiver sa magie. Elle y était presque. Elle ignorait ce qu'elle ferait une fois qu'elle aurait récupéré son pouvoir mais au moins, il lui obéirait.

– Tiyok prospère et les démons reviennent en force dans ce monde. Ton empereur, pas le Seigneur de Guerre mais l'autre, s'est retrouvé possédé par l'un de mes frères inférieurs les plus ambitieux. Malheureusement, ce genre de possession transforme invariablement les humains en abominations.

– Et le Seigneur de Guerre a fait exécuter tous les magiciens des Royaumes, murmura Zhara. Ce qui n'a fait qu'alimenter le chaos.

Un sourire mauvais du Chancelier.

– Il avait vraiment à cœur les intérêts de l'empire, le pauvre. Il s'est simplement fourvoyé sur la source de ses problèmes. Il n'a vu que la magie au lieu de l'injustice.

– Et Chan Gobu, alors ?

– Oh, lui et ses amis avaient le bon diagnostic mais le mauvais remède. En voulant vous invoquer, ils ont ouvert un portail pour Tiyok. Et maintenant, je suis là.

Un léger picotement parcourut l'échine de Zhara. Il lui fallait gagner encore un peu de temps.

– Vous dites que ces magiciens vous ont fait venir, vous et vos frères. Qui sont-ils ?

– Les Seigneurs de Tiyok, bien sûr.

– Non, ce n'est pas ce que je demande. Où sont vos frères et à quoi ressemblent-ils ?

Le Démon Grenouille haussa les épaules. Sa peau avait pris un teint violacé et ses yeux étaient à présent complètement de part et d'autre de son visage.

– Ils sont éparpillés ici et là, répondit-il d'un air ennuyé. Le mont Zanhei n'est pas le seul portail à avoir été ouvert. Chaque Gardien dispose d'un tombeau différent, ne l'oublie pas. J'ignore la forme qu'ont adopté mes frères mais je n'ai aucun doute qu'ils sont là, à arpenter les Royaumes à la recherche du meilleur corps possible à offrir à notre mère, même si cela est peine perdue. Car c'est moi qui l'ai trouvé. Tu seras mon cadeau.

– Est-ce que Tiyok aurait pu posséder n'importe qui ?

Le picotement avait gagné en intensité. Elle pouvait pratiquement se servir de sa magie.

– N'importe quel magicien, oui. Mais plus il est puissant et mieux c'est, évidemment. Initialement, je comptais choisir le Second Héritier. Ce petit deviendra un grand magicien, comme sa mère. D'ailleurs, j'ai voulu l'utiliser elle aussi, mais cette tête de mule a dévoilé ses pouvoirs aux Crécerelles et a fini exécutée.

La Consort Royale. Pauvre Han...

– Et les magiciens qui gisent dans la caverne ? demanda-t-elle, pour continuer à le faire parler. À quoi servaient-ils ?

– Oh, eux...

Il esquissa un geste méprisant. Ses doigts étaient devenus palmés.

– De la chair à canon, du carburant, rien de plus. Leur ki permettait de garder le portail ouvert.

Zhara rassembla son énergie dans ses mains et se prépara à l'affrontement.

– Bien, reprit le Démon Grenouille en jetant un œil aux étoiles. Il est presque l'heure. Je n'ai encore jamais vu ma mère dans le monde physique. Il me tarde de découvrir l'étendue de ses pouvoirs.

– Que va-t-il se passer à présent ?

– Tu vas te jeter dans la lave, bien sûr.

– Qu'est-ce qui vous fait croire que je vais me montrer aussi conciliante ?

Une ombre passa devant la lune et Zhara releva la tête. Une silhouette ailée et sinueuse serpentait dans les airs et, soudain, un hurlement déchira le silence nocturne.

– C'est là que ta sœur entre en jeu, répondit le démon, tout sourire.

Sa bouche garnie de plusieurs rangées de petites dents jaunes acérées s'étirait à présent jusqu'aux oreilles. Il saisit le corps inconscient de Suzhan et le tint à bout de bras au-dessus du cratère.

– Si tu ne te jettes pas là-dedans, c'est elle que je sacrifierai à ta place.

– Non...

Elle fit un pas avant de s'arrêter net.

– Je croyais que l'hôte devait être un magicien.

– Certes. Mais ma mère ne rechignera pas devant un petit en-cas humain. Un ki de non-magicien n'est pas aussi roboratif mais cela peut faire l'affaire.

– Qu'est-ce qui vous fait croire que je me soucie d'elle ? Nous n'avons même pas de sang en commun.

– Oh je t'en prie, ricana le démon. Lorsque nous avons été présentés, j'ai bien vu que tu remuerais ciel et terre pour elle. Tu l'adores. Cela m'échappe, je l'avoue, mais j'imagine que c'est une des conséquences de la réincarnation : on se met à développer des émotions humaines. Rien de plus facile à manipuler…

– Pourquoi faut-il que je saute ? Vous pourriez tout aussi bien me précipiter vous-même.

– Très juste, mais ça ne serait pas aussi amusant.

Le hurlement dans le ciel était de plus en plus fort. Le Démon Grenouille imita Zhara et leva les yeux pour découvrir l'immense oiseau blanc aux quatre ailes qui piquait droit sur

eux. Un cavalier se tenait sur le dos de la créature et hurlait d'effroi à pleins poumons.

– Maîtresse Brandyyyyyyyyyyyyyyyyyyyy !

– Han ?

Le rapace redressa au dernier moment et Han bondit pour plaquer le Chancelier au sol. Zhara se précipita pour rattraper Suzhan et la tirer hors de danger. Derrière elle, Han et le Démon Grenouille se débattaient furieusement tandis que l'oiseau décrivait un arc de cercle pour un second passage, une autre cavalière encore sur son dos.

– Yuli ! s'écria Han d'une voix étranglée.

L'oiseau plongea sur le Démon Grenouille et une flèche siffla à travers les airs avant se loger dans l'épaule du Seigneur de Tiyok. Avec un rugissement de hargne, il se détourna pour faire face à sa nouvelle adversaire. La princesse Yulana, cheveux roux au vent, décocha un nouveau projectile.

Cette fois la flèche se planta dans la gorge du démon. En grognant, il repoussa Han comme un vulgaire fétu de paille et arracha la hampe rageusement. Un liquide visqueux et noir se mit à couler de la plaie. Yuli sauta de l'aigle et se réceptionna avec une roulade avant de terminer sa course le pied en plein dans le visage du démon. Sonné, il tituba en arrière puis riposta par un violent coup de poing qui envoya la jeune femme valdinguer.

– Eh bien, qui avons-nous-là ? dit-il, d'une voix éraillée et mutilée par sa blessure. On dirait bien qu'une autre Gardienne nous a rejoints.

Il empoigna la princesse par les cheveux.

– Laquelle es-tu, Crinière Rouge ?

Il reporta son attention sur l'oiseau.

– Celle du Vent ?

– Yuli !

Zhara chargea le démon en portant ses mains enflammées autour de son cou.

– C'est tout ce que tu as dans le ventre ? ricana-t-il tandis que sa peau cloquée sifflait et fumait. Tu n'as pas encore pris la pleine mesure de l'étendue de tes pouvoirs, ma pauvre Jin Zhara.

En un éclair, il la souleva par la gorge. Zhara sentit sa magie vaciller et s'éteindre sous la puissance insurmontable de sa corruption. Elle griffa ses mains et battit désespérément des pieds mais déjà, l'air commençait à lui manquer.

– La dernière fois que je t'ai affrontée, poursuivit le Démon Grenouille avec un sourire mauvais, tu pouvais façonner le monde à ta guise. Tu mettais un peu de ton feu dans tout ce que tu touchais et tu transformais le banal en merveilleux. Tu pouvais enchanter une lame pour qu'elle guérisse la possession. Tu pouvais doter un humain ordinaire de pouvoirs et les retirer à ceux qui étaient nés avec. Tu pouvais même changer ta propre apparence, comme ce lion qui te suit partout. Mais tu n'as plus rien de la guerrière de légende que j'ai connue. Tu n'es plus qu'une fillette désormais.

À cet instant, Han surprit le Démon en plongeant épaule en avant contre son flanc. Zhara, prise d'une quinte de toux, essaya de reprendre son souffle. Il fallait qu'elle chasse le poison qui s'était insinué dans sa magie et dans son esprit. Elle voulut invoquer son pouvoir, ce feu dont il avait parlé, sans succès. Elle n'était qu'une fille, pas encore une Gardienne.

– Il suffit.

Le démon se saisit à nouveau de Suzhan.

– Il est temps d'en finir.

Et il la jeta dans le cratère.

– Non ! s'écria Zhara en se précipitant après sa sœur sans réfléchir.

– Maîtresse Brandy ! hurla Han, la main tendue pour attraper la sienne.

Mais il était trop tard.

Zhara avait sauté dans le vide.

42.

La chute était interminable.

L'air était chaud, bien trop chaud, et lui brûlait les poumons à chaque respiration. Sa magie luttait contre les entraves imprimées par le Démon Grenouille. De nouveau elle tenta de l'invoquer en servant de sa peur et de son désespoir. L'esprit pouvait triompher de la magie, il fallait qu'elle réussisse.

Sans succès. La peur, au lieu de la motiver, ne faisait que la paralyser davantage.

Sois bonne et sois sincère.

J'ai essayé, baba, songea-t-elle. *J'ai voulu être à la fois bonne et sincère, et au bout du compte, cela n'aura servi à rien.*

Une forme de paix s'installa en elle à mesure qu'elle acceptait sa mort. Se savoir impuissante n'était pas la fin du monde lorsqu'on arrivait au terme de sa vie. Apaisée, elle accéda enfin à la clarté. Au calme. Et à la maîtrise.

Une étincelle de magie fila à travers ses veines.

L'espoir emplit ses méridiens et noya le poison instillé par le Démon Grenouille. Elle ferma les yeux et des images de cascades fraîches, de neige et de glace emplirent son esprit. Elle visualisa le Fleuve Sans Fin, qui serpentait de la Mer Douce à la Mer de Lumière, et la Rivière Scintillante qui illuminait la voûte céleste.

Tout autour d'elle, la fournaise semblait refroidir.

Zhara pensa à des plumes, des nuages, des oreillers. Elle songea à sa cuisine, à sa paillasse au coin de l'âtre, à sa sœur recroquevillée contre elle pendant qu'elle lui faisait la lecture. Elle s'imagina la douceur de Sajah, le toucher satiné de ses beaux habits et la tendresse des lèvres de Han effleurant les siennes.

Sa chute ralentit à mesure que l'air s'épaississait autour d'elle.

Elle se représenta la brume humide qui recouvrait le delta à cette époque de l'année et l'imagina se muer peu à peu en brouillard. Un voile vaporeux l'enveloppa et devint si épais qu'elle perdit tout repère. Elle avait l'impression d'être suspendue dans le vide et fut subitement prise de vertige. Était-ce un rêve ? Était-elle en train de mourir et d'halluciner ses derniers instants ?

Elle regarda sa main. La magie illuminait sa peau de son habituelle lueur rosée. Le démon avait bien dit que la Gardienne du Feu pouvait modeler le monde à sa guise. Elle saisit l'air autour d'elle et se mit à le sculpter, en formant les contours grossiers d'un tabouret, d'une paillasse et d'un livre. Peu à peu, les formes se consolidèrent et la cuisine de sa belle-mère se dessina dans son entièreté.

Elle examina son nouvel environnement. Aucun détail ne manquait, de la tablette funéraire de son père à la fine couche de cendres qui recouvrait le bord de sa paillasse le plus proche de la cheminée. Toujours incertaine quant à savoir si elle était morte ou en train de rêver, elle se décida malgré tout à accepter cette nouvelle réalité.

– Pourquoi ai-je choisi cet endroit ? croassa-t-elle.

La douleur vive dans ses poumons portait à croire qu'elle était bel et bien en vie mais elle ne s'en soucia guère, trop occupée à arpenter le décor. Son tablier était suspendu à sa place habituelle et lorsqu'elle retira la plaque au nom de son père, elle trouva la boite laquée contenant ses effets personnels dans la cachette du mur. Au chevet de sa paillasse reposait *La jeune amante de la Mort*, le deuxième tome, celui qu'elle n'avait jamais eu le temps de lire. Elle ramassa l'ouvrage et le feuilleta avec excitation, mais à son grand désarroi, les pages étaient vierges.

– Tu ne l'as jamais lu, c'est pour cela qu'il est vide.

Elle fit volteface pour découvrir la Seconde Épouse, assise sur le tabouret habituellement réservé à Suzhan. Sa belle-mère portait une robe élégante mais usée jusqu'à la fibre et ses cheveux étaient noués en une simple queue de cheval.

– Ton esprit ne peut pas remplir les pages, seulement indiquer le titre, poursuivit-elle en se levant de son siège.

– Que… que fait Madame ici ? demanda Zhara en reculant instinctivement.

– C'est ton monde, Gardienne du Feu, lui répondit-elle. C'est toi qui l'as façonné.

Elle étudia la scène avec intérêt.

– Les humains sont tellement étranges. Vos petites sensibleries m'amusent. Ce sont tes derniers instants et ton esprit étriqué ne trouve rien de mieux à représenter ?

– Vous n'êtes pas la Seconde Épouse, dit Zhara. Vous êtes…

La prise de conscience l'interrompit net.

– La Mère des Dix Mille Démons.

La marâtre, ou le démon primordial qui avait adopté son visage, joignit ses mains et s'inclina en une révérence. Zhara était à présent certaine de rêver – ou d'être morte – car jamais sa belle-mère ne lui aurait témoigné un tel respect.

– Je suis morte ? Vous avez consumé mon essence magique ?

La Mère des Dix Mille Démons secoua la tête.

– Pas encore.

– Pourquoi ?

Les lèvres de la Seconde Épouse se pincèrent.

– Eh bien, tu m'as compliqué la tâche, Gardienne du Feu.

– Vraiment ?

– Oui. Lorsque tu as transformé le lac de lave en…

D'un petit geste, elle désigna le décor de cuisine.

– … ceci, tu es parvenue à échapper au monde physique. Tu te tiens sur le seuil de mon royaume et je ne peux franchir cette barrière.

– Je ne comprends rien.

La belle-mère – Zhara n'était pas capable de voir autre chose qu'elle – soupira.

– J'oublie toujours les limites de l'esprit humain. Difficile pour vous d'appréhender ce qui existe par-delà le plan matériel. Disons simplement que tu es tombée en plein cœur du chaos mais que tu l'as transformé en ordre.

Zhara contempla les objets familiers et rassurants de sa cuisine. Elle pouvait sentir la terre battue sous ses pieds, entendre le doux craquement du feu dans la cheminée et le carillon de perles et de tessons de verre teinté qu'elle avait suspendu à la fenêtre pour un semblant de décoration. Elle passa les doigts sur le bois brut de la table et sentit les nœuds et les échardes des planches grossièrement rabotées. Elle tapota le plan de travail de ses phalanges et un bruit plein, plus vrai que nature résonna dans la pièce. Tout était si tangible.

– Alors je suis en Tiyok ? demanda-t-elle, incertaine.

– Oui. Et non.

– Je ne comprends toujours pas.

Sa belle-mère se leva, l'air légèrement agacé.

– Tiyok n'est pas un endroit, c'est une idée. Un état d'existence, ou plutôt de non-existence, si tu préfères.

Elle désigna la cuisine.

– Avant, tout ceci n'était que chaos, le vide total, absolu. Mais tu es parvenue, je ne sais comment, à en faire quelque chose de… *réel*, pour employer un terme humain.

– Réel…, répéta Zhara dans un murmure.

Elle caressa les cicatrices à ses poignets et sentit la fièvre sous sa peau, ses poumons en feu. Elle était bel et bien là, présente.

– Alors ce n'est pas un rêve.

– Eh bien, ce n'est ni un rêve, ni la réalité. Nous nous trouvons actuellement dans les limbes. C'est ici que l'ordre rencontre le chaos, que la raison et les rêves se mélangent.

Zhara se tourna vers le pas de la porte. Au-delà du seuil, un néant flou s'étendait à perte de vue.

– Est-ce que je peux en sortir ? Qu'y a-t-il dehors ?

– Mon royaume, répondit la Seconde Épouse. Et dehors, je serai en mesure de te posséder.

– Je vois.

Zhara s'assit sur le tabouret près du feu.

– Alors nous sommes coincées ici.

– Parle pour toi, Gardienne du Feu. Je peux aller et venir à ma guise, mais à l'instant où tu mettras le pied dehors, je dévorerai ton essence magique.

Son regard se posa sur la paillasse miteuse, la couverture élimée et les étagères à moitié vides.

– Pourquoi avoir choisi cet endroit ? demanda-t-elle avec une curiosité sincère. La plupart des humains auraient imaginé un somptueux palais ou bien un refuge isolé dans une nature paradisiaque.

Zhara songea au bal masqué de la Nuit des Sept, avec ses costumes, ses feux d'artifice, sa foule et son ambiance festive. Elle visualisa la Cour des Glycines, avec ses caillebotis en ébène, sa mare lisse comme un miroir, sa lavande en fleur qui flottait lentement à la surface. Puis elle regarda la stèle de son père, son livre de chevet, le bol de fleurs de nénuphars cueillies à la rivière et le jeu de lumière du verre coloré sur le mur opposé.

– Parce que c'est chez moi, j'imagine, répondit-elle d'une voix douce.

– Chez toi. Tu considères cet endroit comme ton foyer, cette bicoque où ta belle-mère t'a martyrisée ?

Le mot heurta Zhara bien plus qu'elle ne l'aurait imaginé.

– Je ne dirais pas qu'elle m'a martyrisée.

– Ah non ?

Le démon primordial pencha la tête, l'air étonné.

– N'a-t-elle pas pourtant abusé de ta bonté d'âme, de ton envie de bien faire, de ton besoin d'être aimée, sans jamais rien te donner en retour ? N'a-t-elle pas fait preuve d'égoïsme en se servant de ta magie lorsque cela l'arrangeait et en t'abandonnant sitôt que ce don devenait gênant ?

Zhara tressaillit. Son âme se recroquevillait comme pour échapper à la sordide vérité.

– Elle m'a offert un toit, murmura-t-elle. Elle m'a nourrie, habillée. Elle m'a protégée alors qu'elle aurait pu me livrer aux Crécerelles. Elle m'a gardée auprès d'elle parce qu'elle…

Sa phrase mourut, étranglée par un sanglot.

– … parce qu'elle t'aimait ?

La Seconde Épouse parlait avec une gentillesse surnaturelle encore plus glaçante que son mépris ou ses accès de rage habituels.

Zhara connaissait la réponse mais ne pouvait se résoudre à la prononcer. Depuis que les Crécerelles lui avaient ravi son père, elle s'était raccrochée avec l'énergie du désespoir à la seule personne qui avait voulu d'elle. La seule personne qui ne semblait pas effrayée par ses pouvoirs, qui ne la voyait pas comme un monstre. Mais en son for intérieur, elle avait toujours su qu'être tolérée ne signifiait pas être acceptée. Affamée d'amour, elle s'était contentée de miettes d'approbation, par peur de manquer à jamais. Des larmes brûlantes lui piquèrent les yeux.

– Pourquoi ? implora-t-elle d'une voix cassée. Pourquoi tu ne m'as jamais aimée ? Pourquoi tu n'as jamais pu aimer ?

La marâtre la dévisagea.

– Parce qu'il n'y a rien à aimer en toi.

Et Zhara s'effondra.

Elle enfouit son visage entre ses mains et ses sanglots incontrôlables la firent tomber à genoux. Une douleur sans nom irradiait chaque fibre de son corps tandis qu'elle pleurait la perte de cette belle-mère aimante qu'elle n'avait jamais connue. Ravivée par ce maelstrom d'émotions, sa magie afflua dans ses veines en un torrent sauvage. Puis, peu à peu, le chagrin laissa place au calme. Avec sérénité, elle comprit qu'elle avait accepté sa réalité.

– Intéressant, remarqua la Seconde Épouse en voyant les larmes de Zhara se tarir. C'était bien la dernière chose que tu aurais voulu entendre de la part de ta belle-mère et tu m'as malgré tout poussée à te le dire.

Zhara releva les yeux, incrédule.

– Comment ça, je vous ai *poussée* ?

La Mère des Dix Mille Démons haussa les épaules.

– Ici, je ne suis rien de plus qu'une idée portant les traits de ta belle-mère. Je n'ai ni corps ni substance.

En guise de démonstration, elle fit mine de soulever l'exemplaire de *La jeune amante de la Mort* et sa main passa à travers le livre.

– Tu es seule maîtresse de cette petite bulle d'ordre au sein du chaos. Je ne suis rien de plus qu'une visiteuse.

Zhara jeta un œil au tabouret près de la cheminée.

– Si je règne sur ce domaine, alors où est ma sœur ?

La Seconde Épouse fit un geste du menton en direction de la paillasse et le corps inconscient de Suzhan se matérialisa sur la couverture.

– Mimi ! s'écria Zhara en se précipitant vers sa cadette. Est-elle vivante ?

– Pour l'instant.

Suzhan murmura et s'agita sur le lit avant de s'étrangler en toussant. Zhara la tourna prestement sur le flanc.

– Réveille-toi, mimi ! Réveille-toi !

– C'est inutile, dit la Seconde Épouse. Son corps a beau être physiquement présent, tout le reste – ses pensées, ses émotions, son âme – est toujours avec moi.

– Non !

Zhara prit sa sœur dans ses bras et en appela à sa magie. De violents spasmes secouèrent le corps inerte de sa cadette tandis que le pouvoir de Zhara empruntait ses méridiens. Mais il n'y avait aucune corruption à purger, aucune magie pour entrer en résonnance avec la sienne.

La marâtre les observa avec un semblant de pitié.

– Cette fille n'est pas possédée, elle est perdue.

Zhara la déposa délicatement sur le lit, les yeux emplis de larmes.

– Que puis-je faire pour la sauver ? Que puis-je vous donner pour sauver son âme ?

Le démon haussa les épaules.

– Voyons, je suis sûre que tu connais déjà la réponse.

– Vous voulez me posséder, murmura-t-elle.

– Je n'ai jamais aimé ce mot mais en substance… oui.

– Si je vous laisse faire, vous me promettez de ramener Suzhan saine et sauve dans le monde de l'Ordre ?

– Oui, oui, bien sûr, répondit la Seconde Épouse avec un geste d'impatience.

– Comment puis-je être certaine que vous tiendrez parole ?

– Rien ne peut te le garantir. Mais cela vaut pour n'importe qui d'autre, Gardienne du Feu, pas seulement la Mère des Dix Mille Démons. Tu dois faire preuve de foi.

Le mot paraissait tellement incongru dans la bouche d'un démon mais encore plus dans celle de sa belle-mère. La Seconde Épouse ne s'était jamais reposée sur la foi ou les prières pour parvenir à ses fins. Elle obtenait ce qu'elle voulait en se battant bec et ongles ou en gémissant, en implorant et en menaçant.

– Dans ce cas, faites un geste de bonne volonté. Montrez-moi l'âme de Suzhan.

– Fort bien, accepta-t-elle avec un haussement d'épaules indifférent.

Sur le pas de la porte, une ombre émergea du vide blanc. La forme se dessina lentement, en s'affinant, avant de cristalliser en une silhouette floue de petite fille sans signe distinctif.

– Mimi ?

Zhara se releva et s'approcha du seuil.

L'apparition ne répondit pas mais Zhara *sut* instinctivement qu'il s'agissait du fantôme de sa sœur. Elle pouvait sentir la frustration familière, l'amertume, la colère larvée, la peur et l'angoisse qui bouillonnaient en surface et menaçaient d'étouffer complètement la détermination et la douceur qui résidaient à l'intérieur.

Zhara se tourna vers le corps inconscient qui reposait sur la paillasse. Cette enveloppe charnelle et cet esprit étaient à la fois Suzhan sans l'être vraiment.

– Je ne vois pas pourquoi tu te soucies tant de sauver la vie de ta sœur. Après tout, une fois que je me serai emparée de toi, le royaume des mortels m'appartiendra.

Zhara lissa délicatement une mèche rebelle dans la chevelure de Suzhan.

– Si elle doit périr quand vous aurez pris possession de moi, alors au moins son âme retournera à la source des débuts et des fins pour pouvoir renaître.

Elle caressa le front de sa sœur d'un air songeur.

– Je lui dois bien ça.

– Tu es incorrigiblement humaine. Alors même qu'il n'y a pas la moindre possibilité pour que les choses tournent en ta faveur, tu t'obstines à faire preuve de noblesse jusqu'au bout.

– *Dans cette vie ou dans la suivante, rien n'est jamais fini tant que l'amour subsiste*, récita Zhara à voix basse.

C'était sa phrase préférée de *La jeune amante de la* Mort.

– Ma sœur et moi continuerons à nous battre. Et peut-être que dans notre prochaine vie, l'issue sera plus heureuse.

– Mais il n'y aura pas de prochaine vie pour toi, Jin Zhara.

La seconde Épouse secoua la tête.

– Ce n'est pas une âme ordinaire que tu as là. Ton fantôme et ton corps sont peut-être humains mais ton âme ne provient pas de la source des débuts et des fins. Tu es la Gardienne du Feu. Ton essence ne peut être dissoute et reforgée dans le chaudron de l'univers, elle est destinée à attendre dans les flammes éternelles jusqu'à être appelée. Sauf que cet appel ne viendra plus. Je vais consumer ton âme et plus jamais toi ni les autres Gardiens de l'Aube ne m'emprisonneront sous terre.

Elle marqua une pause.

– Façon de parler.

Une disparition totale, sans renaissance possible. Zhara songea aux souffrances qu'elle avait causées à sa sœur et espéra qu'elle en avait assez fait pour racheter ses péchés.

– Qu'allez-vous faire une fois que vous aurez pris le contrôle de mon corps ?

Sa belle-mère se fendit d'un sourire.

– Je vais répandre le chaos, bien sûr. Contrairement aux humains, c'est dans ma nature, Yan m'a faite ainsi. Sitôt que j'aurai mis les pieds dans le royaume des mortels, la guerre éternelle entre Ordre et Chaos prendra fin. Et le Chaos triomphera.

La fin du monde, rien que ça. Zhara aurait voulu en rire, tant cette grandiloquence semblait droit sortie d'une pièce jouée par les Bangtan. Pourtant c'était la réalité.

– Je vois, dit-elle. Alors peu importe que vous sauviez Suzhan. Elle sera peut-être toujours vivante mais la vie telle que nous la connaissons aura cessé d'être.

La Seconde Épouse haussa les épaules.

– On ne peut rien te cacher.

Zhara ferma les yeux et prit Suzhan dans ses bras. Sa sœur avait beau la dépasser d'une tête, elle était maigre et ne pesait pratiquement plus rien. Elle se dirigea lentement vers le seuil où attendait le fantôme de sa sœur.

– Que fais-tu ? demanda la marâtre.

Elle se retourna pour fixer la belle-mère droit dans les yeux et prononça les mots qu'elle avait toujours rêvé de dire un jour.

– Je vais faire en sorte que mon histoire ait une fin heureuse.

Puis elle s'avança dans le vide.

*
* *

Exposée au néant, Zhara dut lutter pour conserver son corps. Elle se força à se rappeler son apparence, à se dire qu'elle avait des yeux, des lèvres, des poumons et une peau. Quand bien même il fallait endurer la douleur. Quand bien même tout, absolument tout, la faisait souffrir. Sans quoi elle était condamnée à se perdre, à se désintégrer dans l'oubli.

Le portail, lui dit une voix qui n'en était pas une. C'était l'idée d'une voix, le concept de son, de mots, de sens, mais pas une réalité physique. *Tu dois le fermer.*

Zhara voulut répondre mais elle était incapable de se souvenir de la notion de bouche, de paroles. Alors elle puisa dans ses forces, rassembla ses esprits et parvint à articuler :

– Où est le portail ?

Tout autour de toi, répondit la voix qui n'était pas. *Le Vide est le portail. Transforme le Chaos en Ordre et tu scelleras le portail, nene.*

– Suzhan ?

Le fantôme de sa sœur se matérialisa à ses côtés. *Je suis là. Tu dois fermer le portail vers Tiyok au plus vite.*

– Je n'y arrive pas, gémit Zhara avec impuissance.

Elle était accablée de fatigue.

– Je ne suis qu'une simple fille.

Tu peux y arriver, répondit Suzhan. *Tu es la Gardienne du Feu.*

La Gardienne du Feu, dont le pouvoir était la transformation. Elle était tout à la fois une guerrière élémentaire et Jin Zhara, une simple fille et une Gardienne de l'Aube. Pourtant elle ne parvenait pas à raviver la flamme qui l'habitait.

Laisse-moi t'aider, nene.

Suzhan enveloppa Zhara de ses bras transparents. Le spectre n'avait beau être qu'une idée intangible, Zhara *sentit* dans sa chair l'amour de sa sœur et ses muscles noueux. Entraînée par la détermination et l'envie furieuse de sa cadette, Zhara puisa dans les tréfonds de son âme.

En lui tenant la main, elle se mit à façonner le Vide avec son esprit. Peu à peu, la brume informe se concentra en rosée. En gouttelettes. En flaques. En lacs. Des rigoles se formèrent à la surface de sa peau.

Oui, nene, oui !

Sa concentration vacilla et l'eau s'évapora. Elle sentit Suzhan resserrer sa prise sur ses doigts pour lui donner plus de force. Zhara rassembla ses esprits et retrouva le fil de ses pensées. Brume, rosée, pluie, cours d'eau. Sa magie s'amenuisait rapidement, en même temps que son énergie vitale, son ki.

Nene, chuchota le fantôme à son oreille. *Tiens bon.*

L'eau recouvrit ses mains comme une bulle, s'étendit à ses bras, ses épaules, son torse, son ventre, enveloppa Suzhan tout entière et descendit jusqu'à ses pieds. La bulle grossit et grossit encore jusqu'à l'absorber elle aussi.

Ne t'arrête pas.

Elle ne le pouvait pas. Au bord du Vide, elle devinait la forme du cratère dans lequel elle était tombée. Encore un effort. Un goût de sang envahit sa bouche mais elle continua de pousser et repousser le Vide jusqu'à en transformer le dernier reliquat. L'eau avait empli le cœur du mont Zanhei.

Le portail vers Tiyok était scellé.

Zhara s'effondra tandis que le corps de Suzhan s'éloignait d'elle en flottant. Elle la rattrapa par la main en luttant pour gagner la surface. Le clair de lune au-dessus d'elle lui servait de phare. Elle était si proche, si proche…

Elle sortit la tête hors de l'eau en aspirant l'air goulument. Ses poumons étaient à l'agonie, entre les brûlures causées par la chaleur ambiante du volcan et son apnée. Elle tourna la tête alentour à la recherche d'un endroit où se reposer, en vain. Elle était entourée d'eau noire à perte de vue. À bout de forces, elle ferma les yeux pour imaginer une chaise, un banc ou une barque. Autour d'elle, des bulles se formèrent tandis que le liquide se changeait en bois. Un radeau apparut bien vite.

Elle hissa Suzhan sur l'embarcation de fortune avant d'y grimper à son tour et de s'écrouler la tête la première sur les planches rugueuses. Ses yeux se fermaient déjà et elle n'aurait rien voulu d'autre que de rester allongée là jusqu'à la fin de ses jours, mais elle se força à ramper vers sa sœur pour prendre son pouls. Suzhan était toujours vivante. Zhara ignorait l'étendue de ses blessures. Peut-être même qu'elle n'y survivrait pas mais pour l'instant, le fait qu'elle ne soit pas morte constituait une victoire.

Elles avaient toutes les deux survécu.

Zhara roula sur le dos et contempla le ciel. Le cratère formait un cercle presque parfait, comme un miroir ou une assiette. La demi-lune des pies amoureuses était placée pile au centre et lui rappela soudainement le symbole de Mara, ce cercle avec un point au milieu qui symbolisait le troisième œil de la Septième Immortelle. Elle n'était pas du genre à prier mais elle comprit à quoi les religieux faisaient référence lorsqu'ils parlaient de s'en remettre aux puissances divines. Elle avait fait tout ce qui était en son pouvoir. Le reste se trouvait entre les mains des dieux. Elle en avait assez de lutter pour sa survie. Elle n'aspirait plus qu'au repos.

Tandis qu'elle laissait dériver ses pensées, des images se rassemblèrent au coin de ses yeux comme des ombres. Des lanternes emportant une rivière de vœux vers les étoiles. Les lumières de l'arc-en-ciel dansant sur les murs de sa cuisine lorsque les rayons de l'aube traversaient les perles en verre coloré. Les longs rubans des manches des acrobates Bangtan virevoltant dans les airs.

Elle cligna des yeux. Une large silhouette blanche et sinueuse décrivait des cercles dans le ciel. Un oiseau. Un oiseau à quatre ailes, qui tournait autour du cratère et grossissait à mesure qu'il descendait. Alors que son esprit cédait aux ténèbres, elle eut une dernière pensée pour Han. Ses grands yeux ronds. Son sourire à fossettes. Elle crut même le voir chevaucher cette créature céleste, la main tendue vers elle.

– Maîtresse Brandy !

Il lui sembla entendre sa voix tandis que le monde s'éteignait autour d'elle. Et sentir ses bras musclés entourer son corps. Ses mains, qui pouvaient tout à la fois nourrir et apaiser le feu qui l'habitait. Elle eut l'impression ne plus rien peser, comme si elle flottait. Et bien vite, le vent lui caressa la peau et lui ébouriffa les cheveux.

– Zhara !

De nouveau cette voix. Sa voix. Qui murmurait à présent à son oreille.

– Je te tiens. Tu n'as plus rien à craindre.

Craindre ? Elle avait cessé de craindre. Elle avait survécu à sa rencontre avec la Mère des Dix Mille Démons. À présent elle allait vivre, elle se le jura. Vivre sa vérité.

– Est-ce qu'elle va s'en sortir ? demanda Han d'une voix inquiète.

Zhara battit des cils. Une nuit noire infinie, mouchetée d'étoiles, l'enveloppait. Un beau visage se pencha sur elle. Un nez prononcé, une mâchoire affirmée, des grands yeux et un sourire encadré par deux fossettes. Un pétillement joyeux remonta le long de sa gorge. Un rire.

– Oh, je pense qu'il n'y a pas de souci à se faire, répondit quelqu'un d'autre, à l'accent nordiste prononcé.

Yuli.

– Tu ne l'entends pas glousser ?

ÉPILOGUE

L'humidité se dissipa le jour de leur départ de Zanhei.

– Tu es prête, nene ? demanda Suzhan.

Zhara jeta un coup d'œil à l'appartement de la Cour de Glycine qu'elles avaient occupé ces six dernières semaines. Le monde avait complètement changé depuis la Nuit des Sept. Après avoir refermé le portail vers Tiyok, toutes les abominations de la ville avaient retrouvé forme humaine sans le moindre souvenir des événements. Le palais gisait en ruines et les Royaumes du Matin étaient désormais au bord de la guerre, à présent que l'existence des magiciens survivants avait été exposée au grand jour. Les Crécerelles avaient été expulsés des provinces du Sud et l'alliance entre la maison Wonhu et l'empereur était rompue, au même titre que les fiançailles entre Han et Yulana.

Tout cela, Zhara l'avait appris après coup. Suite à sa confrontation avec la Mère des Dix Mille Démons, elle avait dormi pratiquement deux semaines d'affilée. D'après Jiyi, tous avaient cru pendant un temps la perdre pour de bon.

Elle, la Gardienne du Feu.

Les Gardiens de l'Aube avaient même fait venir un guérisseur de la ville de Mingnan, en Extrême-Occident. L'homme n'avait rien pu faire pour son ki et ils avaient dû se résoudre à attendre.

Entre temps, ils avaient traduit le Chancelier devant la justice, du moins ce qu'il restait de lui. Le Démon Grenouille du Poison et de la Pestilence avait disparu en même temps que les autres abominations pour ne laisser derrière lui que le corps brisé du magicien qu'il possédait depuis plus de vingt ans. Chang avait vécu le temps de dire adieu à son enfant avant d'être décapité pour ses crimes. Le prince Wonhu régnait de nouveau sur sa cité, sans régent. Son deuil était terminé.

Quand enfin Zhara avait fini par ouvrir les yeux, un tout nouveau monde l'attendait.

La magie n'était plus interdite dans Zanhei. Et elle était disposée à vivre pleinement sa vie.

– Oui, répondit-elle. Je suis prête.

Elle se retourna pour voir sa sœur ranger sa cithare dans un somptueux étui en bois décoré d'un nuage et d'une rivière.

– Et toi, mimi ?

Suzhan se dandina sur ses pieds en triturant la poignée de l'étui.

– Oui, murmura-t-elle. Je pense.

Le conservatoire de Jingxi avait accepté Suzhan dans ses rangs et décidé de la dispenser des frais d'inscription suite aux commentaires élogieux du maître itinérant qui lui avait fait passer son examen. Alors que son rêve secret se réalisait enfin, Suzhan ne semblait pas tant excitée qu'effrayée.

– Haut les cœurs, lui dit Zhara en lui écartant la mèche qui barrait son front avant de lui pincer affectueusement le nez. C'est bien ce que tu voulais, non ?

Suzhan se tortilla sur place.

– Oui, oui, mais… C'est juste que…

– Que quoi, mimi ?

Sa sœur détourna le regard.

– Je n'y croyais plus. Pas après ce que je t'ai fait.

Un silence s'installa entre elles à l'évocation de la Nuit des Sept. Le bruit du verrou, annonciateur de la trahison, sembla résonner de nouveau dans la pièce. Certaines blessures n'avaient encore pleinement cicatrisé.

– Le passé, c'est le passé, répondit Zhara avec délicatesse. Inutile de s'y attarder, on ne peut qu'aller de l'avant.

Elle effleura les pommettes de sa sœur, sous ses yeux aveugles.

– Je suis désolée pour ce que je t'ai fait. Est-ce que… est-ce que tu voudrais que je te soigne ? Que je répare tes yeux comme avant ?

Suzhan resta un moment silencieuse.

– On ne peut qu'aller de l'avant, répéta-t-elle avec un sourire. Peu importe l'état de mes yeux avant qu'ils ne soient changés en verre, j'étais de toute façon vouée à perdre la vue.

Elle prit la main de Zhara dans la sienne.

– On ne peut pas me guérir et je n'en ai pas envie. Je suis comme je suis.

Les filles s'assirent sur le perron de la Cour des Glycines en attendant leurs escortes respectives pour quitter Zanhei. Zhara se rendait en Extrême-Occident en compagnie des frères Bangtan et de Han, à la recherche de Li Er-Shuan et *Chants de l'Ordre et du Chaos*, tandis que Suzhan serait conduite jusqu'au port par Meng Kam, l'un des arrière-petits-fils de la matriarche buri, avant d'emprunter un bateau en partance pour Jingxi.

– J'imagine que c'est la fin, dit Suzhan à voix basse. À présent, nous suivons chacune notre vérité, pas vrai ?

– Très juste, répondit Zhara, la gorge serrée. Nous tenons notre promesse.

– Tu vas me manquer, nene.

– Tu vas me manquer aussi, mimi.

Il y avait tant à dire, et si peu de temps. Alors Zhara passa un bras autour des épaules de sa petite sœur et la serra fort contre elle. Suzhan avait beau la dépasser largement désormais, elle lui semblait toujours aussi chétive et fragile. Lorsque Meng Kam déboula dans la rue avec son pousse-pousse en sifflotant, Zhara relâcha sa cadette.

– Je t'écrirai, dit-elle tandis que le Buri aidait Suzhan à s'installer sur la banquette.

– Raconte-moi des histoires, nene, répondit sa sœur avec un sourire.

Zhara lui sourit en retour.

– J'ai bien peur de ne connaitre que des histoires d'amour.

– C'est encore mieux, rétorqua Suzhan par-dessus son épaule alors que Meng Kam l'éloignait déjà en direction du port. Du moment que ce sont tes histoires à toi.

*
* *

Les autres adieux furent à la fois plus faciles et plus douloureux.

À présent que Zanhei grouillait de magiciens, pour l'essentiel jeunes, les Gardiens de l'Aube s'affairaient à bâtir des écoles et écumer la province à la recherche d'étudiants à former et à accompagner. Jiyi avait été naturellement choisie pour diriger l'enseignement et s'était révélée être une professeure des plus strictes. Pour autant ses étudiants l'adoraient, ce qui n'avait rien de surprenant selon la courtisane. À l'époque où

elle exerçait en tant qu'hôtesse, bon nombre de clients lui versaient des sommes exorbitantes simplement pour se faire mener à la baguette.

– Je déteste les adieux, pesta Jiyi ce matin-là alors qu'elle s'apprêtait à les quitter pour rejoindre l'école nouvellement érigée le long du canal. Aussi je me contenterai d'un simple « au revoir et à la prochaine ».

– Et quand nous reverrons-nous ? demanda Zhara.

La courtisane la gratifia d'un de ses rares sourires.

– Bien plus tôt que tu ne le crois.

Parmi les jeunes magiciens qu'ils avaient dénichés, on comptait plusieurs orphelins de la Guerre Juste, qu'il fallait nourrir et loger. Des centaines d'étudiants affluèrent en ville et avec eux, une kyrielle d'accents, de coutumes et de cultures de toutes les provinces du Sud. Tant d'arrivées et pourtant Zhara partait.

– Sois prudente, l'avertit Jiyi. Plusieurs de nos caravanes sont tombées dans des embuscades. Les routes pullulent de bandits prétendant servir sous la bannière du Dragon à Quatre Ailes.

L'étendard des Mugung.

– Mais je croyais que la dynastie s'était éteinte ? dit Zhara. La princesse héritière n'était encore qu'un bébé quand le palais impérial a été rasé. On n'a trouvé que des os et des cheveux dans les décombres.

– Mais pas l'Étoile de Radiance, répondit la courtisane à voix basse. Le joyau impérial n'a jamais réapparu.

– Quelle importance ?

– Ce bijou est le cœur et l'âme du pays, l'artefact fondateur des Royaumes du Matin. Sans lui, nous ne pourrons jamais être véritablement unis.

– Mais pourquoi ?

– Les Peuples Libres de l'Ouest ne reconnaissent aucun autre chef que le Roi Licorne, et le Qirin Tulku ne prêtera allégeance qu'au porteur de l'Étoile de Radiance.

Jiyi poussa un soupir.

– Au-delà de ces considérations, ce joyau est le symbole de notre empire.

– Je me demande pourquoi le Seigneur de Guerre n'a jamais fait tailler un autre cristal pour le remplacer, fit Zhara d'un air songeur.

– On dit que le bijou contient un puissant ki reconnaissable entre mille et qu'il ne peut pas être répliqué par une main humaine. J'ignore si c'est vrai. Néanmoins, difficile de nier la puissance des mythes. Une pierre magique capable de vaincre les forces du mal, passée de génération en génération au sein des Mugung ? Le pouvoir de l'Étoile de Radiance réside avant tout dans l'importance que le peuple veut bien lui accorder.

Zhara se garda de répondre. L'époque était indéniablement politique.

– La priorité reste *Les chants de l'Ordre et du Chaos*, intervint la professeure Hu qui sortait de la Cour des Glycines. Ne te laisse pas distraire par ces histoires de joyau. Nous devons en apprendre plus sur les Rois de Tiyok, où ils se terrent et comment les bannir pour de bon de notre monde.

Dire adieu à l'herboriste s'avéra aussi difficile, d'une autre façon.

– Tu es sûre de ne pas vouloir rester, ma petite ? lui demanda-t-elle, la prenant dans ses bras en un rare témoignage d'affection.

Zhara sentit sa gorge se nouer.

– Tu sais bien que c'est impossible, tantine. Je suis une Gardienne de l'Aube à plus d'un titre. Il faut que j'avertisse les autres de la venue des Rois de Tiyok.

– Certes.

L'apothicaire laissa échapper un soupir.

– Je souhaite juste que tu survives.

Zhara se fendit d'un sourire attristé.

– Mais moi, je veux vivre.

*

* *

Quelques heures plus tard, Han fit son entrée à la Cour des Glycines après avoir réglé tous les détails afférant à la vie du palais. Il participerait à l'expédition des Bangtan et de Jin Zhara vers l'ouest pour mettre la main sur Li Er-Shuan et son manuscrit. Pour une fois, Jiyi fit preuve de compassion et ignora soigneusement ses yeux rougis et son nez humide. La séparation avec Anyang avait fait couler son lot de larmes.

– Tu ne peux pas rester, gogo ? avait exigé le Second Héritier d'une voix capricieuse. Je ne veux pas que tu partes.

Han avait placé ses mains sur les épaules du jeune garçon.

– Je sais, didi. Moi non plus, je ne veux pas te quitter.

Il l'avait ensuite serré dans ses bras.

– Mais je n'ai pas le choix. Je suis le seul à connaitre Oncle Li. Et puis quelqu'un doit bien prendre soin de notre père en mon absence.

Le prince Wonhu avait repris les rênes de son royaume, épaulé par Xu qui venait d'être nommé·e Ministre des Affaires Intérieures.

– J'aurais aimé t'accompagner, avait dit son ami·e, mais ce nouveau poste ne me laisse pas une seconde.

Han lui avait souri chaleureusement.

– Les responsabilités te vont bien au teint, l'avait-il taquiné·e. Une fois sur le trône, peut-être que je te confierai la régence du royaume.

À son grand effroi, cette boutade avait ému Xu aux larmes.

– Oh. Mais que fera Sa Grâce sans moi ? Arrivera-t-elle seulement à sa majorité ?

– Je pense que je devrais me débrouiller, je n'ai plus que deux mois à tenir.

– Bien des choses peuvent arriver entre temps, avait répliqué Xu d'un ton sinistre avant de le prendre fougueusement dans ses bras. Reviens-moi en un seul morceau, mon prince.

– Je te le promets. Mais si tu ne desserres pas un peu ton étreinte, je vais mourir d'asphyxie.

*

* *

Enfin ce fut le moment du départ.

Les Bangtan chargèrent leur chariot peinturluré et l'attelèrent à Nuage, leur vieux canasson dont Alyosha, le benjamin, avait la charge.

– Nous avons une tradition avant de prendre la route, dit Junseo d'un ton un peu timide. Nous chantons pour nous donner du courage. Vous pouvez vous joindre à nous si vous le voulez.

Ainsi, les sept frères, Han et Zhara formèrent un cercle et tendirent la main droite au milieu.

– Bangtan ! Bangtan ! entonnèrent-ils. Bang-Bangtan !

– Bon voyage, leur dit Yuli, l'air amusée. Vous me reverrez bientôt. Enfin, en esprit, pas en chair et en os.

La princesse leur avait promis une réunion par semaine au cours de leur périple pour les terres du Qirin Tulku tandis qu'elle regagnerait Urghud avec son entourage. Pour échanger des nouvelles mais surtout pour passer un peu de temps ensemble.

– Vous allez me manquer, mes mauviettes sudistes.

Elle sourit en ébouriffant les cheveux de Zhara.

– J'ai fini par m'attacher à vous.

– Tu vas nous manquer aussi, Yuli, répondit Zhara en souriant avant de froncer les sourcils. Que vas-tu dire à ton grand-père maintenant que le mariage est annulé ?

Yulana haussa les épaules.

– Obaji n'en aura cure. Mais disons que certains membres de mon clan ne seront pas enchantés de reculer d'un cran dans l'ordre de succession au Gommun Kang. Dommage, je reste persuadée qu'on aurait fait un duo d'enfer avec Prince Gâteau de Riz.

– Quoi ? s'étrangla Han, soudainement paniqué.

Zhara et Yuli éclatèrent de rire à l'unisson.

– Prenez soin de vous, dit la princesse en serrant Zhara contre elle.

– Compte sur nous. Et toi ? Y a-t-il une jolie fille qui t'attend au pays ?

Les yeux couleur cuivre de Yuli se voilèrent de tristesse.

– Jadis, oui.

Elle secoua la tête.

– Mais peu importe. Vous feriez mieux de vous mettre en chemin, pour arriver à la première étape avant la nuit.

Zhara et Han déclinèrent la proposition des frères de faire la route dans le chariot mais Sajah ne fit pas tant de manières et s'aménagea un nid douillet à l'arrière. Han aurait une belle surprise ce soir-là au moment de monter le camp en découvrant son duvet couvert de poils de Lion du Sud.

Au moment de la pause du midi, Han attira Zhara à l'écart.

– Tiens, lui dit-il en lui tendant un écrin en forme de coquillage taillé dans de la nacre.

Elle l'ouvrit et y trouva un bracelet de quartz rose incrusté de sept perles d'eau douce en forme de larme.

– Je voulais attendre qu'on soit un peu tranquilles pour te l'offrir.

Les larmes qu'elle avait versées la nuit de leur premier baiser.

– Oh, dit-elle, étouffée par un hoquet. Je...

– Au départ, je comptais te le donner lors de la Nuit des Sept pour ton anniversaire. Mais... Bref, c'est un cadeau pour me faire pardonner.

– Te faire pardonner de quoi ? demanda-t-elle, stupéfaite.

– Deux choses. La première, et la plus importante, c'est que je suis désolé de t'avoir menti sur ma véritable identité.

Il sortit le bracelet de la boite et l'attacha au poignet de Zhara.

– Cela partait d'une bonne intention mais je t'ai blessée et je te présente mes excuses.

Elle soutint son regard, la gorge serrée, le cœur sur le point d'exploser.

– La deuxième... eh bien, je ne t'ai jamais donné ton exemplaire de *La jeune amante de la Mort*, au final.

Zhara laissa échapper un petit rire mouillé de sanglots avant de se jeter à son cou. Sur la pointe des pieds, elle pressa ses lèvres contre les siennes, et leur baiser lui parut encore plus tendre après l'amertume qui l'avait précédé.

– Oh, regarde, dit Han lorsqu'ils se séparèrent.

Il tenait dans sa main une nouvelle poignée de perles.

– On dirait bien que je vais avoir de nouvelles promesses à tenir.

Elle gloussa en l'embrassant de plus belle.

– Tout à fait, tout à fait.

– Oooh, tu glousses ! se réjouit Han. Tu dois vraiment bien m'aimer.

– Tout à fait, répéta-t-elle. Tout à fait.

Devant eux se dessinait la longue route semée d'embûches à l'issue incertaine. Mais tandis que le chariot des Bangtan cheminait en tête, Zhara et Han se tenaient la main et marchaient en direction du soleil couchant, du lendemain et du reste de leur vie.

Aux confins de l'Extrême-Occident

Les prières s'étaient succédé toute la nuit.

Les bras croisés et l'air sombre, le vétéran Okonwe observait les cérémonies depuis sa vigie derrière les créneaux du château de Dzong. Le Qirin Tulku se tenait au milieu de la grand-place, parmi la foule, à chanter et à offrir ses libations au Pilier pour purifier les terres. Il était rare de voir le roi-shaman sortir de son palais, et encore plus rare de le voir pratiquer ces rituels tombés dans l'oubli. Un frisson sinistre parcourut l'échine du vieux soldat.

– Tout ça, c'est du vent, grommela une voix grave dans son dos. Ce petit numéro ne changera rien à rien.

Une jeune personne élancée vint se placer à côté d'Okonwe, les bras croisés et l'air dédaigneux, ce qui n'était pas sans lui rappeler quelqu'un. Le militaire secoua la tête pour dissimuler son sourire. *Les enfants*, songea-t-il. Ils étaient bien la preuve que toutes les familles n'étaient pas forcément liées par le sang.

– Ah oui ? demanda Okonwe avec diplomatie. Et comment Sa Seigneurie peut-iel en être aussi sûr·e ?

Saon interlocuteurice se tourna vers l'est et les rayons de l'aube éclairèrent l'horrible brûlure qui lui scarifiait la moitié du visage. Cette relique de sa vie précédente lui avait valu le surnom de « Bête ». Okonwe avait bien cherché à dissuader les indélicats qui l'appelaient ainsi, mais Bête l'en avait empêché. *Laisse les gens me surnommer comme ils le veulent. Du moment qu'ils ne prononcent jamais mon vrai nom.*

– Parce que le Qirin Tulku me l'a dit lui-même, répondit simplement Bête.

Le vétéran garda le silence mais pressa malgré tout le pouce contre ses lèvres pour chasser les mauvais esprits. Les rumeurs sur la présence de démons allaient bon train et même si Okonwe ne les prenait pas nécessairement pour argent comptant, ce genre de précautions ne faisait pas de mal.

Bête dévisagea son mentor de son œil valide et reconnut son geste.

– Je ne te croyais pas superstitieux, Okonwe. C'est inhabituel de ta part.

– Les temps ont bien changé, Votre Seigneurie.

Bête décroisa les bras et contempla sa main gantée.

– Certes, mon ami.

Iel tenait dans sa paume une fleur maudite, à la tige faite de pierre vivante et aux curieux pétales en forme de bubons.

Ces plantes contre nature apparaissaient de toutes parts ces derniers temps. Okonwe réprima un frisson. Bête arma son bras pour jeter la fleur par-dessus le rempart. En glissant, sa manche dévoila une mince bande de peau noire et brune mouchetée d'écailles.

– Votre Seigneurie, siffla le vieux soldat en lui attrapant aussitôt le poignet.

Bête tenta de se dégager mais l'expérience et la force du vétéran eurent vite raison de ses velléités. Il releva délicatement le tissu de sa tunique pour mettre à nu le bras affligé du même mal que la fleur.

– Tu m'avais promis, dit Okonwe en oubliant les formalités d'usage. Tu m'avais promis de m'avertir si ton état empirait !

Bête arracha son poignet d'un geste sec.

– Je maîtrise la situation.

Sa réponse faussement détachée ne trompa pas son mentor.

– Vraiment ?

Iel resta silencieux, ce qui valait bien un aveu coupable.

Les chants monotones des rituels s'estompèrent à mesure que le soleil s'élevait au-dessus de l'horizon pour illuminer le village et la vallée. Okonwe contempla les pèlerins, venus des contrées inconnues de l'Ouest sauvage pour prier, supplier et plaider leur délivrance. Au-delà du mur d'enceinte de la ville s'étendait un camp permanent dont les contours flous changeaient constamment avec le nouvel arrivage quotidien de réfugiés fuyant la justice du Seigneur de Guerre. Il entendait sans mal le *toc-toc-toc* de leurs bols vides mendiant dans les rues.

– Cela ne suffit pas, murmura Bête.

Okonwe lui décocha un regard perçant.

– Quoi donc ?

– Il n'y a pas assez à manger. Pas assez d'abris. Cela ne suffit pas.

Iel serra les poings et ses yeux scintillèrent d'humidité dans la lumière matinale.

– Je ne suis pas à la hauteur.

La tristesse et l'orgueil enserrèrent le cœur d'Okonwe.

– Cela n'est pas de ta faute, mon enfant.

– Ah vraiment ?

Le regard de Bête se durcit.

Okonwe garda pour lui les mots qu'il ne pouvait pas prononcer. *Tu ne peux pas à la fois renoncer à ton véritable nom et embrasser ta destinée, mon petit.*

Il se contenta de poser sa main brune sur l'épaule de son élève.

– Le Qirin Tulku et ses prêtres trouveront une solution.

Monstre regarda les sages dans leurs robes couleur sauge gravir les 888 marches qui menaient au château de Dzong.

– Tu le crois ? répliqua-t-iel avec amertume. Les Mains n'osent même pas avouer au peuple que le Pilier est en train de mourir.

Okonwe tressaillit. Derrière lui, dans la cour en contrebas, un arbre massif et ratatiné poussait au milieu des pavés. Le Pilier, le site le plus sacré de l'Extrême-Occident, peut-être même de toutes les terres du soleil levant.

– Les Mains épluchent chaque ouvrage d'histoire et de magie de la bibliothèque, répondit le vieux soldat. Je suis certain qu'ils trouveront un remède.

Bête étouffa un ricanement.

– Ils ont besoin d'un livre disparu depuis des millénaires.

Iel secoua la tête et reprit :

– Non, ce n'est pas de la magie qu'il nous faut, mais un miracle.

Okonwe se tourna vers le camp de réfugiés.

– Nous avons surtout besoin de quelques yeux supplémentaires.

Son disciple suivit son regard.

– Tu penses que nous trouverons des gens capables de lire le Langage des Fleurs parmi *eux* ? Le Seigneur de Guerre n'a pas seulement fait brûler des livres, il a aussi envoyé au bûcher tous ceux qui étaient capables de les comprendre.

– On ne sait jamais, Votre Seigneurie.

– Tu dis tout le temps ça, grommela Bête avec un geste de main. Très bien, j'en parlerai au Roi Licorne pour lui demander accès à la bibliothèque si nous trouvons un nouveau traducteur.

Le vieux soldat hocha la tête. Seuls les prêtres ordonnés et les rares privilégiés disposant d'une autorisation du Qirin Tulku avaient le droit de fouler le sol sanctifié du château de Dzong.

– Je lancerai mes recherches dès aujourd'hui.

Bête étudia les racines du Pilier. Un mal le rongeait jusqu'aux branches, de la même couleur que sa peau noire et brune. Iel tira sur sa manche par réflexe.

– Va, ordonna-t-iel. Sois discret et fais vite.

Iel garda les yeux rivés sur l'unique fleur blanche en forme d'étoile qui subsistait sur la plus haute branche de l'arbre saint.

– J'ai bien peur, poursuivit-iel en retirant son gant pour contempler sa main corrompue, que nous ne soyons à court de temps.

Remerciements

Écrire des remerciements est plus difficile qu'écrire un livre.

Et écrire des livres est déjà très, très difficile.

Si mon rôle, en tant qu'autrice, est d'évoquer, de capturer ou de décrire la profondeur et l'étendue de l'expérience humaine avec des mots, alors j'échoue chaque fois que je rédige des remerciements. Les mots sont mon métier, mais malgré mes efforts, je n'arriverai jamais à transmettre l'intensité et l'ampleur de ma gratitude envers les personnes qui m'ont soutenue à travers les hauts et les bas de la publication de ce livre. Néanmoins, je vais faire de mon mieux, et j'espère que les personnes suivantes sauront que mes sentiments dépassent largement ce que je peux écrire ici.

Tout d'abord, merci à mon éditrice, Eileen Rothschild, et à mon agente, Katelyn Detweiler. Jamais il n'y a eu de soutiens plus fidèles, bienveillants et patients. Vous avez toutes deux tenu ma main à travers chaque brouillon et chaque version des *Gardiens de l'Aube : Zhara*, vous m'avez encouragée quand j'avais besoin de gentillesse, et poussée quand j'avais besoin d'une conversation franche. Vous avez pris soin de mon bien-être mental, et vous m'avez donné l'espace nécessaire pour trouver la bonne histoire, peu importe le temps que cela a pris. Pour cela, je vous en serai éternellement reconnaissante.

Je tiens également à remercier Denise Page et Sam Farkas de Jill Grinberg Literary, ainsi que Lisa Bonvissuto, Rivka Holler, Meghan Harrington et Brant Janeway, ainsi que toute l'équipe de Wednesday Books, pour avoir fait de cette histoire dans mon esprit, une histoire qui existe dans le monde réel.

Ensuite, merci à Lemon, Renée et Rosh. Certaines amitiés se font pour une raison, une saison, ou une vie entière. Les vôtres sont pour une vie entière et au-delà.

Et enfin, merci à ma famille. À mes parents, Sue Mi et Michael, et à mon petit frère, Taylor, merci d'être mon refuge. À Bear, pour être mon pilier, le compagnon de jeu de White-Harp, et le parent sympa de Castor et Pollux. Je vous aime.

Cet ouvrage a été mis en pages
par Nord Compo à Villeneuve-d'Ascq

Imprimé en Italie par Elcograf
en février 2025
pour le compte des Éditions Bayard